ROMANCES DE PATRICK MELROSE
VOLUME 1

A marca FSC® é a garantia de que a madeira utilizada na fabricação do papel deste livro provém de florestas que foram gerenciadas de maneira ambientalmente correta, socialmente justa e economicamente viável, além de outras fontes de origem controlada.

EDWARD ST. AUBYN

Romances de Patrick Melrose

Não importa
Más notícias
Alguma esperança

Tradução
Sara Grünhagen

Companhia Das Letras

Copyright de *Never Mind* © 1992 by Edward St. Aubyn
Copyright de *Bad News* © 1992 by Edward St. Aubyn
Copyright de *Some Hope* © 1994 by Edward St. Aubyn
Proibida a venda em Portugal.

*Grafia atualizada segundo o Acordo Ortográfico da Língua Portuguesa de 1990,
que entrou em vigor no Brasil em 2009.*

Título original
The Patrick Melrose Novels — Never Mind, Bad News, Some Hope, and Mother's Milk

Capa
Tereza Bettinardi

Foto de capa
Corbis Corporation/ Fotoarena

Preparação
Ciça Caropreso

Revisão
Jane Pessoa
Adriana Bairrada

Dados Internacionais de Catalogação na Publicação (CIP)
(Câmara Brasileira do Livro, SP, Brasil)

St. Aubyn, Edward
    Romances de Patrick Melrose : Não importa ; Más
notícias ; Alguma esperança / Edward St. Aubyn ; tradução
Sara Grünhagen. — 1ª ed. — São Paulo : Companhia
das Letras, 2016.

    Título original: The Patrick Melrose Novels : Never
Mind, Bad News, Some Hope, and Mother's Milk.
    ISBN 978-85-356-2675-0

    1. Romance inglês I. Título. II. Título: Não importa.
III. Título: Más notícias. IV. Título: Alguma esperança.

15-11153	CDD-823

Índice para catálogo sistemático:
1. Romances : Literatura inglesa 823

[2016]
Todos os direitos desta edição reservados à
EDITORA SCHWARCZ S.A.
Rua Bandeira Paulista, 702, cj. 32
04532-002 — São Paulo — SP
Telefone: (11) 3707-3500
Fax: (11) 3707-3501
www.companhiadasletras.com.br
www.blogdacompanhia.com.br

Sumário

Não importa, 7
Más notícias, 153
Alguma esperança, 335

NÃO IMPORTA

1.

Às sete e meia da manhã, carregando a roupa que havia passado na noite anterior, Yvette veio caminhando pela trilha de acesso à casa. Seu chinelo golpeava o chão com um som fraco, enquanto ela o agarrava com os dedos dos pés para segurá-lo, e a tira arrebentada dava-lhe um andar vacilante sobre o piso pedregoso e esburacado. Por cima do muro, sob a fileira de ciprestes que ladeavam a entrada da casa, ela viu o médico no jardim.

De roupão azul e já de óculos escuros, apesar de estar cedo demais para o sol de setembro assomar à montanha de calcário, ele apontava um jato forte de água da mangueira que segurava com a mão esquerda para a fileira de formigas que se agitava no cascalho a seus pés. Sua técnica era bem conhecida: ele deixava as sobreviventes se debaterem sobre as pedras molhadas, recuperando a dignidade por um instante, antes de lançar novamente a água cataclísmica sobre elas. Com a mão livre ele tirou o charuto da boca, a fumaça subindo pelos cachos castanhos e grisalhos que cobriam os ossos salientes de sua testa. Em seguida estreitou o jato de água com o polegar para atingir de forma mais eficaz uma formiga que ele estava de fato determinado a matar.

Yvette só precisava passar pela figueira e esgueirar-se para dentro da casa sem que o dr. Melrose percebesse a chegada dela. O hábito dele, porém, era chamá-la sem tirar os olhos do chão, bem quando ela achava que a árvore a encobria. No dia anterior ele tinha ficado falando com ela tempo suficiente para cansar seus braços, mas não a ponto de ela deixar a roupa cair. Ele calculava essas coisas com muita precisão. Tinha começado perguntando a opinião dela sobre o mistral, com um respeito exagerado por seu conhecimento de nativa da Provença. Quando ele teve a gentileza de mostrar interesse pelo trabalho do filho dela no estaleiro, a dor tinha se espalhado até os ombros e começado a fazer incursões afiadas no pescoço. Ela fora firme na resolução de enfrentá-lo, mesmo quando ele perguntou sobre as dores nas costas de seu marido e se seria o caso de eles pouparem-no de dirigir o trator durante a colheita. Hoje ele não a saudou com o *"Bonjour, chère Yvette"* que introduzia essas solícitas conversas matinais, e ela se curvou sob os galhos baixos da figueira para entrar na casa.

A mansão, como Yvette chamava o que para os Melrose era uma casa velha de fazenda, fora construída em uma encosta, portanto a trilha de acesso ficava no mesmo nível do primeiro andar da casa. Uma ampla escada num dos lados dava para um terraço em frente à sala de estar.

Uma segunda escada margeava o outro lado da casa até uma pequena capela, que era usada para esconder as latas de lixo. No inverno, a água escorria gorgolejando pela encosta por uma série de charcos, mas a calha próxima à figueira ficava silenciosa nessa época do ano, entupida de figos esmagados e rachados que manchavam o chão no ponto onde haviam caído.

Yvette entrou na sala alta e escura e largou a roupa lavada. Acendeu a luz e começou a separar as toalhas dos lençóis e os lençóis das toalhas de mesa. Havia dez armários altos com grandes pilhas de roupa de cama, mesa e banho cuidadosamente dobrada, nenhuma das quais sendo usada agora. Yvette às vezes abria esses armários para admirar essa coleção protegida. Algumas toalhas de mesa tinham ramos de louro e cachos de uva bordados de um jeito que só os revelava se elas fossem seguradas em certos ângulos. Ela corria o dedo pelos monogramas bordados nos lençóis brancos e macios e pelas coroas que cingiam a letra V no canto dos guardanapos. Seu favorito era o unicórnio que ficava sobre uma faixa de palavras estrangeiras em alguns lençóis mais antigos, mas estes também nunca eram usados, e a sra. Melrose insistia que Yvette reciclasse a mesma pilha pobre de roupa de cama simples do armário menor perto da porta.

Eleanor Melrose subiu a toda os degraus baixos da cozinha até a entrada da casa. Se caminhasse mais devagar, poderia ter cambaleado, parado e sentado desesperada no muro baixo que ladeava a escada. Sentia-se desafiadoramente nauseada de um jeito que não ousava provocar com comida e que ela já agravara com um cigarro. Tinha escovado os dentes depois de vomitar, mas ainda sentia o gosto de bile na boca. Também havia escovado os dentes antes de vomitar, jamais conseguindo apagar totalmente o traço otimista de sua natureza. As manhãs tinham se tornado mais frias desde o início de setembro e o ar já cheirava a outono, mas isso pouco importava a Eleanor, que suava sob as grossas camadas de pó em sua testa. A cada passo empurrava os joelhos com as mãos, a fim de impelir-se para a frente, olhando através dos óculos de sol enormes para o sapato branco de lona em seus pés pálidos, sua calça de seda crua rosa-escura feito pimenta-malagueta colada às pernas.

Imaginou uma vodca servida sobre gelo e todos os cubos congelados clareando, se desmanchando e estalando no copo, como uma espinha nas mãos de um osteopata experiente. Todos os cubos lisos e desajeitados de gelo flutuando juntos, tilintando, os cristais atirados para as bordas do copo e a vodca fria e untuosa na boca.

A trilha de acesso elevava-se acentuadamente à esquerda da escada, dando para um círculo de chão plano onde seu Buick castanho-avermelhado estava estacionado sob um pinheiro-manso. Ele parecia despropositado, estirado sobre seus pneus de faixa branca contra as vinhas em terraços e os olivais atrás, mas para Eleanor seu carro era como um consulado numa cidade estranha, e ela foi na direção dele com a urgência de um turista recém-assaltado.

Glóbulos de resina translúcida estavam grudados no capô do Buick. Um salpico de resina com uma agulha de pinheiro dentro estava colado na base do para-brisa. Ela tentou tirá-lo, mas apenas manchou mais o vidro e ficou com a ponta dos dedos melecada. Queria muito entrar no carro, porém continuou esfregando compulsivamente a resina, sujando as unhas. O motivo de Eleanor gostar tanto do Buick é que David nunca o dirigia — ou mesmo entrava nele. Ela era proprietária da casa e da terra, pagava os empregados e a bebida, mas apenas o carro realmente lhe pertencia.

Quando conheceu David doze anos atrás, ficou fascinada por sua aparência. A expressão que os homens se sentem no direito de exibir quando admiram suas terras a partir de uma fria sala de estar inglesa tinha se tornado mais obstinada ao longo de cinco séculos e se aperfeiçoado no rosto de David. Nunca foi muito claro para Eleanor por que os ingleses achavam tão notável o fato de não fazer nada por um longo tempo no mesmo lugar, e David não deixava dúvidas de que esse era o caso.

Ele também descendia de Carlos ii, através de uma prostituta. "Eu não espalharia isso, se fosse você", ela tinha dito em tom de brincadeira na primeira vez em que ele lhe contou. Em vez de sorrir, ele se virou de perfil para ela, de um jeito que ela passara a abominar, projetando o lábio inferior como se estivesse exercitando uma grande tolerância ao não responder nada que fosse discutível.

Houve um tempo em que ela admirava a forma como David se tornara médico. Quando ele contara sua intenção ao pai, o general Melrose imediatamente cortou sua anuidade, preferindo usar o dinheiro para criar faisões. Atirar em homens e animais eram as ocupações de um cavalheiro, mas tratar de suas feridas era atividade de curandeiros da classe média. Essa era a opinião do general, e ele desfrutou ainda mais de suas caçadas ao mantê-la. Para o general Melrose, não era uma tarefa difícil tratar o filho com frieza. A primeira vez que demonstrou algum interesse por ele foi quando David saiu do colégio Eton e seu pai lhe perguntou o que ele queria fazer. David gaguejou: "Infelizmente não sei, senhor", sem se atrever a admitir que desejava ser compositor. Não tinha passado despercebido ao general que o filho flertava com o piano, e ele acertadamente julgou que uma carreira no Exército iria refrear esse impulso afeminado. "Melhor entrar no Exército", ele disse, oferecendo um charuto ao filho com uma camaradagem embaraçosa.

E, no entanto, para Eleanor, David tinha parecido bem diferente da tribo de esnobes ingleses menos importantes e de primos distantes que rondavam por ali, prontos para uma emergência ou para um fim de semana, cheios de lembranças que nem eram deles, lembranças da forma como seus avós tinham vivido e que na verdade não correspondiam a como seus avós tinham vivido de fato. Quando conheceu David, ela achou que ele era a primeira pessoa a realmente entendê-la. Hoje ele seria a última pessoa de quem ela esperaria compreensão. Era difícil explicar essa mudança, e ela tentava resistir à tentação de pensar que o tempo todo ele estivera esperando o dinheiro dela para financiar as fantasias dele, sobre como ele merecia viver. Talvez, ao contrário, tenha sido o dinheiro dela que o tornou tão baixo. Ele tinha deixado de exercer a medicina logo depois do casamento. No início, houve uma conversa sobre usar parte do dinheiro dela para fundar um lar para alcoólatras. De certo modo, eles tinham conseguido.

A perspectiva de cruzar com David sobressaltou Eleanor de novo. Ela obrigou-se a deixar a resina de pinheiro no para-brisa, enfiou-se no carro e saiu conduzindo o pesado Buick, passando pelos degraus e seguindo pela trilha poeirenta, parando apenas quando já tinha descido metade da colina. Estava a caminho da casa de Victor Eisen para poder ir cedo ao aeroporto com Anne, mas primeiro precisava se recompor. Envolta numa almofada sob o banco do motorista, havia meia garrafa de conhaque Bisquit. Na bolsa, os comprimidos amarelos para mantê-la alerta e os brancos para afastar o terror e o pânico que acompanhavam seu estado de alerta. Com o longo caminho que tinha pela frente, tomou quatro em vez de dois comprimidos amarelos, e então, receosa de que a dose dupla a deixasse agitada, tomou dois brancos e bebeu metade da garrafa de conhaque para fazer os comprimidos descerem. A princípio estremeceu de forma violenta, e então, antes mesmo que ele chegasse à corrente sanguínea, sentiu o estalido seco do álcool enchendo-a de gratidão e calor.

Afundou no assento em que estivera apenas empoleirada, reconhecendo-se no espelho pela primeira vez naquele dia. Acomodou-se em seu corpo como um sonâmbulo que volta para a cama depois de uma expedição perigosa. Silenciosas atrás das janelas fechadas, viu pegas brancas e pretas irromperem das vinhas e as agulhas dos pinheiros projetando-se acentuadamente contra o céu claro, varrido depois de dois dias de vento forte. Deu a partida e arrancou, dirigindo distraída pelas estradas íngremes e estreitas.

David Melrose, cansado de afogar formigas, abandonou a tarefa de regar o jardim. Assim que o esporte deixava de ter um foco específico, ele caía no desespero. Sempre havia outro formigueiro, outro campo de formigueiros. A ideia de formigas, *ants*, evocava suas tias, *aunts*, e suas perseguições assassinas adquiriam um sabor especial se ele tivesse em mente as sete irmãs arrogantes de sua mãe, mulheres egoístas de princípios elevados para quem ele exibira seu talento no piano quando criança.

David largou a mangueira na trilha de cascalho, pensando no quão inútil Eleanor tinha se tornado para ele. Ela andava paralisada de medo fazia tempo demais. Era como tentar apalpar o fígado inchado de um paciente quando já estava claro que ele doía. Só de vez em quando ela conseguia relaxar.

Lembrou de uma noite doze anos antes, quando a convidara para jantar no apartamento dele. Como ela era ingênua naquela época! Eles já tinham dormido juntos, mas ainda assim Eleanor o tratava com timidez. Usava um vestido branco bem deselegante, com grandes bolas pretas. Tinha vinte e oito anos, porém parecia mais nova por causa do corte simples de seu cabelo loiro e escorrido. Ele a achou bonita de um jeito confuso e pálido, porém a inquietação dela o excitou, a exasperação silenciosa de uma mulher que anseia se atirar a algo significativo, mas que não consegue descobrir o que é.

Ele tinha feito um prato marroquino de pombo recheado com amêndoas e o serviu sobre uma cama de arroz com açafrão, mas em seguida puxou o prato de volta. "Você faria uma coisa para mim?", perguntou.

"Claro", disse ela. "O quê?"

Ele pôs o prato no chão atrás da cadeira dela e disse: "Você comeria seu jantar sem usar garfo e faca, nem as mãos, apenas comendo direto do prato?".

"Como um cachorro?", perguntou ela.

"Como uma garota fingindo ser um cachorro."

"Mas por quê?"

"Porque eu quero."

Ele gostou do risco que estava correndo. Ela poderia ter dito não e ido embora. Se ela ficasse e fizesse o que ele queria, ele a conquistaria. O estranho foi que nenhum dos dois pensou em rir.

Uma submissão, ainda que absurda, era uma verdadeira tentação para Eleanor. Ela sacrificaria coisas em que não queria acreditar — etiqueta à mesa, dignidade, orgulho — por algo em que queria acreditar: o espírito de sacrifício. O vazio do gesto, o fato de não servir a ninguém, fez com que ele parecesse ainda mais puro na época. Ela ficou de quatro no surrado tapete persa, as mãos espalmadas uma de cada lado do prato, seus cotovelos projetando-se enquanto se abaixava e abocanhava um pedaço de pombo. Ela sentiu a tensão na base da espinha.

Ela se reclinou, com as mãos repousadas sobre os joelhos, e mastigou calmamente. O pombo tinha um gosto estranho. Ela ergueu um pouco os olhos e viu os sapatos de David, um dos pés apontando em sua direção no chão, o outro balançando no ar perto dela. Eleanor não olhou acima dos joelhos das pernas cruzadas dele, e se abaixou de novo, comendo com mais intensidade dessa vez, cavando no monte de arroz para pegar uma amêndoa com os lábios e sacudindo delicadamente a cabeça para soltar do osso um pedaço de pombo. Quando por fim ergueu os olhos para ele, uma bochecha reluzia com o molho e alguns grãos de arroz amarelo haviam grudado em sua boca e no nariz. Todo o espanto desaparecera do rosto dela.

Por alguns instantes, David a adorou por ter feito o que havia pedido. Esticou o pé e roçou com delicadeza a ponta do sapato na bochecha dela. Estava completamente fascinado pela confiança que ela demonstrara, mas não sabia o que fazer com isso, pois já tinha atingido seu objetivo, que era demonstrar a capacidade de submissão de Eleanor.

No dia seguinte, ele contou a Nicholas Pratt o que tinha acontecido. Era um desses dias em que ele mandava sua secretária dizer que ele estava ocupado, e ficava bebendo ali no clube, fora do alcance de crianças febris e mulheres que fingiam que suas ressacas eram enxaquecas. Gostava de beber sob o teto azul e dourado da sala da manhã, onde havia sempre uma ondulação no ar, deixada pela passagem de homens importantes. Membros insossos, perdulários e obscuros sentiam-se encorajados por essa atmosfera de poder, assim como os pequenos barcos balançam em suas amarras quando um grande iate sai navegando do porto que haviam compartilhado.

"Por que você fez isso com ela?", perguntou Nicholas, oscilando entre a malícia e a repulsa.

"A conversa dela é tão limitada, não acha?", disse David.

Nicholas não respondeu. Sentiu que estava sendo forçado a conspirar, assim como Eleanor tinha sido forçada a comer.

"E a conversa dela melhorou no chão?", perguntou ele.

"Não sou mágico", disse David, "não consegui torná-la divertida, mas pelo menos consegui fazê-la ficar quieta. Eu temia ter de conversar outra vez sobre as angústias de ser rico. Sei muito pouco sobre eles, e ela sabe muito pouco sobre qualquer outra coisa."

Nicholas riu baixinho e David mostrou os dentes. Não importava o que achassem sobre David desperdiçar seus talentos, pensou Nicholas, mas sorrir nunca tinha sido o seu forte.

David subiu a escadaria dupla que ia do jardim ao terraço pelo lado direito. Embora já tivesse sessenta anos, seu cabelo continuava espesso e um tanto selvagem. Seu rosto era extraordinariamente belo. Sua impecabilidade era o único defeito; era o modelo de um rosto e tinha um quê de desabitado, como se nenhum traço de como seu dono tinha vivido pudesse modificar a perfeição das linhas. Pessoas próximas a David procuravam sinais de decadência, mas sua máscara ia se tornando cada vez mais nobre com o passar dos anos. Atrás dos óculos escuros, por mais rigidamente que ele sustentasse o pescoço, seus olhos faiscavam despercebidos, avaliando as fraquezas das pessoas. O diagnóstico fora sua habilidade mais inebriante como médico, e depois de exibi-la ele frequentemente perdia o interesse por seus pacientes, a não ser que algo no sofrimento deles o intrigasse. Sem os óculos escuros, ele exibia uma expressão desatenta, até entrever outra vulnerabilidade na pessoa. Com isso seu olhar endurecia como um músculo flexionado.

Ele parou no alto da escada. Seu charuto tinha apagado e ele o atirou por cima do muro, para as vinhas abaixo. À sua frente, a hera que cobria o lado sul da casa já estava riscada de vermelho. Ele admirava a cor. Era um gesto de desafio diante da decadência, como um homem cuspindo no rosto de seu torturador. Tinha visto Eleanor sair apressada bem cedo naquela manhã com seu carro ridículo. Tinha visto inclusive Yvette tentando entrar de fininho na casa sem chamar a atenção. Quem poderia julgá-las?

Ele sabia que sua crueldade com Eleanor só era eficaz se a alternasse com demonstrações de preocupação e elaborados pedidos de desculpa por sua natureza destrutiva, mas ele tinha abandonado essas variações porque sua decepção com ela era ilimitada. Sabia que ela não poderia ajudá-lo a desfazer o nó de inarticulação que ele carregava dentro de si. Ao contrário, ele podia senti-lo se apertando, como uma promessa de sufocamento que ensombrecia a cada respiração.

Era absurdo, mas durante todo o verão ele ficou obcecado na lembrança de um aleijado mudo que vira no aeroporto de Atenas. Esse homem, ao tentar vender saquinhos minúsculos de pistache atirando panfletos no colo de passageiros à espera, impelira-se para a frente com esforço, golpeando o chão com pés incontroláveis, a cabeça pendendo e os olhos revirados para cima. Todas as vezes que David olhou para a boca do homem contorcendo-se em silêncio, como um peixe arfando na margem de um rio, sentira uma espécie de vertigem.

David escutou o som de ruge-ruge que suas pantufas amarelas faziam enquanto ele subia o último lance de escadas até a porta que separava o terraço da sala de estar. Yvette ainda não tinha aberto as cortinas, o que lhe poupava o esforço de fechá-las de novo. Ele gostava da sala de estar com um aspecto sombrio e valioso. Uma cadeira vermelho-escura carregada de dourado, que a avó americana de Eleanor tinha arrancado de uma antiga família veneziana em uma de suas varreduras de aquisições pela Europa, reluzia contra a parede oposta da sala. Ele se deliciava com o escândalo ligado à sua aquisição e, sabendo que ela deveria estar cuidadosamente preservada num museu, fazia questão de se sentar nela com o máximo de frequência possível. Às vezes, quando estava sozinho, sentava na cadeira do Doge, como sempre era chamada, inclinando-se para a frente na ponta do assento, a mão direita agarrando um dos braços intrincadamente entalhados, fazendo uma pose que ele lembrava da *História ilustrada da Inglaterra*, que tinham lhe dado na escola preparatória. A imagem retratava a soberba raiva de Henrique V quando presenteado com bolas de tênis pelo insolente rei da França.

David estava cercado pelos despojos da família americana e matriarcal de Eleanor. Pinturas de Guardi e Tiepolo, Piazzetta e Novelli pendiam espessamente nas paredes. Um biombo francês do século XVIII, coberto por rosas e macacos marrom-acinzentados, dividia a comprida sala ao meio. Parcialmente escondido por ele, de onde David estava, havia um armário chinês preto com o topo abarrotado de garrafas perfeitamente enfileiradas e suas prateleiras internas cheias de reforços. Enquanto se servia de uma bebida, David pensou no falecido sogro, Dudley Craig, um escocês bêbado encantador, que tinha sido dispensado pela mãe de Eleanor, Mary, quando ficou caro demais mantê-lo. Depois de Dudley Craig, Mary havia se casado com Jean de Valençay, sentindo que, se era para sustentar um homem, ele poderia muito bem ser um duque. Eleanor tinha sido criada em casas nas quais cada objeto parecia ter pertencido a um rei ou um imperador. Eram casas maravilhosas, mas os convidados saíam delas com uma sensação de alívio, cientes de que não eram bons o bastante, aos olhos da duquesa, para as cadeiras nas quais haviam se sentado.

David foi em direção à janela alta no final da sala. A única com a cortina aberta, ela oferecia uma vista da montanha em frente. Ele olhava com frequência para os afloramentos desnudos do calcário dilacerado. Eles lhe pareciam cérebros humanos jogados na encosta verde-escura da montanha e, outras vezes, um único cérebro rebentando com dezenas de incisões. Sentou-se no sofá junto da janela e olhou para fora, tentando incitar uma sensação primitiva de alumbramento.

2.

Patrick caminhou em direção ao poço. Na mão levava uma espada cinza de plástico com um cabo dourado, que ia zunindo contra as flores rosa das valerianas que cresciam no muro do terraço. Quando havia um caracol num dos caules de funcho, ele arremessava a espada contra a haste, cortando-a e derrubando-a. Se matasse um caracol, tinha que pisar depressa nele e fugir, pois o bicho ficava todo mole, como ranho de nariz. Depois voltava para dar uma olhada na concha quebrada enfiada na carne cinza e macia e se arrependia de ter feito aquilo. Não era certo esmagar caracóis depois que chovia, pois eles saíam para brincar, tomando banho nas poças sob as folhas pingando e esticando seus tentáculos. Quando tocava nos tentáculos eles recuavam na hora, assim como sua mão. Para os caracóis ele era como um adulto.

Certo dia, quando não tinha a intenção de ir até lá, surpreendeu-se ao ver que estava perto do poço e, com isso, concluiu que o caminho que havia descoberto era um atalho secreto.

Agora ele sempre ia por ali quando estava sozinho. Atravessava um terraço de oliveiras onde no dia anterior o vento tinha feito com que as folhas mudassem de verde para cinza e de cinza para verde, como quando ele corria os dedos para a frente e para trás sobre veludo, deixando-o claro e depois escuro de novo.

Ele tinha mostrado o atalho secreto a Andrew Bunnill e Andrew disse que era mais longe do que pelo outro caminho, e com isso ele disse a Andrew que iria jogá-lo no poço. Andrew era fracote e tinha começado a chorar. Quando Andrew foi pegar o voo de volta para Londres, Patrick disse que iria jogá-lo do avião. Buá, buá, buá. Patrick nem no avião estava, mas ele disse a Andrew que iria se esconder debaixo do piso e serrar um círculo em volta do banco dele. A babá de Andrew disse que Patrick era um garotinho malvado, e Patrick disse que era só porque Andrew era molenga demais.

A babá de Patrick tinha morrido. Uma amiga de sua mãe dissera que ela fora para o céu, mas Patrick esteve presente e sabia muito bem que eles a colocaram numa caixa de madeira e a meteram num buraco. O céu ficava do outro lado, e isso significava que a mulher estava mentindo, a não ser que aquilo fosse como despachar um pacote. Sua mãe chorou demais quando a babá foi colocada na caixa, ela disse que era por causa de sua própria babá. Um absurdo, pois a babá dela ainda estava viva e, a bem da verdade, eles tinham que ir visitá-la de trem, e era a coisa mais chata do mundo. Ela servia um bolo horrível só com um tiquinho de geleia no meio e quilômetros de massa dos lados. E sempre dizia: "Eu sei que você gosta disso", o que era mentira, porque da última vez ele tinha dito a ela que não gostava. Eles o chamavam de bolo esponjoso, então ele perguntou se era por que ele tinha tomado banho, e a babá da sua mãe ficou rindo e rindo e o abraçando por uma eternidade. Era nojento, porque ela apertava o rosto contra o dele e sua pele balangava toda frouxa, como o pescoço daquele frango que ele tinha visto pendurado na beirada da mesa da cozinha.

Aliás, por que sua mãe precisava de uma babá? Ele não tinha mais babá e estava com apenas cinco anos. Seu pai disse que agora ele era um homenzinho. Ele se lembrava de ter ido à Inglaterra quando tinha três anos. Era inverno e ele viu neve pela primeira vez. Lembrava de estar na rua perto de uma ponte de pedra e a rua estava coberta de gelo e os campos estavam cobertos de neve e o céu brilhava e a rua e as cercas vivas reluziam e ele usava luvas de lã azul e sua babá segurava sua mão e eles ficaram uma eternidade parados olhando para a ponte. Ele pensava com frequência nisso e no momento em que estavam no banco de trás do carro e ele tinha colocado a cabeça no colo dela e olhou para ela e ela sorriu e o céu atrás da cabeça dela era muito vasto e azul e ele acabou pegando no sono.

Patrick subiu um barranco por uma trilha que passava ao lado de um loureiro e terminava perto do poço. Tinha sido proibido de brincar perto do poço. Era o seu lugar favorito para brincar. Às vezes subia na tampa podre e ficava pulando ali em cima, fingindo que era um trampolim. Ninguém podia detê-lo, e eles raramente tentavam. A madeira era escura nos pontos onde a tinta rosa empolada havia descascado. Ela rangia perigosamente e fazia seu coração bater mais rápido. Ele não era forte o bastante para erguer a tampa sozinho, mas quando ela era deixada aberta ele recolhia pedras e pedaços de terra solta para jogar dentro do poço. Eles batiam na água com um som profundo e reverberante e penetravam escuridão adentro.

Patrick ergueu sua espada em triunfo ao chegar ao topo da trilha. Viu a tampa do poço afastada. Começou a procurar uma boa pedra, a maior que conseguisse erguer e a mais redonda que pudesse encontrar. Esquadrinhou a área em volta e deu com uma pedra avermelhada que precisou carregar com as duas mãos. Colocou-a na superfície plana junto da abertura do poço, pendurou-se até suas pernas ficarem suspensas e, inclinando-se tanto quanto podia, olhou para a escuridão abaixo onde ele sabia que a água estava escondida. Segurando-se com a mão esquerda, empurrou a pedra sobre a borda e escutou a pancada que ela fez ao afundar, vendo a superfície se romper e a água perturbada captar a luz do céu e refleti-la confusamente. Tão densa e negra que era mais como óleo. Gritou para dentro do poço onde os tijolos ficavam verdes e depois pretos. Se se inclinasse bem, conseguia ouvir um eco abafado de sua voz.

Patrick decidiu subir na beirada do poço. Suas gastas sandálias azuis entravam nos vãos em meio às rochas. Ele queria ficar na borda do lado aberto do poço. Já tinha feito isso antes, por provocação, quando Andrew estava hospedado com eles. Andrew tinha ficado ao lado do poço dizendo: "Por favor, não faça isso, Patrick, por favor desça, *por favor* não faça isso". Patrick não ficou com medo na época, embora Andrew tivesse ficado, mas agora que estava sozinho, se sentiu tonto, agachado na beira, de costas para a água. Ele se ergueu bem devagar e enquanto se endireitava sentiu o convite do vazio atrás de si, puxando-o para trás. Tinha certeza de que seus pés iriam escorregar se ele se mexesse e tentou parar de oscilar cerrando os punhos e os dedos do pé e olhando bem sério para baixo, para o chão firme em volta do poço. Sua espada ainda estava apoiada na borda e ele queria recuperá-la a fim de tornar sua conquista completa, então se inclinou cuidadosamente, com um enorme esforço, resistindo ao medo que tentava paralisar seus membros, e pegou a espada pela lâmina cinza, arranhada e amassada. Uma vez com a espada na mão, dobrou os joelhos hesitante e saltou da borda, pousando no chão, gritando urras e imitando o som de metal colidindo enquanto retalhava inimigos imaginários à sua volta. Bateu numa folha de louro com a parte larga da espada e depois golpeou o ar embaixo dela com um gemido mórbido, agarrando ao mesmo tempo o lado do corpo. Gostava de imaginar um exército romano preso numa emboscada e prestes a ser feito em pedacinhos pelos bárbaros até que ele chegava, o comandante dos soldados especiais com capas roxas, e ele era o mais corajoso de todos e salvava o dia de uma derrota inimaginável.

Quando ia andar pelo bosque, com frequência pensava em Ivanhoé, o herói de um dos seus quadrinhos favoritos, que cortava as árvores de ambos os lados ao passar. Patrick precisava contornar os pinheiros, mas imaginava-se com o poder de abrir seu próprio caminho, percorrendo majestosamente pelo pequeno bosque ao final do terraço em que se encontrava, derrubando com um só golpe toda árvore à sua direita e à sua esquerda. Lia coisas nos livros e depois pensava bastante sobre elas. Tinha lido sobre arco-íris num livro ilustrado meloso, mas logo começou a vê-los nas ruas de Londres depois que chovia, quando a gasolina dos carros manchava o asfalto e a água espirrava em semicírculos partidos roxos, azuis e amarelos.

Ele não estava a fim de se embrenhar no bosque hoje, portanto decidiu descer saltando por todos os terraços. Era como voar, mas alguns muros eram altos demais e ele tinha que sentar na beirada, jogar a espada à frente e se abaixar o máximo que podia antes de se lançar. Seu calçado ficava cheio de terra seca e ele teve de tirá-lo duas vezes e virá-lo de ponta-cabeça para sacudir a terra e os pedregulhos. Mais próximo do fundo do vale, os terraços ficavam mais largos e mais baixos e ele conseguia saltar sobre a borda de todos os muros. Reuniu fôlego para o voo final.

Às vezes ele conseguia saltar tão longe que se sentia praticamente o Super-Homem e outras vezes ele se forçava a correr bem rápido pensando no pastor-alemão que o perseguira pela praia naquele dia ventoso em que eles tinham ido almoçar na casa de George. Ele havia implorado à mãe que o deixasse dar uma volta, pois amava ver o mar estourando com o vento, como garrafas quebrando contra rochas. Todo mundo disse para ele não ir muito longe, mas ele quis chegar mais perto das rochas. Havia uma trilha de areia que levava à praia e, enquanto ele descia por ela, um pastor-alemão gordo de pelo longo apareceu no topo da colina, latindo para ele. Quando viu o cachorro se aproximar, começou a correr, acompanhando as curvas da trilha a princípio e depois pulando direto pelo suave declive, cada vez mais rápido, até estar dando saltos gigantescos, seus braços abertos contra o vento, descendo a toda a colina até o semicírculo de areia entre as rochas, bem na beira da onda mais alta. Quando olhou para cima, o cachorro estava a quilômetros de distância no alto da colina, e ele sabia que o bicho jamais conseguiria alcançá-lo, porque ele era muito rápido. Mais tarde se perguntou como teria sido se o cachorro tivesse tentado.

Patrick chegou ofegando ao leito seco do rio. Subiu numa grande pedra entre duas moitas de bambu verde-claro. Quando levou Andrew ali, eles haviam brincado de um jogo que Patrick inventara. Ambos tinham de ficar em cima da pedra e tentar empurrar um ao outro, e de um lado eles fingiam que havia um poço cheio de lâminas quebradas e, do outro, um tanque cheio de mel. Se você caísse de um lado, morria com cortes em um milhão de lugares e, do outro, você se afogava, esgotado por nadar com dificuldade naquele líquido dourado. Andrew caía todas as vezes, porque ele era incrivelmente molenga.

O pai de Andrew também era molenga de certa forma. Patrick tinha ido à festa de aniversário de Andrew em Londres, e havia uma enorme caixa no meio da sala, cheia de presentes para as outras crianças. Todas faziam fila e pegavam um presente da caixa e depois corriam em volta, comparando o que tinham ganhado. Ao contrário delas, Patrick escondeu seu presente embaixo de uma poltrona e voltou para pegar outro. Quando estava se inclinando sobre a caixa, pescando outro pacote brilhante, o pai de Andrew se agachou ao lado dele e disse: "Você já tem um, não tem, Patrick?" — não bravo, mas num tom de voz como se estivesse oferecendo um doce a Patrick. "Não é justo com as outras crianças se você pegar o presente delas, não é verdade?" Patrick lançou-lhe um olhar desafiador e disse: "Eu ainda não tenho um", e o pai de Andrew apenas ficou ali parecendo todo triste e incrivelmente molenga, e disse: "Certo, Patrick, mas eu não quero ver você pegando outro". Portanto Patrick ficou com dois presentes, mas odiou o pai de Andrew, porque ele queria mais.

Agora Patrick tinha que brincar do jogo da pedra sozinho, pulando de um lado para o outro na pedra, desafiando seu senso de equilíbrio com gestos ousados. Quando ele caiu, fingiu que nada havia acontecido, embora soubesse que estava trapaceando.

Patrick olhou inseguro para a corda que François tinha amarrado numa das árvores ali perto, para que ele pudesse se balançar sobre o leito do rio. Sentiu sede e começou a voltar para casa subindo pela trilha entre as vinhas por onde o trator passava. Sua espada havia se tornado um fardo e ele a carregou ressentido debaixo do braço. Tinha ouvido seu pai usar uma expressão esquisita certa vez. Ele disse a George: "É só dar corda suficiente que ele se enforca". Patrick não sabia o que isso significava, mas ficou convencido, com uma onda de terror e vergonha, de que eles estavam falando da corda que François tinha amarrado na árvore. Naquela noite sonhou que a corda havia se transformado num dos tentáculos de um polvo e se enrolado em volta da sua garganta. Tentou cortá-lo, mas não conseguiu, porque sua espada era de brinquedo. Sua mãe chorou muito quando o encontraram pendurado na árvore.

Mesmo quando estava acordado era difícil saber o que os adultos queriam dizer quando falavam algumas coisas. Uma vez ele criou uma forma de adivinhar o que eles iriam fazer: *não* significava *não, quem sabe* significava *talvez, sim* significava *quem sabe*, e *talvez* significava *não*, mas o sistema não funcionou e ele concluiu que talvez tudo significasse *talvez*.

No dia seguinte, os terraços ficariam repletos de colhedores enchendo seus baldes com cachos de uva. No ano anterior, François o levara no trator. Suas mãos eram bem fortes e duras como madeira. François era casado com Yvette, que tinha dentes de ouro que apareciam quando ela sorria. Um dia todos os dentes de Patrick seriam de ouro, não apenas dois ou três. Às vezes ele ficava sentado na cozinha com Yvette e ela o deixava experimentar as coisas que estava cozinhando. Ela ia até ele com colheres cheias de tomate, carne e sopa e dizia: *"Ça te plaît?"*. E ele podia ver os dentes de ouro dela quando fazia que sim com a cabeça. No ano passado, François lhe disse para sentar no canto da carreta ao lado de dois grandes barris de uvas. Às vezes, quando a estrada ficava acidentada e íngreme, ele se virava e perguntava: *"Ça va?"*. E Patrick gritava em resposta: *"Oui, merci"* por cima do barulho do motor e dos solavancos e guinchos do reboque e dos freios. Quando eles chegaram ao local onde o vinho era feito, Patrick estava muito empolgado. Era escuro e frio lá dentro, o chão estava molhado com água e havia um cheiro penetrante de suco se transformando em vinho. O lugar era imenso e François o levou por uma escada até uma rampa alta que passava por cima do lagar e de todos os tonéis. A rampa era feita de metal com buracos, e era uma sensação estranha estar tão alto com buracos sob os pés.

Quando eles chegaram ao lagar, Patrick olhou para baixo e viu dois cilindros de aço girando em direções opostas, sem nenhum espaço entre eles. Manchados de suco de uva, eles pressionavam um contra o outro, girando ruidosamente. A balaustrada inferior da rampa chegava só até o queixo de Patrick e ele se sentiu bem perto do lagar. E ao olhar para ele sentiu que seus olhos eram como as uvas, feitos da mesma geleia macia e translúcida, e que eles poderiam cair de sua cabeça e ser esmagados entre os dois cilindros.

Enquanto Patrick se aproximava da casa, como sempre subindo a escadaria dupla pela direita, porque dava mais sorte, ele se virou na direção do jardim para ver se conseguia encontrar a rã que vivia na figueira. Ver a rã da árvore era realmente muita sorte. Sua pele verde e brilhante ficava ainda mais macia contra a pele cinza e macia da figueira, e era difícil encontrá-la entre as folhas da árvore, que eram quase da mesma cor que ela. De fato, Patrick só tinha visto a rã da árvore duas vezes, mas havia ficado parado ali uma eternidade olhando para seus ossos pontudos e seus olhos saltados, como as contas do colar amarelo de sua mãe, para as ventosas nas patas dianteiras que a mantinham imóvel contra o tronco e, acima de tudo, para seu ventre inchado, que dava vida a um corpo tão delicado quanto uma joia, porém mais ávido por respirar. Na segunda vez em que viu a rã, Patrick estendeu a mão e tocou com cuidado sua cabeça com a ponta do indicador, e a rã não se moveu, e ele sentiu que ela confiava nele.

A rã não estava lá hoje, então ele subiu cansado o último lance de escadas, empurrando os joelhos com as mãos. Deu a volta na casa até a entrada da cozinha e se esticou para cima a fim de abrir a porta com seu ruído estridente. Esperava encontrar Yvette na cozinha, mas ela não estava ali. Garrafas de vinho branco e champanhe chacoalharam e tilintaram quando ele abriu a porta da geladeira. Voltou-se para a despensa, onde encontrou duas garrafas de achocolatado no canto da prateleira mais baixa. Depois de várias tentativas, abriu uma e bebeu o líquido reconfortante direto da garrafa, coisa que a Yvette tinha dito para ele não fazer. Assim que terminou de beber, se sentiu violentamente triste e ficou sentado por vários minutos no balcão da cozinha olhando para o seu calçado a balançar.

Ouvia o som do piano, abafado pela distância e pelas portas fechadas, mas não prestou atenção nisso até reconhecer a melodia que o pai havia composto para ele. Desceu do balcão num salto e saiu correndo pelo corredor que dava para o hall, atravessando-o e desacelerando numa espécie de trote ao entrar na sala de estar e dançar ao som da melodia de seu pai. Era uma música frenética com rajadas ásperas de notas agudas sobrepostas numa marcha militar retumbante. Patrick saltitou e pulou entre as mesas e cadeiras e em volta da beira do piano, parando apenas quando seu pai terminou de tocar.

"Como vai você hoje, sr. Mestre?", perguntou o pai, observando-o atentamente.

"Bem, obrigado", disse Patrick, perguntando-se se aquilo era alguma pegadinha. Estava sem fôlego, mas sabia que precisava se concentrar porque estava com o pai. Quando lhe perguntara qual era a coisa mais importante no mundo, seu pai tinha dito: "Observe tudo". Patrick vivia se esquecendo dessa instrução, mas na presença do pai olhava para as coisas com cuidado, sem ter certeza do que estava procurando. Ele já tinha reparado nos olhos de seu pai por trás dos óculos escuros. Eles moviam-se de objeto para objeto e de pessoa para pessoa, detendo-se por um momento em cada um e parecendo roubar algo vital deles, com uma rápida olhadela pegajosa, como o súbito movimento da língua da lagartixa. Quando estava com seu pai, Patrick olhava para tudo com seriedade, esperando parecer sério para quem quer que reparasse em seus olhos, como ele tinha reparado nos do pai.

"Venha aqui", disse o pai. Patrick se aproximou.

"Devo te pegar pelas orelhas?"

"Não", gritou Patrick. Era uma espécie de brincadeira que eles faziam. Seu pai estendia as mãos e agarrava as orelhas de Patrick entre o indicador e o polegar. Patrick punha as mãos em volta dos pulsos do pai e seu pai fingia que o erguia pelas orelhas, mas Patrick era quem realmente aguentava o esforço com os braços. Seu pai se levantou e ergueu Patrick até os olhos dos dois ficarem no mesmo nível. "Solte as mãos", disse.

"Não", gritou Patrick.

"Solte e no mesmo instante eu te ponho no chão", disse o pai num tom persuasivo.

Patrick largou os pulsos do pai, mas ele continuou apertando suas orelhas. Por um momento, todo o peso de seu corpo foi sustentado pelas orelhas. Ele rapidamente agarrou os pulsos do pai de novo.

"Ai", disse, "você falou que ia me soltar. *Por favor* solte minhas orelhas."

O pai continuou segurando-o no ar. "Você aprendeu algo muito útil hoje", disse. "Pense sempre por conta própria. Nunca deixe que outras pessoas tomem decisões importantes por você."

"Por favor, solte", disse Patrick. "Por favor." Ele sentia que ia chorar, mas repeliu a sensação de desespero. Seus braços estavam exaustos, porém sabia que se os relaxasse suas orelhas seriam praticamente arrancadas, como o papel-alumínio dourado de um pote de creme, simplesmente rasgadas do lado da cabeça.

"Você *disse*", gritou ele, "você disse."

Seu pai o soltou. "Não fique choramingando", disse num tom entediado, "é muito deselegante." Sentou ao piano e começou a tocar a marcha novamente, mas Patrick não dançou.

Ele correu para fora da sala, através do hall, além da cozinha, sobre o terraço, ao longo do olival e pinheiral adentro. Encontrou o espinheiro, enfiou-se debaixo dele e deslizou por uma pequena inclinação até seu esconderijo mais secreto. Sob um dossel de arbustos, encravado contra um pinheiro rodeado por mato de todos os lados, sentou e tentou fazer parar seu choro arfante, que chegava como soluços trancando sua garganta.

Ninguém pode me encontrar aqui, pensou. Não conseguia controlar os espasmos que prendiam sua respiração enquanto tentava puxar o ar. Era como ficar preso num suéter, quando ele enfiava a cabeça na malha e não conseguia encontrar o buraco do pescoço, e tentava sair pelo do braço, e tudo ficava embolado, e ele achava que jamais conseguiria sair, e ele não conseguia respirar.

Por que o pai fez aquilo? Ninguém deveria fazer isso com ninguém, pensou, ninguém deveria fazer isso com ninguém.

No inverno, quando havia gelo nas poças, dava para ver as bolhas presas embaixo e o ar não conseguia respirar: ele tinha sido imprensado pelo gelo e ficava ali, e ele odiava aquilo porque era algo muito injusto, por isso sempre quebrava o gelo para libertar o ar.

Ninguém pode me encontrar aqui, pensou. Depois pensou: e se ninguém puder me encontrar aqui?

3.

Victor ainda estava dormindo no seu quarto no andar de baixo e Anne queria que ele continuasse assim. Passado menos de um ano juntos, eles agora dormiam em quartos separados porque o ronco de Victor, e nada mais nele, a mantinha acordada a noite toda. Ela desceu descalça a escada íngreme e estreita, correndo a ponta dos dedos pela curva das paredes caiadas. Na cozinha, retirou o apito do bico da chaleira esmaltada e lascada e fez café com o máximo de silêncio possível.

Havia uma efervescência cansada na cozinha de Victor, com sua louça cor de laranja vivo e fatias de melancia sorrindo de modo zombeteiro nos panos de prato. Era um porto de alegria barata construído pela ex-mulher dele, Elaine, e Victor tinha ficado dividido entre protestar contra o mau gosto dela e o receio de que poderia ser de mau gosto protestar. No final das contas, quem reparava nas coisas da cozinha? Elas tinham importância? A indiferença não era mais digna? Ele sempre admirara a certeza de David Melrose de que acima do bom gosto estava a confiança de cometer erros porque eles eram seus. Era nesse ponto que Victor geralmente vacilava. Às vezes optava durante alguns dias, ou minutos, pela impertinência confiante, mas sempre regressava à sua cuidadosa personificação de cavalheiro; nada mais divertido do que *épater les bourgeois*, mas a empolgação tinha dois lados caso você fosse um deles também. Victor sabia que jamais conseguiria adquirir a convicção de David Melrose de que o sucesso era, de certa forma, vulgar. Ainda que às vezes se sentisse tentado a acreditar que a languidez e o desprezo de David mascaravam um arrependimento por sua vida fracassada, essa simples ideia se esvaía diante da presença dominadora de David.

O que espantava Anne era que um homem tão inteligente como Victor pudesse ser fisgado por anzóis tão pequenos. Servindo-se de um pouco de café, sentiu uma estranha empatia com Elaine. Elas nunca tinham se encontrado, mas ela veio a entender o que levara a mulher de Victor a buscar refúgio num jogo completo de canecas do Snoopy.

Quando Anne Moore fora enviada pelo escritório de Londres do *New York Times* para entrevistar o eminente filósofo Victor Eisen, ele lhe parecera um pouco antiquado. Ele tinha acabado de voltar do almoço no Athenaeum, e seu chapéu de feltro, escurecido pela chuva, estava sobre a mesa do saguão. Ele tirou o relógio do bolso do colete com o que, aos olhos de Anne, lembrava um gesto arcaico.

"Ah, bem na hora", disse ele. "Admiro pontualidade."

"Ah, que bom", respondeu ela, "muita gente não admira."

A entrevista tinha corrido bem, na verdade tão bem que, mais tarde naquele dia, ela continuou no quarto dele. Daquele ponto em diante, Anne tinha de bom grado interpretado as roupas quase eduardianas, a casa pretensiosa e as anedotas manchadas de vinho como parte da camuflagem que um intelectual judeu teria de assumir, acompanhada do título de cavaleiro, para se misturar à paisagem da vida inglesa convencional.

Durante os meses que se seguiram, ela viveu com Victor em Londres, ignorando qualquer evidência que fazia essa interpretação amena parecer otimista. Aqueles fins de semana intermináveis, por exemplo, que começavam com relatórios na quarta-feira à noite: quantos acres, quantos séculos, quantos empregados. A noite de quinta-feira era dedicada à especulação: ele esperava, realmente esperava, que o chanceler não estivesse lá dessa vez; será que Gerald continuava caçando, agora que estava numa cadeira de rodas? Os avisos vinham na sexta-feira, durante a viagem para o sul: "*Não* desfaça suas malas nesta casa", "*Não* fique perguntando às pessoas o que elas fazem", "*Não* pergunte ao mordomo como ele *se sente*, como você fez da última vez". Os fins de semana só terminavam na terça-feira, quando os talos e as cascas de sábado e domingo eram novamente espremidos para se extrairem as últimas gotas de suco azedo.

Em Londres, ela conheceu os amigos inteligentes de Victor, mas nos fins de semana as pessoas com quem eles conviviam eram ricas e em geral estúpidas. Victor era o amigo inteligente *delas*. Ele ronronava com apreço para o vinho e a pintura delas e elas começavam muitas de suas frases dizendo: "Victor poderá nos dizer…". Ela via como elas tentavam fazê-lo dizer algo inteligente e percebia como ele se esforçava para ser mais parecido com elas, reiterando inclusive as devoções locais: não era magnífico que Gerald *não tivesse* parado de caçar? A mãe de Gerald não era incrível? Esperta que só ela e ainda fazendo bonito nos passeios pelo jardim aos noventa e dois. "Ela me deixa completamente esgotado", ele dissera, arfando.

Se Victor dava duro pelo jantar, pelo menos gostava de comê-lo. O mais difícil de ignorar era sua casa em Londres. Ele tinha assinado um leasing de quinze anos por uma casa de estuque branco surpreendentemente grande, localizada numa rua curva de Knightsbridge, depois de vender sua casa um pouquinho menor, mas própria, num endereço menos pomposo. Agora o contrato do leasing só duraria mais sete anos. Anne, resoluta, atribuiu essa transação insana à desatenção pela qual os filósofos são famosos.

Foi só quando ela desceu para Lacoste em julho e viu a relação de Victor com David que a lealdade dela começou a se desgastar. Passou a se perguntar quão caro, em termos de desperdício de tempo, Victor estava disposto a pagar para obter aceitação social e por que diabos ele queria comprá-la de David.

De acordo com Victor, eles tinham sido "contemporâneos perfeitos", expressão que ele usava para qualquer um que fosse vagamente da mesma idade e que não tinha reparado nele na escola. "Eu o conheci em Eton" com frequência significava que alguém tinha zombado cruelmente dele. Falava de apenas dois outros alunos como sendo seus amigos na escola e não via mais nenhum deles. Um era o diretor de uma faculdade de Cambridge, e o outro, um funcionário público que muitos achavam ser um espião, pois tinha um emprego que parecia maçante demais para ser de verdade.

Ela imaginava Victor naquela época, um aluno ansioso cujos pais tinham saído da Áustria depois da Primeira Guerra Mundial, se estabelecido em Hampstead e mais tarde ajudado um amigo a encontrar uma casa para Freud. As imagens que ela tinha de David Melrose haviam sido formadas por uma mistura das histórias de Victor com a visão americana dela do privilégio inglês. Ela o imaginava como um semideus do casarão, abrindo o jogo contra o time de críquete do vilarejo ou passeando à toa com um colete engraçado que lhe permitiam usar porque ele estava no Pop, um clube no qual Victor jamais entrou. Era difícil levar esse negócio de Pop a sério, mas de alguma forma Victor conseguia. Até onde ela entendia, era como ser um astro do futebol americano universitário, mas em vez de transar com as líderes de torcida você podia bater nos garotos mais novos por queimarem sua torrada.

Quando ela de fato conheceu David, na ponta do longo tapete vermelho desenrolado pelas histórias de Victor, percebeu a arrogância, mas concluiu que ela mesma era simplesmente americana demais para comprar o glamour da promessa perdida e do fracasso de David. Ele lhe pareceu uma fraude e Anne disse isso a Victor. Ele reagiu com seriedade e desaprovação, argumentando que, pelo contrário, David sofria diante da clareza com que via sua própria situação. "Quer dizer então que ele *sabe* que é um pé no saco?", ela perguntou.

Anne voltou caminhando em direção à escada aquecendo as mãos numa caneca laranja fumegante coberta por corações roxos de vários tamanhos. Teria gostado de passar o dia lendo na rede pendurada entre os plátanos na frente da casa, mas tinha concordado em ir ao aeroporto com Eleanor. Essa Saída das Garotas Americanas lhe fora imposta pelo desejo insaciável de Victor de estar ligado aos Melrose. O único Melrose de que Anne realmente gostava era Patrick. Com cinco anos, ele ainda era capaz de um pouco de entusiasmo.

Se a princípio Anne se comovera com a vulnerabilidade de Eleanor, agora se exasperava com a embriaguez dela. Além disso, Anne tinha de se precaver contra seu desejo de salvar as pessoas, assim como contra o hábito de apontar suas deficiências morais, sobretudo porque ela sabia que nada irritava mais os ingleses do que uma mulher de opiniões fortes, a não ser uma mulher que ainda insistisse em defendê-las. Era como se toda vez que ela jogasse o ás de espadas ele fosse vencido por um pequeno trunfo. Trunfos podiam ser fofoquinhas, comentários falsos, trocadilhos irrelevantes ou qualquer coisa que afastasse a possibilidade de seriedade. Estava cansada do sorriso implacável no rosto de pessoas cuja vitória estava garantida por sua estupidez.

Tendo aprendido isso, fora relativamente fácil entrar no jogo com o duque inglês e exilado fiscal George Watford, que vinha para a costa passar fins de semana com os Melrose, usando sapatos que se afunilavam em níveis praticamente impossíveis. Sua cara parecia de madeira e era coberta por finíssimas rachaduras, como o verniz das obras dos Mestres Antigos que ele tinha vendido e assim "chocado a nação". Os ingleses não pediam muito de seus duques, na opinião de Anne. Tudo que tinham a fazer era manter suas posses, pelo menos as bem conhecidas, e com isso podiam ser guardiões do que outras pessoas chamavam de "nosso patrimônio". Ela se decepcionou que esse tipo com um rosto de teia de aranha não tivesse conseguido nem cumprir a pequena tarefa de deixar seus Rembrandt na parede em que os encontrara.

Anne continuou a levar o jogo na boa até a chegada de Vijay Shah. Apenas um conhecido, não um amigo de Victor, eles tinham se encontrado pela primeira vez dez anos antes, quando Vijay, como diretor da Sociedade de Debates, chamou Victor para ir a Eton defender a "relevância" da filosofia. Desde então Vijay tinha cultivado a ligação com uma enxurrada de cartões-postais pseudoartísticos, e eles haviam se encontrado algumas vezes em festas em Londres. Como Victor, Vijay estudara em Eton, mas, ao contrário de Victor, também era muito rico.

Anne se sentiu culpada a princípio por ter reagido tão mal à aparência de Vijay. Sua tez cor de ostra e suas grossas papadas que pareciam sofrer de uma caxumba permanente formavam o cenário infeliz para um grande nariz adunco com tufos de pelo impossíveis na altura das narinas. Seus óculos eram grossos e quadrados, mas, sem eles, as ásperas depressões na ponte do nariz e os olhos fracos espreitando de suas órbitas pareciam piores. O cabelo era modelado com um secador até ficar de pé e duro como um merengue preto no alto da cabeça. Suas roupas não ajudavam em nada no sentido de compensar essas desvantagens da natureza. Se a calça verde boca de sino favorita de Vijay era um erro, isso não era nada comparado à sua seleção de paletós leves com padrões xadrez caóticos e bolsos sem aba costurados do lado de fora. Ainda assim, qualquer roupa era preferível à visão dele em traje de banho. Anne lembrava com horror de seus ombros estreitos e das pústulas brancas lutando para se romper por uma grossa pele com pelos pretos e ásperos.

Se Vijay fosse uma pessoa mais agradável, sua aparência poderia ter despertado compaixão ou até indiferença, mas ter passado só alguns dias com ele convenceu Anne de que cada feição horrenda tinha sido moldada por uma malevolência interna. Sua boca larga e arreganhada era ao mesmo tempo grosseira e cruel. Quando tentava sorrir, seus lábios arroxeados conseguiam apenas se contrair e se contorcer como uma folha podre atirada ao fogo. Obsequioso e todo alegrinho com pessoas mais velhas e mais poderosas, tornava-se selvagem ao cheiro de fraqueza e atacava apenas presas fáceis. Sua voz parecia ter sido concebida exclusivamente para expressar falsidade, e, no entanto, quando eles haviam discutido uma noite antes de ele partir, alcançara a adstringência estridente de um mestre traído. Como muitos bajuladores, ele não tinha consciência de que irritava as pessoas que bajulava. Quando conheceu o duque de madeira, ele havia se derramado numa arremetida rica e gorgolejante de elogios, feito uma garrafa de melado virada. Ela ouviu George reclamando depois com David: "Absolutamente medonho o homem que seu amigo Victor trouxe. Não parou de me falar do gesso de Richfield. Achei que ele estava querendo um emprego de guia". George grunhiu com desdém e David resmungou em resposta outro desdém.

Um homenzinho indiano sendo menosprezado por monstros do privilégio inglês normalmente teria desencadeado em Anne toda a força da lealdade para com os oprimidos, mas dessa vez o sentimento foi exterminado pelo enorme desejo de Vijay de ser ele próprio um monstro do privilégio inglês. "Não suporto ir a Calcutá", disse com uma risadinha, "as pessoas, minha querida, e o barulho." Ele fez uma pausa para que todos apreciassem essa observação indiferente feita por um soldado inglês no Somme.

A lembrança do ronronar adulador de Vijay desapareceu enquanto Anne tentava abrir a porta de seu quarto, que sempre emperrava numa protuberância do piso curiosamente desnivelado. Outra relíquia de Elaine, que tinha se recusado a mudar o que ela chamava de "o espírito autêntico da casa". Agora os azulejos hexagonais estavam desgastados num tom mais claro de terracota no ponto onde a porta os arranhava toda vez que era aberta. Temendo derramar seu café, ela deixou a porta como estava e entrou de lado no quarto. Seus seios roçaram no armário enquanto ela passava.

Anne pôs sua caneca de café em cima da mesa redonda com tampo de mármore e pernas pretas de metal que Elaine tinha trazido triunfante de alguma loja de usados em Apt e criativamente usado como mesa de cabeceira. Ela era alta demais e com frequência Anne puxava o livro errado da pilha de títulos invisíveis acima dela. A *vida dos doze césares*, de Suetônio, que David lhe emprestara lá pelo início de agosto, vivia aparecendo como uma reprovação. Ela tinha passado o olho por um ou dois capítulos, mas o fato de que David o recomendara a fez relutar em se tornar íntima do livro. Sabia que realmente devia ler um pouquinho mais antes do jantar para poder ter algo inteligente a dizer quando o devolvesse a ele à noite. Só o que ela lembrava era que Calígula tinha planejado torturar a esposa para descobrir por que era tão devotado a ela. Qual seria a desculpa de David?, ela pensou.

40

Anne acendeu um cigarro. Recostada numa pilha de travesseiros e almofadas menores, bebericando seu café e brincando com a fumaça do cigarro, por um breve momento sentiu que seus pensamentos ficavam mais sutis e expansivos. A única coisa que comprometia seu prazer era o som da água correndo no banheiro de Victor.

Primeiro, ele iria se barbear e limpar os restos do creme de barbear numa toalha limpa. Em seguida iria emplastrar seu cabelo com gel até deixá-lo o mais liso possível, ir até o pé da escada e gritar: "Querida". Depois de uma breve pausa, iria gritar novamente com seu tom de não-vamos-fazer-joguinhos. Se ainda assim ela não aparecesse, ele iria gritar: "Café da manhã".

Anne o provocara sobre isso um dia desses, dizendo: "Ah, querido, você não precisava".

"Não precisava o quê?"

"Ter feito o café."

"Eu não fiz."

"Ah, achei que quando você gritou 'Café da manhã' você quis dizer que ele estava pronto."

"Não, eu quis dizer que eu estava pronto para o café."

Anne não se enganara. Victor de fato estava em seu banheiro no andar de baixo escovando vigorosamente o cabelo. Mas, como sempre, alguns segundos depois que ele parava, a onda de cabelo que o atormentava desde a infância ressurgia de novo.

As duas escovas de marfim dele não tinham cabo. Eram bem inconvenientes, mas bastante tradicionais, como a tigela de madeira de sabão de barbear, que nunca engrossava de modo tão satisfatório como a espuma de lata. Victor tinha cinquenta e sete anos, mas parecia mais novo. Apenas uma flacidez na pele, uma perda de tensão em torno da mandíbula e da boca e a tremenda profundidade das linhas horizontais na testa revelavam sua idade. Seus dentes eram alinhados, fortes e amarelos. Embora desejasse algo mais aerodinâmico, seu nariz era bulboso e agradável. As mulheres sempre elogiaram seus olhos, pois o tom cinza-claro deles parecia luminoso em contraste com a pele marrom cor de oliva ligeiramente esburacada. Somado tudo isso, estranhos se surpreendiam quando um rápido e divertido ceceio aparecia, vindo de um rosto que poderia tranquilamente ter pertencido a um pugilista todo arrumadinho.

Com um pijama rosa da New & Lingwood, um roupão de seda e pantufas vermelhas, Victor se sentia quase elegante. Tinha saído do banheiro, atravessado seu quarto simples e caiado com o mosquiteiro verde fixado com tachinhas nas janelas, e ido até a cozinha, onde ficou à toa, ainda não se atrevendo a chamar Anne.

Enquanto Victor hesitava na cozinha, Eleanor chegou. O Buick era comprido demais para subir pelas curvas do caminho estreito de entrada da casa de Victor e ela teve de estacioná-lo à beira de um pequeno pinheiral ao pé da colina. Essa terra não pertencia a Victor, mas a seus vizinhos, os Faubert, bem conhecidos em Lacoste por seu estilo de vida excêntrico. Eles ainda usavam uma mula para arar os campos, não tinham energia elétrica e, no enorme casarão em ruínas onde moravam, utilizavam apenas um quarto. O resto da casa estava cheio de barris de vinho, frascos de azeite de oliva, sacos de ração animal e pilhas de amêndoas e alfazema. Os Faubert não tinham alterado nada desde que a velha Madame Faubert morreu, e ela nunca havia mudado nada desde sua chegada como uma jovem noiva, meio século antes, trazendo consigo uma tigela de vidro e um relógio.

Eleanor se intrigava com essas pessoas. Imaginava a vida austera e frutífera delas como o vitral de uma igreja medieval: trabalhadores na vinha com cestas cheias de uva nas costas. Vira um dos Faubert no Crédit Agricole e tinha o ar taciturno de um homem ansioso para torcer o pescoço de galinhas. Todavia, ela valorizava bastante a ideia de que os Faubert estavam ligados à terra de um jeito saudável que o resto de nós havia esquecido. Ela mesma, com certeza, tinha esquecido isso de estar sadiamente ligado à terra. Talvez você tivesse que ser um ameríndio ou algo do tipo.

Tentou subir a colina mais devagar. Minha nossa, sua mente estava a toda, correndo em ponto morto, ela suava em bicas e tinha lampejos de terror em meio à euforia. O equilíbrio era muito fugidio: ou era dessa forma, rápido demais, ou havia a coisa pesada como abrir caminho por um pântano para chegar ao final de uma frase. Era bom quando havia cigarras no início do verão. O canto delas era como sangue correndo em seus ouvidos. Era uma dessas coisas de fora para dentro.

Pouco antes do topo da colina, ela parou, respirou fundo e tentou reunir seu senso de calma disperso, como uma noiva conferindo o véu no último espelho antes do corredor. O sentimento de solenidade a abandonou quase de imediato e depois de mais alguns metros suas pernas começaram a tremer. Os músculos do rosto se contraíram para trás como cortinas de palco e seu coração tentou se atirar com uma cambalhota para fora do peito. Ela precisava se lembrar de não tomar tantos daqueles comprimidos amarelos de uma vez só. O que diabos tinha acontecido com os tranquilizantes? Eles pareciam ter sido submersos pela enxurrada de Dexedrine. Ah, meu Deus, lá estava Victor na cozinha, vestido como um anúncio de propaganda, para variar. Ela lhe acenou pela janela de maneira jovial e confiante.

Victor tinha finalmente reunido coragem para chamar Anne, quando ouviu o som de passos no cascalho do lado de fora e viu Eleanor acenando ansiosa para ele. Pulando sem parar, cruzando e descruzando os braços acima da cabeça, seu cabelo loiro escorrido balançando para lá e para cá, ela parecia um fuzileiro naval ferido tentando chamar um helicóptero.

Ela formou a palavra "Olá" silenciosamente e com grande exagero, como se estivesse falando com um estrangeiro surdo.

"Está aberta", Victor gritou em resposta.

Há que admirar a resistência dela, ele pensou, indo até a porta da frente.

Anne, preparada para ouvir o grito de "Café da manhã", ficou surpresa ao ouvir, em vez disso, "Está aberta". Ela saiu da cama e desceu correndo a escada para cumprimentar Eleanor.

"Como vai? Não estou nem vestida ainda."

"Eu estou bem acordada", disse Eleanor.

"Olá, querida, que tal fazer um bule de chá?", disse Victor. "Você aceita, Eleanor?"

"Não, obrigada."

Depois de fazer o chá, Anne subiu para se vestir, satisfeita por Eleanor ter chegado cedo. Entretanto, tendo visto seu ar desvairado e o rosto coberto de pó, manchado de suor, Anne não estava lá muito ansiosa em ser conduzida por Eleanor, e tentou pensar em alguma forma de conseguir que ela própria fosse dirigindo.

Na cozinha, com um cigarro pendendo na boca, Eleanor vasculhou sua bolsa à procura de um isqueiro. Ainda estava com os óculos escuros e era difícil distinguir os objetos no caos tenebroso de sua bolsa. Cinco ou seis frascos plásticos cor de caramelo com comprimidos rodopiaram junto com maços extras de cigarro Player's, uma agenda telefônica azul de couro, lápis, batom, um pó compacto dourado, uma pequena garrafa de bolso prata, cheia de Fernet Branca, e um tíquete de lavagem a seco da Jeeves da Pont Street. Suas mãos irrequietas tocaram em cada objeto, menos no isqueiro vermelho de plástico que ela sabia estar ali em algum lugar. "Meu Deus. Acho que estou ficando louca", murmurou.

"Pensei em levar Anne até Signes para almoçar", ela disse, animada.

"Signes? Não fica um pouco longe?"

"Não para nós." Não fora intenção de Eleanor soar engraçadinha.

"Claro", Victor disse, sorrindo com tolerância. "Da forma como vocês vão, não poderia ser mais perto, mas não seria um desvio um tanto grande?"

"Sim, mas o avião de Nicholas não chega antes das três e os sobreirais são tão bonitos." Inacreditável, ali estava o tíquete de lavagem a seco de novo. Devia haver mais de um. "E também tem aquele monastério para ver, mas não acho que daria tempo. Patrick sempre quer ir ao parque de diversões do Velho Oeste quando pegamos aquele caminho para o aeroporto. Podíamos parar lá também." Vasculha, vasculha, vasculha, comprimidos, comprimidos, comprimidos. "Tenho que levá-lo um dia. Ah, aqui está meu isqueiro. Como vai o livro, Victor?"

"Ah, sabe como é", disse Victor, presunçoso, "identidade é um grande tema."

"Freud entra nisso?"

Victor já tinha tido essa conversa antes, e se havia uma coisa que o fazia querer escrever esse livro era o desejo de não tê-la novamente. "Não estou tratando do tema de um ponto de vista psicanalítico."

"Ah", disse Eleanor, que tinha acendido seu cigarro e estava preparada para ficar fascinada por um momento, "eu tinha imaginado que era alguma coisa — como se diz mesmo? — bem, extremamente psicológica. Quero dizer, se há uma coisa que está na mente, é quem é você."

"Posso acabar citando você nisso", disse Victor. "Mas me diga, Eleanor, essa mulher que Nicholas está trazendo dessa vez é a quarta ou a quinta esposa dele?"

Não adiantava. Ela se sentia idiota de novo. Sempre se sentia idiota com David e seus amigos, mesmo quando sabia que eles é que estavam sendo idiotas. "Ela não é mulher dele", disse. "Ele deixou Georgina, que era a terceira, mas ainda não se casou com essa. Ela se chama Bridget. Acho que nos conhecemos em Londres, mas ela não me causou grande impressão." Anne desceu usando um vestido branco de algodão quase igual à camisola branca de algodão que havia tirado. Victor pensou satisfeito que ela ainda parecia jovem o bastante para se safar com um vestido de menininha desses. Vestidos brancos aumentavam a falsa impressão de serenidade que seu rosto largo, maçãs salientes e calmos olhos pretos davam à sua aparência. Ela entrou suavemente na sala. Em compensação, Eleanor fazia Victor pensar no comentário de Lady Wishfort: "Minha nossa, estou completamente esfolada. Pareço uma parede velha descascando".

"Certo", disse Anne, "acho que podemos ir quando você quiser."

"Você vai conseguir se virar no almoço?", ela perguntou a Victor.

"Sabe como são os filósofos, nós nem damos atenção a esse tipo de coisa. E eu ainda posso ir ao Cauquière comer uma costela de carneiro ao molho *Béarnaise.*"

"*Béarnaise?* Com carneiro?", disse Anne.

"É claro. O prato que deixou o pobre duque de Guermantes tão esfomeado que ele nem teve tempo de conversar com a duvidosa filha do moribundo Swann antes de sair correndo para o jantar."

Anne sorriu para Eleanor e perguntou: "Você também tem Proust no café da manhã lá na sua casa, de vez em quando?".

"Não, mas com frequência nós o temos no jantar", respondeu Eleanor.

Depois que as duas mulheres se despediram, Victor virou-se para a geladeira. Ele tinha o dia todo livre para continuar seu trabalho e de repente se sentiu tremendamente faminto.

4.

"Meu Deus, me sinto péssimo", resmungou Nicholas, ligando seu abajur na mesa de cabeceira.

"Pobrezinho", disse Bridget, sonolenta.

"O que a gente vai fazer hoje? Não consigo lembrar."

"Vamos pro sul da França."

"Ah, sim. Que pesadelo. Que horas é o voo?"

"Meio-dia e alguma coisa. Chega às três e alguma coisa. Acho que tem uma hora de diferença ou alguma coisa assim."

"Pelo amor de Deus, pare de falar 'alguma coisa'."

"Desculpe."

"Só Deus sabe por que ficamos até tão tarde ontem à noite. Aquela mulher à minha direita era absolutamente horrorosa. Imagino que alguém tenha dito a ela há muito tempo que ela tinha um queixo bonito, então decidiu arranjar outro, e depois outro, e mais outro. Sabe, antigamente ela era casada com George Watford."

"Com quem?", perguntou Bridget.

"Aquele que você viu no álbum de fotos de Peter na semana passada com um rosto que parecia um *crème brûlée* depois da primeira colherada, todo coberto por pequenas rachaduras."

"Nem todo mundo pode ter um amante que é rico *e* bonito", disse Bridget, deslizando pelos lençóis até ele.

"Uh, desiste, amur, desiste", disse Nicholas no que ele imaginava ser um sotaque do dialeto geordie. Ele rolou para fora da cama e, com resmungos de "Morte e destruição", foi se arrastando dramaticamente pelo carpete carmim na direção da porta aberta do banheiro.

Bridget avaliou com olhos críticos o corpo de Nicholas enquanto ele se levantava atrapalhado. Tinha ficado bem mais gordo no último ano. Talvez homens mais velhos não fossem a resposta. Vinte e três anos era uma grande diferença, e aos vinte, Bridget ainda não tinha sido pega pela febre de casamento que atormentava as irmãs Watson-Scott mais velhas à medida que elas galopavam em direção ao trigésimo ano de suas vidas desmioladas. Todos os amigos de Nicholas eram enrugados e alguns um verdadeiro tédio. Não dava para ficar exatamente doidona com Nicholas. Bem, até dava; na verdade ela já havia ficado, mas não era a mesma coisa que com Barry. Nicholas não tinha a música certa, as roupas certas, a atitude certa. Ela se sentia bastante mal em relação a Barry, mas uma garota precisa manter suas opções em aberto.

O lance com Nicholas é que ele realmente era rico, bonito *e* um baronete, o que era interessante e meio Jane Austen. Ainda assim, não ia demorar para as pessoas começarem a dizer "Dá pra ver que ele foi um homem bonito", e alguém iria intervir com toda a gentileza: "Ah, não, ele ainda é". No fim das contas, ela provavelmente iria se casar com ele e ser a quarta Lady Pratt. Depois poderia se divorciar e conseguir meio milhão de libras, ou sabe-se lá quanto, e manter Barry como seu escravo sexual e ainda assim ser chamada de Lady Pratt nas lojas. Nossa, às vezes ela era tão cínica que chegava a ser assustador.

Ela sabia que Nicholas achava que era o sexo que os mantinha juntos. Isso certamente foi o que os uniu na festa em que se conheceram. Nicholas já estava bem bêbado e perguntou se ela era uma "loira natural". Bocejo, bocejo, *que* perguntinha mais brega. Ainda assim, Barry estava em Glastonbury e ela andava se sentindo um pouco inquieta, então ela lhe lançou um olhar intenso e disse: "Por que você mesmo não descobre?", enquanto escapulia para fora da sala. Ele achava que *tinha* descoberto, mas o que ele não sabia é que ela pintava *cada* cabelo e pelo do corpo. Se você faz algo cosmético, pode muito bem fazê-lo inteiramente, era o lema dela.

No banheiro, Nicholas estirou a língua e admirou sua superfície espessamente saburrosa, ainda tingida de roxo-escuro do café e do vinho tinto da noite anterior. Nada mais divertido do que fazer piadas sobre o queixo duplo de Sarah Watford, mas a verdade era que, a menos que ele mantivesse a cabeça no alto como um soldado num desfile, ele próprio também tinha um. Não estava nem um pouco a fim de se barbear, mas passou um pouco da maquiagem de Bridget. Ninguém queria ficar parecendo o velho boiola de *A morte em Veneza*, com a maquiagem escorrendo pelo rosto febril de cólera, mas sem um pouquinho de pó ele tinha o que as pessoas chamavam de "palidez claramente doentia". A maquiagem de Bridget era bem básica, como suas roupas, que por vezes eram horrorosas. Independentemente do que se dissesse sobre Fiona (e há quem tenha dito coisas bem desagradáveis em dado momento), ela sem dúvida tinha os cremes e as máscaras mais incríveis vindos de Paris. Às vezes ele se perguntava se Bridget não era talvez (há que se utilizar as nuances amenizadoras da língua francesa) *insortable*. No último fim de semana, na casa de Peter, ela tinha passado o almoço todo de domingo rindo nervosamente feito uma menina de catorze anos.

Depois havia a questão da origem dela. Ele não sabia quando a casa de Watson e a casa de Scott tinham decidido unir suas fortunas, mas sabia só de olhar que os Watson-Scott eram gente de antigos vicariatos que matariam para conseguir anunciar o casamento da filha na *Country Life*. O pai adorava corridas, e quando Nicholas o levou junto com a esposa fã de rosas para ver *Le nozze di Figaro* em Covent Garden, Roddy Watson-Scott tinha dito "só falta o disparo de partida", quando o maestro subiu ao pódio. Se os Watson-Scott eram um tanto obscuros demais, pelo menos todo mundo concordava que Bridget era a garota do momento e que ele era um grande sortudo por tê-la.

Se ele se casasse de novo, não iria escolher uma garota como Bridget. À parte todo o resto, ela era completamente ignorante. Ela tinha "feito" *Emma* para passar no ensino médio, mas desde então, até onde ele sabia, ela lia apenas revistas ilustradas chamadas *Oz* ou *The Furry Freak Brothers*, fornecidas por um tipo desagradável chamado Barry. Passava horas debruçada sobre imagens de olhos rodando em espiral, intestinos explodindo e policiais com cara de dobermann. Os próprios intestinos dele estavam num estado de confusão amarga e ele queria que Bridget se mandasse do quarto antes que *eles* explodissem.

"Querida!", gritou, ou melhor, tentou gritar. O que saiu foi uma coaxada. Ele pigarreou e cuspiu na pia.

"Você faria a gentileza de pegar meu copo de suco de laranja na sala de jantar? E uma xícara de chá?"

"Ah, tá bom."

Bridget estava deitada de bruços, preguiçosamente brincando consigo mesma. Rolou para fora da cama com um suspiro exagerado. Caramba, como Nicholas era chato. De que adiantava ter empregados? Ele os tratava melhor do que a ela. Ela foi se arrastando para a sala de jantar.

Nicholas sentou-se pesadamente no assento de madeira do vaso sanitário. A emoção de educar Bridget em termos sociais e sexuais tinha começado a esmorecer quando ele parou de pensar como era maravilhosamente bom naquilo e percebeu como ela estava pouco disposta a aprender. Depois dessa viagem à França ele teria de ir até Asprey comprar um presente de despedida para ela. No entanto, não se sentia pronto para aquela garota da seção dos Mestres Antigos da Christie's — um simples colar de pérolas em torno do pescoço envolto em lã azul —, que ansiava por se exaurir ajudando um companheiro a manter seu patrimônio intacto; uma filha de general acostumada a uma atmosfera de disciplina. Uma garota, seus pensamentos se expandiram melancolicamente, que iria gostar das pequenas colinas úmidas da fronteira galesa de Shropshire, algo que ele próprio ainda tinha de alcançar, apesar de possuir tantas delas e ter a alcunha de "fazendeiro" em sua candidatura ainda malsucedida para o clube Pratt's. Os Wit nunca se cansavam em dizer: "Mas, Nicholas, achei que você fosse o dono do lugar". Ele tinha feito inimigos demais para conseguir ser aceito.

Os intestinos de Nicholas explodiram. Ele ficou ali sentado suando de forma miserável como um dos paranoicos arruinados dos quadrinhos favoritos de Bridget. Ele imaginava Poole Pançudo guinchando: "O homem é um perfeito idiota, e se o deixaram entrar aqui vou ter que passar o resto da vida no hipódromo". Fora um erro fazer com que David Melrose propusesse sua candidatura, mas David tinha sido um dos melhores amigos de seu pai e, dez anos antes, ele não era tão misantrópico ou impopular como agora, nem passava tanto tempo em Lacoste.

O trajeto de Clabon Mews até Heathrow era conhecido demais para ser registrado pelos sentidos de Nicholas. Ele tinha entrado na fase soporífica de sua ressaca e se sentia ligeiramente enjoado. Muito cansado, ficou largado num canto do táxi. Bridget estava menos enfastiada com a perspectiva de viajar para fora. Nicholas a tinha levado para a Grécia em julho e para a Toscana em agosto, e ela ainda gostava de pensar em como sua vida tinha se tornado glamorosa.

Ela desaprovava os trajes de "inglês no exterior" de Nicholas, em especial o chapéu-panamá que ele tinha colocado hoje e inclinado sobre o rosto para mostrar que não estava a fim de conversar. Tampouco gostou da jaqueta de seda crua branco-suja e da calça amarela de veludo cotelê. Sentia vergonha da camisa de listras vermelho-escuras bem estreitas dele e de colarinho redondo, branco e duro e de seus sapatos polidos de forma exagerada. Ele era um total esquisitão no tocante a sapatos. Tinha cinquenta pares, todos feitos sob medida e *literalmente* idênticos, a não ser por detalhes bobos que ele tratava como sendo a coisa mais importante do mundo.

Por outro lado, ela sabia que suas próprias roupas eram arrasadoramente sexy. O que poderia ser mais sexy do que uma minissaia roxa e uma jaqueta de caubói preta de camurça com franjas pendendo nos braços e nas costas? Sob a jaqueta dava para ver seus mamilos através da blusa preta. Era preciso meia hora para tirar suas botas de caubói em preto e roxo, mas valia a pena, pois todo mundo reparava nelas.

Como na metade das vezes ela não captava o sentido das histórias, Nicholas ficou se perguntando se deveria ou não contar a Bridget sobre os figos. Em todo caso, não tinha certeza se queria que ela entendesse a história dos figos. Acontecera havia uns dez anos, logo depois de David ter convencido Eleanor a comprar a casa em Lacoste. Eles não tinham se casado, pois a mãe de Eleanor estava tentando impedi-los e o pai de David ameaçando deserdá-lo.

Nicholas ergueu a aba do chapéu. "Já te contei o que aconteceu na primeira vez em que fui a Lacoste?" Para ter certeza de que a história não ia soar despropositada, acrescentou: "O lugar para onde estamos indo".

"Não", disse Bridget, desanimada. Mais histórias sobre pessoas que ela não conhecia, a maioria delas ocorrida antes de ela nascer. Bocejo, bocejo.

"Bem, Eleanor — a que você conheceu no Annabel's, provavelmente não se lembra dela."

"A bêbada."

"Isso!" Nicholas ficou encantado com essa mostra de reconhecimento. "Em todo caso, Eleanor — que naquela época não era bêbada, apenas muito tímida e nervosa — tinha comprado a casa em Lacoste fazia pouco tempo, e ela reclamou para David do terrível desperdício que eram os figos caindo da árvore e apodrecendo no terraço. Ela mencionou isso de novo no dia seguinte, quando nós três estávamos sentados lá fora. Eu vi um olhar frio atravessar o rosto de David. Ele projetou seu lábio inferior — sempre um péssimo sinal, uma coisa meio cruel, meio beicinho — e disse: 'Venham comigo'. Foi como seguir o diretor da escola até sua sala. Ele foi marchando à nossa frente na direção da figueira com longas passadas, enquanto Eleanor e eu o seguíamos aos tropeções. Quando chegamos lá, vimos figos espalhados por todo o calçamento de pedra. Alguns estavam velhos e esmagados, outros tinham se partido, com vespas dançando em volta das rachaduras ou atacando a pegajosa polpa vermelha e branca. Era uma árvore enorme e havia *um monte* de figos no chão. E foi aí que David fez um negócio incrível. *Ele disse para Eleanor ficar de quatro e comer todos os figos do terraço.*"

"Como assim, na sua frente?", disse Bridget de olhos arregalados.

"Exatamente. Eleanor pareceu *de fato* bastante confusa, e imagino que a palavra seja traída. Mas não protestou, apenas encarou essa tarefa bem pouco apetitosa. David não permitiu que ela deixasse um único figo ali. Ela chegou a erguer os olhos de modo suplicante uma vez, dizendo: 'Não aguento mais, David', mas ele pisou nas costas dela e disse: 'Coma os figos. Não queremos que eles sejam desperdiçados, não é mesmo?'."

"Que coisa mais bizarra", disse Bridget.

Nicholas ficou bastante satisfeito com o efeito que a história estava tendo sobre Bridget. Tocou. Um toque bem visível, ele pensou.

"E o que você fez?"

"Eu assisti", disse Nicholas. "Você não se mete com David quando ele está com esse tipo de humor. Depois de um tempo, Eleanor pareceu um pouco enjoada, então eu sugeri que a gente recolhesse o resto dos figos numa cesta. 'Você não deve interferir', disse David. 'Eleanor não suporta ver figos desperdiçados quando há gente passando fome no mundo. Não é verdade, querida? Por isso ela vai comer todos eles sozinha.' Ele abriu um largo sorriso para mim e disse: 'Em todo caso, ela é fresca demais com a comida, não acha?'."

"Nossa!", disse Bridget. "E mesmo assim você continua indo para lá ficar com essas pessoas?"

O táxi parou na frente do terminal e com isso Nicholas escapou da pergunta. Um carregador de uniforme marrom imediatamente o viu e foi correndo pegar as malas. Nicholas ficou paralisado por um momento, como um homem debaixo de um chuveiro quente, entre o taxista agradecido e o carregador atencioso, ambos chamando-o ao mesmo tempo de "doutor". Ele sempre dava gorjetas maiores para as pessoas que o chamavam de "doutor". Ele sabia disso e eles sabiam disso, era o que se chamava de "arranjo civilizado".

A capacidade de concentração de Bridget tinha melhorado enormemente com a história dos figos. Mesmo depois de eles terem embarcado no avião e localizado suas poltronas, ela ainda conseguia se lembrar do que queria que ele lhe explicasse.

"Por que você gosta desse cara, afinal? Quero dizer, ele meio que tem o hábito de humilhar seguindo um ritual ou algo do tipo?"

"Bem, me disseram, embora eu mesmo nunca tenha testemunhado, que ele fazia Eleanor ter aulas com uma prostituta."

"Não brinca!", disse Bridget, admirada. Ela se virou no assento. "Bizarro."

Uma aeromoça trouxe duas taças de champanhe, desculpando-se pelo pequeno atraso. Tinha olhos azuis e sardas e sorriu de modo insinuante para Nicholas. Ele preferia essas garotas vagamente bonitas da Air France do que as estúpidas comissárias ruivas e as babás antiquadas dos aviões ingleses. Sentiu outra onda de cansaço por causa do ar-condicionado, da leve pressão nos ouvidos e pálpebras, dos desertos de plástico cor de biscoito à sua volta e do gosto ácido e seco do champanhe.

A excitação que irradiava de Bridget o reanimou um pouco, mas ele ainda não tinha explicado o que o atraía em David. Não era uma questão na qual ele queria particularmente entrar. David era apenas parte do mundo que contava para Nicholas. Podia-se não gostar dele, mas ele era impressionante. Ao se casar com Eleanor, havia eliminado a pobreza que constituía sua grande fraqueza social. Até pouco tempo antes, os Melrose tinham dado algumas das melhores festas de Londres.

Nicholas ergueu o queixo da almofada do seu pescoço. Ele queria alimentar o apetite ingênuo de Bridget pela atmosfera de perversão. A reação dela à história dos figos tinha aberto possibilidades que ele não saberia como explorar, mas só as possibilidades já eram excitantes.

"Veja bem", disse a Bridget, "David era um amigo mais novo do meu pai e eu sou um amigo mais novo dele. Ele costumava ir me ver na escola e me levar para almoçar aos domingos no Compleat Angler." Nicholas sentiu Bridget perdendo o interesse diante desse retrato sentimental. "Mas acho que o que me deixou fascinado foi o ar de desgraça que ele emanava. Quando era garoto, ele tocava piano de modo brilhante e então teve reumatismo e não pôde mais tocar", disse Nicholas. "Ele ganhou uma bolsa para o Balliol, mas saiu depois de um mês. O pai o fez entrar no Exército e ele abandonou isso também. Formou-se em medicina mas não se deu ao trabalho de exercer a profissão. Como você pode ver, ele sofre de uma inquietação quase heroica."

"Ele parece ser um verdadeiro mala", disse Bridget.

O avião avançou lentamente em direção à pista, enquanto a tripulação de cabine demonstrava com gestos como inflar os coletes salva-vidas.

"Até o filho deles é produto de um estupro." Nicholas ficou atento à reação dela. "Mas você não pode contar isso a ninguém. Eu só sei porque Eleanor me disse numa noite em que estava muito bêbada e chorosa. Ela vinha se recusando a ir pra cama com David fazia tempo, porque não suportava ser tocada por ele, então uma noite ele a atacou na escada e prendeu sua cabeça entre as barras do corrimão. Na lei, é claro, não existe isso de estupro conjugal, mas David é uma lei para si próprio."

Os motores começaram a rugir. "Você vai descobrir ao longo da vida", trovejou Nicholas, e então, percebendo que soava pomposo, fez sua voz pomposa cômica, "como eu descobri ao longo da minha, que essas pessoas, embora possam ser destrutivas e cruéis com os que estão mais próximos a elas, muitas vezes possuem uma vitalidade que faz com que os outros pareçam sem graça perto delas."

"Ah, meu Deus, dá um tempo", disse Bridget. O avião ganhou velocidade e subiu, vibrando no pálido céu inglês.

5.

Enquanto o Buick de Eleanor deslizava pelas vagarosas estradas secundárias rumo a Signes, o céu estava quase limpo, a não ser por uma nuvem desgarrada se dissolvendo diante do sol. Pela borda tintada do para-brisa, Anne viu as pontas da nuvem se encolherem e derreterem no calor. O carro já tinha ficado preso atrás de um trator laranja, o reboque carregado de uvas roxas empoeiradas; o motorista magnanimamente fizera sinal para que elas passassem. Dentro do carro, o ar-condicionado refrigerava brandamente o ambiente. Anne tinha tentado arrancar as chaves dela, mas Eleanor disse que ninguém mais dirigia seu carro. Agora a suspensão macia e as lufadas de ar frio faziam com que os perigos de sua condução parecessem mais remotos.

Eram só onze da manhã e Anne não estava muito empolgada com o longo dia que estava por vir. Reinava um silêncio desagradável e constrangedor desde que ela tinha cometido o erro de perguntar como estava Patrick. Anne sentia um instinto maternal por ele, coisa que não podia afirmar sobre sua mãe. Eleanor disparou em resposta: "Por que as pessoas costumam achar que vão me agradar se perguntarem como Patrick está ou como David está? Eu não sei como eles estão, só eles sabem".

Anne ficou chocada. Um longo tempo se passou antes de ela fazer outra tentativa. "O que você achou de Vijay?"

"Nada de mais."

"Nem eu. Felizmente ele teve de ir embora antes do previsto." Anne ainda não sabia o quanto deveria revelar sobre a briga com Vijay. "Ele ia ficar com aquele senhor que todos eles veneram, Jonathan alguma coisa, que escreve aqueles livros horrorosos com uns títulos malucos, tipo *Anêmonas e inimigos* ou *Bizarrices e antiguidades*. Sabe quem é?"

"Ah, ele, meu Deus, ele é horrível. Ele costumava ir à casa da minha mãe em Roma e sempre dizia coisas do tipo: 'As ruas estão pululando de mendigos', o que me deixava realmente brava quando eu tinha dezesseis anos. E esse Vijay é rico? Ele ficava falando como se fosse, mas não parecia que alguma vez tivesse gastado algum dinheiro — ao menos não com roupas."

"Ah, sim", disse Anne, "ele é *mega* rico: ele é rico do tipo dono de fábrica, dono de banco. Ele cria cavalos de polo em Calcutá, mas não gosta de polo e nunca vai a Calcutá. Bem, isso é o que eu chamo de rico."

Eleanor ficou em silêncio por um momento. Esse era um tema no qual ela se sentia secretamente competitiva. Não queria admitir tão de imediato que negligenciar cavalos de polo em Calcutá era o que ela chamava de rico.

"Mas mão de vaca pra caramba", disse Anne para quebrar o silêncio. "Esse foi um dos motivos por que brigamos." Agora ela estava ansiosa para contar a verdade, mas ainda se sentia insegura. "Toda noite ele ligava para a casa, que fica na Suíça, para conversar em guzerate com a mãe idosa, e se ninguém atendia ele aparecia na cozinha com um xale preto sobre os ombros delicados, parecendo ele próprio uma velha. Por fim fui obrigada a lhe pedir algum dinheiro pelas ligações."

"E ele deu?"

"Só depois que eu perdi a calma."

"Victor não ajudou?", perguntou Eleanor.

"Victor se esquiva de coisas grosseiras como dinheiro."

A estrada adentrara em sobreirais, e árvores com feridas antigas ou novas, no ponto onde se arrancavam cintos de cortiça dos troncos, cresciam densamente em ambos os lados.

"Victor tem escrito bastante neste verão?", perguntou Eleanor.

"Quase nada. E não é como se ele fizesse outra coisa quando está em casa", respondeu Anne. "Sabe, ele tem vindo pra cá faz o quê, oito anos? E ele nunca nem foi dar um 'oi' para aqueles fazendeiros nossos vizinhos."

"Os Faubert?"

"Isso. Nem uma vez. Eles moram a menos de trezentos metros naquele velho casarão com os dois ciprestes na frente. O jardim de Victor praticamente pertence a eles, mas eles nunca trocaram uma palavra. 'Não fomos apresentados', é a desculpa dele", disse Anne.

"Ele é extremamente inglês para um austríaco, não?", disse Eleanor com um sorriso. "Ah, olha, estamos chegando a Signes. Tomara que eu consiga encontrar aquele restaurante engraçado. Fica numa praça em frente a uma daquelas fontes que se transformaram num monte de musgo molhado com samambaias crescendo para fora. Lá dentro todas as paredes estão cobertas por cabeças de javalis selvagens com presas amarelas e polidas. A boca deles foi pintada de vermelho, então fica parecendo como se eles ainda pudessem saltar de trás da parede."

"Nossa, que assustador", disse Anne secamente.

"Quando os alemães saíram daqui", continuou Eleanor, "no final da guerra, eles fuzilaram todos os homens do povoado, exceto Marcel — que é o dono do restaurante. Ele estava fora quando isso aconteceu."

Anne se calou diante do ar de empatia insana de Eleanor. Quando elas encontraram o restaurante, ela ficou ao mesmo tempo aliviada e um pouquinho decepcionada pela praça escura e úmida não estar mais impregnada de sacrifício e vingança. As paredes do restaurante eram de plástico amarelo-claro, para que parecessem tábuas de pinho, e na verdade havia apenas duas cabeças de javali no salão bem vazio e bastante iluminado por lâmpadas fluorescentes. Depois do primeiro prato de tordos minúsculos cheios de balas de chumbo, amarrados sobre torradas gordurosas, Anne apenas brincou com o guisado escuro e depressivo, despejado sobre uma pilha de macarrão passado do ponto. O vinho tinto estava frio e ruim e era servido em velhas garrafas verdes sem rótulo.

"Ótimo lugar, não?", disse Eleanor.

"Sem dúvida tem espírito", disse Anne.

"Olha, lá está Marcel", disse Eleanor, desesperada.

"Ah, *Madame Melrose, je ne vous ai pas vue*", disse ele, fingindo só ter visto Eleanor naquele momento. Ele deu a volta apressado pela extremidade do bar com passos curtos e rápidos, secando as mãos no avental branco e manchado. Anne reparou em seu bigode caído e nas extraordinárias bolsas sob os olhos.

Imediatamente ofereceu a Eleanor e Anne uma dose de conhaque. Anne recusou, apesar da alegação dele de que lhe faria bem, mas Eleanor aceitou, e depois retribuiu o oferecimento. Eles beberam outra dose e conversaram sobre a colheita da uva, enquanto Anne, que só conseguia entender um pouco do sotaque *midi* dele, lamentou ainda mais o fato de não lhe deixarem dirigir.

Quando por fim elas voltaram para o carro, o conhaque e os tranquilizantes já tinham assumido o controle, e Eleanor sentia o sangue correndo como rolamentos pelas veias sob a pele anestesiada. Sua cabeça estava tão pesada quanto um saco de moedas e ela fechou os olhos devagar, bem devagar, totalmente sob controle.

"Ei", disse Anne, "acorde."

"Estou acordada", disse Eleanor mal-humorada, e então, num tom mais sereno: "Estou acordada". Seus olhos permaneceram fechados.

"Por favor, me deixe dirigir." Anne estava pronta para discutir a questão.

"Claro", disse Eleanor. Ela abriu os olhos, que de repente pareceram intensamente azuis contra o tom rosado dos tensos vasos sanguíneos. "Confio em você."

Eleanor dormiu por cerca de mcia hora, enquanto Anne ia dirigindo para cima e para baixo pelas estradas sinuosas do caminho de Signes a Marselha.

Quando Eleanor acordou, estava lúcida de novo e disse: "Minha nossa, aquele guisado estava muito pesado, eu realmente me senti um pouco estufada depois do almoço". A adrenalina do Dexedrine havia voltado; era como o tema de *Valquíria*, que não podia se manter melancólico por muito tempo, mesmo quando assumia uma forma mais suave e disfarçada que a anterior.

"O que é Le Wild Ouest?", perguntou Anne. "Toda hora eu passo por imagens de caubóis com flechas atravessando seus chapéus."

"Ah, temos que ir, temos que ir", disse Eleanor com uma voz infantil. "É um parque de diversões, mas a ideia toda é ficar parecendo Dodge City. Na verdade nunca entrei lá, mas eu realmente gostaria de…"

"Temos tempo?", perguntou Anne num tom cético.

"Ah, sim, é só uma e meia, olha, e o aeroporto fica a apenas quarenta e cinco minutos daqui. Ah, vamos. Só por meia hora. Por-fa-vor?"

Outro outdoor anunciava Le Wild Ouest a quatrocentos metros. Assomando à copa dos pinheiros escuros, viam-se imitações de plástico bem coloridas de carruagens em miniatura penduradas numa roda-gigante parada.

"Isso não pode ser real", disse Anne. "Não é fantástico? Temos que entrar."

Elas atravessaram as gigantescas portas de salão de Le Wild Ouest. Em ambos os lados, as bandeiras de muitas nações pendiam num círculo de mastros brancos.

"Meu Deus, é emocionante", disse Eleanor. Foi difícil para ela escolher em qual dos maravilhosos brinquedos ir primeiro. No fim optou pela roda-gigante de carruagens. "Quero uma amarela", disse.

A roda-gigante foi avançando para a frente conforme cada carruagem era preenchida. Em dado momento, a delas elevou-se acima dos pinheiros mais altos.

"Olha! É o nosso carro", gritou Eleanor.

"Patrick gosta deste lugar?", perguntou Anne.

"Ele nunca veio", disse Eleanor.

"Melhor trazê-lo logo, senão ele vai passar da idade. As pessoas ficam grandes demais para esse tipo de coisa, sabe." Anne sorriu.

Eleanor pareceu extremamente melancólica por um momento. A roda-gigante começou a girar, produzindo uma leve brisa. Na curva da subida, Eleanor sentiu o estômago revirar. Em vez de lhe dar uma vista melhor do parque de diversões e dos bosques em volta, o movimento da roda deixou-a enjoada e ela ficou olhando com ar taciturno para os nós brancos de seus dedos, desejando que o passeio acabasse.

Anne viu que o humor de Eleanor havia mudado bruscamente e que ela estava de novo na companhia de uma mulher mais velha, mais rica e mais bêbada.

Elas saíram da roda-gigante e caminharam por uma rua de barraquinhas de tiro ao alvo. "Vamos dar o fora deste maldito lugar", disse Eleanor. "De qualquer forma, está na hora de buscar Nicholas."

"Bem, me fale um pouco de Nicholas", disse Anne, tentando acompanhá-la.

"Ah, logo, logo você vai ver."

6.

"Então essa tal de Eleanor é a própria vítima, não é?", disse Bridget. Ela tinha pegado no sono depois de fumar um baseado no banheiro e queria compensar com um surto de curiosidade atrasada.

"Será que toda mulher que escolhe viver com um homem difícil é uma vítima?"

Nicholas soltou o cinto assim que o avião pousou. Eles estavam na segunda fileira e podiam facilmente passar na frente dos outros passageiros se, ao menos uma vez, Bridget não sacasse seu pó compacto da bolsa de veludo azul e se admirasse no espelhinho empoeirado.

"Vamos", suspirou Nicholas.

"O aviso do cinto de segurança ainda está ligado."

"Avisos são para o rebanho de ovelhas."

"Bée-bée", baliu Bridget no espelho, "eu sou uma ovelha."

Que mulher insuportável, pensou Nicholas.

"Bem, então eu sou um pastor de ovelhas", ele disse alto, "e não me obrigue a pôr minha pele de lobo."

"Nossa", disse Bridget, se encolhendo no canto do assento, "que dentes grandes você tem."

"São para arrancar melhor a sua cabeça."

"Eu acho que você não é a minha vovozinha", disse ela com uma decepção genuína.

O avião encerrou seu lento progresso e houve um clique-clique geral de fivelas sendo abertas e cintos deixados de lado.

"Venha", disse Nicholas, agora todo prático. Ele detestava ter de se misturar aos turistas que penavam se acotovelando pelo corredor.

Chegaram à porta aberta do avião, pálidos e agasalhados demais, e começaram a descer ruidosamente por uma escada com degraus de metal, presos entre a tripulação de bordo, que fingia lamentar a partida deles, e a tripulação de terra, que fingia estar feliz com sua chegada. Enquanto descia, Bridget se sentiu um pouco enjoada com o calor e o cheiro de combustível queimado.

Nicholas olhou pela pista para a longa fila de árabes embarcando lentamente num avião da Air France. Pensou na crise argelina de 1962 e na ameaça de colonos traídos descerem de paraquedas em Paris. O pensamento se desvaneceu enquanto ele imaginava o quanto teria de voltar no tempo para explicar isso a Bridget. Ela provavelmente achava que Argélia era um estilista italiano. Sentiu uma nostalgia familiar por uma mulher bem informada de trinta e poucos anos que já tivesse lido história em Oxford; o fato de já ter se divorciado de duas delas pouco importou para o seu entusiasmo momentâneo. A carne delas podia até pender mais flácida no osso, mas a lembrança de uma conversa inteligente o inebriava como o cheiro de comida suculenta flutuando até uma cela esquecida de prisão. Por que o centro do seu desejo estava sempre num lugar recém-abandonado? Sabia que a lembrança da carne de Bridget iria traí-lo com a mesma pungência fácil se ele estivesse subindo agora no ônibus com uma mulher cuja conversa suportasse. Teoricamente, é claro, havia mulheres — ele até tinha tido casos com elas — que combinavam as qualidades que ele lançava numa competição desnecessária, mas sabia que algo dentro dele iria sempre confundir sua avaliação e dividir sua lealdade.

As portas se fecharam e o ônibus arrancou. Bridget ficou sentada de frente para Nicholas. Sob sua saia ridícula, as pernas surgiam esbeltas, nuas e douradas. Ele as separou pornograficamente do resto do corpo e se deu conta de que ainda se excitava com a perspectiva de tê-las à disposição. Cruzou as pernas e afrouxou a cueca boxer entalada pelos sulcos grossos de sua calça de veludo cotelê.

Foi só quando considerou de quem eram aquelas pernas douradas que sua efêmera ereção pareceu uma recompensa pequena e inconveniente para um estado quase permanente de irritação. De fato, examinando a figura acima da cintura, junto com a manga franjada de sua jaqueta de camurça preta e, subindo um pouco mais, com a expressão entediada e teimosa de seu rosto, ele sentiu um espasmo de repulsa e distanciamento. Por que estava levando essa criatura ridícula para ficar com David Melrose, que, afinal, era um homem com certo discernimento, para não dizer um esnobe impiedoso?

As instalações do terminal cheiravam a desinfetante. Uma mulher de macacão azul deslizava pelo piso brilhante, as escovas circulares da enceradeira zunindo enquanto ela a empurrava suavemente para lá e para cá sobre as pedrinhas translúcidas pretas e marrons presas no mármore branco e barato. Ainda chapada, Bridget se perdeu nos flocos de cor como se eles fossem estrelas de sílex e quartzo num céu branco.

“O que você está olhando?”, disparou Nicholas.

"Este piso é uma coisa", disse Bridget.

No controle de passaportes ela não conseguiu encontrar seu passaporte, mas Nicholas se recusou a começar uma cena quando eles estavam prestes a encontrar Eleanor.

"Bem excêntrico este aeroporto. Primeiro se atravessa o saguão principal para só depois pegar a bagagem", disse Nicholas. "Provavelmente é lá que Eleanor vai estar nos esperando."

"Nossa!", disse Bridget. "Se eu fosse contrabandista", ela fez uma pausa, esperando que Nicholas objetasse, "este seria o aeroporto dos meus sonhos. Quero dizer, tem todo esse saguão para passar a bagagem de mão cheia de muamba para alguém, e depois ir lá buscar sua bagagem legal na alfândega."

"É isso que eu admiro em você", disse Nicholas, "a sua criatividade. Você poderia ter tido uma carreira brilhante em publicidade; embora eu ache que em se tratando de contrabando as autoridades de Marselha têm problemas mais urgentes com que lidar do que qualquer 'muamba' que você porventura trouxesse em sua bagagem de mão. Não sei se você sabe, mas…"

Bridget tinha parado de escutar. Nicholas estava agindo como um babaca de novo. Ele sempre ficava assim quando estava nervoso; na verdade era assim o tempo todo, exceto quando estava na cama ou com pessoas que ele queria agradar. Deixando-se ficar para trás, ela mostrou a língua para ele. Nhé, nhé, nhé… chato, chato, chato.

Bridget tapou os ouvidos e olhou para os próprios pés se arrastando, enquanto Nicholas continuou marchando sozinho, destilando sarcasmo em ideias cada vez mais remotas relacionadas aos comentários simplórios de Bridget sobre contrabando.

Erguendo os olhos de novo, Bridget avistou uma figura familiar. Era Barry recostado em uma coluna perto da banca de jornal. Barry sempre pressentia quando estava sendo observado e, dependendo do humor, atribuía isso à "paranoia" ou a um "sexto sentido".

"Bridge! Que incrível!"

"Barry! '*All you need is love*'", disse Bridget, lendo em voz alta os dizeres na camiseta de Barry e rindo.

"Que coisa incrível", disse Barry, correndo os dedos por seu longo cabelo preto. "Sabe que eu estava pensando em você hoje de manhã?"

Barry pensava em Bridget todas as manhãs, mas mesmo assim lhe pareceu mais uma evidência de controle mental ele não só ter pensado nela de manhã como também ter topado com ela no aeroporto.

"Estamos indo para o Festival de Jazz Progressivo em Arles", disse Barry. "Ei, por que não vem com a gente? Vai ser fantástico. Bux Millerman vai tocar."

"Uau", murmurou Bridget.

"Ei, escuta", disse Barry, "em todo caso pegue o número de Etienne. É lá que eu vou ficar e talvez a gente possa, tipo, se encontrar."

"Sim", disse Bridget, "legal."

Barry pegou um papel Rizla de enrolar enorme e rabiscou um número nele. "Não fume ele", brincou, "senão a gente nunca vai conseguir se falar."

Bridget lhe passou o número dos Melrose porque sabia que ele não iria usá-lo e que toda essa história de encontro não iria rolar. "Há quanto tempo você está aqui?", perguntou ela.

"Faz uns dez dias e o único conselho que eu posso te dar é *não beba o rosé*. Esse vinho é cheio de merda química e a ressaca é pior do que uma farra com cristal."

A voz de Nicholas atingiu-os subitamente. "O que você pensa que está fazendo?" Ele a encarou. "Você está mesmo brincando com a sorte, zanzando no meio de um aeroporto sem avisar. Estou arrastando essas malditas malas e procurando você já faz quinze minutos."

"Você devia ter buscado um carrinho", disse Barry.

Nicholas olhou acima dele como se ninguém tivesse falado. "Nunca mais faça isso ou você vai ver só o que eu… Ah, lá está Eleanor!"

"Nicholas, mil desculpas. Ficamos presas numa roda-gigante num parque de diversões e em vez de nos deixarem sair, eles a giraram uma segunda vez. Dá para imaginar?"

"É bem o seu estilo, Eleanor, sempre se divertindo mais do que a encomenda."

"Bem, mas aqui estou." Eleanor cumprimentou Nicholas e Bridget com um aceno espalmado e circular, como alguém polindo uma vidraça. "E esta é Anne Moore."

"Oi", disse Anne.

"Como vai?", disse Nicholas, e apresentou Bridget.

Eleanor conduziu-os na direção do estacionamento e Bridget atirou um beijo por cima do ombro para Barry.

"*Ciao*", disse Barry, apontando com o dedo para as palavras confiantes de sua camiseta. "Não esqueça."

"Quem era aquele homem de aspecto fascinante com quem sua namorada estava conversando?", perguntou Eleanor.

"Ah, só alguém do avião", disse Nicholas. Ele estava irritado por ter encontrado Barry no aeroporto e por um momento pensou que Bridget podia ter arranjado o encontro. A ideia era absurda, mas ele não conseguia tirá-la da cabeça, e assim que todos se acomodaram no carro ele sibilou no ouvido dela: "O que você estava conversando com aquele tipo?".

"Barry não é um tipo", disse Bridget, " e é por isso que eu gosto dele, mas se você quer mesmo saber, ele disse: 'Não beba o rosé, ele é cheio de merda química e a ressaca é pior do que numa farra com *speed*.'"

Nicholas virou-se no assento e lançou um olhar fulminante para ela.

"Ele está certíssimo, claro", disse Eleanor. "Talvez devêssemos tê-lo convidado para o jantar."

7.

Depois de segurar Patrick pelas orelhas e vê-lo sair correndo da biblioteca, David deu de ombros, sentou-se ao piano e começou a improvisar uma fuga. Suas mãos reumáticas protestavam cada vez que ele tocava numa tecla. Um copo de pastis, como uma nuvem presa, estava sobre o piano. Seu corpo doía o dia todo e a dor o acordava à noite sempre que ele mudava de posição. Pesadelos também o acordavam com frequência e faziam-no gemer e gritar tão alto que sua insônia transbordava para os quartos vizinhos. Seus pulmões também estavam no limite, e quando sua asma atacava ele arquejava e tremia, o rosto inchado pela cortisona que ele usava para acalmar o peito constrito. Ofegando, detinha-se no alto da escada, incapaz de falar, os olhos vagando pelo chão como se ele estivesse procurando o ar de que desesperadamente precisava.

Com quinze anos, seu talento musical despertara o interesse do grande professor de piano Shapiro, que aceitava apenas um pupilo por vez. Infelizmente, em uma semana, David contraiu uma febre reumática e passou os seis meses seguintes de cama, com as mãos rígidas e inábeis demais para praticar piano. A doença acabou com suas chances de se tornar um pianista sério e, embora cheio de conceitos musicais, dali em diante alegou estar cansado da composição e de todas aquelas "hordas de pequenos girinos" necessárias para registrar a música no papel. Em vez disso, ele tinha hordas de admiradores insistindo para que ele tocasse depois do jantar. Sempre pediam a melodia que haviam escutado na última vez, de que ele não se lembrava, até ouvirem a que ele tocava no momento, que ele logo esquecia. Sua compulsão por entreter os outros e a arrogância com que exibia seu talento se combinaram para dissipar os conceitos musicais que ele outrora tinha guardado tão íntima e secretamente.

Mesmo enquanto bebia na bajulação, ele sabia que por baixo desse extravagante desperdício de talento ele nunca havia superado a dependência do pastiche, seu medo da mediocridade e a suspeita mortificante de que o primeiro ataque de febre foi de alguma forma autoprovocado. Uma percepção inútil para ele; saber as causas de seu fracasso não diminuía o fracasso, e sim tornava o autodesprezo um pouco mais complicado e um pouco mais lúcido do que teria sido num estado de pura ignorância.

Conforme a fuga se desenvolvia, David atacou seu tema principal com repetições frustradas, enterrando a melodia inicial sob uma avalanche de notas graves retumbantes e estragando seu progresso com rajadas violentas de dissonância. No piano ele podia às vezes abandonar as táticas irônicas que saturavam seu discurso, e visitantes que ele tinha atazanado e atormentado em níveis exasperantes se pegavam comovidos com a tristeza pungente da música na biblioteca. Por outro lado, conseguia virar o piano contra eles como uma metralhadora e concentrar uma hostilidade em sua música que os fazia ansiar pela crueldade mais convencional de sua conversação. Mesmo nesse caso sua execução iria atormentar as pessoas que mais queriam resistir à sua influência.

David parou de tocar abruptamente e fechou a tampa sobre o teclado. Tomou um gole de pastis e começou a massagear a palma esquerda com o polegar direito. Essa massagem piorava um pouco a dor, mas lhe dava o mesmo prazer psicológico de arrancar crostas, explorar abscessos e úlceras na boca com a língua e cutucar machucados.

Quando uns dois apertões do polegar transformaram a dor indefinida em sua mão numa sensação mais aguda, ele inclinou-se e pegou um charuto Montecristo fumado pela metade. Para fumá-lo era "suposto" retirar a anilha de papel do charuto, portanto David a deixou ali. Quebrar até as menores regras com as quais outros se convenciam de que estavam agindo corretamente lhe dava grande prazer. Seu desprezo pela vulgaridade incluía a vulgaridade de querer evitar a impressão de ser vulgar. Em seu jogo mais esotérico, ele reconhecia apenas um punhado de jogadores, entre eles Nicholas Pratt e George Watford, e ele poderia facilmente desprezar um homem por deixar a anilha *no* charuto. Gostava de ver Victor Eisen, o grande pensador, debatendo-se nessas águas rasas, mais firmemente atraído quanto mais tentava cruzar a linha que o separava da classe à qual ansiava pertencer.

David removeu os flocos macios de cinza de charuto do seu roupão de lã azul. Sempre que fumava pensava no enfisema que havia matado seu pai e se sentia incomodado com a perspectiva de morrer da mesma forma.

Sob o roupão usava um pijama bastante desbotado e muito remendado que tinha se tornado seu no dia em que seu pai foi enterrado. O enterro ocorrera convenientemente perto da casa dele, no pequeno cemitério da igreja para o qual seu pai havia passado os últimos meses da vida olhando pela janela de seu escritório. Com uma máscara de oxigênio que ele jocosamente chamava de "máscara de gás", e incapaz de dar conta do "exercício de escada", ele dormia no escritório, que ele rebatizou de "sala de embarque", numa velha cama de campanha da Crimeia que lhe fora deixada pelo tio.

David compareceu ao funeral úmido e convencional sem entusiasmo; ele já sabia que tinha sido deserdado. Enquanto o caixão era baixado à terra, pensou no quanto de sua vida o pai havia passado numa trincheira de um tipo ou de outro, atirando em pássaros ou em homens, e no como aquele de fato era o melhor lugar para ele.

Depois do funeral, quando os convidados foram embora, a mãe de David foi até o antigo quarto dele para ter um momento de luto privado com o filho. Ela disse, com sua voz sublime: "Eu sei que ele iria querer que você ficasse com isso", e colocou um pijama cuidadosamente dobrado sobre a cama. Quando David não respondeu, ela apertou a mão dele e fechou suas pálpebras ligeiramente azuis por um momento, para mostrar que essas coisas eram profundas demais para se expressar com palavras, mas que ela sabia o quanto ele iria apreciar a pequena pilha de flanela branca e amarela de uma loja da Bond Street que fechara as portas antes da Primeira Guerra Mundial.

Era a mesma flanela amarela e branca que agora tinha ficado quente demais. David ergueu-se da banqueta do piano e ficou andando de um lado para o outro com o roupão aberto, fumando seu charuto. Não havia dúvidas de que estava irritado com Patrick por ele ter fugido. Estragara sua diversão. Admitiu que talvez tivesse calculado mal a intensidade do desconforto que poderia infligir com segurança a Patrick.

Os métodos de educação de David apoiavam-se na alegação de que a infância era um mito romântico que ele era perspicaz demais para encorajar. Crianças eram adultos em miniatura, fracos e ignorantes que deveriam receber todos os incentivos possíveis para corrigir sua fraqueza e sua ignorância. Como o rei Shaka, o grande guerreiro zulu, que fazia suas tropas pisotearem espinhos para endurecer os pés, um treinamento do qual alguns deles podem muito bem ter se ressentido na época, ele estava determinado a endurecer os calos de decepção e a desenvolver a habilidade de distanciamento em seu filho. Afinal, o que mais tinha para lhe oferecer?

Por um instante se viu tomado por uma sensação de absurdo e impotência; se sentiu como um fazendeiro observando um bando de corvos se acomodar muito satisfeitos no seu espantalho favorito.

Mas prosseguiu com coragem em sua linha original de pensamento. Não, era inútil esperar gratidão de Patrick, embora um dia ele pudesse perceber, como um dos homens de Shaka ao correr sobre um terreno pedregoso com pés indiferentes, o quanto ele devia aos princípios inflexíveis de seu pai.

Quando Patrick nasceu, David tinha se preocupado a respeito de ele se tornar um refúgio ou uma inspiração para Eleanor e, cheio de ciúmes, trabalhou para garantir que isso não ocorresse. Eleanor acabou se resignando a uma fé vaga e luminosa na "sabedoria" de Patrick, qualidade que ela lhe atribuiu algum tempo antes de ele aprender a controlar seus movimentos intestinais. Ela o empurrou rio abaixo nesse barquinho de papel e caiu para trás exausta de terror e culpa. Ainda mais importante para David do que a preocupação muito natural de que sua mulher e seu filho desenvolvessem carinho um pelo outro, era a sensação inebriante de que ele tinha uma consciência em branco com que trabalhar, e lhe dava grande prazer amassar esse barro flexível com seus polegares artísticos.

Enquanto subia a escada para ir se trocar, o próprio David, que passava a maior parte do dia zangado ou pelo menos irritado e que fazia questão de não deixar que as coisas o surpreendessem, ficou impressionado com o acesso de raiva que teve. O que havia começado como indignação pela fuga de Patrick se transformou numa fúria que ele agora não podia mais controlar. Entrou pisando duro no quarto com o lábio inferior projetado com petulância e os punhos cerrados, mas ao mesmo tempo sentiu um forte desejo de escapar de sua própria atmosfera, como um homem correndo agachado para ficar longe das hélices girando de um helicóptero que ele acabara de pousar.

O quarto no qual entrou tinha um falso ar monástico, amplo e branco, com azulejos lisos num tom marrom-escuro que ficavam milagrosamente quentes no inverno, quando o aquecimento do piso era ligado. O único quadro na parede era uma pintura de Cristo com a coroa de espinhos, um deles perfurando sua fronte pálida. Um fio de sangue ainda fresco escorria por sua testa delicada na direção dos olhos lacrimejantes, que estavam timidamente voltados para cima, para esse adereço extraordinário, como se perguntassem: "Esse de fato sou *eu?*". A pintura era um Correggio e muito provavelmente o objeto mais valioso da casa, mas David tinha insistido em pendurá-lo em seu quarto, dizendo com doçura que não iria pedir mais nada.

A cabeceira marrom e dourada, comprada pela mãe de Eleanor, naquela altura a duquesa de Valençay, de um vendedor que lhe garantiu que a cabeça de Napoleão tinha repousado nela pelo menos uma vez, comprometia ainda mais a austeridade do quarto, assim como a colcha de seda Fortuny verde-escura, coberta por várias fênix planando sobre fogueiras. Cortinas do mesmo tecido estavam penduradas num simples varão de madeira em janelas que davam para uma sacada com uma balaustrada de ferro forjado.

David abriu essas janelas com impaciência e foi para a sacada. Olhou as fileiras perfeitas de vinhas, os campos retangulares de alfazema, as áreas de pinhais e, mais além, os povoados de

Bécasse e St.-Crau cobrindo as colinas mais baixas. "Como dois kipás mal ajustados", gostava de dizer a seus amigos judeus.

Desviou o olhar para cima e esquadrinhou o cume curvo e longo da montanha que, num dia claro como aquele, parecia tão perto e tão selvagem. Procurando algo na paisagem que acolhesse seu estado de ânimo e respondesse a ele, só conseguiu pensar de novo, como já tinha feito tantas vezes, em como seria fácil dominar todo o vale com uma única metralhadora cravada na balaustrada que ele agora agarrava com as mãos.

Estava se virando inquieto na direção do quarto quando, pelo canto do olho, captou um movimento sob a sacada.

Patrick ficara em seu esconderijo o quanto pôde, mas estava frio ali longe do sol, então se arrastou para fora do mato e, com uma relutância teatral, começou a caminhar de volta para a casa pela grama alta e seca. Fazer drama sozinho era difícil. Sentiu necessidade de um público maior, mas antes não tivesse sentido. Não ousava punir ninguém com sua ausência, pois não tinha certeza se seu desaparecimento seria notado.

Foi andando devagar, depois contornou a ponta do muro e parou para contemplar a grande montanha do outro lado do vale. As formações gigantescas em seu cume e as menores pontilhando as laterais produziam formas e rostos para a sua imaginação. Uma cabeça de águia. Um nariz grotesco. Uma festa de anões. Um velho barbado. Um foguete e infinitos perfis leprosos e obesos com órbitas cavernosas formados pela fluidez esfumaçada que sua concentração dava à pedra. Depois de algum tempo, ele não reconhecia mais aquilo em que estava pensando e, assim como uma vitrine às vezes impede o observador de ver os objetos através do vidro e o envolve num abraço narcisista, sua mente ignorava o fluxo de impressões do mundo externo e o trancava num sonho desperto que ele não teria conseguido descrever posteriormente.

A ideia de almoço o puxou de volta para o presente com uma forte sensação de ansiedade. Que horas eram? Será que estava muito atrasado? Yvette ainda estaria lá para conversar com ele? Será que teria de comer sozinho com o pai? Ele sempre voltava desapontado de seus devaneios mentais. Gostava da sensação de vazio, mas depois aquilo o assustava quando voltava e não conseguia se lembrar do que tinha pensado.

Patrick saiu em disparada. Estava convencido de que perdera o almoço. Era sempre às quinze para as duas e normalmente Yvette sairia para chamá-lo, mas escondido nos arbustos ele poderia não ter ouvido.

Quando chegou em frente à cozinha, viu Yvette pela porta aberta, lavando alface na pia. Sentia uma pontada no lado do corpo por causa da corrida, e agora que sabia que o almoço ainda ia demorar um pouco se sentiu envergonhado por sua pressa desesperada. Yvette acenou-lhe da pia, mas como ele não quis parecer apressado, apenas devolveu o aceno e passou direto pela porta, como se tivesse coisas a fazer. Decidiu ver mais uma vez se encontrava a rã da sorte na árvore antes de voltar à cozinha para se sentar com Yvette.

Virando a esquina da casa, Patrick trepou no muro baixo na borda externa do terraço e, com uma queda de quatro metros e meio à esquerda, foi se equilibrando em cima dele com os braços abertos. Atravessou toda a extensão do muro e depois saltou de volta para o chão. Já estava no topo da escada do jardim e com a figueira à vista, quando ouviu a voz do seu pai gritando: "*Nunca mais quero ver você fazendo isso de novo!*".

Patrick levou um susto. De onde vinha aquela voz? Ela estava gritando com ele? Ele se virou e olhou para trás. Seu coração batia com força. Ele vivia ouvindo seu pai gritar com outras pessoas, especialmente com a mãe, e aquilo o apavorava e lhe dava vontade de sair correndo. Mas dessa vez ele ficou parado escutando, pois queria entender o que estava errado e se era culpa dele.

"*Suba já aqui!*"

Agora Patrick sabia de onde a voz estava vindo. Olhou para cima e viu o pai se inclinando sobre a sacada.

"O que eu fiz de errado?", perguntou, mas baixo demais para ser ouvido. Seu pai parecia tão furioso que Patrick perdeu a convicção da própria inocência. Cada vez mais alarmado, tentou decifrar a raiva do pai para descobrir qual poderia ter sido o seu crime.

Quando subiu a escada íngreme até o quarto do pai, Patrick já estava pronto para se desculpar por qualquer coisa, mas ainda persistia nele um desejo de saber pelo que estava se desculpando. Na soleira da porta, se deteve e perguntou de novo, dessa vez em tom audível: "O que eu fiz de errado?".

"Entre e feche a porta", disse o pai. "E venha aqui." Ele falava como se estivesse enojado pela obrigação que a criança lhe impusera.

Enquanto atravessava lentamente o piso, Patrick tentou pensar numa forma de aplacar a raiva do pai. Talvez fosse perdoado se dissesse algo inteligente, mas se sentia extraordinariamente estúpido e só conseguia pensar de novo e de novo: duas vezes dois é igual a quatro, duas vezes dois é igual a quatro. Tentou se lembrar de alguma coisa na qual tivesse reparado pela manhã ou de qualquer coisa, de qualquer coisa que convencesse o pai de que ele estivera "observando tudo". Mas sua mente foi ofuscada pela presença do pai.

Ficou junto da cama olhando para a colcha verde com os pássaros das fogueiras. Seu pai pareceu bastante cansado quando falou.

"Vou ter que dar uma surra em você."

"Mas o que eu fiz de errado?"

"Você sabe muito bem o que fez", disse o pai num tom frio e aniquilador que Patrick achou esmagadoramente convincente. De uma hora para a outra ele se sentiu envergonhado de todas as coisas erradas que tinha feito. Toda a sua existência parecia contaminada pelo erro.

Movendo-se rápido, seu pai o agarrou pelo colarinho. Sentou-se na cama, colocou Patrick sobre a coxa direita e tirou a pantufa amarela do pé esquerdo. Tais movimentos rápidos normalmente teriam feito David estremecer de dor, mas ele foi capaz de recuperar sua agilidade juvenil em prol de uma causa tão boa. Baixou a calça e a cueca de Patrick e ergueu a pantufa a uma altura surpreendente para um homem com problemas no ombro direito.

O primeiro golpe foi terrivelmente doloroso. Patrick tentou assumir a atitude miserável e estoica admirada pelos dentistas. Tentou ser corajoso, mas, enquanto apanhava, mesmo por fim percebendo que seu pai desejava machucá-lo o máximo possível, recusou-se a acreditar nisso.

Quanto mais ele lutava, mais forte apanhava. Querendo se mexer, mas com medo de fazê-lo, foi dilacerado por essa violência incompreensível. O horror tomou conta dele e esmagou seu corpo como as mandíbulas de um cão. Depois da surra, o pai o largou como a uma coisa morta em cima da cama.

Ainda assim não pôde escapar. Apertando a palma da mão contra a escápula direita de Patrick, seu pai o imobilizava. Patrick virou a cabeça para os lados, angustiado, mas conseguiu ver apenas o azul do roupão do pai.

"O que você está fazendo?", perguntou, mas o pai não respondeu e Patrick estava assustado demais para perguntar de novo. A mão do pai o pressionava contra a cama e, com o rosto comprimido nas dobras da colcha, ele mal conseguia respirar. Ficou olhando fixamente para o varão da cortina e o topo das janelas abertas. Não entendia que forma o castigo estava tomando agora, mas sabia que seu pai devia estar muito bravo com ele para machucá-lo tanto. Não suportava a impotência que o dominava. Não suportava a injustiça. Ele não sabia quem era aquele homem, não podia ser seu pai a esmagá-lo daquele jeito.

Do varão da cortina, se ele pudesse subir no varão da cortina, poderia ter olhado toda a cena abaixo, assim como seu pai olhava para ele. Por um momento, Patrick sentiu que estava ali em cima assistindo com distanciamento o castigo infligido por um homem estranho num garotinho. Patrick concentrou-se o melhor que pôde no varão da cortina e dessa vez isso durou mais, ele estava sentado ali em cima, de braços cruzados, recostado contra a parede.

Depois voltou à cama sentindo uma espécie de vazio e suportando o peso de não saber o que estava acontecendo. Ouvia seu pai arfando e a cabeceira da cama batendo contra a parede. Por trás das cortinas com os pássaros verdes, viu uma lagartixa surgir e subir imóvel até o canto da parede ao lado da janela aberta. Patrick lançou-se na direção dela. Cerrando os punhos e se concentrando até sua concentração ser como um fio de telefone estendido entre eles, Patrick desapareceu dentro do corpo da lagartixa.

A lagartixa entendeu, pois naquele exato momento saiu em disparada pelo canto da janela até a parede externa. Abaixo ele podia ver a queda para o terraço e as folhas da hera americana, vermelhas, verdes e amarelas, e de lá de cima, junto à parede, aguentou firme com seus pés com ventosas e ficou pendurado de ponta-cabeça a salvo sob os beirais do telhado. Correu até as telhas velhas cobertas de líquen cinza e laranja, depois entrou no vão entre as telhas, subindo até o cume do telhado. Desceu rápido pela outra inclinação, e estava bem longe, ninguém jamais o encontraria de novo, pois eles não iam saber onde procurar e não teriam como saber que ele estava encolhido no corpo de uma lagartixa.

"Fique aqui", disse David, erguendo-se e ajeitando seu pijama amarelo e branco. Patrick não poderia ter feito outra coisa. Deu-se conta, a princípio vagamente, depois de forma mais vívida, de sua posição humilhante. De bruços na cama, a calça arriada na altura dos joelhos e uma umidade estranha e preocupante na base da espinha. Achou que estava sangrando. Achou que, de alguma forma, o pai o esfaqueara nas costas.

Seu pai foi até o banheiro e voltou. Com um punhado de papel higiênico, enxugou a poça cada vez mais fria de gosma que começara a escorrer entre as nádegas de Patrick.

"Pode levantar agora", disse.

Na verdade, Patrick não podia se levantar. A lembrança dessa ação voluntária era distante e complicada demais. Impaciente, o pai ergueu a calça de Patrick e o tirou da cama. Patrick ficou de pé junto dela, enquanto o pai agarrava seus ombros, supostamente para corrigir sua postura, mas aquilo fez Patrick achar que o pai iria empurrar seus ombros para trás e uni-los à força, até ele ser virado do avesso e seus pulmões e coração explodirem do peito.

Em vez disso, David inclinou-se e disse: "Jamais conte à sua mãe ou a qualquer pessoa o que aconteceu hoje, senão você vai ser *terrivelmente* castigado. Está entendendo?".

Patrick assentiu.

"Está com fome?"

Patrick fez que não com a cabeça.

"Bem, eu estou morrendo de fome", disse David, falante. "Você devia comer mais, sabe? Ganhar força e tal."

"Posso ir agora?"

"Certo, se você não quer almoçar, pode ir." David estava irritado de novo.

Patrick desceu pela escada, e ao cravar os olhos na ponta de sua sandália gasta ele viu, em vez dela, o topo de sua cabeça como se de três ou quatro metros acima, no ar, e sentiu uma curiosidade desconfortável pelo garoto que estava vendo. Não era algo exatamente pessoal, como o acidente que eles tinham visto na estrada no ano anterior e que sua mãe disse para ele não olhar.

De volta à terra, Patrick se sentiu totalmente derrotado. Nenhum lampejo de capas roxas. Nenhum soldado especial. Nenhuma lagartixa. Nada. Tentou levantar voo outra vez, do jeito que aves marinhas fazem quando uma onda quebra na rocha em que elas estão. Mas tinha perdido o poder de se mover e ficou para trás, se afogando.

8.

Durante o almoço David sentiu que talvez tivesse levado um pouco longe demais seu desdém pelo puritanismo da classe média. Nem mesmo no bar do Cavalry and Guards Club alguém poderia se gabar de incesto pedófilo e homossexual com a garantia de uma recepção favorável. Para quem ele podia contar que tinha estuprado seu filho de cinco anos? Não conseguia pensar numa única pessoa que não iria preferir mudar de assunto — e alguns iriam reagir de forma bem pior que isso. A experiência em si tinha sido curta e brutal, mas não de todo desagradável. Ele sorriu para Yvette, disse o quão faminto estava e se serviu de espetinho de cordeiro com vagens.

"Monsieur ficou tocando piano a manhã toda."

"E brincando com Patrick", acrescentou David piamente.

Yvette comentou que eles dão uma canseira nesta idade.

"Uma canseira!", concordou David.

Yvette saiu da sala e David se serviu de outra taça do Romanée-Conti que ele tinha tirado da adega para o jantar, mas que decidira beber sozinho. Sempre havia mais garrafas, e aquele vinho casava muito bem com cordeiro. "Nada mais que o melhor, ou então nada": esse era o lema que regia sua vida, se bem que o "nada" de fato não ocorresse. Não havia dúvida disso, ele era um sensualista, e quanto a esse último episódio, não tinha feito algo clinicamente perigoso, só uma esfregadinha entre as nádegas, nada que não fosse acontecer ao garoto na escola no devido tempo. Se ele havia cometido um crime, era ter se dedicado com demasiado zelo à educação do filho. Estava consciente de já ter sessenta, de ainda ter tanto a ensiná-lo e tão pouco tempo.

Tocou a sineta ao lado do prato e Yvette regressou à sala de jantar.

"Cordeiro excelente", disse David.

"Monsieur gostaria da *tarte tatin*?"

Infelizmente ele não havia deixado espaço para a *tarte tatin*. Talvez ela pudesse tentar dá-la a Patrick no chá. Ele só queria café. Ela poderia servi-lo na sala de estar? Claro que sim.

As pernas de David haviam enrijecido e ao se levantar da cadeira ele cambaleou uns dois passos, parando para respirar vigorosamente entre os dentes. "Maldição!", disse em voz alta. De repente tinha perdido toda a paciência com suas dores reumáticas e decidiu subir até o banheiro de Eleanor, um paraíso farmacêutico. Muito raramente usava analgésicos, preferindo um fluxo contínuo de álcool e a consciência do próprio heroísmo.

Ao abrir o armário sob a pia de Eleanor, ficou impressionado com o esplendor e a variedade de potes e frascos: transparentes, amarelos e escuros, alaranjados com tampa verde, de plástico, de vidro, vindos de uns seis países, todos instando o consumidor a não exceder a dose indicada. Havia inclusive envelopes de Seconal e Mandrix, roubados, ele imaginou, do armário do banheiro de outras pessoas. Vasculhando entre os barbitúricos, estimulantes, antidepressivos e hipnóticos, encontrou uma quantidade surpreendentemente baixa de analgésicos. Tinha topado apenas com um frasco de codeína, uns poucos comprimidos de Diconal e alguns de Distalgesic, quando descobriu, no fundo do armário, um frasco com pílulas de ópio revestidas de açúcar que ele havia prescrito fazia apenas dois anos para sua sogra, a fim de amenizar a diarreia incontrolável que acompanhava seu câncer de intestino. Este último ato de misericórdia hipocrática, muito tempo depois do fim de sua curta prática médica, encheu-o de nostalgia pela arte do curador.

Num rótulo encantadoramente pitoresco da Harris da St. James's Street estava escrito: "Ópio (B.P. 0,038 gramas)" e, embaixo, "Duchesse de Valençay" e, por fim, "Para ser tomado quando necessário". Como restavam várias dezenas de pílulas, sua sogra deve ter morrido antes de se viciar em ópio. Uma libertação misericordiosa, pensou, jogando o frasco no bolso de seu paletó xadrez *pied-de-poule*. Teria sido desagradável demais se ela além de tudo fosse viciada em ópio.

David serviu seu café numa xícara de porcelana fina e redonda do século XVIII, decorada com galos dourados e laranja brigando entre si sob uma árvore dourada e laranja. Tirou o frasco do bolso, jogou três pílulas brancas na mão e tomou-as com um gole de café. Empolgado com a ideia de descansar confortavelmente sob a influência do ópio, celebrou com uma dose de um brandy produzido no ano de seu nascimento, um presente a si próprio que, como dissera a Eleanor quando ela pagou por uma caixa inteira, o reconciliava com o fato de estar envelhecendo. Para completar a imagem de seu contentamento, acendeu um charuto e se sentou numa poltrona funda ao lado da janela com uma cópia já gasta de *Passeios e patuscadas de Jorrocks*, de Surtees. Leu a primeira frase com um prazer familiar: "Qual desportista urbano de raça pura já não deixou de lado, na sua época, assuntos mais urgentes — talvez seu casamento ou até o enterro de sua *costela* — para 'encarar a manhã' com aquele pacote famoso, a assinatura da Caça à Raposa em Surrey?"

Quando David acordou umas duas horas depois, se sentiu amarrado a um sono turbulento por milhares de pequeninas cordas elásticas. Ergueu lentamente os olhos dos montes e vales de sua calça e focou-os em sua xícara de café. Ela parecia ter uma fina faixa luminosa nas bordas e estar ligeiramente suspensa acima da superfície da pequena mesa redonda sobre a qual fora colocada. Ele ficou perturbado mas fascinado quando percebeu que um dos galos dourados e laranja estava bicando, muito devagar, o olho do outro. Não esperava alucinar. Embora inacreditavelmente livre da dor, estava preocupado com a perda de controle que a alucinação implicava.

A poltrona parecia um fondue de queijo enquanto ele se arrastava para fora dela, e a travessia no chão lembrou a escalada de uma duna. Serviu-se de dois copos de café gelado e bebeu-os um depois do outro, esperando que o deixassem sóbrio antes de Eleanor voltar com Nicholas e aquela namorada dele.

Queria dar uma caminhada rápida, mas não parava de admirar o brilho luxuoso de seu entorno. Ficou particularmente absorto pelo armário chinês preto e pelas figuras coloridas gravadas em sua superfície laqueada. A liteira sobre a qual um mandarim importante repousava se deslocou para a frente e o guarda-sol sustentado acima de sua cabeça por servos com chapéus de palha rasos começou a girar hesitante.

David se obrigou a sair dessa cena animada e foi para fora. Antes de descobrir se o ar fresco faria sua náusea passar e lhe devolver o controle que ele desejava, ouviu o som do carro de Eleanor descendo pela entrada da casa. Deu meia-volta, agarrou sua cópia de Surtees e se refugiou na biblioteca.

Depois de eles terem deixado Anne na casa de Victor, Nicholas ocupou o lugar dela no banco do passageiro. Bridget esparramou-se no banco de trás, sonolenta. Eleanor e Nicholas estavam falando sobre pessoas que ela não conhecia.

"Eu quase tinha esquecido como é maravilhoso aqui", disse Nicholas à medida que eles se aproximavam da casa.

"Eu já esqueci completamente", disse Eleanor, "e moro aqui."

"Ah, Eleanor, que coisa triste de se dizer", retrucou Nicholas. "Me diga logo que não é verdade, ou não vou conseguir desfrutar do meu chá."

"Certo", disse Eleanor, baixando o vidro elétrico para atirar um cigarro para fora, "não é verdade."

"Boa menina", disse Nicholas.

Bridget não conseguia pensar em nada para dizer sobre a nova paisagem à sua volta. Pela janela do carro, via degraus amplos se estendendo ao lado de uma grande casa com persianas de um tom azul-claro. Glicínias e madressilvas subiam e desciam em vários pontos da lateral da casa para quebrar a monotonia da pedra. Tinha a impressão de já ter visto tudo isso antes, e para ela aquilo só representava a vaga realidade de uma foto de revista cujas páginas eram viradas rapidamente. A maconha deixou-a se sentindo sexy. Ansiava por se masturbar e se sentia distante do falatório em volta dela.

"François deve buscar as malas de vocês", disse Eleanor. "Podem deixar no carro e ele irá levá-las mais tarde."

"Ah, não precisa, eu me encarrego das malas", disse Nicholas. Ele queria ficar um momento a sós com Bridget no quarto e falar para ela "tomar jeito".

"Não, de verdade, deixe François fazer isso, ele não teve nada para fazer o dia todo", disse Eleanor, que não queria ficar sozinha com David.

Nicholas teve de se contentar em transmitir sua desaprovação muda com um olhar fulminante para Bridget, que foi descendo distraída os degraus, tentando evitar os vãos entre as pedras do calçamento, e nem olhou na direção dele.

Quando entraram no hall, Eleanor ficou encantada com a ausência de David. Talvez ele tivesse se afogado na banheira. Era querer demais. Ela mandou Nicholas e Bridget para o terraço e foi até a cozinha pedir que Yvette servisse o chá. No caminho tomou um copo de brandy.

"Será que você poderia fazer o favor de conversar um pouquinho de vez em quando?", disse Nicholas assim que ficou sozinho com Bridget. "Até agora você não trocou uma palavra com Eleanor."

"Tá bom, querido", disse Bridget, ainda tentando não pisar nos vãos. Ela se virou na direção de Nicholas e disse num sussurro alto: "É esta aqui?".

"Como?"

"A figueira onde ele a fez comer de quatro."

Nicholas olhou para as janelas acima, lembrando das conversas que ele tinha escutado de longe no seu quarto na última vez em que estivera ali. Ele assentiu, pondo o dedo em frente ao lábio.

Figos cobriam o chão sob a árvore. Alguns estavam reduzidos a uma mancha preta e a algumas sementes, mas vários deles ainda não tinham apodrecido e sua casca roxa, coberta por uma película branca empoeirada, permanecia intacta. Bridget ficou de quatro como um cachorro no chão.

"Pelo amor de Deus", rosnou Nicholas, lançando-se para perto dela. Naquele momento a porta da sala de estar abriu e Yvette apareceu, trazendo uma bandeja com bolos e xícaras. Ela teve apenas um vislumbre do que estava acontecendo, mas aquilo confirmou sua suspeita de que os ingleses ricos tinham uma estranha relação com o reino animal. Bridget se ergueu, sorrindo com malícia.

"Ah, *fantastique de vous revoir, Yvette*", disse Nicholas.

"*Bonjour, Monsieur.*"

"*Bonjour*", falou Bridget de forma doce.

"*Bonjour, Madame*", respondeu Yvette, resoluta, embora soubesse que Bridget não era casada.

"David!", bradou Nicholas por cima da cabeça de Yvette. "Onde você estava escondido?"

David acenou com o charuto para Nicholas. "Me perdi no Surtees", disse, cruzando a porta. Estava de óculos escuros para se proteger de surpresas. "Olá, minha querida", disse ele para Bridget, cujo nome ele tinha esquecido. "Vocês viram Eleanor? Vi de relance uma calça rosa passando, mas ela não atendeu pelo nome."

"Com certeza era o que estava usando na última vez em que foi vista", disse Nicholas.

"Rosa fica tão bem nela, não acha?", David perguntou a Bridget. "Combina com a cor dos olhos dela."

"Não seria delicioso um chá agora?", disse Nicholas rapidamente.

Bridget serviu o chá, enquanto David foi se sentar num murinho baixo perto de Nicholas. Enquanto batia delicadamente seu charuto e deixava as cinzas caírem a seus pés, ele percebeu uma trilha de formigas caminhando ao longo do muro e entrando num formigueiro no canto.

Bridget levou as xícaras de chá para os dois, e quando se virou para pegar a sua, David segurou a ponta acesa do charuto perto das formigas, passando-a sobre elas de um lado para o outro até onde seu braço alcançava. As formigas retorceram-se, torturadas pelo calor, e caíram no terraço. Algumas, antes de cair, se empinaram nas patas de trás, suas pernas de agulha tentando inutilmente reequilibrar seus corpos destruídos.

"Que vida civilizada vocês têm aqui", comentou Bridget enquanto afundava numa espreguiçadeira azul-escura. Nicholas revirou os olhos e se perguntou por que diabos tinha dito para ela interagir. A fim de preencher o silêncio ele contou a David que estivera no funeral de Jonathan Croyden no dia anterior.

"Você acha que tem ido mais a funerais ou a casamentos ultimamente?", perguntou David.

"Eu ainda recebo mais convites de casamento, mas acho que gosto mais dos funerais."

"Porque não precisa levar presente?"

"Bem, isso ajuda muito, mas especialmente porque se reúne um grupo melhor de pessoas quando alguém distinto morre."

"A não ser que todos os amigos tenham morrido antes dele."

"Isso, claro, é insuportável", disse Nicholas, categórico.

"Estraga a festa."

"Com certeza."

"Sinto dizer, mas não aprovo funerais", disse David dando outra tragada no charuto. "Não só porque não consigo imaginar nada que mereça ser celebrado na vida da maioria dos homens, mas também porque o intervalo entre o funeral e o enterro em geral é tão longo que, em vez de reacender o afeto por um amigo perdido, apenas mostra como é fácil viver sem ele." David soprou na ponta do charuto, que brilhou intensamente. O ópio lhe dava a sensação de estar ouvindo outro homem falar.

"Os mortos estão mortos", continuou, "e a verdade é que você esquece as pessoas quando elas param de vir para o jantar. Há exceções, claro — a saber, as pessoas das quais você se esquece *durante* o jantar."

Com o charuto ele pegou uma formiga desgarrada que estava escapando do seu último ataque incendiário com as antenas chamuscadas. "Se você realmente sente falta de alguém, o melhor é fazer algo que vocês dois gostavam de fazer juntos, o que dificilmente quer dizer, a não ser nos casos mais bizarros, ficar à toa numa igreja gelada, vestindo um sobretudo preto e cantando hinos."

A formiga fugiu com uma velocidade surpreendente e estava prestes a alcançar o outro lado do muro quando David, esticando-se um pouquinho, tocou-a de leve com uma precisão cirúrgica. Sua casca se encheu de bolhas e ela se contorceu violentamente enquanto morria.

"Só deveríamos ir ao funeral de um inimigo. Muito além do prazer de sobreviver a ele, é uma oportunidade para a trégua. O perdão é tão importante, não acha?"

"Meu Deus, se é", disse Bridget, "principalmente conseguir o perdão das pessoas."

David sorriu de modo encorajador para ela, até ver Eleanor cruzar a porta.

"Ah, Eleanor", sorriu Nicholas com um prazer exagerado, "estávamos falando agora mesmo do funeral de Jonathan Croyden."

"Suponho que seja o fim de uma era", disse Eleanor.

"Ele *foi* o último homem vivo a ter ido a uma festa de Evelyn Waugh travestido", disse Nicholas. "Diziam que ele se vestia muito melhor como mulher do que como homem. Ele foi uma inspiração para toda uma geração de ingleses. O que me faz lembrar: depois do funeral conheci um indiano bajulador muito chato que disse ter visitado vocês pouco antes de ficar com Jonathan em Cap Ferrat."

"Deve ter sido Vijay", disse Eleanor. "Victor o trouxe."

"Esse mesmo", assentiu Nicholas. "Ele parecia saber que eu estava vindo para cá. Uma coisa admirável, pois eu nunca tinha posto os olhos nele antes."

"Ele segue loucamente a moda", explicou David, "portanto sabe mais sobre pessoas que nunca viu antes do que sobre qualquer outra coisa."

Eleanor se empoleirou numa frágil cadeira branca com uma almofada azul desbotada sobre o assento circular. Ela se ergueu de novo num átimo e arrastou a cadeira para mais perto da sombra da figueira.

"Cuidado", disse Bridget, "você pode acabar pisando nos figos."

Eleanor não respondeu.

"Parece uma pena desperdiçá-los", disse Bridget com ar inocente, inclinando-se para pegar um figo do chão. "Este aqui está perfeito." Ela o aproximou da boca. "Não é estranha a forma como a casca é ao mesmo tempo roxa e branca?"

"Como um bêbado com enfisema", disse David, sorrindo para Eleanor.

Bridget abriu a boca, arredondou os lábios e empurrou o figo para dentro. De repente sentiu o que mais tarde descreveu a Barry como uma "vibe muito pesada" vindo de David, "como se ele estivesse pressionando o punho no meu ventre". Bridget engoliu o figo, mas sentiu uma necessidade física de se erguer da espreguiçadeira e se afastar de David.

Ela caminhou ao longo do muro acima do terraço com jardim e, querendo explicar sua repentina ação, estendeu os braços, abraçou a paisagem e disse: "Que dia perfeito". Ninguém respondeu. Vasculhando o cenário à procura de alguma outra coisa para dizer, ela captou um ligeiro movimento na outra ponta do jardim. A princípio achou que era um animal agachado sob a pereira, mas quando aquilo se ergueu ela viu que era uma criança. "Aquele lá é o seu filho?", perguntou. "De calça vermelha?"

Eleanor aproximou-se dela. "Sim, é Patrick. Patrick!", gritou ela. "Quer tomar chá, querido?"

Não houve resposta. "Talvez ele não consiga te escutar", disse Bridget.

"Claro que consegue", disse David. "Só está sendo manhoso."

"Talvez a gente é que não consiga escutá-lo", disse Eleanor. "Patrick!", ela gritou de novo. "Por que você não vem aqui tomar chá com a gente?"

"Ele está balançando a cabeça", disse Bridget.

"Ele provavelmente já tomou chá umas duas ou três vezes", disse Nicholas; "você sabe como eles são nessa idade."

"Nossa, crianças são tão *fofas*", disse Bridget, sorrindo para Eleanor. "Eleanor", disse ela no mesmo tom, como se seu pedido fosse ser concedido como uma recompensa por ela achar que crianças são fofas, "você poderia me dizer em que quarto eu vou ficar? Queria muito subir para tomar um banho e desfazer as malas."

"Mas é claro. Eu mostro a você", disse Eleanor.

Eleanor conduziu Bridget para dentro da casa.

"Sua namorada é muito… acredito que a palavra seja 'intensa'", disse David.

"Ah, por enquanto ela dá pro gasto", disse Nicholas.

"Não precisa se desculpar, ela é absolutamente encantadora. Vamos tomar uma bebida de verdade?"

"Boa ideia."

"Champanhe?"

"Perfeito."

David foi buscar o champanhe e reapareceu rasgando a cápsula dourada do gargalo de uma garrafa transparente.

"Cristal", disse Nicholas, reverente.

"Nada mais que o melhor, ou então nada", disse David.

"Isso me lembra Charles Pewsey", disse Nicholas. "Estávamos tomando uma garrafa dessas na casa de Wilton na semana passada e eu perguntei se ele se lembrava de Gunter, o secretário detestável de Croyden. E Charles berrou — você sabe como ele está surdo — 'Secretário? Garoto de programa, isso é o que você quer dizer: *garoto de programa detestável.*' Todo mundo se virou para nos olhar."

"É o que as pessoas sempre fazem quando se está com Charles." David sorriu com ironia. Era tão típico de Charles, você tinha que conhecer Charles para apreciar a graça daquilo.

O quarto em que Bridget fora colocada era forrado de tecido floral, com gravuras de ruínas romanas em todas as paredes. Ao lado da cama havia uma cópia de *Uma vida de contrastes*, de Lady Mosley, sobre o qual Bridget atirou *O vale das bonecas*, sua leitura atual. Ela se sentou junto da janela fumando um baseado e ficou vendo a fumaça flutuar pelos buracos minúsculos do mosquiteiro. Dali de cima, ouviu Nicholas gritar *"garoto de programa detestável"*. Eles provavelmente estavam lembrando dos tempos de escola. Homem é tudo igual.

Bridget pôs um pé no parapeito da janela. Ainda segurava o baseado com a mão esquerda, embora ele fosse queimar seus dedos com a próxima tragada. Pôs a mão direita entre as pernas e começou a se masturbar.

"Isso só mostra que ser secretário não importa, desde que o mordomo esteja do seu lado", disse Nicholas.

David pegou a deixa. "Na vida é a mesma coisa", entoou ele. "O importante não é o que você faz, mas quem você conhece."

Encontrar um exemplo tão burlesco dessa importante máxima fez os dois homens rirem.

Bridget foi até a cama e esticou-se de bruços na colcha amarela. Enquanto fechava os olhos e retomava a masturbação, a imagem de David atravessou sua mente como um choque estático, mas ela se forçou a se concentrar lealmente na lembrança da presença inspiradora de Barry.

9.

Quando Victor estava com dificuldades para escrever, tinha o hábito nervoso de ficar abrindo e fechando seu relógio de bolso com um clique. Distraído pelo barulho de outras atividades humanas, ele achava útil produzir seu próprio barulho. Durante os momentos contemplativos de seus devaneios, ele abria e fechava o relógio mais lentamente, mas à medida que seu senso de frustração se intensificava, o ritmo também aumentava.

Vestido naquela manhã com o grande suéter mesclado para o qual ele tinha incansavelmente procurado uma ocasião em que as roupas não importassem, ele tinha toda a intenção de começar seu ensaio sobre as condições necessárias e suficientes para a identidade pessoal. Sentou-se a uma mesa de madeira um pouco bamba, sob um plátano amarelando em frente à casa, e à medida que a temperatura aumentava, ele se despia até arregaçar as mangas da camisa. Pela hora do almoço, ele havia registrado apenas um pensamento: "Já escrevi livros que eu precisava escrever, mas ainda não escrevi um livro que os outros precisem ler". Puniu-se com um sanduíche improvisado para o almoço em vez de descer até La Coquière e comer três pratos no jardim, sob o guarda-sol azul, vermelho e amarelo da companhia de Ricard Pastis.

Mesmo não querendo, ele não parava de pensar na pequena e desconcertante contribuição de Eleanor naquela manhã: "Meu Deus, quero dizer, se há uma coisa que está na mente, é quem você é". Se há uma coisa que está na mente, é quem você é: era uma coisa boba, que não ajudava em nada, mas aquilo o estava atormentando como um pernilongo no escuro.

Assim como um romancista às vezes se pergunta por que inventa personagens que não existem e os põe para fazer coisas que não importam, também um filósofo pode se perguntar por que inventa casos impossíveis de acontecer a fim de determinar qual seria o caso. Depois de ter negligenciado seu tema por um bom tempo, Victor não estava totalmente convencido de que a impossibilidade era o melhor caminho para a necessidade, como poderia ter estado se recentemente tivesse reconsiderado o caso extremo de Stolkin em que "os cientistas destroem meu cérebro e meu corpo e depois criam uma matéria nova, uma réplica de Greta Garbo". Como deixar de concordar com Stolkin que "não haveria nenhuma ligação entre mim e a pessoa resultante"?

Entretanto, pensar que se sabia o que iria acontecer ao senso de identidade de uma pessoa se seu cérebro fosse cortado ao meio e dividido entre gêmeos idênticos lhe parecia, ao menos por ora, antes de ele ter voltado a mergulhar na torrente do debate filosófico, um fraco substituto para uma descrição inteligente do que é saber quem você é.

Victor entrou em casa para buscar o conhecido frasco de Bisodol, com comprimidos para a indigestão. Como de costume ele tinha comido seu sanduíche rápido demais, empurrando-o garganta abaixo como um engolidor de espadas. Pensou com uma apreciação renovada no comentário de William James de que o eu consiste principalmente em "movimentos peculiares na cabeça e entre a cabeça e a garganta", embora os movimentos peculiares um pouco mais abaixo, em seu estômago, pareciam no mínimo tão pessoais quanto.

Quando Victor voltou a se sentar, ele imaginou a si próprio pensando e tentou sobrepor essa imagem a seu vazio interior. Se ele era essencialmente uma máquina pensante, então precisava de manutenção. Não eram os problemas da filosofia, mas o problema *com* a filosofia que o preocupava naquela tarde. E ainda com que frequência os dois se tornavam indistinguíveis. Wittgenstein havia dito que o tratamento de uma questão por um filósofo era como o tratamento de uma doença. Mas que tratamento? Purgação? Sanguessugas? Antibióticos contra as infecções da linguagem? Comprimidos para a indigestão, pensou Victor, arrotando baixinho, para acabar com a massa pastosa da sensação?

Atribuímos pensamentos a pensadores porque essa é a nossa maneira de falar, mas as pessoas não têm de ser consideradas pensadoras desses pensamentos. Ainda assim, pensou Victor com preguiça, por que nesse caso não se render à demanda popular? Em se tratando de cérebros e mentes, representava de fato um problema dois fenômenos categoricamente diferentes, processo cerebral e consciência, ocorrerem ao mesmo tempo? Ou será que o problema estava nas categorias?

Colina abaixo, Victor ouviu a batida de uma porta de carro. Deve ser Eleanor deixando Anne ao pé do morro. Victor abriu seu relógio, viu a hora e fechou-o de volta. O que ele tinha alcançado? Quase nada. Não era um desses dias improdutivos em que ele ficava confuso com a abundância e passava fome, como o asno de Buridan, entre dois montes de feno igualmente nutritivos. Sua falta de progresso hoje fora mais profunda.

Viu Anne dobrando a última curva da entrada de acesso, exageradamente radiante em seu vestido branco.

"Oi", disse ela.

"Olá", disse Victor com uma melancolia infantil.

"Como está indo?"

"Ah, tem sido um exercício bem inútil, mas imagino que fazer qualquer exercício seja sempre bom."

"Não critique o exercício inútil", disse Anne, "ele é um grande negócio. Bicicletas não vão a lugar nenhum, uma longa caminhada para não chegar a nada numa esteira de borracha, coisas pesadas que você nem mesmo *precisa* pegar."

Victor permaneceu em silêncio, contemplando essa única frase. Anne apoiou as mãos nos ombros dele. "Então, nenhuma grande novidade sobre quem somos nós?"

"Infelizmente não. A identidade pessoal, claro, é uma ficção, pura ficção. Mas cheguei a essa conclusão pelo método errado."

"E qual foi ele?"

"Não pensando no assunto."

"Mas isso é o que os ingleses querem dizer, não é, quando falam: 'Ele foi bem filosófico sobre isso'? Eles querem dizer que alguém parou de pensar em algo." Anne acendeu um cigarro.

"Ainda assim", disse Victor numa voz baixa, "minha reflexão de hoje me lembrou um aluno insolente que tive e que disse que nossas aulas 'não tinham passado no Teste do E Daí'."

Anne se sentou na beirada da mesa de Victor e soltou um dos pés de seu sapato de lona com a ponta do outro. Ela gostou de ver Victor trabalhando de novo, ainda que sem sucesso. Colocando o pé descalço no joelho dele, ela falou: "Me diga, professor, este é o *meu* pé?".

"Bem, alguns filósofos diriam que sob certas circunstâncias", disse Victor, erguendo o pé dela com as mãos em concha, "isso seria determinado pelo fato de o pé estar sentindo dor."

"O que há de errado com o pé sentir prazer?"

"Bem", disse Victor, considerando solenemente essa pergunta absurda, "na filosofia como na vida, é mais provável que o prazer seja uma alucinação. A dor é a chave para a posse." Ele arreganhou a boca, como um homem faminto aproximando-se de um hambúrguer, mas fechou-a de novo e delicadamente beijou um por um os dedos do pé de Anne.

Victor soltou o pé e Anne se livrou do outro sapato. "Volto num instante", disse ela, caminhando com cuidado sobre o cascalho afiado e quente até a porta da cozinha.

Victor refletiu com satisfação que na antiga sociedade chinesa o joguinho que ele havia feito com o pé de Anne teria sido visto como uma intimidade quase insuportável. Um pé desnudo representava para os chineses um grau de entrega que os genitais jamais conseguiriam alcançar. Estimulou-lhe a ideia do quão intenso teria sido seu desejo em outra época, em outro lugar. Pensou nos versos de *O judeu de Malta*: "Cometestes Fornicação: mas isso foi em outro país, e além do mais a moça está morta". No passado ele fora um sedutor utilitarista, cuja intenção era aumentar sua soma de prazer *geral,* mas desde o início de seu caso com Anne ele vinha sendo fiel de um jeito sem precedentes. Como nunca tivera um físico atraente, ele sempre havia confiado na inteligência para seduzir as mulheres. À medida que se tornava mais feio e mais famoso, assim também o instrumento da sedução, seu discurso, e o instrumento da gratificação, seu corpo, adquiriam um contraste cada vez mais inglório. A rotina de sedução ressaltava esse aspecto do problema mente versus corpo com mais crueza do que a intimidade, e ele tinha decidido que talvez tivesse chegado a hora de estar no mesmo lugar com uma moça de verdade. O desafio era não substituir uma ausência mental por uma física.

Anne saiu de casa trazendo dois copos de suco de laranja. Ela deu um a Victor.

"No que você estava pensando?", ela perguntou.

"Se você seria a mesma pessoa em outro corpo", mentiu Victor.

"Bem, pergunte a si mesmo: você teria mordiscado os dedos do meu pé se eu tivesse o aspecto de um lenhador canadense?"

"Se eu soubesse que era *você* lá dentro", disse Victor, fiel.

"Dentro de uma bota com bico de aço?"

"Exatamente."

Eles trocaram um sorriso. Victor tomou um gole do suco de laranja. "Mas, me conte", disse ele, "como foi sua expedição com Eleanor?"

"Na volta me peguei pensando que todos que vão se encontrar para jantar esta noite provavelmente já falaram mal uns dos outros. Sei que você vai achar que é uma coisa muito primitiva e americana da minha parte, mas por que as pessoas passam a noite com gente que elas ficaram o dia todo insultando?"

"Para ter algo ofensivo a dizer sobre elas no dia seguinte."

"Ah, sim, claro", exclamou Anne. "*Amanhã é outro dia. Tão diferente e, no entanto, tão parecido*", acrescentou.

Victor pareceu incomodado. "Vocês ficaram se ofendendo no carro ou apenas atacando David e eu?"

"Nenhum dos dois, mas pela forma com que tanta gente foi ofendida concluí que iríamos nos dividir em combinações cada vez menores, até que todos tivessem se ocupado de todos."

"Mas este é o charme: falar mal de todo mundo, exceto da pessoa com quem você está, que então fica radiante com o privilégio de ser uma exceção."

"Se isso é charme", disse Anne, "não funcionou dessa vez, porque senti que nenhum de nós era uma exceção."

"Você gostaria de confirmar sua teoria dizendo algo desagradável sobre um dos seus queridos companheiros de jantar?"

"Bem, já que você mencionou", disse Anne, rindo, "achei Nicholas Pratt um baita cretino."

"Sei o que você quer dizer. O problema dele é que quis entrar na política", explicou Victor, "mas foi destruído pelo que foi considerado um escândalo sexual há alguns anos e que hoje provavelmente seria chamado de um 'casamento aberto'. A maioria das pessoas espera até se tornar ministro para arruinar sua carreira política com um escândalo sexual, mas Nicholas conseguiu fazer isso enquanto ainda estava tentando impressionar o Diretório Central, disputando uma cadeira garantida do Partido Trabalhista numa eleição suplementar."

"Precoce, hein", disse Anne. "O que exatamente ele fez para merecer essa expulsão do paraíso?"

"Ele foi pego na cama com duas mulheres com quem ele não era casado pela mulher com quem ele era casado, e ela decidiu não 'ficar ao lado dele'."

"Parece que não havia mesmo mais espaço", disse Anne, "mas, como você diz, o timing dele foi péssimo. Naquela época não dava para aparecer na televisão dizendo como aquilo tinha sido uma 'experiência realmente libertadora'."

"Talvez ainda haja", disse Victor com um espanto fingido, juntando a ponta dos dedos com ar pedagógico, para formar um arco com as mãos, "certos remansos rurais da Inglaterra conservadora onde, ainda hoje, sexo grupal não seja praticado por *todas* as matronas do Comitê de Seleção."

Anne sentou no colo de Victor. "Victor, duas pessoas formam um grupo?"

"Receio que só parte de um grupo."

"Você quer dizer", retrucou Anne horrorizada, "que temos feito sexo parcialmente grupal?" Ela se ergueu, bagunçando o cabelo de Victor. "Isso é horrível."

"Eu acho", continuou Victor calmamente, "que quando as ambições políticas de Nicholas foram arruinadas tão cedo, ele se tornou indiferente a ter uma carreira e se voltou outra vez para a sua grande herança."

"Ele ainda não entra na minha lista de vítimas", disse Anne. "Ser pego na cama com duas garotas não é a câmara de gás de Auschwitz."

"Você tem padrões elevados."

"Tenho e não tenho. Nenhuma dor é pequena demais se machuca, mas qualquer dor é pequena demais se valorizada", disse Anne. "De qualquer forma, ele não está sofrendo tanto assim; ele trouxe uma colegial chapada com ele. Ela estava toda mal-humorada no banco de trás. Duas como ela não bastam, ele vai ter que passar para trios."

"Como ela se chama?"

"Bridget alguma coisa. Um desses nomes ingleses não muito convincentes, tipo Hop-Scotch."

Anne mudou de assunto rapidamente, determinada a não deixar Victor se perder em divagações sobre se Bridget poderia se "adequar". "A parte mais estranha do dia foi nossa visita a Le Wild Ouest."

"Por que diabos vocês foram lá?"

"Até onde eu entendi, nós fomos lá porque Patrick quer ir, mas Eleanor tem prioridade."

"Não lhe ocorre que ela poderia apenas dar uma olhada, para ver se era um lugar divertido para levar o filho?"

"Na Dodge City da atrofia, você tem que ser rápido no gatilho", disse Anne, sacando uma arma imaginária.

"Você parece ter absorvido o espírito do lugar", disse Victor secamente.

"Se ela quisesse levar o filho lá", continuou Anne, "ele poderia ter ido conosco. E se ela quisesse descobrir se aquele era um 'lugar divertido', Patrick poderia ter lhe dito."

Victor não quis discutir com Anne. Muitas vezes ela tinha opiniões fortes sobre situações humanas que na verdade não importavam para ele, a não ser que ilustrassem um princípio ou rendessem uma anedota, e ele preferiu ceder esse solo pedregoso a ela, com a demonstração de indulgência que seu humor exigia. "Não sobrou ninguém do jantar desta noite para criticarmos", disse, "a não ser David, e nós sabemos o que você pensa dele."

"O que me faz lembrar que eu preciso ler pelo menos um capítulo de *A vida dos doze césares* para devolvê-lo a ele esta noite."

"Leia os capítulos sobre Nero e Calígula", sugeriu Victor, "tenho certeza de que são os favoritos de David. Um deles ilustra o que acontece quando você combina um talento artístico medíocre com o poder absoluto. O outro mostra o quanto é quase inevitável para aqueles que foram aterrorizados se tornarem aterrorizantes quando têm a oportunidade."

"Mas essa não é a chave para uma boa educação? Você passa a adolescência sendo promovido de aterrorizado para aterrorizante sem nenhuma mulher por perto para te distrair."

Victor decidiu ignorar essa última demonstração da atitude bastante cansativa de Anne com as escolas particulares inglesas. "O interessante sobre Calígula", continuou pacientemente, "é que ele tinha a intenção de ser um imperador exemplar, e nos primeiros meses do seu reinado foi elogiado por sua magnanimidade. Mas a compulsão de repetir o que se experimentou é como a gravidade, e é preciso um equipamento especial para romper com ela."

Anne achou graça em ouvir Victor fazer uma generalização psicológica tão gritante. Talvez se as pessoas estivessem mortas há tempo o suficiente elas ganhassem vida para ele.

"De Nero eu não gosto, por ele ter levado Sêneca ao suicídio", continuou divagando Victor. "Embora eu esteja bem ciente da hostilidade que pode surgir entre um discípulo e seu mestre, é bom mantê-la dentro dos limites", ele disse, rindo.

"Nero também não cometeu suicídio. Ou foi só em *Nero, o filme?*"

"Em se tratando de suicídio, ele demonstrou menos entusiasmo do que quando levou outras pessoas a cometê-lo. Ele ficou sentado um longo tempo se perguntando que parte do seu corpo 'pustulento e malcheiroso' ele deveria perfurar, gemendo 'Que grande artista morre comigo!'."

"Você fala como se tivesse estado lá."

"Sabe como é nos livros que se lê na juventude."

"Ahã, é mais ou menos como eu me sinto em relação a *Francis, a mula falante*", disse Anne.

Ela se levantou da cadeira de vime que rangia. "É melhor eu me atualizar sobre a 'juventude' alheia antes do jantar." Ela se aproximou mais de Victor. "Escreva para mim uma frase antes de irmos", ela propôs com delicadeza. "Dá para você fazer isso, não dá?"

Victor gostava de ser adulado. Ele olhou para ela como uma criança obediente. "Vou tentar", disse com modéstia.

Anne caminhou pela penumbra da cozinha e subiu a escada sinuosa. Sentia um fresco prazer de pela primeira vez ter estado sozinha desde manhãzinha e queria tomar um banho imediatamente. Victor gostava de enrolar na banheira, controlando as torneiras com seu grande dedão do pé, e ela sabia o quão irracionalmente desapontado ele ficava se a água quente acabava durante essa importante cerimônia. Além disso, se tomasse banho agora ela poderia deitar na cama e ler por umas duas horas antes de ter de sair para o jantar.

No alto da pilha de livros junto de sua cama, estava *Adeus a Berlim*, e Anne pensou em como seria mais divertido relê-lo em vez de mergulhar na vida macabra dos césares. Do pensamento sobre a Berlim do pré-guerra, sua mente saltou de volta para o comentário que ela fizera sobre a câmara de gás de Auschwitz.

Será que, se perguntou, estava cedendo àquela necessidade inglesa de ser engraçadinha? Ela se sentia contaminada e esgotada depois de um verão queimando seus recursos morais pelo bem de pequenos efeitos de conversação. Sentia que tinha sido sutilmente pervertida pelas maneiras astutas e preguiçosas dos ingleses, pela ânsia da ironia profilática, pelo medo terrível de ser "um tédio" e pelo fastio das formas com que eles incansável e parcamente evitavam esse destino.

Acima de tudo, era a ambivalência de Victor em relação a esses valores que esgotava Anne. Ela não sabia mais se ele estava atuando como um agente duplo, um escritor sério fingindo para os camaradas grã-finos — dos quais os Melrose eram apenas um exemplar bem sem graça — que era um admirador devoto da nulidade sem esforço que era a vida deles. Ou talvez ele fosse um agente triplo, fingindo para ela não ter aceitado o suborno de ser admitido na periferia do mundo deles.

Com ar de desafio, Anne pegou *Adeus a Berlim* e seguiu para o banheiro. O sol desaparecia cedo atrás do telhado da casa alta e estreita. Em sua mesa sob o plátano, Victor vestiu seu suéter de novo. Sentiu-se seguro na massa volumosa da malha, com o som distante de Anne tomando banho. Escreveu uma frase com sua letra aranhosa, depois outra.

10.

Se David havia tomado posse da pintura mais importante da casa, pelo menos Eleanor conseguira o quarto maior. Na ponta do corredor, suas cortinas permaneciam fechadas o dia todo para proteger uma série de delicados desenhos italianos do poder desgastante do sol.

Patrick hesitou na soleira da porta do quarto da mãe, esperando ser notado. A penumbra do ambiente o fazia parecer ainda maior, especialmente quando uma brisa agitava as cortinas e uma luz trêmula projetava sombras pelas paredes que se estendiam ali. Eleanor estava sentada à sua escrivaninha de costas para Patrick, fazendo um cheque para o fundo Save the Children, sua instituição de caridade favorita. Ela não ouviu o filho entrar no quarto até ele se postar ao lado de sua cadeira.

"Olá, querido", disse ela, com uma afeição desesperada que soava como uma chamada de longa distância. "O que você fez hoje?"

"Nada", disse Patrick, olhando para o chão.

"Você foi dar uma caminhada com o papai?", perguntou Eleanor corajosamente. Ela sentia a inadequação das perguntas, mas não conseguia superar o medo de que elas fossem mal respondidas.

Patrick fez que não com a cabeça. Um galho balançou do lado de fora da janela, e ele ficou vendo a sombra de suas folhas tremular acima do varão da cortina. As cortinas ondularam fracamente e caíram de volta, como pulmões derrotados. Uma porta bateu no corredor. Patrick olhou para a bagunça na escrivaninha da mãe. Ela estava coberta de cartas, envelopes, clipes de papel, elásticos, lápis e uma profusão de talões de cheques de diferentes cores. Uma taça de champanhe vazia assomava ao lado de um cinzeiro cheio.

"Quer que eu leve o copo lá para baixo?", perguntou ele.

"Mas que garoto atencioso", exclamou Eleanor efusivamente. "Você pode levá-lo e entregá-lo a Yvette. Seria muito gentil."

Patrick assentiu solenemente e pegou a taça. Eleanor maravilhava-se com o quão bem seu filho se saíra. Talvez as pessoas simplesmente viessem ao mundo de um jeito ou de outro, e o principal fosse não interferir demais.

"Obrigada, querido", disse ela rouca, perguntando-se o que deveria ter feito enquanto o via sair do quarto, agarrando firmemente a haste da taça com a mão direita.

Enquanto descia pela escada, Patrick ouviu seu pai e Nicholas conversando na outra ponta do corredor. Sentindo um súbito medo de cair, começou a descer do jeito que costumava fazer quando era pequeno, colocando primeiro um pé e depois descendo o outro com firmeza no mesmo degrau. Ele tinha que se apressar para que o pai não o alcançasse, mas se ele se apressasse poderia cair. Ouviu o pai dizendo: "Vamos perguntar para ele no jantar, tenho certeza de que ele vai concordar".

Patrick ficou paralisado na escada. Estavam falando dele. Iriam forçá-lo a concordar. Apertando com força a haste da taça na mão, sentiu uma onda de vergonha e terror. Olhou para a pintura pendurada na escada e imaginou a moldura sendo arremessada no ar e seu canto pontudo se cravando no peito do pai; e outra pintura voando pelo corredor e decepando a cabeça de Nicholas.

"Te vejo lá embaixo daqui a uma ou duas horas", disse Nicholas.

"Ótimo", disse seu pai.

Patrick ouviu a porta de Nicholas se fechar e ficou escutando atentamente os passos do pai vindo pelo corredor. Será que estava indo para o quarto dele ou ia descer a escada? Patrick quis se mover, mas a capacidade de se mexer o abandonara novamente. Prendeu a respiração quando os passos cessaram.

No corredor, David ficou dividido entre ver Eleanor, com quem, em geral, estava sempre furioso, e ir tomar banho. O ópio, que amenizara a dor perpétua em seu corpo, agora enfraquecia seu desejo de insultar a esposa. Depois de alguns instantes pensando no que escolher, entrou em seu quarto.

Patrick sabia que não estava visível no alto da escada, mas quando ouviu os passos cessarem tentou afastar a ideia de seu pai usando a concentração como um lança-chamas. Por um longo tempo depois de David ter entrado no quarto, Patrick não acreditou que o perigo havia passado. Quando relaxou a mão que segurava a taça, a base e metade da haste escorregaram e quebraram no degrau de baixo. Patrick não entendeu como o copo tinha se partido. Retirando o resto do vidro que ficara em sua mão, notou um pequeno corte no meio da palma. Só quando viu o sangue é que entendeu o que tinha acontecido e, sabendo que deveria estar doendo, finalmente sentiu a fisgada aguda do corte.

Estava morrendo de medo de ser punido por ter deixado o copo cair. O copo havia quebrado em sua mão, mas eles nunca iam acreditar nisso, eles iam dizer que ele o derrubara. Pisou cuidadosamente entre os cacos de vidro espalhados nos degraus abaixo e chegou ao pé da escada, mas como não sabia o que fazer com o meio copo na mão, voltou a subir três degraus e decidiu saltar. Atirou-se para a frente com a maior força possível, mas tropeçou enquanto caía, deixando o resto do copo voar de sua mão e se espatifar na parede. Ficou estatelado no chão, em choque.

Quando ouviu os gritos de Patrick, Yvette largou a concha da sopa, enxugou as mãos rapidamente no avental e correu até o hall.

"*Ooh-la-la*", disse ela num tom de censura, "*tu vas te casser la figure un de ces jours.*" Ela ficou alarmada com a impotência de Patrick, mas ao se aproximar perguntou num tom mais delicado: "*Où est-ce que ça te fait mal, pauvre petit?*".

Patrick ainda estava com falta de ar e apontou para o peito, onde sentira o impacto da queda. Yvette pegou-o do chão, murmurando: "*Allez, c'est pas grave*", e o beijou no rosto. Ele continuou chorando, mas com menos desespero. Uma sensação intrincada de suor e dentes de ouro e alho misturou-se ao prazer de ser segurado, mas quando Yvette começou a afagar suas costas ele se contorceu nos braços dela e se soltou.

Em sua escrivaninha Eleanor pensou: "Ah, meu Deus, ele caiu lá embaixo e se cortou com a taça que lhe dei. É minha culpa de novo". Os gritos de Patrick cravaram Eleanor na cadeira como um dardo, enquanto ela considerava o horror de sua posição.

Ainda dominada pela culpa e pelo medo das represálias de David, juntou coragem para ir até o patamar. Ao pé da escada, encontrou Yvette sentada ao lado de Patrick.

"*Rien de cassé, Madame*", disse Yvette. "*Il a eu peur en tombant, c'est tout.*"

"*Merci, Yvette*", disse Eleanor.

Não era prático beber tanto quanto ela fazia, pensou Yvette, indo buscar uma pá e uma vassourinha.

Eleanor sentou-se ao lado de Patrick, mas um pedaço de vidro picou-a no traseiro. "Ai", exclamou ela, erguendo-se de novo e limpando a parte de trás do vestido.

"A mamãe sentou num caco de vidro", ela disse a Patrick. Ele a olhou com tristeza. "Mas não importa, me fale da sua terrível queda."

"Eu pulei bem lá de cima."

"Com uma taça na mão, querido? Poderia ter sido muito perigoso."

"Foi perigoso", disse Patrick com raiva.

"Ah, claro que foi", disse Eleanor, estendendo a mão constrangida para tirar uma mecha de cabelo castanho-claro da testa dele. "Vou te dizer o que podemos fazer", ela disse, orgulhosa de si mesma por ter lembrado, "podemos ir até o parque de diversões amanhã, a Le Wild Ouest, o que você acha? Fui lá hoje com Anne para ver se você iria gostar, e havia um monte de caubóis, índios e brinquedos. Que tal irmos amanhã?"

"Quero ir embora", disse Patrick.

Lá em cima em sua suíte de monge, David foi depressa até a porta ao lado e abriu as torneiras da banheira no máximo, até que a água estrondosa afogasse o som desagradável de seu filho. Jogou sais de banho na água com uma concha de porcelana e pensou como era insuportável não ter nenhuma babá neste verão para manter o garoto quieto no fim do dia. Eleanor não fazia a menor ideia de como criar uma criança.

Depois que a babá de Patrick morreu, houve uma sombria procissão de garotas estrangeiras pela casa em Londres. Vândalas com saudade de casa, elas partiam em lágrimas depois de alguns meses, às vezes grávidas, nunca fluentes no inglês que tinham vindo aprender. No final das contas, Patrick vivia sendo confiado a Carmen, a rabugenta empregada espanhola que não podia se dar ao luxo de recusar coisa alguma. Ela morava no porão, suas veias varicosas protestando a cada degrau dos cinco andares que ela raramente subia para chegar ao quarto do garoto. De certa forma, era preciso agradecer por essa camponesa lúgubre ter tido tão pouca influência sobre Patrick. Ainda assim, era bastante cansativo encontrá-lo na escada noite após noite, depois de escapar do seu portãozinho de madeira, esperando Eleanor.

Era tão grande a frequência com que eles voltavam tarde do Annabel's que Patrick uma vez perguntara, inquieto: "Quem é Annabels?". Todos no recinto riram e David se lembrava de Bunny Warren dizendo, com aquela falta de tato ingênua pela qual ele era quase universalmente adorado: "É uma garotinha encantadora de quem os seus pais gostam muito". Nicholas vira a sua oportunidade e disse: "Dezzconfio que a criança está ezzperimentando a rivalidade entre irmãos".

Quando David chegava tarde da noite e encontrava Patrick sentado na escada, mandava-o de volta para o quarto, mas depois que ia para a cama ele às vezes ouvia as tábuas do assoalho rangendo no patamar da escada. Ele sabia que Patrick se esgueirava até o quarto da mãe para tentar extrair algum consolo das costas entorpecidas dela, enquanto ela ficava deitada enroscada e inconsciente na beirada do colchão. Ele já tinha visto os dois de manhã como refugiados numa sala de espera cara.

David fechou as torneiras e constatou que os gritos tinham parado. Gritos que só duravam o tempo de encher uma banheira não poderiam ser levados a sério. David testou a temperatura da água com um pé. Estava quente demais, mas ele empurrou a perna mais para baixo até a água cobrir sua canela sem pelos e começar a escaldá-lo. Cada nervo do seu corpo impelia-o a sair da banheira fumegante, mas ele invocou suas profundas reservas de desprezo e manteve a perna imersa para provar seu domínio sobre a dor.

Sentou-se escarranchado na banheira; um pé queimando, o outro gelado contra o piso de cortiça. Não lhe exigiu o menor esforço reviver a fúria que havia sentido uma hora antes ao ver Bridget se ajoelhando sob a árvore. Nicholas obviamente tinha falado dos figos para aquela vadia estúpida.

Ah, dias felizes, suspirou ele, onde vocês foram parar? Dias em que sua atual esposa acabada, ainda fresca na submissão e ansiosa para agradar, tinha pastado tão pacificamente entre os figos apodrecendo.

David passou a outra perna pela borda da banheira e a mergulhou na água, na esperança de que a dor adicional o estimulasse a pensar na forma certa de se vingar de Nicholas no jantar.

"Por que você precisava fazer aquilo, cacete? Tenho certeza de que David viu você", disparou Nicholas para Bridget assim que ouviu a porta do quarto de David se fechar.

"Viu o quê?"

"Você de quatro no chão."

"Eu não tive que fazer aquilo", disse Bridget sonolenta na cama. "Só fiz porque você pareceu tão ansioso em me contar a história que achei que poderia te excitar. Obviamente foi o que aconteceu na primeira vez."

"Não seja ridícula." Nicholas ficou parado com as mãos no quadril, um retrato da desaprovação. "Quanto aos seus comentários efusivos — 'Que vida perfeita vocês têm aqui'", ele abriu um sorriso idiota, "'Que vista maravilhosa' —, eles fizeram você parecer ainda mais vulgar e tola do que você já é."

Bridget continuava tendo dificuldade em levar a sério a grosseria de Nicholas.

"Se você vai ser estúpido", disse ela, "vou fugir com Barry."

"Isso é outra coisa", exclamou Nicholas, tirando seu paletó de seda. Havia círculos escuros de suor embaixo dos braços da camisa. "No que você estava pensando — se é que pensar é a palavra certa — quando passou o telefone daqui para aquele maloqueiro?"

"Quando eu disse que devíamos manter contato, ele me pediu o telefone da casa em que eu ia ficar."

"Você podia ter mentido, sabe", ganiu Nicholas. "Existe uma coisa chamada desonestidade." Ele ficou andando de um lado para o outro, balançando a cabeça. "Uma coisa chamada quebrar uma promessa."

Bridget rolou para fora da cama e atravessou o quarto. "Vá se foder", disse, batendo a porta do banheiro e trancando-a. Ela sentou na borda da banheira e lembrou que sua edição de *Tatler* e, pior, sua maquiagem estavam no quarto ao lado.

"Abra a porta, sua vadia idiota", disse Nicholas, forçando a maçaneta.

"Vá se foder", repetiu ela. Pelo menos ela podia impedir Nicholas de usar o banheiro o máximo de tempo possível, ainda que ela tivesse apenas um banho de espuma com que se distrair.

11.

Enquanto estava trancado para fora do banheiro, Nicholas desfez a mala e encheu as prateleiras mais convenientes com suas camisas; no armário, seus ternos ocuparam bem mais que a metade do espaço. A biografia de F. E. Smith, que ele já tinha carregado consigo para meia dúzia de casas naquele verão, foi colocada novamente na mesinha do lado direito da cama. Quando finalmente teve acesso ao banheiro, ele distribuiu seus pertences em volta da pia numa ordem familiar, o pincel de barbear com pelo de texugo de um lado, o flúor de rosas do outro.

Bridget recusou-se a desfazer a mala de maneira adequada. Tirou um vestido de aspecto frágil de veludo amassado para a noite, atirou-o na cama e largou a mala no meio do quarto. Nicholas não resistiu e chutou a mala, mas sem dizer nada, ciente de que se fosse grosso de novo ela poderia lhe causar dificuldades no jantar.

Em silêncio, Nicholas vestiu um terno de seda azul-escuro e uma velha camisa amarelo-clara, a mais convencional que ele tinha conseguido encontrar no Mr. Fish, e já estava pronto para descer. Seu cabelo exalava um leve cheiro de algo feito para ele no Trumper's e as bochechas, um extrato de limão bem simples que ele considerava limpo e másculo.

Bridget estava sentada em frente à penteadeira, aplicando rímel preto bem devagar e exageradamente nos olhos.

"Temos que descer ou vamos nos atrasar", disse Nicholas.

"Você sempre diz isso e depois não encontramos ninguém lá."

"David é ainda mais pontual que eu."

"Então vá sem mim."

"Prefiro que a gente desça juntos", disse Nicholas, com uma fadiga ameaçadora.

Bridget continuou se admirando no espelho mal iluminado enquanto Nicholas sentou na beira da cama e deu um pequeno puxão nas mangas da camisa para revelar um pouco mais das suas abotoaduras da realeza. Feitas de ouro grosso e gravadas com as iniciais E. R., elas poderiam passar por contemporâneas, mas na verdade tinham sido um presente para o seu devasso avô, o Sir Nicholas Pratt da sua época e um leal cortesão de Eduardo VII. Incapaz de pensar numa forma de embelezar ainda mais sua aparência, ergueu-se e ficou perambulando por ali. Ele voltou até o banheiro e se olhou mais uma vez no espelho. Os contornos suavizando-se no queixo, onde a flacidez estava começando a aparecer, iriam sem dúvida se beneficiar de mais um tantinho de cor. Ele passou um pouco mais de extrato de limão atrás das orelhas.

"Estou pronta", disse Bridget.

Nicholas foi até a penteadeira e passou depressa a esponja de pó de Bridget nas bochechas, deslizando-a timidamente pela ponte do nariz. Enquanto eles saíam do quarto, olhou para Bridget com ar crítico, incapaz de aprovar de todo o vestido de veludo vermelho que uma vez já apreciara. O vestido emanava a aura de uma barraquinha de antiguidades do Kensington Market e revelava sua barateza de forma gritante na presença de outras antiguidades. O vermelho enfatizava o cabelo loiro dela e o veludo destacava o azul-opaco de seus olhos, mas o desenho do vestido, que parecia ter sido feito para uma bruxa medieval, e a evidência de arremates amadores no material gasto lhe pareceram menos divertidos do que na primeira vez em que vira Bridget com essa roupa. Havia sido numa festa semiboêmia em Chelsea oferecida por um peruano ambicioso. Nicholas e os outros picos sociais que o anfitrião tentava escalar se mantiveram juntos numa das extremidades da sala falando mal do alpinista enquanto ele se esforçava para escalá-los, todo solícito. Quando já não tinham nada melhor para fazer, permitiram que ele os subornasse com sua hospitalidade, ficando subentendido que ele seria arrastado por uma avalanche de insultos se alguma vez os tratasse com familiaridade numa festa oferecida por pessoas que realmente importavam.

Às vezes eram os grandes festivais de privilégios, outras vezes a bajulação e a inveja dos outros que confirmavam a sensação de estar no topo. Às vezes era a sedução de uma garota bonita que cumpria essa importante tarefa, outras vezes até abotoaduras sofisticadas faziam esse papel.

"Todos os caminhos levam a Roma", murmurou Nicholas, complacente, mas Bridget não ficou curiosa para saber por quê.

Conforme ela tinha previsto, ninguém os esperava na sala de estar. Com as cortinas fechadas e iluminada apenas por fachos de luz cor de urina projetados por luminárias amarelo-escuras, a sala parecia ao mesmo tempo sombria e rica. Como tantos dos meus amigos, ponderou Nicholas.

"Ah, *extraits de plantes marines*", disse ele, aspirando ruidosamente a essência que queimava. "Sabe que é impossível consegui-la agora?" Bridget não respondeu.

Ele se dirigiu até o armário preto e pegou uma garrafa de vodca russa do balde prateado cheio de cubos de gelo. Serviu o líquido gelado e viscoso num copo pequeno. "Ela costumava ser vendida com anéis de cobre, que às vezes superaqueciam e espirravam a essência muito quente nas lâmpadas. Uma noite, Monsieur et Madame de Quelque Chose estavam se vestindo para o jantar quando a lâmpada da sala explodiu, o abajur pegou fogo e as cortinas se incendiaram. Depois disso, ela foi retirada do mercado."

Bridget não demonstrou nenhuma surpresa ou interesse. À distância ouviu-se um telefone tocar fracamente. Eleanor detestava tanto o barulho de telefones que havia apenas um na casa, numa pequena mesa sob a escada dos fundos.

"Posso te servir uma bebida?", perguntou Nicholas, tomando sua vodca de um trago no que ele considerava ser a maneira russa correta.

"Só uma coca", respondeu Bridget. Ela na verdade não gostava de álcool, achava uma forma tão bruta de ficar alto. Pelo menos era o que Barry dizia. Nicholas abriu uma garrafa de Coca-Cola e se serviu de mais um pouco de vodca, dessa vez num copo alto cheio de gelo.

Ouviu-se um clique-clique de saltos altos e Eleanor surgiu timidamente, trajando um vestido longo roxo.

"Há uma ligação para você", disse, sorrindo para Bridget, cujo nome ela tinha esquecido de alguma forma entre o telefone e a sala de estar.

"Ah, nossa", disse Bridget, "para mim?" Ela se ergueu, certificando-se de não olhar para Nicholas. Eleanor descreveu o caminho até o telefone e Bridget por fim conseguiu chegar à mesinha sob a escada dos fundos. "Alô", disse, "*alô?*" Não houve resposta.

Quando voltou à sala, Nicholas dizia: "Bem, uma noite, o Marquês e a Marquesa de Quelque Chose estavam no andar de cima se trocando para uma grande festa que iam dar, quando um abajur pegou fogo e a sala de estar deles ficou completamente destruída."

"Que maravilha", disse Eleanor, sem a menor ideia do que Nicholas estava dizendo. Recuperando-se de um daqueles brancos em que ela não saberia dizer o que estava acontecendo à sua volta, ela apenas tinha consciência de ter existido um intervalo depois de seu último momento consciente. "Conseguiu atender à ligação?", perguntou a Bridget.

"Não. Foi bem estranho, não havia ninguém na linha. Ele deve ter ficado sem crédito."

O telefone tocou de novo, dessa vez soando mais alto por todas as portas que Bridget tinha deixado abertas. Ela deu meia-volta, ansiosa.

"Imagine querer falar com alguém ao telefone", disse Eleanor. "Tenho horror a isso."

"Jovens", disse Nicholas com tolerância.

"Eu tinha ainda mais horror a telefone quando era jovem, se é que isso é possível."

Eleanor se serviu de um pouco de uísque. Sentia-se ao mesmo tempo exausta e inquieta. Era uma sensação que ela conhecia melhor do que qualquer outra. Voltou ao seu assento habitual, um escabelo enfiado no canto sem luminária, ao lado do biombo. Quando criança, na época em que o biombo pertencia à sua mãe, vivia se agachando sob seus galhos cheios de macacos, fingindo ser invisível.

Nicholas, que até então estivera sentado, inseguro, na ponta da cadeira do Doge, ergueu-se outra vez, nervoso. "Este lugar é o favorito de David, não é?"

"Ele não vai sentar aí se você já estiver sentado", disse Eleanor.

"É disso que eu não tenho tanta certeza", falou Nicholas. "Você sabe como ele gosta das coisas do jeito dele."

"Nem me fale", disse Eleanor, apática.

Nicholas se mudou para um sofá próximo e sorveu outro gole de vodca de seu copo. A bebida já estava com gosto de gelo derretido, coisa que ele não gostava, mas ficou revirando-a na boca, já que não tinha nada de específico para dizer a Eleanor. Irritado com a ausência de Bridget e apreensivo com a chegada de David, esperou para ver qual dos dois entraria pela porta. Ficou decepcionado quando Anne e Victor chegaram primeiro.

Anne tinha substituído seu vestido branco simples por um preto simples, e já segurava um cigarro aceso. Victor tinha vencido sua ansiedade sobre o que vestir e ainda usava seu grosso suéter malhado.

"Oi", disse Anne a Eleanor, beijando-a com um afeto genuíno.

Quando os cumprimentos terminaram, Nicholas não pôde deixar de comentar a aparência de Victor. "Meu caro amigo, parece que você está prestes a ir pescar cavalas nas Hébridas."

"Na verdade, a última vez que usei este suéter", disse Victor, virando-se e passando um copo para Anne, "foi quando tive de ir ver um aluno que estava com sérios problemas em sua tese de doutorado. A tese intitulava-se 'Abelardo, Nietzsche, Sade e Beckett', o que já dá uma ideia das dificuldades pelas quais ele estava passando."

Dá mesmo?, pensou Eleanor.

"Sério, as pessoas fazem qualquer coisa para conseguir um doutorado hoje em dia." Victor estava se aquecendo para o papel que ele sentia que se esperava dele no jantar.

"E como foi a *sua* escrita hoje?", perguntou Eleanor. "Fiquei pensando o dia todo sobre você fazer uma abordagem não psicológica da identidade", ela mentiu. "Entendi bem?"

"Perfeitamente", disse Victor. "Na verdade, fiquei tão atormentado com o seu comentário, de que se há uma coisa que está na mente é quem você é, que fui incapaz de pensar em outra coisa."

Eleanor corou. Sentiu que ele zombara dela. "A mim parece que Eleanor tem toda a razão", disse Nicholas em tom galante. "Como podemos separar o que somos do que pensamos que somos?"

"Ah, me atrevo a dizer que não podemos", respondeu Victor, "uma vez que se tenha decidido considerar as coisas desse modo. Mas não estou trabalhando com a psicanálise, uma atividade que, aliás, parecerá tão pitoresca quanto a cartografia medieval quando tivermos uma imagem precisa de como o cérebro funciona."

"Não há nada que um professor goste mais do que de atacar a disciplina de outro colega", disse Nicholas, receando que Victor fosse ser um tédio horroroso durante o jantar.

"Se é que podemos chamá-la de disciplina", disse Victor, rindo. "O Inconsciente, do qual só podemos falar quando ele *deixa* de ser inconsciente, é outro instrumento medieval de investigação que permite ao analista tratar a negação como evidência do seu oposto. Dentro dessas regras, enforcamos um homem que nega ser um assassino e o parabenizamos quando ele afirma ser um."

"Você está rejeitando a ideia de que existe um inconsciente?", perguntou Anne.

"Você está rejeitando a ideia de que existe um inconsciente?", repetiu Nicholas consigo mesmo na sua voz de mulher americana histérica.

"O que estou dizendo", continuou Victor, "é que se somos controlados por forças que não entendemos, a palavra para esse estado de coisas é ignorância. O que eu condeno é transformar a ignorância numa paisagem interna e fingir que esse empreendimento alegórico, que poderia ser inofensivo e até charmoso, se não fosse tão caro e influente, equivale a uma ciência."

"Mas ela ajuda as pessoas", afirmou Anne.

"Ah, a promessa terapêutica", retrucou Victor com ar de sábio.

Parado à soleira da porta, David já os observava fazia algum tempo sem ser notado por ninguém, exceto Eleanor.

"Ah, olá, David", disse Victor.

"Oi", disse Anne.

"Minha querida, como sempre é um prazer ver você", respondeu David, dando-lhe imediatamente as costas e dizendo a Victor: "Por favor, nos fale mais sobre a promessa terapêutica".

"Mas por que *você* não nos fala dela?", respondeu Victor. "Você é o médico."

"Na minha prática médica bastante breve", disse David com modéstia, "descobri que as pessoas passam a vida imaginando que estão prestes a morrer. Seu único consolo é que um dia elas terão razão. Só o que está entre elas e essa tortura mental é a autoridade de um médico. E essa é a única promessa terapêutica que funciona."

Nicholas ficou aliviado por ser ignorado por David, enquanto Anne observou com distanciamento a forma teatral com que o homem se punha a dominar a sala. Como uma escrava num pântano cheio de cães de caça, Eleanor ansiava desaparecer e se encolheu ainda mais para perto do biombo.

David atravessou majestosamente a sala com longas passadas, sentou-se na cadeira do Doge e inclinou-se na direção de Anne. "Diga-me, minha querida", perguntou, dando um puxãozinho na seda rígida de sua calça vermelho-escura e cruzando as pernas, "você já se recuperou do seu sacrifício bastante desnecessário de ir ao aeroporto com Eleanor?"

"Não foi um sacrifício, foi um prazer", disse Anne com ar inocente. "E isso me lembra que também tive o prazer de trazer de volta *A vida dos doze césares*. O que quero dizer é que tive o prazer de lê-lo e agora tenho o prazer de devolvê-lo."

"Quanto prazer num dia só", disse David, deixando a pantufa amarela balançar num de seus pés.

"Exato", disse Anne. "Nosso copo transbordou."

"Eu também tive um dia adorável", disse David. "Deve haver alguma mágica no ar."

Nicholas viu aí uma oportunidade de entrar na conversa sem provocar David. "E o que você achou de A *vida dos doze césares*?", perguntou a Anne.

"Juntos eles teriam formado um grande júri", disse Anne, "se você gosta de julgamentos rápidos." Ela apontou o polegar para o chão.

David emitiu um abrupto "Ha", que mostrava que ele achara graça. "Eles teriam de se revezar", disse, também apontando os polegares para baixo.

"Sem dúvida", respondeu Anne. "Imagina o que ia acontecer se eles tentassem escolher um primeiro jurado."

"E pensem na Dor de Dedo Imperial", disse David, virando seus polegares doloridos para cima e para baixo com um deleite infantil.

Essa veia alegre de fantasia foi interrompida pelo regresso de Bridget. Depois de falar com Barry ao telefone, Bridget havia fumado outro baseadinho, e as cores ao redor tinham se tornado bastante vívidas. "*Amei* esta sua pantufa amarela bizarra", ela disse, animada, para David.

Nicholas estremeceu.

"Você gosta mesmo?", perguntou David, olhando divertido para Bridget. "Fico muito feliz."

David sabia intuitivamente que Bridget ficaria constrangida em falar sobre seu telefonema, mas não teve tempo de interrogá-la, porque Yvette entrara para anunciar o jantar. Não importa, pensou David, posso pegá-la depois. Na busca por conhecimento, não havia por que matar o coelho antes de descobrir se seus olhos eram alérgicos a xampu ou se sua pele ficava inflamada com rímel. Era ridículo "despedaçar uma borboleta numa roda de tortura". O instrumento adequado para uma borboleta era um alfinete. Estimulado por esses pensamentos reconfortantes, David ergueu-se da cadeira e disse, expansivo: "Vamos jantar".

Perturbadas por uma corrente de ar da porta sendo aberta, as velas da sala de jantar tremularam e animaram os painéis pintados ao longo das paredes. Uma procissão de camponeses agradecidos, muito apreciada por David, avançou um pouco mais pela estrada sinuosa que levava aos portões do castelo, apenas para escorregar de volta quando as chamas mudaram para o outro lado. As rodas de uma carroça que estivera presa numa valeta à beira da estrada pareceram mover-se rangendo para a frente, e por um momento o burro que a puxava se encheu de novos músculos escuros.

Yvette colocara na mesa duas tigelas de *rouille* para a sopa de peixe, e em cada extremidade da mesa havia uma garrafa verde de Blanc de Blancs suando.

No caminho da sala de estar para a sala de jantar, Nicholas fez uma última tentativa de extrair algum entusiasmo de sua conturbada anedota. Dessa vez ela aconteceu na residência do Prince et Princesse de Quelque Chose. "Bum!", ele gritou para Anne com um gesto explosivo. "As tapeçarias do século xv irromperam em chamas e o *hôtel particulier* deles FOI DESTRUÍDO PELO FOGO. A recepção teve de ser cancelada. Houve um escândalo nacional e todas as garrafas de *plantes marines* foram banidas do *mundo todo*."

"Como se já não fosse difícil o bastante ser chamado de Quelque Chose", disse Anne.

"E agora você não a encontra em lugar nenhum", exclamou Nicholas, exausto por seus esforços.

"Parece ter sido a decisão certa. Quero dizer, quem vai querer que seu hotel particular seja destruído pelo fogo? Eu não!" Todos esperaram instruções para se sentar e olharam interrogativamente para Eleanor. Embora não parecesse haver margem para dúvidas, com as mulheres ao lado de David e os homens ao lado dela, e os casais misturados, Eleanor sentiu a terrível convicção de que iria cometer algum erro e desencadear a fúria de David. Nervosa, ficou parada, dizendo: "Anne... você poderia... não, você fica ali... não, sinto muito...".

"Graças a Deus que somos só seis", disse David num sussurro alto para Nicholas. "Temos alguma chance de ela resolver o problema antes de a sopa esfriar." Nicholas sorriu obedientemente.

Meu Deus, odeio jantares de adultos, pensou Bridget enquanto Yvette trazia a sopa fumegante.

"Diga-me, minha querida, o que você achou do imperador Galba?", David perguntou a Anne, inclinando-se cortesmente na direção dela para enfatizar sua indiferença com Bridget.

Esse era o rumo que Anne esperava que a conversa não tomasse. Quem?, pensou, mas disse: "Ah, que figura! Mas quem *realmente* me interessou foi Calígula. Por que você acha que ele era tão obcecado nas irmãs?".

"Bem, você sabe o que eles dizem." David abriu um largo sorriso. "O vício é bom, mas o incesto é melhor."

"Mas qual...", perguntou Anne, fingindo estar fascinada, "qual é a psicologia por trás de uma situação como essa? Era uma espécie de narcisismo? A coisa mais próxima de seduzir a si mesmo?"

"Era mais, eu acho, a convicção de que apenas um membro da sua família pudesse ter sofrido como ele. Você sabe, é claro, que Tibério matou quase todos os parentes dele, então ele e Drusila eram sobreviventes do mesmo horror. Apenas ela podia realmente entendê-lo."

Enquanto David fazia uma pausa para tomar um gole de vinho, Anne retomou sua personificação de aluna ávida. "Outra coisa que eu adoraria saber é: por que Calígula achava que torturar a esposa revelaria o motivo pelo qual ele era tão devoto a ela?"

"Descobrir bruxaria foi a explicação oficial, mas parece que ele desconfiava do afeto divorciado da ameaça de morte."

"E, numa escala maior, ele nutria a mesma desconfiança pelos romanos. Não é verdade?", perguntou Anne.

"Até certo ponto, Lord Copper", disse David. Ele exibia um ar de quem jamais iria revelar as coisas que sabia. Então eram esses os benefícios de uma educação clássica, pensou Anne, dos quais com frequência ouvia David e Victor falando.

Victor tomava sua sopa em silêncio e bem rápido enquanto Nicholas lhe contava sobre o funeral de Jonathan Croyden. Eleanor tinha abandonado sua sopa e acendido um cigarro; o Dexedrine extra lhe tirara o apetite. Bridget sonhava acordada resolutamente.

"Sinto dizer, mas não aprovo funerais", disse Victor, comprimindo os lábios por um momento a fim de saborear a insinceridade do que estava prestes a dizer. "Eles não passam de uma desculpa para uma festa."

"O problema deles", corrigiu David, "é que são uma desculpa para festas bem ruins. Suponho que vocês estavam falando de Croyden."

"Isso mesmo", respondeu Victor. "Dizem que ele falava melhor do que escrevia. Certamente havia o que melhorar."

David exibiu os dentes para demonstrar reconhecimento a essa pequena malícia. "Nicholas contou que seu amigo Vijay estava lá?"

"Não", respondeu Victor.

"Ah", disse David, virando-se persuasivamente para Anne, "e você nunca nos contou por que ele foi embora tão de repente." Anne tinha se recusado a responder a essa pergunta em várias ocasiões, e David gostava de provocá-la retomando o assunto sempre que se encontravam.

"Não contei?", disse Anne, entrando no jogo.

"Ele estava sendo inconveniente?", perguntou David.

"Não", disse Anne.

"Ou pior, no caso dele, flertando?"

"De modo algum."

"Ele estava apenas sendo ele mesmo", sugeriu Nicholas.

"Isso poderia ter bastado", disse Anne, "mas foi mais que isso."

"O desejo de transmitir informação é como a fome, e às vezes é a curiosidade, às vezes a indiferença dos outros, que o desperta", disse Victor pomposamente.

"Tá bom, tá bom", disse Anne para salvar Victor do silêncio que poderia muito bem se seguir ao seu pronunciamento. "Só que não vai parecer grande coisa para vocês, tipos sofisticados", acrescentou ela com recato. "Mas é que quando fui levar uma camisa limpa ao quarto dele, encontrei um monte de revistas horríveis. Não era só pornografia, mas coisa muito, muito pior. É claro que eu não ia pedir que ele fosse embora. O que ele lê é da conta dele, mas ele voltou e foi tão grosso comigo por eu estar no quarto, quando eu só tinha ido lá devolver sua camisa nojenta, que eu meio que perdi a calma."

"Fez bem", disse Eleanor com timidez.

"Que tipo de revistas exatamente?", perguntou Nicholas, recostando-se e cruzando as pernas.

"Quem dera se você as tivesse confiscado...", disse Bridget com uma risadinha.

"Ah, um negócio horroroso", disse Anne. "Crucificação. Tudo que é tipo de coisa com animais."

"Meu Deus, que hilário", disse Nicholas. "Vijay subiu no meu conceito."

"Ah é?", disse Anne. "Bem, você devia ter visto a expressão na cara do pobre porco."

Victor estava um pouco incomodado. "A obscura ética das nossas relações com o reino animal", disse, rindo consigo mesmo.

"Nós os matamos quando estamos a fim", disse David secamente. "Não há nada de muito obscuro nisso."

"A ética não é o estudo do que fazemos, meu caro David, mas do que deveríamos fazer", disse Victor.

"É por isso que ela é uma perda de tempo tão grande, meu velho", disse Nicholas alegremente.

"Por que você acha que é superior ser amoral?", Anne perguntou a Nicholas.

"Não é uma questão de ser superior", disse ele, expondo suas narinas cavernosas para Anne, "é algo que simplesmente nasce do desejo de não ser um tédio ou um puritano."

"Tudo em Nicholas é superior", disse David, "e mesmo se ele *fosse* um tédio ou um puritano, tenho certeza de que seria um do tipo superior."

"Obrigado, David", disse Nicholas com uma complacência resoluta.

"Só na língua inglesa", disse Victor, "uma pessoa pode ser 'um tédio', como se fosse um advogado ou um pasteleiro, fazendo do aborrecimento uma profissão; em outras línguas, uma pessoa é simplesmente chata, como num estado temporário de coisas. A questão é, suponho, se isso indica uma tolerância maior com as pessoas chatas ou um aborrecimento particularmente intenso entre os ingleses."

É porque vocês são um bando de velhos chatérrimos, pensou Bridget.

Yvette tirou os pratos de sopa e fechou a porta atrás de si. As velas tremularam, e os camponeses pintados ganharam vida novamente por um momento.

"O que se almeja", disse David, "é o *ennui*."

"Claro", disse Anne, "é mais do que um termo francês para o nosso velho amigo aborrecimento. É aborrecimento mais dinheiro, ou aborrecimento mais arrogância. É o eu-acho-tudo--chato, logo sou fascinante. Mas não parece passar pela cabeça das pessoas que você não pode ter um retrato do mundo e não fazer parte dele."

Houve um momento de silêncio enquanto Yvette voltava com uma grande travessa de vitela assada com legumes.

"Querida", David disse para Eleanor, "que memória maravilhosa você tem para ter conseguido repetir o jantar que ofereceu a Anne e Victor na última vez em que eles estiveram aqui."

"Ah, meu Deus, que coisa horrível", disse Eleanor. "Me desculpem."

"Por falar em ética animal", disse Nicholas, "acredito que Gerald Frogmore foi quem mais abateu aves no ano passado na Inglaterra. Nada mal para um sujeito numa cadeira de rodas."

"Talvez ele não goste de ver coisas se movendo com liberdade", disse Anne. Na hora ela sentiu a adrenalina de desejar em parte não ter feito essa observação.

"Você não é contra esportes de caça?", perguntou Nicholas, com um "pra variar" não enunciado.

"Como eu poderia ser?", respondeu Anne. "É um preconceito da classe média baseado na inveja. Captei bem a ideia?"

"Bem, eu não ia dizer isso", respondeu Nicholas, "mas você definiu de uma forma tão melhor do que eu jamais pudesse esperar…"

"Você despreza pessoas que vêm da classe média?", perguntou Anne.

"Eu não desprezo pessoas *que saíram* da classe média; pelo contrário, quanto mais longe se fica dela, melhor", disse Nicholas, esticando o braço e expondo um dos punhos da camisa. "As pessoas *que pertencem* à classe média é que me enojam."

"E as pessoas que vêm da classe média podem pertencer à classe média, de acordo com esse seu ponto de vista?"

"Ah, sim", disse Nicholas, generoso, "Victor é um caso excepcional."

Victor sorriu para mostrar que estava adorando.

"É mais fácil para as mulheres, claro", continuou Nicholas. "O casamento é uma grande bênção, trazendo mulheres de origens sombrias para um mundo maior." Ele olhou de soslaio para Bridget. "Só o que um camarada pode realmente fazer, a não ser que ele seja o tipo de veado que passa a vida toda mandando cartões-postais para pessoas que podem precisar de um homem extra, é se conformar. E ser absolutamente encantador e bem informado", acrescentou, com um sorriso encorajador para Victor.

"Nicholas, claro, é um expert", interveio David, "tendo ele mesmo tirado várias mulheres da sarjeta."

"A um custo considerável", concordou Nicholas.

"O custo de ser arrastado para a sarjeta foi ainda maior, não acha, Nicholas?", disse David, lembrando Nicholas de sua humilhação política. "Em todo caso, é na sarjeta que você parece se sentir em casa."

"Vixe Maria, doutor", disse Nicholas com sua voz zombeteira de cockney. "Quando o cara cai numa merda como a que eu caí, a sarjeta parece um mar de rosas."

Eleanor ainda achava inexplicável que as melhores maneiras inglesas contivessem uma proporção tão alta de pura grosseria e combate gladiatório. Ela sabia que David abusava dessa licença, mas ela também sabia como era "um tédio" interferir no exercício da crueldade. Quando David lembrava alguém de suas fraquezas e fracassos, ela ficava dividida entre o desejo de salvar a vítima, cujos sentimentos ela assumia como seus, e o desejo igualmente forte de não ser acusada de estragar um jogo. Quanto mais pensava nesse conflito, mais firmemente ele a prendia.

Ela jamais saberia o que dizer, porque o que quer que dissesse estaria errado.

Eleanor se lembrou do padrasto vociferando contra sua mãe pelo desperdício que eram a prataria inglesa, a mobília francesa e os vasos chineses, que ajudavam a impedir que ele se tornasse fisicamente violento. Esse duque francês baixinho e impotente dedicara a vida à ideia de que a civilização tinha morrido em 1789. Aceitava, porém, uma comissão de dez por cento dos negociantes que vendiam antiguidades pré-revolucionárias para sua esposa. Tinha obrigado Mary a vender os Monet e Bonnard da mãe dela, alegando que eles eram exemplos de uma arte decadente que jamais iria ter alguma importância. Para ele, Mary era o objeto menos valioso no rigoroso museu que eles habitavam, e quando por fim ele a matou de desgosto, ele sentiu que havia eliminado o último traço de modernidade de sua vida, com exceção, é claro, dos vultosos rendimentos que agora lhe cabiam pelas vendas de um produto de limpeza a seco feito em Ohio.

Eleanor tinha presenciado a perseguição à sua mãe com o mesmo silêncio vívido com que padecia esta noite diante de sua própria desintegração gradual. Embora não fosse uma pessoa cruel, ela lembrava de não conseguir segurar o riso ao observar o padrasto, na época sofrendo do mal de Parkinson, erguendo uma garfada de ervilhas, apenas para encontrar o garfo vazio quando alcançou a boca. No entanto, ela jamais tinha lhe dito o quanto o odiava. Não havia falado na época, e não iria falar agora.

"Olhem para Eleanor", disse David, "ela está com aquela expressão que só surge quando está começando a pensar na sua querida e rica mãe falecida. Estou certo ou não, querida?", ele perguntou com um tom de adulação. "Não estou?"

"Sim, está", admitiu ela.

"A mãe e a tia de Eleanor", disse David com o tom de quem estava lendo *Chapeuzinho Vermelho* para uma criança ingênua, "achavam que podiam comprar antiguidades humanas. Os portadores de títulos antigos, já comidos pelas traças, eram reestofados com grossos maços de dólares, mas", concluiu ele com um ar de calorosa banalidade que não disfarçava de todo suas intenções humorísticas, "você simplesmente não pode tratar seres humanos como coisas."

"Com certeza", disse Bridget, espantada ao ouvir a própria voz.

"Você concorda comigo?", perguntou David, de repente atento.

"Com certeza", disse Bridget, que parecia ter quebrado seu silêncio de forma um tanto limitada.

"Talvez as antiguidades humanas quisessem ser compradas", sugeriu Anne.

"Ninguém duvida disso", observou David. "Tenho certeza de que elas lambiam os beiços. O que é bem chocante é que, depois de serem salvas, elas tiveram a audácia de se colocar sobre suas finas pernas Luís xv e começar a dar ordens. Ah, a *ingratidão!*"

"Vixe!", exclamou Nicholas. "O que eu num daria por umas pernas Luís xv — devem valer uma bolada."

Victor estava constrangido por Eleanor. Afinal, ela é quem bancava o jantar.

Bridget estava confusa com as palavras de David. Concordava plenamente com o que ele tinha dito sobre pessoas não serem coisas. Na verdade, numa viagem psicodélica ela tinha percebido com uma clareza esmagadora que o problema do mundo era as pessoas se tratarem como coisas. Era uma ideia tão grandiosa que foi difícil retê-la, mas ela tinha sentido isso de uma forma muito forte na hora, e achou que David tentava dizer a mesma coisa. Também o admirava por ser a única pessoa que assustava Nicholas. Por outro lado, ela conseguia perceber por que ele assustava Nicholas.

Anne já estava farta daquilo. Sentia uma combinação de tédio e revolta que a lembrava da adolescência. Não conseguia mais aguentar o humor de David e o modo como ele provocava Eleanor, atormentava Nicholas, silenciava Bridget e até diminuía Victor.

"Desculpe", ela murmurou para Eleanor, "já volto."

Na entrada escura da casa, ela tirou um cigarro da bolsa e o acendeu. O fósforo aceso refletiu-se em todos os espelhos do hall e fez com que um caco de vidro brilhasse momentaneamente ao pé da escada. Inclinando-se para pegar o vidro com a ponta do indicador, Anne de repente soube que estava sendo observada e, ao olhar para cima, viu Patrick sentado no degrau mais amplo, no ponto onde a escada fazia uma curva. Ele vestia um pijama de flanela com elefantes azuis, mas parecia abatido.

"Oi, Patrick", disse Anne, "você parece tão sério. Não está conseguindo dormir?"

Ele não respondeu nem se moveu. "Só tenho que me livrar deste pedaço de vidro", disse Anne. "Alguma coisa quebrou aqui? Foi isso?"

"Fui eu", disse Patrick.

"Espera um pouco", disse ela.

Ela está mentindo, pensou Patrick, ela não vai voltar.

Não havia cesta de lixo no hall, mas ela jogou o caco num porta-guarda-chuvas de porcelana repleto da exótica coleção de bengalas de David.

Voltou correndo para Patrick e se sentou no degrau abaixo do dele. "Você se cortou naquele vidro?", perguntou com ternura, pondo a mão no braço dele.

Ele se afastou, dizendo: "Me deixe em paz".

"Quer que eu vá chamar sua mãe?", perguntou Anne.

"Pode ser", disse Patrick.

"Certo. Vou lá chamá-la agora mesmo", disse Anne. De volta à sala de jantar, ouviu Nicholas dizendo a Victor: "David e eu queríamos te perguntar antes do jantar se John Locke realmente disse que um homem que esquece seus crimes não deveria ser punido por eles".

"Sim, é verdade", disse Victor. "Ele sustentava que a identidade pessoal dependia da continuidade da memória. No caso de um crime esquecido, se estaria punindo a pessoa errada."

"Beberei a isso", disse Nicholas.

Anne se inclinou para Eleanor e disse baixinho: "Acho que você deveria ver Patrick. Ele estava sentado na escada perguntando por você".

"Obrigada", sussurrou Eleanor.

"Talvez devesse ser o contrário", disse David. "De um homem que lembra seus crimes, pode-se geralmente esperar que ele vá punir a si mesmo, enquanto a lei deveria punir a pessoa que é irresponsável o bastante para esquecê-los."

"Você acredita em pena de morte?", disparou Bridget.

"Não, desde que deixou de ser um evento público", disse David. "No século XVIII um enforcamento era de fato um bom dia de passeio."

"Todo mundo se divertia: até o homem que ia ser enforcado", acrescentou Nicholas.

"Diversão para toda a família", continuou David. "Não é isso que todo mundo diz hoje em dia? Deus sabe, é o que *eu* sempre desejo, mas uma viagem de vez em quando para Tyburn poderia facilitar bastante as coisas."

Nicholas deu uma risadinha. Bridget ficou se perguntando o que era Tyburn. Eleanor sorriu debilmente e empurrou a cadeira para trás.

"Não está nos deixando, eu espero, querida", disse David.

"Tenho que... volto num instante", murmurou Eleanor.

"Não entendi direito: você tem que voltar num instante?"

"Tenho que fazer uma coisa."

"Bem, apresse-se, apresse-se", disse David em tom galante, "vamos ficar perdidos sem você na conversa."

Eleanor foi até a porta na mesma hora em que Yvette abriu--a trazendo um bule de café de prata.

"Encontrei Patrick na escada", disse Anne. "Ele parecia meio triste."

Os olhos de David dispararam em direção às costas de Eleanor enquanto ela se esgueirava por trás de Yvette. "Querida", disse ele, e então, mais peremptório, "Eleanor."

Ela se virou, os dentes cravados numa unha, tentando arranjar uma posição que pegasse. Vivia roendo as unhas carcomidas quando não estava fumando. "Sim?", disse ela.

"Achei que tínhamos combinado de você não sair correndo para ver o Patrick toda vez que ele fizesse manha ou birra."

"Mas ele caiu hoje e pode ter se machucado."

"Nesse caso", disse David com uma súbita seriedade, "ele pode estar precisando é de um médico."

Ele apoiou as palmas da mão na mesa, como se fosse levantar.

"Ah, não acho que ele esteja machucado", disse Anne para conter David. Ela tinha a forte impressão de que não iria manter sua promessa a Patrick, se lhe mandasse o pai em vez da mãe. "Ele só quer ser confortado."

"Veja, querida", disse David, "ele não está machucado, por isso é só uma questão sentimental: deve-se ceder à autopiedade de uma criança ou não? Deve-se permitir a chantagem ou não? Venha e sente-se — podemos ao menos discutir isso."

Eleanor voltou relutante para sua cadcira. Sabia que ficaria presa numa conversa que iria derrotá-la, mas não convencê-la.

"A proposição que quero fazer", disse David, "é que a educação deveria ser algo sobre o qual uma criança possa dizer depois: se sobrevivi a isso, posso sobreviver a qualquer coisa."

"Isso é loucura e é errado", disse Anne, "e você sabe disso."

"Eu certamente acho que as crianças devem ser levadas ao limite das suas habilidades", disse Victor, "mas também tenho igual certeza de que isso não pode acontecer se elas forem extremamente infelizes."

"Ninguém quer fazer ninguém infeliz", disse Nicholas, inflando as bochechas, incrédulo. "Só estamos dizendo que não faz nenhum bem a uma criança ser mimada. Posso ser um reacionário terrível, mas acho que só o que você tem que fazer pelos filhos é contratar uma babá razoável e depois despachar para Eton."

"Quem, as babás?", disse Bridget com uma risadinha. "E se você tiver uma garota?"

Nicholas olhou feio para ela.

"Acho que despachar coisas é a sua especialidade", Anne disse a Nicholas.

"Ah, eu sei que é uma visão fora de moda para se sustentar hoje em dia", continuou Nicholas, complacente, "mas na minha opinião nada que acontece quando você é criança realmente importa."

"Se estamos entrando nas coisas que não importam realmente", disse Anne, "você está no topo da minha lista."

"Ah, minha nossa", disse Nicholas, com sua voz de locutor esportivo, "um feroz backhand da jovem americana, mas o juiz de linha o anula."

"Pelo que você me contou", disse Bridget, ainda deliciada com a ideia de babás de fraque, "quase nada que aconteceu na sua infância importou realmente: você apenas fez o que todo mundo esperava." Sentindo uma vaga pressão na coxa direita, ela olhou de soslaio para David, mas ele parecia estar olhando para a frente, organizando uma expressão cética no rosto. A pressão parou. Do seu outro lado, Victor descascou uma nectarina com apressada precisão.

"É verdade", disse Nicholas, fazendo um esforço visível para manter a serenidade, "que minha infância não teve grandes acontecimentos. As pessoas nunca se lembram da felicidade com o cuidado que dispensam para preservar cada detalhe do seu sofrimento. Lembro de esfregar o rosto na gola de veludo do meu sobretudo. De pedir trocados ao meu avô para jogar naquele poço dourado do Ritz. Grandes clareiras. Baldes e pazinhas. Esse tipo de coisa."

Bridget não conseguia se concentrar no que Nicholas estava dizendo. Ela sentia um metal frio contra o seu joelho. Ao olhar para baixo, viu David erguer a bainha de seu vestido com uma pequena faca de prata e deslizá-la por sua coxa. Mas que porra ele achava que estava fazendo? Ela franziu o cenho para ele com ar de reprovação. Ele apenas pressionou a ponta com um pouco mais de força em sua coxa, sem olhar para ela.

Victor limpou a ponta dos dedos no guardanapo, enquanto respondia a uma pergunta que Bridget não tinha ouvido. Ele parecia um pouco entediado, o que para Bridget não foi uma surpresa, considerando o que ele tinha para dizer. "Certamente se o grau de conectividade psicológica e continuidade psicológica tornou-se suficientemente fraco, seria correto dizer que uma pessoa deve olhar para a sua infância com nada mais do que uma curiosidade caridosa."

A mente de Bridget voltou-se para os truques de mágica tolos de seu pai e para os vestidos florais medonhos de sua mãe, mas curiosidade caridosa não era o que ela sentia.

"Gostaria de um destes?", ofereceu David, pegando um figo da tigela no centro da mesa. "Eles estão no auge esta época do ano."

"Não, obrigada", disse ela.

David encaixou o figo com firmeza entre os dedos e o empurrou na direção da boca de Bridget. "Vamos", disse, "sei o quanto você gosta deles."

Bridget abriu a boca obedientemente e abocanhou o figo. Ela corou, pois a mesa caíra em silêncio e ela sabia que todos olhavam para ela. Assim que pôde, tirou o figo da boca e perguntou a David se ele poderia emprestar sua faca para que ela o descascasse. David admirou-a por essa tática rápida e discreta e entregou-lhe a faca.

Eleanor observou Bridget aceitar o figo com uma sensação familiar de desgraça. Ela nunca conseguia ver David impor sua vontade a alguém sem lembrar quantas vezes ele já a impusera a ela.

Na raiz de seu horror estava a lembrança fragmentada da noite em que Patrick foi concebido. Contra a sua vontade, ela visualizou a casa no estreito cabo da Cornualha, sempre úmida, sempre cinza, mais do Atlântico que da terra. Ele tinha empurrado a base côncava do crânio dela contra o canto da mesa de mármore. Quando ela se soltou, ele a golpeou atrás dos joelhos, fazendo-a a cair na escada e estuprando-a ali, com os braços torcidos para trás. Ela o odiou como a um estranho e o odiou como a um traidor. Meu Deus, como ela teve nojo dele, mas quando engravidou ela disse que ficaria se ele nunca, nunca mais tocasse nela de novo.

Bridget mastigou o figo sem entusiasmo. Enquanto Anne a observava, não pôde deixar de pensar na velha pergunta que toda mulher se faz uma hora ou outra: sou obrigada a engolir isso? Ela ficou se perguntando se devia imaginar Bridget como uma escrava de coleira caída aos pés de um valentão oriental ou como uma colegial rebelde sendo obrigada a comer a torta de maçã que tinha tentado deixar no prato durante o almoço. De repente se sentiu muito distante de todos ali.

Aos olhos de Anne, Nicholas pareceu ainda mais patético do que antes. Ele era apenas um daqueles ingleses que viviam dizendo coisas tolas para soar menos pomposo e coisas pomposas para soar menos tolo. Eles se transformavam em autoparódias sem se dar ao trabalho de adquirirem antes uma personalidade. David, que se achava o Monstro da Lagoa Negra, era apenas uma espécie superior desse fracasso involuído. Ela olhou para Victor, curvado e de ombros caídos sobre os restos de sua nectarina. Ele não havia mantido os gracejos semi-intelectuais que geralmente achava que era seu dever fornecer. Lembrava de ele ter dito no início do verão: "Posso passar meus dias duvidando e duvidando, mas quando se trata de fofoca eu gosto é de fatos *concretos*". Desde então não se vira nada além de fatos concretos. Hoje ele estava diferente. Talvez ele realmente estivesse a fim de trabalhar um pouco de novo.

A expressão arrasada de Eleanor também não a comovia mais. A única coisa que fazia o distanciamento de Anne vacilar era a imagem de Patrick esperando na escada, sua decepção aumentando à medida que esperava, mas isso apenas a impeliu para a mesma conclusão: de que não queria mais nada com essas pessoas, de que estava na hora de ir embora, ainda que Victor ficasse constrangido por saírem mais cedo. Ela olhou para Victor, erguendo as sobrancelhas e indicando a porta com os olhos. Em vez da pequena carranca que tinha esperado dele, ele apenas assentiu discretamente com a cabeça como se estivesse aceitando o saleiro. Anne deixou passarem alguns momentos e então se inclinou para Eleanor, dizendo: "É uma pena, mas acho que realmente devemos ir. Foi um dia longo, você também deve estar cansada".

"Sim", disse Victor com firmeza, "preciso acordar cedo amanhã e avançar no meu trabalho." Ele se ergueu pesadamente e começou a agradecer a Eleanor e David antes que eles tivessem tempo de começar os protestos usuais.

David, na verdade, mal ergueu os olhos. Ele continuou deslizando a unha do polegar pela ponta fechada de seu charuto.

"Vocês conhecem o caminho até a porta", disse em resposta aos agradecimentos deles, "espero que me perdoem por não ir lá me despedir."

"Jamais", disse Anne, com mais seriedade do que pretendia.

Eleanor sabia que havia uma fórmula que todo mundo usava nessas situações, mas ela a procurou em vão. Toda vez que pensava no que deveria dizer, parecia que as palavras desapareciam atrás de uma esquina, perdendo-se na multidão de coisas que ela não deveria dizer. As que tinham mais sucesso na fuga eram frequentemente as mais tolas, as frases em que ninguém repara até não serem ditas: "Bom te ver... não querem ficar mais um pouco... que boa ideia...".

Victor fechou a porta da sala de jantar atrás de si com cuidado, como um homem que não quer acordar um sentinela adormecido. Sorriu para Anne, ela devolveu o sorriso e os dois ficaram subitamente conscientes de como estavam aliviados por deixar os Melrose. Começaram a rir baixinho e a andar na ponta dos pés em direção ao hall.

"Vou só ver se o Patrick ainda está aqui", sussurrou Anne.

"Por que estamos sussurrando?", sussurrou Victor.

"Não sei", sussurrou Anne. Ela olhou para a escada. Estava vazia. Obviamente ele tinha cansado de esperar e voltado para a cama. "Ele deve estar dormindo", ela disse a Victor.

Saíram pela porta da frente e subiram os largos degraus na direção do carro. A lua estava riscada por uma nuvem fina e cercada por um anel de luz dispersa.

"Você não pode dizer que eu não tentei", disse Anne. "Eu estava aguentando firme até Nicholas e David começarem a expor seu programa educacional. Se algum amigo superimportante deles, tipo George, estivesse triste e solitário, eles iriam voar de volta para a Inglaterra e, *pessoalmente*, preparar seus martínis e carregar suas espingardas. Mas quando o próprio filho de David está se sentindo triste e solitário na sala ao lado, eles combatem toda e qualquer tentativa de deixá-lo menos infeliz."

"Você tem razão", disse Victor, abrindo a porta do carro. "No final das contas é preciso se opor à crueldade, no mínimo se recusando a participar dela."

"Por baixo desta camisa New & Lingwood", disse Anne, "bate um coração de ouro."

Vocês precisam ir tão cedo?, pensou Eleanor. *Essa* era a frase. Tinha se lembrado dela. Antes tarde do que nunca era outra frase, não totalmente verdadeira no caso. Às vezes as coisas aconteciam tarde demais, tarde demais no momento em que aconteciam. Outras pessoas sabiam o que deveriam dizer, sabiam o que deveriam querer dizer, e outras pessoas ainda — pessoas diferentes — sabiam o que as outras pessoas estavam querendo dizer quando falavam. Minha nossa, ela estava bêbada. Quando seus olhos lacrimejaram, as chamas da vela pareceram uma propaganda de licor, estilhaçando-se em lascas de luz cor de mogno. Não estava bêbada o suficiente para impedir que os semipensamentos crepitassem noite adentro, frustrando qualquer possibilidade de descanso. Talvez ela devesse ver Patrick agora. A Fulaninha de Tal tinha escapado astutamente logo depois que Victor e Anne foram embora. Talvez eles a deixassem sair também. Mas e se não deixassem? Ela não ia suportar outro fracasso, não ia se curvar outra vez. Então não fez nada por mais algum tempo.

"Se nada importa, você está no topo da minha lista", citou Nicholas com um gritinho de prazer. "Há de admirar Victor, que se esforça tanto para ser convencional, por nunca ter uma namorada totalmente convencional."

"Pouca coisa é tão divertida quanto os contorcionismos de uma judia esnobe e inteligente", disse David.

"Bem tolerante de sua parte recebê-lo em sua casa", disse Nicholas com sua voz de juiz. "Alguns membros do júri podem achar tolerante *demais*, mas não cabe a mim dizer isso", continuou com voz possante e ajeitando uma peruca imaginária. "A tolerância da sociedade inglesa sempre foi sua grande força: os empreendedores e arrivistas de ontem — os Cecil, por exemplo — tornaram-se os guardiões da estabilidade em meros trezentos ou quatrocentos anos. Entretanto, não há nenhum princípio, por mais louvável que seja, que não possa ser pervertido. Se a tolerância e a generosidade do que a imprensa escolhe chamar de 'classe dominante' foram mal usadas nessa ocasião, ao acolher no seu seio um intelectual perigoso de obscuras origens semitas, cabe a você, e apenas a você, julgar."

David abriu um largo sorriso. Estava no clima para se divertir. Afinal, o que salvava a vida do horror absoluto era o número quase ilimitado de coisas com que se podia ser torpe. Só do que precisava agora era se livrar de Eleanor, que se contorcia em silêncio como um besouro com as patas para cima, pegar uma garrafa de brandy e fofocar com Nicholas. Era perfeito demais. "Vamos para a sala de estar", disse.

"Está bem", disse Nicholas, que sabia ter ganhado David e que não queria perder esse privilégio dando a menor atenção a Eleanor. Ergueu-se, esvaziou sua taça de vinho e seguiu David até a sala de estar.

Eleanor permaneceu paralisada na cadeira, incapaz de acreditar na grande sorte de estar completamente sozinha. Sua mente precipitou-se em direção a uma terna reconciliação com Patrick, mas ela continuou prostrada diante dos escombros do jantar. A porta se abriu e Eleanor deu um salto. Era apenas Yvette.

"*Oh, pardon, Madame, je ne savais pas que vous étiez toujours là.*"

"*Non, non, je vais justement partir*", disse Eleanor em tom de desculpa. Passou pela cozinha e subiu a escada dos fundos para evitar Nicholas e David, atravessando todo o corredor para ver se Patrick ainda esperava por ela na escada. Ele não estava ali. Em vez de ficar agradecida por ele já ter ido para a cama, sentiu-se ainda mais culpada por não ter vindo consolá-lo antes.

Abriu delicadamente a porta do quarto dele, aflita com o rangido da dobradiça. Patrick dormia na cama. Em vez de incomodá-lo, saiu do quarto na ponta dos pés. Patrick estava acordado. Seu coração batia em disparada. Sabia que era sua mãe, mas ela tinha chegado tarde demais. Ele não iria mais chamá-la. Quando estava esperando na escada e a porta do hall abriu, ele ficou para ver se era sua mãe e se escondeu, caso fosse seu pai. Mas era apenas aquela mulher que havia mentido para ele. Todos usavam seu nome, mas não sabiam quem ele era. Um dia ele ia jogar futebol com a cabeça de seus inimigos.

Quem esse cara pensava que era? Como se atrevia a meter uma faca no seu vestido? Bridget se imaginou estrangulando David enquanto ele estava sentado na cadeira na sala de jantar, seus polegares cravados na traqueia dele. Então, confusamente, ela imaginou ter caído em seu colo enquanto o estrangulava, sentindo a enorme ereção dele. "Que nojento", disse em voz alta, "totalmente nojento." Pelo menos David era intenso, intensamente nojento, mas intenso. Ao contrário de Nicholas, que se revelou um perfeito bajulador, uma coisa de fato patética. E os outros eram chatos demais. Como ela iria aguentar mais um segundo nesta casa?

Bridget queria um baseado para aplacar sua indignação. Abriu sua mala e tirou um saco plástico da ponta de uma das botas de caubói do par extra que havia trazido. O saco continha um pouco de erva verde-escura, da qual ela já tinha tirado as sementes e talos, e um pacote de Rizlas laranja. Sentou-se diante de uma curiosa escrivaninha gótica colocada entre as duas janelas redondas do quarto. Pilhas de papel de carta personalizado estavam organizadas sob o arco mais alto, com envelopes nos arcos menores em ambos os lados. Sobre o tampo aberto da escrivaninha, havia um suporte preto de couro com uma grande folha de mata-borrão. Ela enrolou um pequeno baseado em cima dele e depois varreu cuidadosamente as folhas que escaparam de volta para o saco plástico.

Desligando a luz para criar uma atmosfera mais cerimonial e reservada, Bridget sentou-se no parapeito curvo da janela e acendeu seu baseado. A lua tinha ascendido sobre as finas nuvens, projetando sombras profundas no terraço. Inalou com prazer um denso fio de fumaça e o reteve nos pulmões, percebendo como o brilho apagado das folhas da figueira fazia parecer como se elas tivessem sido cortadas de estanho velho. Enquanto soprava lentamente a fumaça pelos buraquinhos do mosquiteiro, ouviu a porta abrir debaixo de sua janela.

"Por que blazers são tão comuns?", ela ouviu Nicholas perguntar.

"Porque são usados por pessoas medonhas como eles", respondeu David.

Meu Deus, eles nunca cansavam de falar mal das pessoas?, pensou Bridget. Ou pelo menos de pessoas que ela não conhecia? Ou será que conhecia? Com um leve sobressalto de vergonha e paranoia, Bridget lembrou que seu pai usava blazer. Talvez eles estivessem tentando humilhá-la. Prendeu a respiração e ficou totalmente imóvel. Podia vê-los agora, ambos fumando charutos. Eles começaram a descer pelo terraço, a conversa esmorecendo conforme se afastavam em direção à outra extremidade. Ela deu outra tragada no baseado; ele já tinha quase apagado, porém ela o fez queimar de novo. Os filhos da mãe provavelmente estavam falando dela, mas talvez ela só estivesse pensando isso porque estava chapada. Bem, ela *estava* chapada e de fato pensou isso. Bridget sorriu. Queria ter alguém com quem ser boba. Lambendo o dedo, esfriou a ponta do baseado que queimava rápido demais. Eles estavam voltando e ela podia ouvir de novo o que eles diziam.

"Acredito que eu teria de responder a isso", disse Nicholas, "com o comentário que Croyden fez — não citado, aliás, no seu funeral — quando foi visto saindo de um famoso banheiro público em Hackney." A voz de Nicholas subiu uma oitava: "'Tenho buscado a beleza aonde quer que ela me leve, mesmo nos lugares mais feios'."

"Não é uma política ruim", disse David, "ainda que expressa de modo um tanto afeminado."

12.

Quando chegaram em casa, Anne estava de bom humor. Jogou-se no sofá marrom, livrou-se do sapato e acendeu um cigarro. "Todo mundo sabe que você tem uma mente incrível", disse a Victor, "mas o que me interessa é o seu corpo ligeiramente menos conhecido."

Victor riu um pouco nervoso e atravessou a sala para se servir de um copo de uísque. "Reputação não é tudo", disse ele.

"Vem cá", ordenou Anne gentilmente.

"Bebida?", perguntou Victor.

Anne fez que não com a cabeça. Ela observou Victor jogando uns dois cubos de gelo no copo.

Ele foi até o sofá e sentou-se ao lado dela, sorrindo com benevolência.

Quando se inclinou para beijá-lo, ele pescou um dos cubos de gelo do copo e, com uma rapidez inesperada, deixou-o cair pela frente do vestido dela.

"Ah, meu Deus", disse Anne com a voz entrecortada, tentando manter a compostura, "isso é deliciosamente frio e refrescante. E molhadinho", acrescentou, remexendo-se e fazendo o cubo de gelo descer mais sob o vestido preto.

Victor pôs a mão por baixo do vestido e pegou habilmente o cubo de gelo, colocando-o na boca, chupando-o e depois soltando-o com a boca de volta no copo. "Achei que você estava precisando dar uma esfriada", disse, descansando a palma das mãos com firmeza sobre os joelhos dela.

"Ah, minha nossa", ronronou Anne, com um sotaque sulista arrastado, "apesar das aparências, vejo que você é um homem de apetites fortes." Ela ergueu um dos pés sobre o sofá ao mesmo tempo que estendia a mão para passar os dedos pelas grossas ondas do cabelo de Victor. Puxou suavemente a cabeça dele na direção do tendão esticado de sua coxa erguida. Victor beijou o algodão branco da calcinha dela e mordiscou-o como um homem apanhando uma uva com os dentes.

Incapaz de dormir, Eleanor vestiu um robe japonês e foi para o seu carro. Sentiu-se estranhamente eufórica no interior de couro branco do Buick, com seu maço de Player's e a garrafa de conhaque que havia pegado embaixo do banco do motorista. Sua alegria ficou completa quando ligou na Radio Monte Carlo e viu que estavam tocando uma de suas músicas favoritas: "I Got Plenty o' Nuttin'", de *Porgy and Bess*. Ela articulou as palavras baixinho, "And nuttin's plenty for me", balançando a cabeça de um lado para o outro, quase no mesmo ritmo da música.

Quando viu Bridget se arrastando sob o luar com uma mala batendo contra o joelho, Eleanor pensou, não pela primeira vez, que devia estar alucinando. Que diabos a garota estava fazendo? Bem, na verdade era bastante óbvio. Ela estava indo embora. A simplicidade do ato horrorizou Eleanor. Depois de anos sonhando em como cavar um túnel sob a guarita sem ser vista, ela estava pasma de ver uma recém-chegada sair pelo portão aberto. Simplesmente descendo pela entrada da casa como se fosse livre.

Bridget passou a mala de uma mão para a outra. Não tinha certeza de que a mala ia caber na traseira da bicicleta de Barry. O lance todo era uma loucura total. Ela tinha deixado Nicholas na cama, roncando como de costume, feito um porco velho com uma gripe mortal. A ideia era largar a mala no começo da entrada de acesso e voltar para buscá-la depois que tivesse se encontrado com Barry. Trocou a mala de mão outra vez. O atrativo da Estrada Aberta sem dúvida perdia um pouco de seu apelo se você levasse alguma bagagem junto.

Duas e meia perto da igreja da vila foi o que Barry tinha dito no telefone antes do jantar. Ela deixou a mala numa moita de alecrim, soltando um suspiro petulante para mostrar a si própria que estava mais irritada do que assustada. E se a vila não tivesse uma igreja? E se a mala fosse roubada? Qual a distância até a vila, aliás? Meu Deus, como a vida era complicada. Ela havia fugido de casa uma vez quando tinha nove anos, mas deu meia-volta porque não suportava imaginar o que seus pais poderiam dizer no período em que ela estava fora.

Enquanto entrava na pequena estrada que ia dar na vila, Bridget viu-se cercada por pinheiros. As sombras iam se adensando até o ponto em que a lua não brilhava mais sobre a estrada. Um vento leve animou os galhos das árvores altas. Tomada de pavor, Bridget parou de repente. Será que Barry era mesmo uma pessoa divertida no final das contas? Depois que marcaram o encontro ele disse: "Vá ou se arrependa!". Na hora ela estava tão encantada com a ideia de escapar de Nicholas e dos Melrose que tinha esquecido de se irritar, mas agora percebia como aquilo era irritante.

* * *

Eleanor se perguntava se deveria buscar outra garrafa de conhaque (conhaque era para o carro, por ser tão estimulante) ou voltar para a cama e beber uísque. De um jeito ou de outro, teria de voltar para casa. Quando estava prestes a abrir a porta do carro, viu Bridget de novo. Dessa vez ela cambaleava entrada acima, arrastando sua mala. Eleanor se sentiu fria e distante. Concluiu que nada mais a surpreendia. Talvez Bridget fizesse isso toda noite para se exercitar. Ou talvez quisesse uma carona para algum lugar. Eleanor preferiu observá-la a se envolver, conquanto Bridget voltasse rápido para a casa.

Bridget achou ter ouvido o som de um rádio, mas o perdeu novamente em meio ao farfalhar das folhas. Estava abalada e bastante envergonhada de sua escapada. Além disso, sentia os braços prestes a desfalecer. Bem, não importa, pelo menos ela tinha mais ou menos se resolvido. Abriu a porta da casa. A porta rangeu. Por sorte, podia contar que Nicholas estaria dormindo feito um elefante drogado, sem que nenhum som pudesse alcançá-lo. Mas e se ela acordasse David? *Cru-zes*. Outro rangido e ela fechou a porta atrás de si. Enquanto atravessava de mansinho o corredor, ouviu uma espécie de gemido e depois um berro alto, como um grito de dor.

David acordou com um grito de terror. Por que diabos as pessoas diziam "Foi *só* um sonho"? Seus sonhos o deixavam exausto e acabado. Eles pareciam se abrir para uma camada de insônia mais profunda, como se ele fosse apenas levado a dormir para que lhe fosse revelado que não podia descansar. Esta noite havia sonhado que ele era o aleijado do aeroporto de Atenas. Podia sentir seus membros retorcidos como tocos de videira, a cabeça balançando e se contorcendo para lá e para cá enquanto ele tentava se impelir para a frente, com as mãos hostis batendo em seu rosto. Na sala de espera do aeroporto, todos os passageiros eram pessoas que ele conhecia: o barman do Central em Lacoste, George, Bridget, pessoas de décadas de festas em Londres, todas conversando e lendo livros. E lá estava ele, atravessando a duras penas o saguão, arrastando uma perna atrás de si e tentando dizer: "Olá, é o David Melrose, espero que vocês não se deixem enganar por esse disfarce absurdo", mas tudo que ele conseguiu foi gemer, ou, à medida que ia ficando mais desesperado, guinchar, enquanto atirava neles folhetos publicitários de castanhas torradas com uma imprecisão enervante. Via o constrangimento no rosto de alguns e uma inexpressividade fingida no de outros. E ouviu George dizer a alguém próximo: "Que sujeito mais medonho".

David acendeu a luz e procurou, atrapalhado, sua cópia de *O retorno de Jorrocks*. Pensou se Patrick iria se lembrar. Havia sempre a repressão, claro, embora ela parecesse não funcionar muito bem no caso de seus próprios desejos. Deveria *tentar* não fazer isso de novo, seria realmente brincar com a sorte. David não pôde deixar de sorrir diante de sua audácia.

Patrick não despertou de seu sonho, mas sentiu uma agulha se cravar sob sua omoplata e sair pelo peito. O fio grosso costurava seus pulmões como se fossem sacos velhos, até ele não conseguir mais respirar. O pânico era como vespas ao redor de seu rosto, arremetendo-se, girando e batendo as asas no ar.

Viu o pastor-alemão que o perseguira no bosque e sentiu que estava correndo de novo sobre folhas amarelas estalejantes, com passadas cada vez maiores. Quando o cachorro se aproximou e estava prestes a pegá-lo, Patrick começou a somar em voz alta, e no último segundo seu corpo elevou-se acima do chão até ele se encontrar olhando para baixo sobre a copa das árvores, como se para algas marinhas da beirada de um barco. Ele sabia que jamais deveria se permitir dormir. Abaixo dele, o pastor-alemão freou com tudo, provocando um redemoinho de folhas secas, e apanhou um galho morto com a boca.

MÁS NOTÍCIAS

1.

Patrick fingiu que dormia, torcendo para que o banco a seu lado continuasse vazio, mas logo ouviu uma pasta deslizando para dentro do compartimento de bagagem. Abrindo os olhos com relutância, viu um homem alto de nariz arrebitado.

"Olá, sou Earl Hammer", disse o homem, estendendo uma mão grande e sardenta coberta por um pelo loiro e grosso, "acho que serei seu companheiro de viagem."

"Patrick Melrose", respondeu Patrick de forma automática, oferecendo ao sr. Hammer uma mão úmida e ligeiramente trêmula.

Na noite anterior, George Watford havia ligado para Patrick de Nova York.

"Patrick, querido", disse com uma voz tensa e arrastada, ligeiramente atrasada pela distância atlântica, "receio ter as piores notícias para dar: seu pai morreu há duas noites, no quarto de seu hotel. Eu realmente não consegui entrar em contato nem com você nem com a sua mãe — acredito que ela esteja no Chade com o fundo Save the Children —, mas quase não preciso te dizer como me sinto; eu adorava o seu pai, como você sabe. Curiosamente, era para ele almoçar comigo no Key Club no dia em que morreu, mas é claro que ele não apareceu; lembro de ter pensado no quanto aquilo não era próprio dele. Deve ser um choque terrível para você. Sabe, Patrick, todo mundo gostava dele. Contei a alguns membros e funcionários de lá, e eles ficaram *muito* tristes ao saber da morte dele."

"Onde ele está agora?", perguntou Patrick com frieza.

"Na Frank E. MacDonald, na Madison Avenue: é o lugar que todo mundo aqui usa, acredito que seja muitíssimo boa."

Patrick prometeu telefonar para George assim que chegasse a Nova York.

"Lamento ser o portador de notícias tão ruins", disse George. "Você vai precisar de toda a sua coragem durante esse momento difícil."

"Obrigado por ligar", disse Patrick, "nos vemos amanhã."

"Tchau, meu querido."

Patrick deixou de lado a seringa que estivera lavando e ficou sentado imóvel ao lado do telefone. Seriam más notícias mesmo? Talvez ele fosse precisar de toda a coragem para não sair dançando pela rua, para não sorrir demais. A luz do sol derramava-se pelas vidraças embaçadas e sujas de seu apartamento. Lá fora, em Ennismore Gardens, as folhas dos plátanos estavam dolorosamente brilhantes.

De repente ele se levantou de um salto da cadeira. "Você não vai se safar desta", murmurou vingativamente. A manga de sua camisa se desenrolou e absorveu o filete de sangue que escorria em seu braço.

"Sabe, Paddy", disse Earl, nem um pouco preocupado com o fato de que ninguém chamava Patrick de "Paddy", "ganhei uma porrada de dinheiro e achei que estava na hora de desfrutar algumas coisas boas da vida."

Passara-se meia hora de voo e Paddy já era o amiguinho de Earl.

"Que sensato de sua parte", disse Patrick com a voz um pouco ofegante.

"Aluguei um apartamento perto da praia de Monte Carlo e uma casa nas colinas atrás de Mônaco. *Uma casa simplesmente linda*", disse Earl, balançando a cabeça, incrédulo. "Tenho um mordomo inglês: ele me diz que paletó eu devo vestir — dá pra acreditar? E tenho tempo livre para ler o *Wall Street Journal* de cabo a rabo."

"Uma liberdade inebriante", disse Patrick.

"É ótimo. E estou lendo um livro bem interessante chamado *Megatendências*. E *também* um clássico chinês sobre a arte da guerra. Você tem algum interesse pela guerra?"

"Não chega a ser uma grande paixão", disse Patrick.

"Acho que sou suspeito: estive no Vietnã", disse Earl, olhando para o horizonte pela minúscula janela do avião.

"E gostou?"

"Sem dúvida", disse Earl, sorrindo.

"Sem nenhuma ressalva?"

"Te digo uma coisa, Paddy, a única ressalva que eu tive em relação ao Vietnã foram as restrições de alvo. Voar sobre alguns daqueles portos e ver petroleiros entregando petróleo que você *sabia* que era para o Vietcongue e não poder atingi-los — essa foi uma das experiências mais frustrantes da minha vida." Earl, que parecia num estado quase permanente de assombro diante das coisas que dizia, balançou a cabeça de novo.

Patrick virou-se na direção do corredor, subitamente assaltado pelo som da música de seu pai, tão claro e alto quanto vidro quebrando, mas essa alucinação auditiva foi logo sufocada pela vitalidade de seu vizinho.

"Você já esteve no Tahiti Club, em Saint-Tropez, Paddy? Que lugar fantástico! Conheci duas dançarinas lá." Sua voz baixou meia oitava para alcançar o novo tom de camaradagem masculina. "Vou te dizer", acrescentou em tom de confidência, "eu amo foder. Meu Deus, como eu *amo*", gritou. "Mas só um corpo incrível não é o suficiente, sabe o que eu quero dizer? Tem que rolar aquele *lance mental*. Eu estava fodendo essas duas dançarinas: eram mulheres *fantásticas*, com um corpo incrível, simplesmente lindas, mas eu não conseguia gozar. Sabe por quê?"

"Não rolou aquele lance mental", sugeriu Patrick.

"Isso mesmo! Não rolou aquele *lance mental*", disse Earl.

Talvez fosse o tal lance mental que estava faltando com Debbie. Ele tinha ligado para ela na noite passada para contar sobre a morte de seu pai.

"Ah, meu Deus, que coisa horrível", gaguejou ela, "estou indo direto te ver."

Patrick captava o nervosismo na voz de Debbie, a ansiedade hereditária da coisa certa a se dizer. Com pais como os dela, não era de estranhar que o constrangimento tivesse se tornado a emoção mais forte de sua vida. O pai de Debbie, um pintor australiano chamado Peter Hickmann, era notoriamente um tédio. Certa vez, Patrick o ouvira começar uma anedota com as palavras: "Isso me lembra a minha melhor história sobre a sopa bouillabaisse." Meia hora depois, Patrick apenas se considerava sortudo por não estar ouvindo a segunda melhor história de Peter sobre a bouillabaisse.

A mãe de Debbie, cujos recursos neuróticos a faziam parecer um bicho-folha a pilha, alimentava ambições sociais que não tinha como saciar enquanto Peter estivesse a seu lado contando histórias sobre bouillabaisse. Organizadora profissional de festas e muito conhecida, ela era tola o bastante para seguir os seus conselhos. A frágil perfeição de seus entretenimentos caía por terra quando seres humanos eram levados até a arena irrespirável de sua sala de estar. Como uma alpinista agonizante no acampamento-base, ela passou sua bota a Debbie e, com ela, a imensa responsabilidade de: *escalar*. A sra. Hickmann se sentia propensa a perdoar Patrick pela aparente falta de propósito da vida dele e pela palidez sinistra de suas feições quando considerava sua renda de cem mil libras por ano e que ele vinha de uma família que, embora não tivesse feito nada desde então, assistira a invasão normanda ao lado do vencedor. Não era perfeito, mas dava para o gasto. Afinal, Patrick tinha apenas vinte e dois anos.

Enquanto isso, Peter continuava a tecer a vida com anedotas e descrições dos grandes incidentes da vida de sua filha para o bar que rapidamente se esvaziava do Travellers Club, onde, depois de quarenta anos de forte oposição, ele fora aceito num momento de fraqueza, do qual todos os membros que desde então tinham sido atingidos por sua conversa se arrependiam amargamente.

Depois de Patrick ter desencorajado Debbie a ir vê-lo, ele foi dar uma caminhada no Hyde Park, lágrimas aguilhoando seus olhos. Era um fim de tarde quente e seco, carregado de pólen e poeira. O suor escorria por suas costelas e brotava em sua testa. Sobre o lago Serpentine, um fio de nuvem se dissolvia diante do sol, que afundava, inchado e vermelho, numa contusão de poluição. Barcos amarelos e azuis balançavam na água cintilante. Patrick ficou imóvel observando uma viatura policial passar a toda a velocidade pela trilha atrás das docas.

Jurou que não usaria mais heroína. Esse era o momento mais importante de sua vida e ele precisava fazer isso direito. Tinha que fazer direito.

Patrick acendeu um cigarro turco e pediu à aeromoça outro copo de brandy. Estava começando a se sentir um pouco nervoso sem heroína. Os quatro Valiuns que tinha roubado de Kay o ajudaram a enfrentar o café da manhã, mas agora sentia a ofensiva da abstinência, como uma ninhada de gatinhos se afogando no saco de seu estômago.

Kay era a garota americana com quem ele estava tendo um caso. Na noite anterior, quando quis se enterrar num corpo de mulher para afirmar que, ao contrário de seu pai, ele estava vivo, tinha escolhido ver Kay. Debbie era linda (todo mundo dizia) e inteligente (ela mesma dizia), mas ele a imaginou batendo os saltos ansiosa pelo quarto, feito dois pauzinhos japoneses, e do que ele precisava naquele momento era de um abraço mais macio.

Kay morava num apartamento alugado nos arredores de Oxford, onde tocava violino, tinha gatos e trabalhava em sua tese sobre Kafka. Mais do que qualquer outra pessoa que ele conhecia, ela é quem tinha a atitude menos complacente com a ociosidade de Patrick. "Você precisa se vender", ela dizia, "nem que seja só pra se livrar da maldição."

Patrick não gostava de nada no apartamento de Kay. Ele sabia que não fora ela quem havia pendurado os querubins dourados no papel de parede estilo William Morris; por outro lado, ela também não os tirara dali. No corredor escuro, Kay tinha ido até ele, seu espesso cabelo castanho caindo sobre um ombro e o corpo envolto em uma pesada seda cinza. Ela o beijara devagar, enquanto os gatos ciumentos arranhavam a porta da cozinha.

160

Patrick tinha bebido o uísque e tomado o Valium que ela lhe dera. Kay lhe contara sobre seus próprios pais moribundos. "Você deve começar a cuidar mal deles antes de superar o choque de como eles cuidaram mal de você", disse ela. "No último verão precisei atravessar os Estados Unidos de carro com meus pais. Meu pai estava morrendo de enfisema, e minha mãe, que sempre foi uma mulher feroz, ficou como uma criança depois do derrame. Eu estava a cento e trinta por hora por Utah, procurando um cilindro de oxigênio, e minha mãe dizendo, com seu reduzido vocabulário: 'Ai, meu Deus, ai, minha nossa, papai não está bem. Ai, minha nossa'."

Patrick imaginou o pai de Kay afundado no banco de trás do carro, os olhos baços de exaustão e os pulmões, como redes de pesca rotas, se arrastando em vão à procura de ar. Como havia morrido seu próprio pai? Ele esquecera de perguntar.

Desde seu brilhante comentário sobre "aquele lance mental", Earl vinha falando sobre "toda a sua variedade de títulos e ações" e sobre seu amor por sua família. O divórcio tinha sido "duro para as crianças", mas ele concluiu com uma risadinha: "Tenho diversificado, não estou só falando de negócios".

Patrick agradeceu por estar voando no Concorde. Ele não apenas estaria descansado para o suplício de ver o cadáver de seu pai antes de ele ser cremado no dia seguinte, mas também teria esse momento de conversa com Earl reduzido pela metade. Eles deviam fazer propaganda disso. Uma narração afetada lhe veio à mente: "É porque nos importamos não só com seu conforto físico, mas também com sua saúde mental, que abreviamos sua conversa com pessoas como Earl Hammer".

"Sabe, Paddy", disse Earl, "fiz contribuições bastante consideráveis — tipo, coisa *grande* — para o Partido Republicano, e eu poderia conseguir praticamente qualquer embaixada que quisesse. Mas não estou interessado em Londres ou Paris: isso não passa de frescura da sociedade."

Patrick tomou seu brandy num trago.

"O que eu quero é um país pequeno da América Latina ou da América Central onde o embaixador tenha controle efetivo sobre a CIA."

"Controle efetivo", repetiu Patrick.

"Isso mesmo", disse Earl. "Mas estou enfrentando um dilema. Um dilema bem difícil." Ele assumiu um tom solene de novo. "Minha filha está tentando entrar na seleção nacional de vôlei e ela vai ter uma série de jogos bem importantes no ano que vem. Porra, não sei se devo ir pra embaixada ou ficar pra apoiar minha filha."

"Earl", disse Patrick com um tom sério, "acho que nada é mais importante do que ser um bom pai."

Earl ficou visivelmente tocado. "Agradeço o conselho, Paddy, agradeço mesmo."

O voo estava chegando ao fim. Earl fez alguns comentários sobre como você sempre conhecia gente "de alto nível" no Concorde. No terminal do aeroporto, Earl entrou na fila dos cidadãos americanos e Patrick foi na direção da dos estrangeiros.

"Adeus, amigo", gritou Earl com um aceno enérgico, "a gente se vê!"

"A cada despedida", grunhiu Patrick entredentes, "morre-se um pouco."

2.

"Qual é o motivo da sua vinda, senhor? Negócios ou lazer?"

"Nenhum dos dois."

"Como?" Era uma mulher com formato de pera, cor de lesma e cabelo curto, usando óculos enormes e um uniforme azul-escuro.

"Vim buscar o cadáver do meu pai", resmungou Patrick.

"Lamento, senhor, mas não entendi", disse ela com uma exasperação oficial.

"*Vim buscar o cadáver do meu pai*", gritou Patrick devagar.

Ela lhe devolveu o passaporte. "Tenha um bom dia."

A raiva que Patrick tinha sentido depois de passar pelo controle de passaportes ofuscou seu pavor habitual da alfândega. (E se o mandassem tirar a roupa? E se vissem seus braços?)

E aqui estava ele de novo, afundado no banco de trás de um táxi, num assento diversas vezes remendado com fita adesiva preta, mas mesmo assim se abrindo aqui e ali em pequenas crateras de espuma amarela, de volta a uma nação que seguia em sua dieta rumo à imortalidade, enquanto ele ainda seguia uma dieta na direção oposta.

Enquanto o táxi sacolejava e guinchava ao longo da estrada, Patrick começou a registrar, relutante, as sensações do retorno a Nova York. Havia, claro, um motorista que não falava inglês e cuja foto lúgubre confirmava a melancolia suicida que sua nuca apenas insinuava. As pistas contíguas testemunhavam a combinação usual de excesso e decadência. Carros enormes caindo aos pedaços e com motores maltratados e limusines de vidro escuro entravam em debandada na cidade, feito moscas voando para sua comida favorita. Patrick ficou olhando fixamente para a calota amassada de uma velha perua branca. Ela já tinha visto tanta coisa, pensou ele, e não se lembrava de nada, como um amnésico esperto capturando milhares de imagens e rejeitando-as insistentemente, prolongando sua vida vazia sob um céu mais claro e mais vasto.

A ideia que o deixara obcecado na noite anterior interrompeu seu transe. Era algo insuportável: seu pai o havia enganado de novo. O filho da puta o privara da chance de transformar seu medo arcaico e sua admiração relutante em uma piedade desdenhosa pelo velhote maçante e desdentado no qual ele se transformara. No entanto, Patrick se via atraído para a morte do pai por um hábito mais forte de imitação do que ele podia suportar. A morte, claro, sempre foi uma *tentação*; mas agora ela parecia uma tentação à qual ceder. Muito mais que seu poder de permitir uma postura decadente ou desafiadora no vaudevile interminável da juventude, muito mais que o atrativo familiar da violência bruta e da autodestruição, ela tinha adquirido o aspecto da conformidade; era como entrar no negócio da família. Sem brincadeira, ela cobria todas as opções.

Metros quadrados e mais metros quadrados de lápides se estendendo à beira da estrada. Patrick pensou em seus versos favoritos: "Morto, há tempos morto,/ Há tempos morto!" (Como se poderia superar isso?) "E meu coração é já um pó,/ E as rodas me abalam, roto,/ E de dor estremecem meus ossos,/ Pois lançados foram, sem dó,/ Numa cova rasa sob a rua", coisa e tal, "suficiente para levar à loucura".

O metal escorregadio e ressoante da ponte Williamsburg o trouxe de volta à realidade, mas não por muito tempo. Ele se sentia enjoado e nervoso. Outra crise de abstinência num quarto de hotel estranho; já tinha passado por isso antes. A não ser pelo fato de que esta seria a última vez. Ou *uma* das últimas vezes. Ele riu, nervoso. Não, os filhos da puta não iriam pegá-lo. Concentração como a de um lança-chamas. Nenhum prisioneiro!

O problema era que ele sempre queria heroína, era como querer pular de uma cadeira de rodas quando o recinto estava pegando fogo. Se pensava tanto nisso poderia muito bem aceitar de uma vez. Sua perna direita se movia em espasmos rápidos. Ele cruzou os braços sobre o estômago e fechou a gola do sobretudo. "Vá à merda", disse alto, "à merda."

Adentrando ruas deslumbrantes. Blocos de luz e sombra. Na avenida, semáforos se tornando verdes por todo o caminho. Luz e sombra pulsando como um metrônomo conforme assomavam sobre a curvatura da terra.

Era fim de maio, estava quente, e ele devia tirar o sobretudo, mas o casaco era sua defesa contra os cacos de vidro finos que os transeuntes casualmente enfiavam sob sua pele, sem falar na explosão em câmera lenta das vitrines das lojas, do estrondo de fazer vibrar os ossos dos trens de metrô e da dolorosa passagem de cada segundo, como um grão de areia escorrendo pela ampulheta de seu corpo. Não, ele não iria tirar o sobretudo. Por acaso se pede para uma lagosta se despir?

Ele ergueu os olhos e viu que estava na Sexta Avenida. Rua 42, rua 43, sequência inspirada em Mies van der Rohe. Quem tinha dito isso? Não conseguia se lembrar. As palavras de outras pessoas vagavam por sua mente como o mato seco rolando pelo deserto ventoso da abertura do seriado *They Came from Outer Space*.

E o que dizer de todos os personagens que o habitavam, como se ele fosse um hotel barato? O Eloquente O'Connor e o Gordo, a sra. Garsington e todos os outros desejando tirá-lo do caminho e falar por conta própria. Às vezes se sentia como uma televisão que alguém ficava mudando de canal, impaciente e muito rápido. Bem, eles que fossem à merda também. Dessa vez iria sofrer um colapso em *silêncio*.

Já estavam se aproximando do Pierre. A terra do choque estático. Maçanetas e botões de elevador cuspindo faíscas num corpo que tinha aberto caminho por quilômetros de carpete grosso antes de esquecer de se conectar ao fio terra. Aqui que ele tinha começado seu declínio delirante em sua última vinda a Nova York. De uma suíte com o máximo de padrões *chinoiserie* que uma pessoa poderia suportar e uma vista do parque bem acima do clamor do trânsito, ele havia descido, passando pela sordidez mundialmente famosa do Chelsea Hotel, até cair num quarto do tamanho de um caixão no fundo de um poço cheio de lixo na rua 8, entre a C e a D. Desse ponto de observação, ele havia olhado para trás com nostalgia, para o hotel que desprezara fazia apenas algumas semanas por ter um rato na geladeira.

Ainda assim, ao longo desse declínio em seu alojamento, Patrick jamais tinha gastado menos que cinco mil dólares por semana em heroína e cocaína. Noventa por cento das drogas ficavam para ele e dez por cento para Natasha, uma mulher que permaneceu um mistério incompreensível para ele durante os seis meses em que viveram juntos. A única certeza dele era que ela o irritava; mas, também, quem não o irritava? Ele ansiava o tempo todo por uma solidão não contaminada, e quando a conseguia desejava que ela acabasse.

"Hotel", disse o motorista.

"Já não era sem tempo, cacete", resmungou Patrick.

Um porteiro de casaco cinza ergueu o chapéu e estendeu a mão, enquanto um carregador ia correndo pegar as malas de Patrick. Um bem-vindo e duas gorjetas depois, e Patrick andava todo empertigado e suado pelo longo corredor que levava à recepção. As mesas da Sala Oval estavam ocupadas por duplas de mulheres que almoçavam, brincando com pratos de alface de diferentes cores e ignorando copos de água mineral. Patrick teve um vislumbre de si mesmo num grande espelho de moldura dourada e percebeu que, como de costume, parecia arrumado demais e extremamente doente. Havia um contraste perturbador entre o cuidado com que as roupas tinham sido combinadas e a facilidade com que seu rosto revelava estar prestes a desmoronar. Seu sobretudo preto e bastante longo, o terno azul-escuro e a fina gravata preta e prateada (comprada por seu pai no início dos anos 1960) pareciam destoar do emaranhado caótico de cabelo castanho que emoldurava seu rosto brilhoso e mortalmente pálido. O rosto em si sofria espasmos de contradição. Os lábios cheios se mostravam comprimidos para dentro, os olhos reduzidos a estreitas fendas, o nariz, sempre congestionado, o forçava a respirar pela boca aberta, fazendo-o parecer um imbecil; e uma carranca juntava sua testa num vinco vertical logo acima do nariz.

Depois de se registrar no hotel, Patrick se armou de coragem para vencer o mais rápido possível o longo calvário de boas-vindas e gorjetas que ainda se interpunha entre ele e uma bebida no quarto. Alguém o acompanhou até o elevador, alguém o conduziu elevador acima (aquele longo suspense no ar viciado, vendo os números piscarem até o trinta e nove), alguém lhe mostrou como ligar a televisão, alguém pôs sua mala no suporte, alguém lhe mostrou o interruptor do banheiro, alguém lhe entregou a chave do quarto e, enfim, alguém lhe trouxe uma garrafa de Jack Daniel's e um balde preto com cubos de gelo quebradiços, além de quatro copos.

Ele encheu um copo inteiro sobre alguns cubos de gelo. O cheiro do uísque lhe pareceu infinitamente sutil e doído, e, enquanto engolia o primeiro trago ardente, parado junto à janela, olhando para o Central Park frondoso e quente sob um céu mais claro e mais vasto, sentiu vontade de chorar. Era bonito pra caralho. Sentiu sua tristeza e seu cansaço se fundirem com o abraço sentimental e vaporoso do uísque. Era um momento de encanto catastrófico. Como ele poderia ter qualquer esperança de deixar as drogas? Elas o preenchiam com emoções intensas como aquela. A sensação de poder que lhe davam era, verdade seja dita, bastante subjetiva (governando o mundo debaixo das cobertas, até o leiteiro aparecer e você achar que era um pelotão do Stormtrooper vindo roubar suas drogas e estourar seus miolos na parede), mas, até aí, também a *vida* era muito subjetiva.

Ele realmente deveria ir à agência funerária agora, seria horrível perder a oportunidade de ver o cadáver de seu pai (talvez pudesse pôr o pé em cima dele). Patrick riu e pousou seu copo vazio no peitoril da janela. Não iria usar nada de heroína. "Quero fazer isso *totalmente* sóbrio", ganiu na voz do sr. Muffet, seu velho professor de química da escola. Ande de cabeça erguida, era a filosofia dele, *mas arranje uns sedativos antes*. Ninguém podia desistir de tudo de uma hora para a outra, especialmente (buá, buá) num momento como este. Ele devia ir até aquela massa pulsante, florescente e monstruosa de vegetação, o parque, e se armar. O bando de traficantes negros e hispânicos que ficava de bobeira perto da entrada do Central Park na frente de seu hotel reconheceu Patrick, já de longe, como um cliente em potencial.

"Balas! Sedativos! Dá só uma olhada", disse um negro alto de aspecto machucado. Patrick continuou andando.

Um hispânico de rosto encovado e barba rala projetou a mandíbula para a frente e disse: "Em que posso te ajudar, meu amigo?".

"Tenho coisa booo-a", disse um negro de óculos escuros. "*Dá só uma olhada.*"

"Você tem Mandrix?", perguntou Patrick, a voz arrastada.

"Claro, eu tenho uns Mandrix. Tenho Lemmon 714 — quantos você quer?"

"Quanto tá?"

"Cinco dólares."

"Quero seis. E talvez uns *speeds*", acrescentou Patrick. Isso era o que chamavam de comprar por impulso. *Speed* era a última coisa de que ele precisava, mas não gostava de comprar uma droga se não tivesse como neutralizá-la.

"Tenho umas Beauties, são de farmácia."

"Quer dizer que você mesmo fez."

"Não, cara, se são de farmácia significa que o troço é bo--oom."

"Três dessas então."

"Dez dólares cada."

Patrick estendeu sessenta dólares e pegou as pílulas. A essa altura os outros traficantes já tinham se amontoado em volta, impressionados com a facilidade com que Patrick desembolsava dinheiro.

"Cê é inglês, né?", disse o hispânico.

"Não chateie o homem", disse o de óculos.

"Sou", respondeu Patrick, sabendo o que viria a seguir.

"Lá cê tem heroína grátis, né?", disse o negro que parecia machucado.

"Isso mesmo", respondeu Patrick, patriótico.

"Um dia eu ainda vou pra Grã-Bretanha pegar um pouco dessa farinha grátis pra mim", disse o homem de aspecto machucado, parecendo aliviado por alguns segundos.

"Faça isso", disse Patrick, voltando-se para os degraus que davam para a Quinta Avenida. "Até mais."

"Volta aqui amanhã", disse o de óculos em um tom possessivo.

"Ahã", murmurou Patrick, subindo rápido os degraus. Ele pôs o Mandrix na boca, juntou um pouco de saliva e conseguiu forçar a pílula garganta abaixo. Era uma habilidade importante ser capaz de engolir uma pílula sem ter nada para beber. Gente que precisava de bebida era intolerável, pensou, chamando um táxi.

"Madison Avenue com a rua 82", disse, percebendo que o Mandrix, que afinal era uma pílula grande, estava preso em sua garganta. Enquanto o táxi disparava pela Madison Avenue, Patrick ficou virando o pescoço em várias posições, numa tentativa de fazer a pílula descer de uma vez.

Quando chegaram à Frank E. MacDonald, Patrick estava deitado no banco com o pescoço esticado para trás e pendendo de lado na beira do assento, seu cabelo tocando o tapete de borracha preto enquanto ele tentava juntar o máximo possível de saliva nos lados de sua bochecha seca e engolia furiosamente. O motorista olhou pelo espelho retrovisor. Outro esquisitão.

Por fim Patrick conseguiu expulsar o Mandrix da cavidade que a pílula tinha encontrado logo abaixo de seu pomo de adão, e ele atravessou as portas altas de carvalho da agência funerária, o medo e a sensação de absurdo competindo dentro dele. A jovem recepcionista atrás do balcão de carvalho curvo com meias colunas dóricas postas nas extremidades do painel vestia um blazer azul e uma blusa de seda cinza, como uma aeromoça num voo para a Vida Após a Morte.

"Vim ver o cadáver de David Melrose", disse Patrick com frieza. Ela lhe disse para pegar o elevador e subir "direto" para o terceiro andar, como se ele pudesse ficar tentado a fazer uma parada para ver outros cadáveres pelo caminho.

O elevador era um tributo à arte da tapeçaria francesa. Acima do banco de couro com botões, onde o enlutado podia fazer uma pausa antes de encarar o cadáver de seu ente querido, havia uma Arcádia bordada em meio ponto, onde um cortesão que fingia ser um pastor tocava flauta para uma cortesã que fingia ser uma pastora.

Era este o grande momento: o cadáver de seu arqui-inimigo, as ruínas do seu criador, o corpo de seu pai morto; o grande peso de tudo o que não foi e jamais seria dito; a pressão de dizê-lo agora, quando não havia ninguém para ouvir, e de falar também por seu pai, num ato de autodivisão que poderia causar uma fissura no mundo e transformar o seu corpo num quebra-cabeça. *Era isso*.

O som que saudou Patrick quando as portas do elevador se abriram o fez cogitar se George não tinha organizado uma festa surpresa, mas a ideia era grotesca demais, dada a dificuldade de conseguir mais de meia dúzia de gente *no mundo todo* que realmente conhecia seu pai bem e ainda assim gostava dele. Saiu do elevador e viu, depois de dois pilares coríntios, uma sala apainelada cheia de estranhos idosos vestidos de modo festivo. Homens usando tudo que é tipo de *tartan* leve e mulheres com grandes chapéus brancos e amarelos que tomavam drinques e apertavam o braço uns dos outros. Nos fundos da sala, dentro da qual ele vagou sem entender nada, havia um caixão aberto, inclinado e forrado de cetim branco contendo um homem diminuto meticulosamente vestido, com um alfinete de gravata de diamante, cabelo branco como neve e um terno preto. Sobre uma mesa ao lado dele, Patrick viu uma pilha de cartões que diziam "Em Memória do Estimado Hermann Newton". A morte era sem dúvida uma experiência avassaladora, mas devia ser ainda mais poderosa do que ele tinha imaginado se podia transformar seu pai num judeu pequenino com tantos novos e divertidos amigos.

O coração de Patrick disparou de volta à ativa. Ele deu meia-volta e marchou furioso na direção do elevador, onde levou um choque estático quando apertou o botão de chamada. "Puta merda, é inacreditável", rosnou, chutando uma cadeira estilo Luís xv. As portas do elevador se abriram, revelando um velho gordo de pele cinza e flácida com uma extraordinária bermuda e uma camiseta amarela. Hermann, obviamente, havia deixado uma cláusula de Sem Luto em seu testamento. Ou talvez as pessoas apenas estivessem felizes ao vê-lo morto, pensou Patrick. Junto do gordo estava sua esposa balofa, também com roupa de praia, e, ao lado dela, a jovem recepcionista.

"Cadáver errado, cacete", disse Patrick, fulminando-a com os olhos.

"Ei, ei. Calma aí", disse o gordo, como se Patrick estivesse se excedendo.

"Tente de novo", disse Patrick, ignorando o casal de idosos enquanto eles passavam bamboleando por ele.

Ele encarou a recepcionista com seu olhar especial derreta-e-morra, com raios tão pesados quanto andaimes sendo lançados no espaço entre eles e enchendo o cérebro dela de radioatividade. Ela parecia imperturbável.

"Tenho certeza de que não temos nenhuma outra confraternização no prédio no momento", disse ela.

"Eu não quero ir a nenhuma confraternização", retrucou Patrick. "Quero ver meu pai."

Quando chegaram ao térreo, a recepcionista foi até o balcão onde Patrick a vira pela primeira vez e lhe mostrou sua lista de "confraternizações" no prédio. "Não há nenhum nome aqui além do sr. Newton", disse ela em tom presunçoso, "foi por isso que mandei você à Suíte Cedro."

"Talvez meu pai nem esteja morto", disse Patrick, inclinando-se na direção dela. "Isso realmente seria um choque. Talvez tenha sido só um pedido de socorro, hein, o que você acha?"

"É melhor eu verificar com o nosso diretor", disse ela, afastando-se. "Com licença um momento." Abriu uma porta oculta num dos painéis e deslizou para dentro.

Patrick se inclinou no balcão, ofegante de raiva, em meio aos diamantes negros e brancos de mármore do piso da recepção. Igual ao piso daquele saguão em Eaton Square. Na época, sua altura só alcançava a mão da velha senhora. Ela tinha agarrado a bengala, suas proeminentes veias azuis descendo pelos dedos até um anel de safira. Sangue retido e aclarado. A velha conversou com sua mãe sobre o comitê delas, enquanto Patrick se perdia na sensação de que estava provocando a semelhança. Agora havia dias em que tudo se parecia com tudo, e a menor desculpa para comparação fazia com que um objeto consumisse outro num banquete bulímico.

Mas que porra estava acontecendo? Por que era tão difícil encontrar os *restos* de seu pai? Ele não precisava nem se esforçar para descobri-los em si próprio, era só a Frank E. MacDonald que estava tendo essa dificuldade. Enquanto Patrick ria histericamente desse pensamento, um homossexual careca de bigode, com um senso forte do estilo contido do negócio funerário, saiu da porta apainelada e veio martelando pelos diamantes pretos e brancos do piso da recepção. Sem se desculpar, disse a Patrick que seguisse por ali, e o conduziu de volta ao elevador. Apertou o botão do segundo andar, não tão perto do céu quanto o sr. Newton estava, mas sem o barulho de um coquetel. No silêncio daquele corredor discretamente iluminado, com o diretor rebolando à sua frente, Patrick começou a se dar conta de que tinha desperdiçado suas defesas com um impostor e, exaurido pela farsa do velório do sr. Newton, se encontrava agora perigosamente vulnerável ao impacto do cadáver de seu pai.

"A sala é esta", disse o diretor, brincando com o punho da camisa. "Vou deixá-lo a sós com ele", ronronou o homem.

Patrick deu uma olhada na sala pequena e ricamente acarpetada. *Puta que pariu.* O que seu pai estava fazendo num caixão? Ele assentiu para o diretor e esperou do lado de fora, sentindo uma onda de loucura crescer dentro dele. O que significava ele estar prestes a ver o cadáver de seu pai? O que deveria significar? Hesitou na soleira da porta. A cabeça do pai estava deitada na direção dele e ainda não dava para ver o rosto, apenas os cachos cinza de seu cabelo. Tinham coberto o corpo com papel de seda. Ele jazia no caixão como um presente que alguém embalara pela metade.

"É o papai!", murmurou Patrick, incrédulo, apertando as mãos e virando-se para um amigo imaginário. "*Não* precisava!"

Ele entrou na sala tomado de pavor de novo, mas movido pela curiosidade. O rosto, infelizmente, não tinha sido coberto por papel de seda, e Patrick ficou assombrado com a nobreza do semblante do pai. Essa aparência, que havia enganado tanta gente por não ter nenhuma relação com a personalidade dele, se revelava ainda mais descabida agora que a discrepância era total. Seu pai parecia como se a morte fosse um júbilo do qual ele não compartilhava, mas de que se via cercado, como um padre numa luta de boxe.

Aqueles olhos feridos e chamejantes que avaliavam cada fraqueza, como os dedos de um caixa de banco contando um maço de notas, agora estavam fechados. Aquele lábio inferior, tão frequentemente projetado para a frente antes de uma explosão de raiva, contradizia a expressão orgulhosa na qual suas feições tinham se relaxado. O lábio havia se rasgado (ele ainda devia estar com a dentadura) de raiva e protesto diante da consciência da morte.

Por mais atentamente que perscrutasse a vida do pai — e ele sentia a influência desse hábito como se sua corrente sanguínea estivesse contaminada, um veneno que ele próprio não tinha colocado lá, impossível de expurgar ou sangrar sem drenar o paciente —, por mais atentamente que tentasse imaginar a combinação letal de orgulho, crueldade e tristeza que dominara a vida de seu pai, e por mais que desejasse que ela não dominasse sua própria vida, Patrick nunca pôde segui-lo até aquele momento final, em que seu pai tinha sabido que ia morrer e tinha acertado. Patrick já soubera que ele estava prestes a morrer muitas vezes, mas sempre tinha errado.

Patrick sentiu um desejo forte de agarrar o lábio do pai com as mãos e rasgá-lo feito uma folha de papel pela fenda já aberta pelos dentes.

Não, isso não. Não iria pensar numa coisa dessas. A obscena necessidade de voltar ao varão da cortina. Isso não, não iria pensar numa coisa dessas. Ninguém deveria fazer isso a ninguém. Ele não podia ser essa pessoa. Filho da puta.

Patrick rosnou, os dentes cerrados à mostra. Bateu na lateral do caixão com os nós dos dedos para trazê-lo de volta. Como deveria interpretar esta cena do filme de sua vida? Endireitou-se e sorriu com desdém.

"Pai", disse com seu sotaque americano mais debochado, "você era infeliz pra caralho, cara, e agora está tentando me deixar infeliz também." Deu uma risada falsa. "Bem", acrescentou com sua própria voz, "só lamento."

3.

Anne Eisen entrou em seu prédio carregando uma caixa de bolo de Le Vrai Pâtisserie. Se ela se chamasse La Vraie Pâtisserie, conforme Victor nunca se cansava de dizer, teria sido ainda mais *vraie*, ou *plus vraie*, pensou ela, sorrindo para Fred, o porteiro. Fred parecia um garoto que tinha herdado o uniforme de escola do irmão mais velho. As mangas com fita dourada de seu casaco marrom chegavam até os nós dos dedos de suas mãos grandes e pálidas, enquanto a calça, vencida pelo volume da bunda e das coxas, ficava bem acima da meia de náilon azul-clara colada nos tornozelos.

"Oi, Fred", disse Anne.

"Olá, sra. Eisen. Posso te ajudar com as sacolas?", perguntou Fred, meneando na direção dela.

"Obrigada", disse Anne, curvando-se teatralmente, "mas ainda dou conta de dois mil-folhas e um brioche. Ah, Fred", acrescentou, "vou receber um amigo lá pelas quatro horas. Ele é jovem e tem uma cara meio de doente. Seja gentil com ele; ele acabou de perder o pai."

"Ah, nossa, lamento", disse Fred.

"Não acho que *ele* esteja lamentando", disse Anne, "embora ele talvez ainda não saiba disso."

Fred tentou fazer de conta que não tinha ouvido. A sra. Eisen era uma senhora realmente simpática, mas às vezes dizia umas coisas bem esquisitas.

Anne entrou no elevador e apertou o botão do 11º andar. Em poucas semanas isso tudo acabaria. Sem mais 11º andar, sem mais cadeiras de vime do professor Wilson, as máscaras africanas dele e sua grande pintura abstrata parece-boa-mas-seu-trabalho-nunca-realmente-decolou na sala de estar.

Jim Wilson, cuja esposa rica lhe permitia expor seus artigos independentes e bastante antiquados em nada mais nada menos que na Park Avenue, estava em Oxford como "visitante" desde outubro, enquanto Victor, em troca, fora convidado pela Columbia. Toda vez que Anne e Victor iam a uma festa — e eles quase não paravam de ir a festas —, ela o provocava sobre ele ser o professor convidado. Anne e Victor tinham um casamento "aberto". Aberto, como em "ferida aberta" ou "rebelião aberta", ou mesmo "casamento aberto", nem sempre era uma coisa boa, mas agora que Victor tinha setenta e seis anos não parecia valer a pena se divorciar dele. Além do mais, alguém precisava cuidar dele.

Anne saiu do elevador e abriu a porta do apartamento 11E, apertando o interruptor ao lado da manta pele-vermelha pendurada no hall. O que diabos ela ia dizer a Patrick? Embora ele tivesse se tornado um adolescente ranzinza e malicioso e fosse agora um viciado de vinte e dois anos, ela ainda se lembrava dele em Lacoste, sentado na escada com cinco anos, e ela ainda se sentia responsável — sabia que era absurdo — por não ter conseguido tirar a mãe dele daquele jantar medonho.

Curiosamente, as ilusões que permitiram que ela se casasse com Victor haviam começado de fato naquela noite. Ao longo dos meses seguintes, Victor entrou de cabeça na criação de seu novo livro, *Ser, saber e julgar*, tão facilmente (e tão equivocadamente!) confundido com seu predecessor, *Pensar, saber e julgar*. A alegação de Victor de que queria manter seus alunos "de olhos abertos" ao publicar livros com títulos tão parecidos não havia eliminado de todo as dúvidas de Anne ou as do editor dele. Entretanto, como uma vassoura poderosa, seu novo livro tinha varrido a poeira havia muito acumulada sobre o tema da identidade e depois juntado-a em novos e empolgantes montinhos.

Ao fim desse surto criativo, Victor havia pedido Anne em casamento. Ela tinha trinta e quatro anos e, embora não soubesse disso na época, sua admiração por Victor estava no auge. Ela havia aceitado não só porque ele estava impregnado da branda celebridade que é tudo que um filósofo vivo pode querer, mas também porque acreditava que Victor era um homem bom.

O que diabos ela ia dizer a Patrick, pensou enquanto pegava um prato de maiólica verde-espinafre da extraordinária coleção de Bárbara e arrumava os bolos sobre sua superfície vitrificada irregular.

Era inútil fingir para Patrick que ela tinha gostado de David Melrose. Mesmo depois de se divorciar de Eleanor, quando estava pobre e doente, David não se mostrara mais agradável do que um pastor-alemão acorrentado. A vida dele era um fracasso impecável e seu isolamento, uma coisa assustadora de imaginar, mesmo assim ele conservava um sorriso que era como uma faca; e se havia tentado aprender (falando em alunos maduros!) como agradar as pessoas, seus esforços foram um tanto repulsivos para qualquer um que conhecia sua verdadeira natureza.

Enquanto se inclinava sobre uma mesa marroquina irritantemente baixa na sala de estar, Anne sentiu seus óculos escuros escorregarem do alto de sua cabeça. Talvez o vestido amarelo de algodão fosse alegre demais para a ocasião, mas e daí? Fazia tempo que Patrick não a via, portanto não ia saber que ela havia pintado o cabelo. Sem dúvida Bárbara Wilson o teria deixado naturalmente grisalho, mas Anne tinha que aparecer na televisão na noite seguinte para falar sobre "A Nova Mulher". Enquanto tentava descobrir que diabos seria essa Nova Mulher, se deu de presente um Novo corte de cabelo e um Novo vestido. Era para a pesquisa de campo, e ela queria gastar.

Vinte para as quatro. Tempo perdido até ele chegar. Tempo de acender um cigarro letal e causador de câncer, tempo de contrariar o conselho do Cirurgião-General — como se fosse possível confiar num homem que era ao mesmo tempo cirurgião e general. Ela chamava isso de trabalhar para os dois lados. Porém não dava para disfarçar, ela se sentia culpada, *sim*, mas até aí também se sentia culpada de pôr três gotas de essência de banho na água em vez de duas, então que se dane.

Anne mal tinha acendido seu cigarro suave, leve, mentolado e quase totalmente inútil quando o interfone tocou.

"Oi, Fred."

"Ah, olá, sra. Eisen: o sr. Melrose está aqui."

"Bem, acho melhor você mandá-lo subir", disse ela, perguntando-se se não haveria uma forma de algum dia eles variarem essa conversa.

Anne foi até a cozinha, pôs a chaleira para ferver e jogou algumas folhas de chá no bule japonês com a alça de palha curva e instável.

A campainha a interrompeu e ela saiu correndo da cozinha para abrir a porta da frente. Patrick estava parado de costas para ela com um longo sobretudo preto.

"Oi, Patrick", disse ela.

"Oi", murmurou ele, tentando se espremer para passar direto por ela. Mas ela o pegou pelos ombros e lhe deu um abraço caloroso.

"Sinto muito", disse ela.

Patrick não iria se render a esse abraço, então escapou como um lutador se soltando do aperto de um oponente.

"Também sinto muito", disse ele, curvando-se de leve. "Se atrasar é um tédio, mas chegar cedo é imperdoável. Pontualidade é um dos vícios menores que herdei do meu pai, o que significa que jamais serei realmente chique." Ele andava de um lado para o outro na sala com as mãos no bolso do sobretudo. "*Ao contrário* deste apartamento", disse, desdenhoso. "Quem foi o sortudo que trocou este lugar pela bela casa de vocês em Londres?"

"O par de Victor na Columbia, Jim Wilson."

"Meu Deus, ter pares em vez de ser sempre o seu próprio par", disse Patrick.

"Quer chá?", perguntou Anne com um suspiro de empatia.

"Humm", disse Patrick, "será que eu poderia tomar uma bebida de verdade também? Para mim já são nove da noite."

"Para você sempre são nove da noite", disse Anne. "O que você quer? Eu preparo."

"Não, eu pego", disse ele, "você não vai fazer forte o bastante."

"Tá bom", respondeu Anne, virando-se em direção à cozinha, "as bebidas estão em cima da pedra de moinho mexicana."

A pedra de moinho estava esculpida com guerreiros de penas, mas foi a garrafa de Wild Turkey que chamou a atenção de Patrick. Ele se serviu num copo alto e ingeriu outro Mandrix com o primeiro trago, enchendo imediatamente o copo de novo. Depois de ver o cadáver de seu pai, ele tinha ido até a agência do banco Morgan Guaranty da rua 44 e sacado 3 mil dólares em dinheiro, que agora inchavam seu bolso dentro de um envelope marrom-alaranjado.

Conferiu as pílulas de novo (bolso inferior direito), depois o envelope (bolso interno esquerdo) e por fim os cartões de crédito (bolso externo esquerdo). Esse gesto nervoso, que às vezes ele realizava em intervalos de minutos, era como o de um homem fazendo o sinal da cruz diante de um altar — as Drogas, o Dinheiro e o Espírito Santo do Crédito.

Ele já tinha tomado um segundo Mandrix depois do banco, mas ainda se sentia sem chão, desesperado e abalado. Talvez um terceiro fosse exagero, mas exagerar era a ocupação dele.

"Isso também acontece com você?", perguntou Patrick, marchando para dentro da cozinha com energia renovada. "Você vê uma pedra de moinho e as palavras 'amarrada no meu pescoço' tilintam como o preço numa velha caixa registradora. Não é humilhante", disse, pegando alguns cubos de gelo, "meu Deus, eu amo estas máquinas de gelo, até o momento é o que há de melhor nos Estados Unidos. Não é humilhante que os pensamentos da pessoa estejam todos prontos de antemão por esses mecanismos idiotas?"

"Mecanismos idiotas não são nada bons", concordou Anne, "mas a caixa registradora não precisa necessariamente marcar um preço baixo."

"Se a sua mente funciona como uma caixa registradora, qualquer coisa que lhe ocorrer está destinada a ter um valor baixo."

"Bem se vê que você não é cliente de Le Vrai Pâtisserie", disse Anne, levando os bolos e o chá para a sala.

"Se não somos capazes de controlar nossas respostas conscientes, que chance temos contra as influências que não percebemos?"

"Nenhuma", respondeu Anne jovialmente, passando-lhe uma xícara de chá.

Patrick deu uma risada seca. Estava desinteressado sobre o que ele mesmo dizia. Talvez os Mandrix estivessem começando a fazer efeito.

"Quer um bolo?", ofereceu Anne. "Comprei-os para nos lembrar de Lacoste. Eles são tão franceses quanto... quanto o pão francês."

"Tão franceses assim?", disse Patrick, sem fôlego, aceitando um dos mil-folhas por educação. Ao pegá-lo, vazou creme pelas laterais do bolo, como pus brotando de uma ferida. Meu Deus, pensou ele, este bolo está completamente *descontrolado*.

"Está vivo!", disse em voz alta, apertando demais o mil-folhas. Creme espirrou e caiu sobre a elaborada superfície de bronze da mesa marroquina. Os dedos dele estavam melados de glacê. "Ah, me desculpe", murmurou, deixando o bolo de lado.

Anne lhe estendeu um guardanapo. Percebeu que Patrick estava ficando cada vez mais desajeitado e com a voz pastosa. Antes de ele chegar, ela receava a inevitável conversa sobre o pai dele; agora, preocupava-a que ela não ocorresse.

"Já foi ver seu pai?", perguntou sem rodeios.

"Fui, sim", respondeu Patrick sem hesitar. "Achei que nunca o tinha visto tão bem quanto no caixão — bem menos difícil que o normal." Ele sorriu para ela de modo apaziguador.

Anne sorriu debilmente, mas Patrick não precisava de encorajamento.

"Quando eu era criança", disse, "meu pai costumava nos levar a restaurantes. Digo 'restaurantes', no plural, porque sempre passávamos por pelo menos três. Ou era o cardápio que demorava demais para vir, ou era um garçom que aos olhos do meu pai parecia insuportavelmente estúpido, ou era o vinho que o decepcionava. Lembro que uma vez ele virou uma garrafa de vinho tinto no carpete. 'Como ousa me trazer este lixo?', ele gritou. O garçom ficou tão assustado que, em vez de expulsá-lo, trouxe mais vinho."

"Então você gostou de estar com ele num lugar onde ele não tenha reclamado de nada."

"Exato", disse Patrick. "Mal acreditei na minha sorte e por um momento esperei que ele sentasse no caixão, como um vampiro ao pôr do sol, e dissesse: 'O atendimento aqui é intolerável'.

Então teríamos de ir a outras três ou quatro agências funerárias. E olha que o atendimento *foi* mesmo intolerável. Eles me mandaram pro cadáver errado."

"Para o cadáver errado!", exclamou Anne.

"Sim, fui parar numa animada confraternização judia em memória de um tal de senhor Hermann Newton. Quem me dera se eu pudesse ter ficado; eles pareciam estar se divertindo tanto…"

"Que história chocante", disse Anne, acendendo um cigarro. "Aposto que eles dão cursos de 'Como sobreviver ao luto'."

"Com certeza", disse Patrick, soltando outra risada abrupta e surda e afundando outra vez na poltrona. Agora ele definitivamente sentia a influência dos Mandrix. O álcool tinha despertado o que havia de melhor neles, como o sol fazendo as pétalas de uma flor desabrochar, ele pensou com ternura.

"O quê?", disse ele. Não havia escutado a última pergunta de Anne.

"Ele vai ser cremado?", repetiu ela.

"Vai, vai sim", disse Patrick. "Acho que quando as pessoas são cremadas nunca se fica realmente com suas cinzas, só com as raspas comuns do fundo do forno. Como você deve imaginar, vejo isso como uma boa notícia. Idealmente, *todas* as cinzas pertenceriam a uma outra pessoa, mas não vivemos num mundo perfeito."

Anne tinha desistido de se perguntar se ele estava triste com a morte do pai e começou a desejar que ele estivesse um pouquinho mais triste. Os comentários venenosos dele, embora não pudessem atingir David, faziam Patrick parecer tão doente que ele poderia muito bem estar morrendo de picada de cobra.

Patrick fechou os olhos devagar e, depois de um longo tempo, abriu-os de novo devagar. A operação toda levou cerca de meia hora. Outra meia hora se passou enquanto ele lambia os lábios secos e fascinantemente doloridos. Estava mesmo sentindo o efeito daquele último Mandrix. Seu sangue chiava como a tela de uma televisão ao final da transmissão. Suas mãos eram como halteres, como halteres em suas mãos. Tudo se dobrando para dentro e ficando cada vez mais pesado.

"Alô, alô!", chamou Anne.

"Me desculpe", disse Patrick, inclinando-se para a frente com o que ele imaginava ser um sorriso encantador. "Estou terrivelmente cansado."

"Talvez você devesse ir para a cama."

"Não, não, não. Não vamos exagerar."

"Você podia se deitar por algumas horas", sugeriu Anne, "e depois jantar comigo e com o Victor. Vamos a uma festa mais tarde, oferecida por uns anglófilos medonhos de Long Island. Bem o seu tipo."

"É gentil da sua parte, mas eu realmente não estou em condições de encarar muitos estranhos neste momento", disse Patrick, usando seu cartão de enlutado um pouco tarde demais para convencer Anne.

"Você deveria vir conosco", disse ela em tom persuasivo. "Tenho certeza de que a festa vai ser um exemplo de 'luxo escancarado'."

"Nem faço ideia do que isso significa", disse Patrick, sonolento.

"Deixa eu te passar o endereço mesmo assim", insistiu Anne. "Não me agrada a ideia de você ficar sozinho por muito tempo."

"Tá bom. Anote pra mim antes de eu ir."

Ele sabia que precisava tomar um *speed* logo ou aceitar a sugestão de Anne de "se deitar por algumas horas". Não queria tomar uma Beauty inteira, pois isso o arrastaria para uma odisseia megalomaníaca de quinze horas, e ele não queria permanecer tão consciente assim. Por outro lado, precisava se livrar da sensação de que fora jogado numa piscina de concreto se secando lentamente.

"Onde é o banheiro?"

Anne lhe disse como chegar lá, e Patrick foi se arrastando pelo carpete na direção que ela havia indicado. Com a porta do banheiro trancada, Patrick sentiu uma sensação familiar de segurança. Dentro de um banheiro ele podia se entregar à obsessão pelo seu estado físico e mental que com tanta frequência ficava comprometida pela presença de outras pessoas ou pela ausência de um banheiro bem iluminado. A maior parte do "tempo de qualidade" de sua vida fora passada num banheiro. Injetando, cheirando, engolindo, roubando, sofrendo uma overdose, examinando suas pupilas, seus braços, sua língua, seu estoque secreto.

"Ah, banheiros!", ele entoou, abrindo os braços na frente do espelho. "Vossos armarinhos me comprazem imensamente! Vossas toalhas secam meus rios de sangue…" Foi perdendo o vigor enquanto tirava a Black Beauty do bolso. Ia pegar só o suficiente para funcionar, só o suficiente para… o que é que ele ia dizer mesmo? Não conseguia lembrar. Meu Deus, era aquela perda de memória recente de novo, o professor Moriarty do abuso de drogas, interrompendo e depois apagando as preciosas sensações que a pessoa tanto suava para conseguir.

"Demônio desumano", murmurou.

A cápsula preta finalmente se partiu e ele esvaziou a metade de seu conteúdo num dos azulejos portugueses em volta da pia. Pegou uma de suas notas novas de cem dólares, enrolou-a num tubo estreito e aspirou o pequeno montinho de pó branco do azulejo.

O nariz ardeu e os olhos lacrimejaram um pouco, mas, recusando-se a se distrair, Patrick fechou novamente a cápsula, envolveu-a num Kleenex e voltou a guardá-la no bolso. Então, por nenhuma razão que ele pudesse identificar, quase contra a sua vontade, pegou-a de novo, esvaziou o restante do pó num azulejo e cheirou-o também. Assim os efeitos não iriam durar por muito tempo, argumentou, aspirando profundamente pelo nariz. Era sórdido demais pegar qualquer coisa pela metade. Em todo caso, seu pai tinha acabado de morrer e nada mais natural que ele estivesse confuso. O principal, o feito heroico, a prova de sua seriedade e de sua postura de samurai na guerra contra as drogas era que ele não tinha usado nada de heroína.

Patrick se inclinou e examinou suas pupilas no espelho. Elas sem dúvida estavam dilatadas. O batimento cardíaco tinha se acelerado. Sentia-se revigorado, sentia-se renovado, a bem da verdade sentia-se bastante agressivo. Era como se ele jamais tivesse ingerido álcool ou usado droga, ele estava de novo no controle total, os fachos de luz do farol do *speed* cortando a espessa noite dos Mandrix, do álcool e do jet lag.

"E", disse, fechando as lapelas com a solenidade de um prefeito, "por último, mas não menos importante, através da sombra negra, se me permitem dizê-lo assim, de nossa dor pelo falecimento de David Melrose."

Quanto tempo ele tinha ficado no banheiro? Parecia que toda uma vida. A brigada de incêndio provavelmente logo estaria arrombando a porta. Patrick pôs-se a arrumar as coisas, apressado. Como não queria deixar a carcaça da Black Beauty na cesta de lixo (paranoia!), forçou as duas metades da cápsula vazia pelo buraco da pia. Como ia explicar seu estado reanimado para Anne? Jogou um pouco de água fria no rosto e deixou-a pingando ostensivamente. Só havia ainda uma coisa a fazer: dar a autêntica e sonora descarga com que todo viciado sai de um banheiro, esperando enganar o público que povoa sua imaginação.

"Pelo amor de Deus", disse Anne quando ele voltou à sala. "Por que não seca o rosto?"

"Só estava me reanimando com um pouco de água fria."

"Ah, é?", disse Anne. "Que tipo de água foi essa?"

"Uma água muito refrescante", respondeu, secando as palmas suadas das mãos na calça enquanto se sentava. "O que me faz lembrar", disse ele, erguendo-se de imediato, "que eu adoraria outra bebida, se possível."

"Claro", disse Anne, resignada. "Aliás, esqueci de perguntar: como está Debbie?"

A pergunta encheu Patrick do horror que o assaltava quando lhe pediam para analisar os sentimentos de outra pessoa. Como estava Debbie? Como diabos ele poderia saber? Já era bem difícil se salvar da avalanche de seus próprios sentimentos, sem permitir que o melancólico são-bernardo de sua atenção se perdesse em outros lugares. Por outro lado, as anfetaminas haviam despertado um desejo urgente de falar e ele não podia ignorar totalmente a pergunta.

"Bem", disse ele já no outro lado da sala, "ela está seguindo os passos da mãe e escrevendo um artigo sobre a arte de ser uma grande anfitriã. Os passos dados por Teresa Hickmann, invisíveis para a maioria das pessoas, brilham na escuridão para a sua zelosa filha. Ainda assim, devemos agradecer por ela não ter moldado seu estilo de conversação com base no do pai."

Patrick ficou momentaneamente perdido de novo na contemplação de seu estado psicológico. Sentia-se lúcido, mas não sobre qualquer outra coisa que não fosse sua própria lucidez. Seus pensamentos, se antecipando irremediavelmente, hesitavam nos blocos de largada e deixavam sua sensação de fluência perigosamente perto do silêncio. "Mas você não me contou", disse, desprendendo-se dessa intrigante gagueira mental e ao mesmo tempo se vingando de Anne por ela ter lhe perguntado sobre Debbie. "Como está Victor?"

"Ah, ótimo. Agora ele é uma grande autoridade, um papel para o qual treinou a vida toda. Recebe muita atenção e está lecionando Identidade, coisa que, como ele diz, faz de olhos fechados. Você chegou a ler *Ser, saber e julgar?*"

"Não", disse Patrick.

"Bem, então preciso te dar um", disse Anne, erguendo-se e indo até as estantes de livros. Ela pegou o que para Patrick pareceu um volume enfadonhamente grosso dentre meia dúzia de exemplares iguais. Ele gostava de livros finos que podia colocar no bolso do sobretudo e deixar ali intacto por meses. De que servia um livro se você não podia carregá-lo por aí consigo como uma suposta defesa contra o tédio?

"É sobre identidade, não é?", perguntou, desconfiado.

"Tudo o que você sempre quis saber, mas sempre teve medo de formular com precisão", disse Anne.

"Legal", disse Patrick, erguendo-se inquieto. Precisava andar, precisava se movimentar pelo espaço, do contrário o mundo tendia a perigosamente se achatar e ele a se sentir como uma mosca rastejando por uma vidraça, em busca de uma saída de sua prisão translúcida. Anne, achando que Patrick tinha ido pegar o livro, entregou-o a ele.

"Ah, eh, obrigado", disse ele, inclinando-se para lhe dar um beijo rápido, "vou lê-lo muito em breve."

Tentou enfiar o livro no bolso do sobretudo. Ele *já* sabia que não ia caber. Era completamente inútil. Agora ia ter que carregar aquele livro grosso e idiota por todo lugar. Sentiu uma onda violenta de raiva. Ficou olhando fixamente para uma cesta de lixo (outrora um cântaro de água somali) e imaginou o livro girando naquela direção como um Frisbee.

"Eu de fato preciso ir agora", disse ele de forma rude.

"Sério? Não vai ficar para dar um oi pro Victor?"

"Não, tenho que ir", disse, impaciente.

"Está bem, mas deixa eu te dar o endereço da Samantha."

"Como?"

"Da festa."

"Ah, sim. Mas duvido que eu vá", disse Patrick.

Anne anotou o endereço num pedaço de papel e estendeu-o a Patrick. "Aí está."

"Obrigado", disse Patrick abruptamente, erguendo num átimo a gola do sobretudo. "Ligo pra você amanhã."

"Ou nos vemos hoje à noite."

"Talvez."

Ele se virou e dirigiu-se apressado para a porta. Precisava sair dali. Seu coração parecia prestes a saltar do peito, como o palhaço de uma caixa-surpresa, e a sensação era de que ele só conseguiria segurar a tampa por mais alguns segundos.

"Tchau", disse ele da porta.

"Tchau", respondeu Anne.

O elevador lento e abafado, o porteiro imbecil, a rua. O choque de estar de novo sob o céu vasto e claro, completamente exposto. Deve ser assim que a ostra se sente quando o sumo do limão cai sobre ela.

Por que tinha deixado o abrigo do apartamento de Anne? E de forma tão grosseira? Agora ela iria odiá-lo para sempre. Tudo o que ele fazia era errado.

Patrick voltou os olhos para a avenida. Era como a cena de abertura de um documentário de superpopulação. Foi andando pela rua e imaginando cabeças decepadas de transeuntes rolando pela sarjeta enquanto ele passava.

4.

Como ele poderia pensar numa forma de escapar do problema quando o problema era a forma como ele pensava?, Patrick se perguntou, não pela primeira vez, enquanto tirava, relutante, o sobretudo e o entregava a um brilhantinado garçom de paletó vermelho.

Comer era apenas uma solução temporária. Mas aí também todas as soluções eram temporárias, até mesmo a morte, e nada lhe dava mais fé na existência de uma vida após a morte do que o sarcasmo implacável do Destino. Sem dúvida o suicídio acabaria se transformando no violento prefácio para outro intervalo de consciência nauseante, de espirais diminuindo, nós se apertando e de memórias estilhaçadas rasgando sua carne o dia todo. Quem poderia adivinhar quais tormentos refinados estavam por vir nos acampamentos de férias da Eternidade? Isso quase deixava Patrick grato por estar vivo.

Apenas atrás de uma cachoeira de sensações brutais e prazerosas, pensou, aceitando o cardápio com capa de couro sem se dar ao trabalho de erguer os olhos, ele poderia se esconder dos cães de caça de sua consciência. Ali, na fenda fria da rocha, atrás daquele pesado véu branco, ele os ouviria latir e rosnar confusos nas margens do rio, mas pelo menos eles não poderiam dilacerar sua garganta com a fúria de sua reprovação. Afinal, o rastro que ele tinha deixado não era difícil de seguir. Ele estava coberto pela evidência do tempo perdido e do desejo inútil, sem falar nas camisas manchadas de sangue e nas seringas cujas pontas havia entortado num acesso de repulsa e depois desentortado novamente para uma última picada. Patrick respirou fundo com força e cruzou os braços sobre o peito.

"Um dry martíni. Sem gelo e com limão", disse, arrastando as palavras. "E estou pronto para fazer o pedido."

Um garçom viria em seguida anotar o pedido dele. Estava tudo sob controle.

A maioria das pessoas que estivessem sofrendo de abstinência e usando *speed*, sentindo o jet lag e apanhando dos Mandrix, perderia o interesse por comida, mas Patrick descobriu que todos os seus apetites estavam funcionando o tempo todo, mesmo quando sua aversão a ser tocado dava a seu desejo pelo sexo um caráter teórico.

Ele lembrou de Johnny Hall falando indignado de uma namorada que ele tinha despachado fazia pouco tempo: "Era o tipo de garota que vinha e bagunçava seu cabelo bem quando você tinha acabado de injetar coca". Patrick esbravejara diante do horror de um tal gesto de indelicadeza. Quando um homem está se sentindo tão vazio e frágil quanto um painel de vidro, ele não gosta que bagunçem seu cabelo. Não poderia haver diálogo entre quem achava que a cocaína era uma droga vagamente perversa e devassa e o viciado intravenoso que sabia que ela era uma oportunidade de experimentar a paisagem ártica do puro horror.

Esse horror era o preço que ele tinha de pagar pela primeira onda avassaladora de prazer quando a consciência parecia irromper como flores brancas pelos galhos de cada nervo. E todos os seus pensamentos dispersos vinham correndo juntos, como limalhas de ferro soltas no momento em que um ímã é colocado sobre elas e as atrai em forma de rosa. Ou — ele devia parar de pensar nisso — ou como uma solução de sulfato de cobre saturado sob o microscópio, quando ela de repente se transforma e cristais brotam em toda a sua superfície.

Ele devia parar de pensar nisso — e fazê-lo. Não! E pensar em alguma outra coisa. No cadáver do pai, por exemplo. Seria um progresso? Resolveria o problema do desejo, mas o ódio também pode ser compulsivo.

Ah, aí estava o dry martíni. Se não dava para vir a cavalaria, que ele recebesse pelo menos um pouco mais de munição. Patrick entornou a bebida fria e untuosa num trago.

"Gostaria de outro, senhor?"

"Sim", disse Patrick bruscamente.

Um garçom mais velho, de smoking, veio anotar o pedido de Patrick.

"Tartare de salmão cru, seguido de bife tartare", disse Patrick, sentindo um prazer inocente em dizer "tartare" duas vezes e satisfeito por pedir duas formas adultas de comida de bebê, já cortadas e amassadas para ele.

Um terceiro garçom, com um cacho de uvas dourado na lapela e uma grande taça dourada de degustação de vinhos pendurada numa corrente em volta do pescoço, estava mais do que pronto para trazer uma garrafa de Corton-Charlemagne para Patrick e abrir uma garrafa de Ducru-Beaucaillou para mais tarde. Estava tudo sob controle.

Não, ele não devia pensar nisso nem, na verdade, em coisa nenhuma, especialmente em heroína, pois a heroína era a única coisa que de fato funcionava, a única coisa que o fazia parar de correr estabanado numa roda de hamster de perguntas irrespondíveis. A heroína era a cavalaria. A heroína era a perna que faltava na cadeira, feita com tanta precisão que todas as lascas quebradas se encaixavam. A heroína pousava ronronante na base de seu crânio e se enrolava sombriamente em torno de seu sistema nervoso, como um gato preto se aconchegando em sua almofada favorita. Era tão macia e brilhante quanto a garganta de um pombo ou a cera de lacre derramada num papel, ou como um punhado de pedras preciosas passado de uma mão a outra.

A maneira como as pessoas se sentiam em relação ao amor era como ele se sentia em relação à heroína, e ele tinha pelo amor o mesmo sentimento que as pessoas tinham pela heroína: de que era uma perda de tempo perigosa e incompreensível. O que ele poderia dizer a Debbie? "Embora você saiba que meu ódio por meu pai e meu amor pelas drogas sejam os relacionamentos mais importantes da minha vida, quero que você saiba que você vem em terceiro lugar." Que mulher não ficaria orgulhosa de estar "entre os primeiros" numa disputa dessas?

"Ah, pelo amor de Deus, cala a porra dessa boca", resmungou Patrick em voz alta, tomando o segundo dry martíni com tão pouca reserva quanto no primeiro. Se as coisas continuassem assim ele ia ter que ligar para Pierre, seu traficante verdadeiramente maravilhoso de Nova York. Não! Não ia fazer isso, ele tinha jurado não fazer isso. 555-1726. O número poderia muito bem estar tatuado em seu pulso. Ele não telefonava desde setembro, fazia oito meses, mas jamais iria esquecer a empolgação de intestino preso soltando que esses sete dígitos lhe causavam.

O Uvas Douradas estava de volta, removendo a pesada cápsula amarela do gargalo do Corton-Charlemagne e com a garrafa de clarete aninhada contra o peito, enquanto Patrick analisava a imagem de uma mansão branca sob um céu dourado e plano.

Talvez com essas consolações ele não tivesse de comprar droga depois do jantar, pensou com ceticismo, provando o Corton--Charlemagne.

O primeiro sabor provocou nele um sorriso largo de reconhecimento, como um homem avistando a mulher amada ao final de uma plataforma de trem lotada. Erguendo o copo de novo, tomou um grande gole do vinho amarelo-claro, reteve-o na boca por alguns segundos e depois o deixou deslizar garganta abaixo. Sim, funcionava, ainda funcionava. Algumas coisas nunca o decepcionavam.

Fechou os olhos e o sabor o dominou como uma alucinação. Vinho mais barato o teria enterrado em frutas, mas as uvas que ele imaginava agora eram de uma artificialidade misericordiosa, como brincos salientes de pérolas amarelas. Imaginou os brotos compridos e nervudos da vinha arrastando-o para dentro do pesado solo avermelhado. Traços de ferro, pedra, terra e chuva atravessaram seu paladar e o atormentaram como estrelas cadentes. Sensações há muito engarrafadas agora desfraldadas como uma tela roubada.

Algumas coisas jamais o decepcionavam. Teve vontade de chorar.

"Gostaria de provar o Do-cru Bo-ca-u?"

"Sim", disse Patrick.

O Uvas Douradas serviu o vinho tinto numa taça absurdamente grande. Só o cheiro já fazia Patrick ver coisas. Granito reluzindo. Teias de aranha. Adegas góticas.

"Está bom", disse, sem se dar ao trabalho de prová-lo. "Sirva um pouco agora, depois eu bebo."

Patrick afundou de volta na cadeira. Agora que a distração do vinho tinha acabado, a mesma pergunta voltava: depois do jantar, ele iria até seu traficante ou para o hotel? Talvez devesse fazer uma visita social a Pierre. Patrick gargalhou alto diante do absurdo desse pretexto, mas ao mesmo tempo sentiu um desejo enorme e sentimental de ver aquele francês demente de novo. Em muitos aspectos Pierre era a pessoa de quem Patrick se sentia mais próximo.

Pierre tinha passado oito anos num hospício sob o mal-entendido de que ele era um ovo. "Por oito malditos anos, cara", ele disse, falando muito rápido e com um forte sotaque francês, "eu achei que eu era um ovo. *Je croyais que j'étais un œuf* — não é nenhuma piada, porra." Durante esse tempo, seu corpo abandonado foi alimentado, movido, lavado e vestido por enfermeiras que não faziam a menor ideia de que estavam cuidando de um ovo. Pierre ficava livre para rodar o mundo em viagens sem restrições, num estado de iluminação que não requeria a mediação grosseira de palavras e sentidos. "Eu entendia tudo", ele disse, encarando Patrick com ar desafiador. "*J'avais une conscience totale.*"

Nessas viagens, de vez em quando Pierre fazia uma parada em seu quarto de hospital e pairava com pena e desprezo sobre o ovo ainda não chocado de seu corpo. Entretanto, depois de oito anos ele percebeu que seu corpo estava morrendo por negligência.

"Tive de fazer força para voltar ao meu maldito corpo; foi horrível. *J'avais un dégoût total.*"

Patrick ficou fascinado. Aquilo o lembrou do nojo de Lúcifer quando teve de se espremer para dentro dos anéis viscosos e apertados do corpo da serpente.

Um dia as enfermeiras vieram com suas esponjas e sua comida de bebê e encontraram Pierre fraco mas impaciente, sentado na beira da cama depois de quase uma década de inércia e silêncio.

"Tá, eu vou agora", disparou ele.

Testes mostraram que ele estava perfeitamente lúcido, talvez lúcido demais, então eles lhe deram alta do hospital, aliviados.

Só com um fluxo contínuo de heroína e cocaína ele conseguia manter uma versão grosseira de sua antiga e gloriosa insanidade. Ele pairava, mas não tão levemente quanto antes, no limite entre seu corpo e sua nostalgia fatal pela descorporificação. Em seu braço, uma ferida feito um cone vulcânico, um montículo escabroso de sangue seco e tecido cicatricial, projetava-se na pele macia da parte interna do cotovelo. Isso lhe permitia enfiar a ponta fina de suas seringas de insulina verticalmente na veia, nunca tendo de cavar para atingi-la, mas deixando aberto esse acesso à sua corrente sanguínea como uma pista de emergência, sempre pronta para que outro *speedball* aliviasse o horror de estar preso num corpo ictérico e inóspito que ele mal podia chamar de seu.

Pierre tinha uma rotina perfeitamente regular. Ficava acordado por dois dias e meio e então, depois de uma grande picada de heroína, dormia ou pelo menos descansava por dezoito horas. Nos períodos despertos, ele vendia drogas de maneira objetiva e eficiente, não permitindo que seus clientes permanecessem mais que dez minutos em seu apartamento preto e branco. Também se poupava do inconveniente de ter pessoas morrendo em seu banheiro ao proibir que elas se injetassem ali, proibição que logo revogou para Patrick. Ao longo do último verão, Patrick tinha tentado manter os mesmos padrões de sono de Pierre. Eles frequentemente viravam a noite acordados, sentados um de cada lado do espelho horizontal que Pierre usava como mesa, sem camisa para pouparem o trabalho de ter que ficar enrolando e desenrolando as mangas, injetando a cada quinze minutos, e, enquanto suavam em bicas um suor com cheiro químico, conversando sobre seus assuntos favoritos: como alcançar uma descorporificação perfeita; como testemunhar a própria morte; como ficar na fronteira, não definidos pelas identidades que suas histórias tentavam lhes impor; como todas as pessoas certinhas eram desonestas e superficiais; e, é claro, como eles poderiam deixar as drogas se realmente quisessem, condição que até o momento não tinha afligido nenhum dos dois por muito tempo. Puta que pariu, pensou Patrick, entornando sua terceira taça de vinho branco e imediatamente voltando a enchê-la com as últimas gotas da garrafa. Ele *precisava* parar de pensar naquilo.

Com um pai como o dele (buá, buá), Figuras de Autoridade e Modelos de Comportamento sempre foram um problema, mas em Pierre ele tinha pelo menos encontrado alguém cujo exemplo podia seguir com um entusiasmo sem reservas e cujo conselho suportava aceitar. Pelo menos até Pierre ter tentado limitá-lo a dois gramas de coca por dia em vez dos sete que Patrick considerava indispensáveis.

"Você é completamente maluco, cara", Pierre havia gritado, "você quer ter um barato toda vez. Assim você se mata."

Esse argumento tinha estragado o final do verão, mas de qualquer forma já estava na hora de ele se livrar das erupções inflamadas que cobriam seu corpo e das dolorosas úlceras brancas que tinham subitamente brotado por toda a sua boca, garganta e estômago, então ele voltou para a Inglaterra dias depois para se internar em sua clínica favorita.

"*Oh, les beaux jours*", ele suspirou, devorando seu salmão cru com umas poucas garfadas sem fazer pausa para respirar. Bebeu o resto do vinho branco, indiferente, agora, ao gosto.

Quem mais estava neste restaurante medonho? Incrível ele não ter reparado antes; ou não tão incrível assim, na verdade. Não iriam chamá-lo para resolver o Problema das Outras Mentes, embora é claro que as pessoas, como Victor, que achavam que isso era um problema antes de mais nada eram famosas por ficarem totalmente absorvidas no funcionamento de suas próprias mentes. Estranha coincidência.

Passou os olhos em redor com uma frieza reptiliana. Odiava todos eles, cada um deles, sobretudo aquele homem incrivelmente gordo sentado com a loira. Ele devia tê-la pagado para que ela disfarçasse o nojo de estar na companhia dele.

"Meu Deus, você é repugnante", murmurou Patrick. "Já pensou em fazer uma dieta alguma vez? Sim, isso mesmo, uma dieta. Ou será que nunca passou pela sua cabeça que você é espantosamente gordo?" Patrick se sentia agressivo de um modo vingativo e grosseiro. O álcool é uma forma tão bruta de ficar alto, pensou, lembrando a sábia frase de seu primeiro traficante de haxixe dos tempos de escola, um velho hippie chapado e tedioso chamado Barry.

"Se eu tivesse a sua aparência", disse ele entredentes para o homem gordo, "eu me matava. Não que alguém precise de incentivo." Não havia dúvida, ele tinha preconceito contra gordos, velhos, gays e drogados, e era sexista e racista e, naturalmente, um esnobe, mas com um caráter tão virulento que ninguém nunca satisfazia suas exigências. Duvidava que alguém conseguisse pensar em alguma minoria ou maioria que ele não odiasse por algum motivo.

"Está tudo bem, senhor?", perguntou um dos garçons, confundindo os murmúrios de Patrick com a tentativa de fazer um pedido.

"Sim, sim", disse Patrick. Bem, nem tudo, pensou, na verdade não dá pra esperar que alguém concorde com isso. De fato a ideia de estar tudo bem lhe deixou perigosamente indignado. A afirmação era um bem muito raro para se desperdiçar numa frase tão ridícula. Pensou em chamar o garçom para corrigir qualquer falsa impressão de felicidade que ele podia ter passado. Mas aí estava outro garçom — eles nunca iam deixá-lo em paz? Será que ele suportaria se o deixassem? — trazendo seu bife tartare. Ele o queria picante, bem picante.

Uns dois minutos depois, com a boca queimando de Tabasco e pimenta-de-caiena, Patrick já havia devorado o montinho de carne crua e as *pommes allumettes* de seu prato.

"Isso mesmo, querido", disse ele com sua voz de Babá, "ponha alguma coisa sólida dentro de você."

"Sim, Babá", respondeu ele obedientemente. "Como uma bala ou uma agulha, hein, Babá?"

"Uma bala, pois sim", disse ele, bufando, "uma agulha! E o que mais? Você sempre foi um garoto estranho. Nada de bom virá daí, guarde minhas palavras, meu jovem."

Ah, meu Deus, estava começando. As vozes intermináveis. Os diálogos solitários. O terrível falatório que se precipitava de modo incontrolável. Entornou uma taça inteira de vinho tinto com uma avidez digna de Lawrence da Arábia, na interpretação de Peter O'Toole, dando cabo de seu copo de limonada depois de uma seca travessia pelo deserto. "Conquistamos Aqaba", disse, olhando fixa e loucamente o vazio e movimentando as sobrancelhas com habilidade.

"O que acha de uma sobremesa, senhor?"

Finalmente uma pessoa real com uma pergunta real, embora um tanto bizarra. Como assim o que "ele achava" de uma sobremesa? Ele tinha que visitá-la aos domingos para conhecê-la melhor? Trocar cartões de Natal? Precisava socializar com ela?

"Pode ser", disse Patrick, com um sorriso desvairado. "Quero uma *crème brûlée.*"

Patrick ficou olhando sua taça. O vinho tinto definitivamente estava começando a se desdobrar. Pena ele já ter bebido tudo. Sim, já tinha começado a se desdobrar, como um punho se abrindo aos poucos. E na sua palma... Na sua palma o quê? Um rubi? Uma uva? Uma pedra? Talvez os símiles apenas ficassem passando a mesma ideia pra lá e pra cá, ligeiramente disfarçada, para dar a impressão de uma troca proveitosa. Sir Sampson Legend foi o único pretendente sincero que chegou a louvar as virtudes de uma mulher: "Dê-me sua mão. Oh, deixe-me beijá-la; ela é tão quente e macia quanto... o quê? Oh, quanto a outra mão". Aí estava um símile preciso. As trágicas limitações da comparação. O chumbo no coração da cotovia. A decepcionante curvatura do espaço. A maldição do tempo.

Meu Deus, ele estava realmente muito bêbado. Mas não o bastante. Ele despejava a bebida lá dentro, só que ela não alcançava as confusões na raiz, o acidente à beira da estrada, ainda preso no metal retorcido depois de todos esses anos. Suspirou alto, terminando com uma espécie de grunhido e baixando a cabeça, desesperançado.

A *crème brûlée* apareceu e ele a devorou com a mesma impaciência desesperada que demonstrava diante de qualquer comida, mas agora acrescida de cansaço e opressão. Sua maneira violenta de comer sempre o deixava num estado de tristeza calada ao final da refeição. Depois de vários minutos em que apenas ficou encarando a base de sua taça, ele conseguiu reunir entusiasmo suficiente para pedir um pouco de Marc de Bourgogne e a conta.

Patrick fechou os olhos e deixou a fumaça do cigarro escapar da boca, entrar nas narinas e sair novamente pela boca. Não havia reciclagem melhor. Claro que ele ainda podia ir à festa para a qual Anne o convidara, mas sabia que não iria. Por que ele sempre recusava? Recusava-se a participar. Recusava-se a concordar. Recusava-se a perdoar. Quando já fosse tarde demais iria lamentar não ter ido à festa. Deu uma olhada no relógio. Apenas nove e meia da noite. Ainda não tinha chegado a hora, mas, no momento em que chegasse, a recusa se transformaria em arrependimento. Podia até se imaginar amando uma mulher se a tivesse perdido antes.

Com a leitura era a mesma coisa. Assim que ficava sem nenhum livro à mão, seu desejo de ler se tornava insaciável, mas se tinha a precaução de carregar um livro consigo, como havia feito esta noite, colocando *O mito de Sísifo* mais uma vez no bolso do sobretudo, então tinha a certeza de que não seria incomodado pelo desejo de literatura.

Antes de *O mito de Sísifo* ele tinha carregado por toda parte *O inominável* e *No bosque da noite* por pelo menos um ano e, dois anos antes deste, o livro definitivo dos sobretudos, *O coração das trevas*. Às vezes, impelido pelo horror diante de sua ignorância e por uma determinação de vencer um livro difícil, ou mesmo um texto seminal, ele pegava uma edição de algo como *Sete tipos de ambiguidade* ou *O declínio e a queda do Império Romano* de suas estantes apenas para descobrir que as páginas iniciais já estavam cobertas por anotações aranhosas e obscuras feitas com a própria letra. Esses vestígios de uma civilização anterior o teriam reconfortado se ele tivesse qualquer lembrança que fosse de todas as coisas que havia obviamente lido outrora, mas em vez disso esse esquecimento o deixava em pânico. De que adiantava uma experiência se ela lhe escapava tão completamente? Seu pensamento parecia se transformar em água em suas mãos em concha e escapar de forma irremediável por seus dedos nervosos.

Patrick se levantou com dificuldade e caminhou pelo grosso carpete vermelho do restaurante, a cabeça precariamente jogada para trás e os olhos tão próximos de estar fechados que as mesas eram borrões escuros pela malha de seus cílios.

Havia tomado uma decisão importante. Iria telefonar para Pierre e deixar que o destino decidisse se ele deveria ou não comprar droga. Se Pierre estivesse dormindo, ele não compraria heroína, mas se estivesse acordado, valeria a pena dar uma passada lá e pegar só o suficiente para uma boa noite de sono. E um pouco para a manhã seguinte, para ele não sentir enjoo.

O barman pôs um telefone no balcão de mogno e, ao lado, um segundo Marc. 5… 5… 5… 1… 7… 2… 6. O batimento cardíaco de Patrick se acelerou; ele se sentiu subitamente alerta.

"Não posso atender no momento, mas se você deixar…"

Patrick bateu o telefone com força. Era a porra da secretária eletrônica. O que é que ele estava fazendo dormindo às dez da noite? Era absolutamente intolerável. Pegou o telefone e discou o número de novo. Será que ele deveria deixar um recado? Algo sutilmente codificado como "Acorda, seu bosta, quero comprar droga".

Não, não havia o que fazer. O destino tinha falado e ele devia aceitar sua sentença.

Lá fora estava surpreendentemente quente. Mesmo assim, Patrick ergueu a gola do sobretudo, esquadrinhando a rua à procura de um táxi.

Logo avistou um vazio e se precipitou na rua para chamá-lo.

"Para o Pierre Hotel", disse enquanto entrava.

5.

Que instrumento ele poderia usar para se libertar? Desprezo? Agressividade? Ódio? Todos estavam contaminados pela influência de seu pai, justamente aquilo de que ele precisava se
libertar. E a tristeza que sentia, se parasse para pensar um pouco,
também não tinha sido aprendida com a miséria paralisante na
qual seu pai havia caído?

Após o divórcio entre ele e Eleanor, David havia permanecido no sul da França, a apenas vinte e quatro quilômetros de
sua antiga casa em Lacoste. Em sua nova casa, que não possuía
nenhuma janela voltada para fora, apenas janelas que davam
para um pátio central tomado por ervas daninhas, ele ficava deitado na cama por dias a fio resfolegando e olhando fixo para o
teto, sem energia nem para atravessar o quarto e pegar a cópia de
O retorno de Jorrocks, que outrora tinha sido capaz de animá-lo
nas circunstâncias menos promissoras.

Quando Patrick, com oito ou nove anos, dividido entre um
sentimento de terror e uma lealdade incompreensível, visitava o

pai, os enormes silêncios eram quebrados apenas para que David expressasse o desejo de morrer e desse suas últimas instruções.

"Talvez eu não viva por muito mais tempo", ele dizia, arfando, "e talvez não voltaremos a nos ver."

"Não, papai, não diga isso", Patrick implorava.

E em seguida vinham as velhas exortações: observe tudo... não confie em ninguém... despreze sua mãe... o esforço é vulgar... as coisas eram melhores no século XVIII.

Impressionado pela perspectiva, ano após ano, de que essas poderiam ser as últimas palavras de seu pai no mundo, a essência de toda a sua sabedoria e experiência, Patrick prestava uma atenção indevida a essa cansativa série de opiniões, apesar da evidência esmagadora de que elas não tinham levado seu pai muito longe na busca pela felicidade. Mas aí também essa busca era igualmente vulgar. Todo o sistema funcionava à perfeição, como tantos outros, depois do primeiro salto de fé.

Se acontecia de seu pai conseguir sair da cama, as coisas pioravam. Eles desciam a pé até a vila para fazer compras, seu pai vestido com um velho pijama verde, um casaco azul curto com âncoras nos botões, óculos escuros agora presos numa grossa corrente em volta do pescoço e, nos pés, a pesada bota de amarrar, a preferida dos camponeses da região que dirigiam tratores. David também tinha deixado crescer uma barba branco-neve e sempre levava uma sacola de compras de náilon alaranjada com uma alça dourada descascando. As pessoas achavam que Patrick era seu neto, e ele se lembrava da vergonha e do horror, e também do orgulho defensivo, com que acompanhava seu pai cada vez mais excêntrico e deprimido nas idas à vila.

"Quero morrer... quero morrer... quero morrer", murmurou Patrick rapidamente. Era inaceitável. Ele não podia ser a pessoa que havia sido aquela pessoa. O *speed* estava voltando e trazendo consigo a ameaça da lucidez e de fortes emoções.

Eles se aproximavam do hotel e Patrick precisava tomar uma decisão rápida. Inclinou-se para a frente e disse ao motorista do táxi: "Mudei de ideia, leve-me à rua 8, entre a C e a D."

O taxista chinês olhou, em dúvida, para o espelho retrovisor. Entre a avenida D e o Pierre Hotel havia um abismo de distância. Que tipo de homem se desviaria de repente de um ponto a outro? Só um viciado ou um turista ignorante.

"Avenida D lugar ruim", disse ele, testando a segunda teoria.

"Estou contando com isso", disse Patrick. "Apenas me leve lá."

O taxista continuou pela Quinta Avenida, passando direto pela transversal que dava para o hotel. Patrick afundou de volta no banco, empolgado, enjoado e cheio de culpa, mas mascarando o sentimento, como sempre, com uma demonstração de lânguida indiferença.

E daí que ele havia mudado de ideia? A flexibilidade era uma qualidade admirável. E ninguém era mais flexível do que quando se tratava de deixar as drogas, ninguém era mais aberto à possibilidade de usá-las no final das contas. Ele ainda não tinha feito nada. Ainda poderia reverter sua decisão, ou melhor, reverter sua revisão. Ele ainda podia voltar.

Enquanto despencava do Upper para o Lower East Side, da elegante Le Veau Gras para o Mercadão de Produtos Encalhados na rua 8, não pôde deixar de admirar a maneira como ele oscilava livremente, ou talvez a palavra fosse "inevitavelmente", entre o luxo e a miséria.

O táxi se aproximava da Tompkins Square, o início da zona da diversão. Foi ali que Chilly Willy, seu contato na rua para aquelas incômodas ocasiões em que Pierre estava dormindo, prolongou sua vida numa perpétua tentativa de abstinência. Chilly só conseguia heroína suficiente para continuar atrás de mais; arranjava papelotes apenas o bastante para se contorcer em vez de ter convulsões, para guinchar em vez de gritar. Ele mancava com passinhos bruscos e um braço sem vida pendendo do lado como um fio velho pendurado num teto assolado por correntes de ar. Com a mão boa, Chilly segurava a calça imunda e larga que estava sempre correndo o risco de escapar de sua cintura mirrada. Apesar de negro, ele parecia pálido e seu rosto era cheio de manchas marrons. Os dentes, os quatro ou cinco que ainda se agarravam heroicamente à gengiva, estavam amarelo-escuros ou pretos, lascados ou quebrados. Ele era uma inspiração para a sua comunidade e para seus clientes, já que ninguém conseguia se imaginar com um aspecto tão doente quanto o dele, por pior que levasse a vida.

O táxi cruzou a avenida C e continuou pela rua 8. Lá estava ele entre as imundas ancas da cidade, pensou Patrick, alegre.

"Onde você quer?", perguntou o chinesinho.

"Quero heroína", disse Patrick.

"Heloína", repetiu o taxista, inquieto.

"Isso mesmo", disse Patrick. "Pare aqui, aqui está bom."

Porto-riquenhos chapados circulavam na esquina para lá e para cá com os punhos cerrados, enquanto negros com grandes chapéus estavam recostados contra soleiras de portas. Patrick baixou o vidro do táxi, e novos amigos se amontoaram vindo de todos os lados.

"Que cê quer, cara? Que cê tá procurando?"

"Branca... castanha... bala. O que você quer?"

"Farinha", disse Patrick.

"Putz, cara, você é da polícia. Você é policial."

"Não, não sou. Sou inglês", protestou Patrick.

"Sai do táxi, cara, não vamo te vendê nada no táxi."

"Espera aqui", disse Patrick ao motorista. Ele saiu do táxi. Um dos traficantes pegou-o pelo braço e começou a levá-lo para além da esquina.

"Não vou mais longe que isso", disse Patrick quando eles já estavam prestes a perder o táxi de vista.

"Quanto você quer?"

"Me dá quatro de dez da branca", disse Patrick, cuidadosamente separando duas notas de vinte. Ele mantinha as notas de vinte no bolso esquerdo da calça, as de dez no bolso direito, as de cinco e as de um nos bolsos do sobretudo. As de cem permaneciam no envelope no bolso interno do casaco. Dessa forma ele nunca deixava ninguém tentado com grandes mostras de dinheiro.

"Te faço seis por cinquenta, cara. Você leva um papelote a mais."

"Não, quatro está bom."

Patrick enfiou os quatro pacotinhos de papel vegetal no bolso, virou-se e voltou para o táxi.

"Vamos hotel agola", disse o chinesinho, ansioso.

"Não, só dê uma volta no quarteirão um momento. Me leve para a rua 6 com a B."

"Por que dar volta na quadra?" O taxista amaldiçoou baixinho em chinês, mas foi na direção correta.

Patrick precisava testar a heroína que acabara de comprar antes de deixar completamente a região. Abriu um dos papelotes e derramou o pó na cavidade formada no dorso da mão pelo tendão do polegar erguido. Levou a minúscula quantidade de pó branco até o nariz e inalou.

Ah, meu Deus! Era horrível. Patrick apertou o nariz, que ardia. Caralho, porra, bosta, merda, cacete.

Era um coquetel hediondo de Vim e barbitúricos. O produto de limpeza dava aquele genuíno toque amargo à mistura, e os barbitúricos provocavam um leve baque sedante. Havia algumas vantagens, claro. Dava para usar dez daqueles papelotes por dia e nunca se tornar um viciado. Dava para ser preso com eles e não ser acusado de portar heroína. Graças a Deus que ele não tinha injetado aquilo, a queimação provocada pelo Vim teria acabado com suas veias. O que ele estava fazendo comprando droga na rua? Só podia estar maluco. Devia ter tentado achar Chilly Willy e mandá-lo até a casa de Loretta. Pelo menos naqueles pacotinhos de papel vegetal dela havia alguns traços de heroína.

Ainda assim, não iria jogar fora aquele lixo antes de saber se conseguiria algo melhor. O táxi tinha chegado à rua 6 com a C.

"Pare aqui", disse Patrick.

"Eu não esperar aqui!", gritou o taxista num súbito acesso de irritação.

"Ah, está bem, foda-se então", disse Patrick, atirando uma nota de dez dólares no banco do passageiro e saindo do táxi. Ele bateu a porta com força e foi pisando duro na direção da rua 7. O táxi se afastou do meio-fio cantando pneus. Assim que ele se foi, Patrick ficou ciente de um silêncio no qual seus passos pareciam ecoar alto na calçada. Estava sozinho. Mas não por muito tempo. Na esquina seguinte, um grupo de cerca de doze traficantes estava parado em frente ao Mercadão de Produtos Encalhados.

Patrick diminuiu o passo, e um dos homens, avistando-o primeiro, separou-se do grupo e veio atravessando devagar a rua com um passo alegre e musculoso. Um negro excepcionalmente alto com uma jaqueta brilhante vermelha.

"Como vai?", ele perguntou a Patrick. Ele tinha um rosto todo liso, maçãs salientes e olhos grandes que pareciam saturados de indolência.

"Bem", respondeu Patrick. "E você?"

"Estou bem. O que você está procurando?"

"Você poderia me levar até a Loretta?"

"Loretta", repetiu o negro preguiçosamente.

"Exato." Patrick estava decepcionado com a lentidão dele e, sentindo o peso do livro no bolso do sobretudo, imaginou-se sacando-o como uma pistola e acertando o traficante com sua ambiciosa primeira frase: "Só existe um problema filosófico realmente sério: é o suicídio".

"Cê tá atrás de quanto?", perguntou o traficante, levando a mão com toda a calma até as costas.

"O que der com cinquenta dólares", disse Patrick.

Houve uma súbita comoção do outro lado da rua e ele viu uma figura algo familiar mancando agitado na direção deles.

"Não fure ele, não fure ele", gritou o novo indivíduo.

Patrick logo o reconheceu: era Chilly, agarrando a calça. Ele chegou tropeçando e sem ar. "Não fure ele", repetiu, "ele é dos meus."

O negro alto sorriu como se aquele fosse um incidente verdadeiramente hilário. "Eu ia te furar", disse, mostrando, orgulhoso, uma pequena faca a Patrick. "Num sabia que cê conhecia o Chilly!"

"Que mundo pequeno", disse Patrick com um ar cansado. Sentia-se totalmente alheio à ameaça que aquele homem alegava representar e estava impaciente para tratar de negócios.

"É mesmo", disse o homem alto, ainda mais animado. Ele ofereceu a mão a Patrick, depois de remover a faca. "Meu nome é Mark", disse. "Se alguma vez precisar de alguma coisa, pergunte pelo Mark."

Patrick apertou a mão dele e sorriu debilmente para o homem. "Olá, Chilly", disse.

"Por onde você andou?", perguntou Chilly em tom de repreensão.

"Ah, lá na Inglaterra. Vamos até a casa da Loretta."

Mark acenou para eles e atravessou a rua de volta com seu passo relaxado. Patrick e Chilly rumaram para Downtown.

"Um homem extraordinário", disse Patrick, arrastando as palavras. "Ele sempre esfaqueia as pessoas quando acaba de conhecê-las?"

"Ele é um homem mau", disse Chilly. "Você não vai querer nada com ele. Por que não perguntou por mim?"

"Eu perguntei", mentiu Patrick, "mas é claro que ele disse que você não estava por perto. Acho que ele queria carta branca pra me esfaquear."

"É, ele é um homem mau", repetiu Chilly.

Os dois dobraram a esquina da rua 6, e Chilly quase de imediato levou Patrick por um curto lance de escadas, entrando no porão de um sobrado caindo aos pedaços. Patrick no fundo ficou feliz por Chilly tê-lo levado à casa de Loretta em vez de fazê-lo esperar em alguma esquina.

Havia apenas uma porta no porão, reforçada com aço e equipada com uma portinhola de latão e um pequeno olho mágico. Chilly tocou a campainha e logo depois uma voz respondeu, desconfiada: "Quem é?".

"É o Chilly."

"Quanto você quer?"

Patrick estendeu cinquenta dólares para Chilly. Chilly contou o dinheiro, abriu a portinhola de latão e o enfiou lá dentro. A portinhola se fechou depressa e permaneceu fechada pelo que pareceu um longo tempo.

"Tem um papelote pra mim?", perguntou Chilly, transferindo o peso do corpo de uma perna para a outra.

"Claro", respondeu Patrick, magnânimo, tirando uma nota de dez dólares do bolso da calça.

"Valeu, cara."

A portinhola reabriu e Patrick agarrou os cinco papelotes. Chilly comprou um para si, e os dois deixaram o sobrado com um sentimento de realização, contrabalançado pelo desejo.

"Você tem alguma seringa limpa?", perguntou Patrick.

"Minha patroa tem. Quer ir comigo para casa?"

"Valeu", disse Patrick, lisonjeado por essas múltiplas demonstrações de confiança e intimidade.

A casa de Chilly era um quarto no segundo andar de um prédio arruinado pelo fogo. As paredes estavam escuras de fumaça e a escada pouco confiável repleta de caixas de fósforos vazias, garrafas de bebida, sacos de papel marrom, montinhos de poeira nos cantos e bolas de cabelo velho. O quarto em si tinha apenas uma peça de mobília, uma poltrona cor de mostarda coberta de manchas de queimado, com uma mola saltada no meio do assento, feito uma língua obscena.

A sra. Chilly Willy — se é que esse era o título certo para ela, Patrick pensou — estava sentada no braço dessa poltrona quando os dois homens entraram. Era uma mulher grande, com uma constituição mais masculina do que a de seu esquelético marido.

"Oi, Chilly", disse ela sonolenta, claramente menos abstinente que ele.

"Oi", disse ele, "meu camarada aí."

"Oi, querido."

"Olá", respondeu Patrick com um sorriso largo e charmoso. "Chilly disse que talvez você tivesse uma seringa extra."

"Talvez", disse ela em tom brincalhão.

"É nova?"

"Bom, num é exatamente nova, mas eu fervi e tal."

Patrick ergueu uma sobrancelha, cético. "Ela está *muito* gasta?", perguntou.

Ela pescou um embrulho de papel higiênico em seu sutiã volumoso e desembrulhou o precioso pacote com todo o cuidado. No centro havia uma seringa ameaçadoramente grande, que um tratador de zoológico teria hesitado em usar num elefante doente.

"Isso não é uma agulha; é uma bomba de bicicleta", protestou Patrick, estendendo a mão.

Destinada a uso intramuscular, a ponta da seringa era preocupantemente grossa, e quando Patrick retirou a tampa de plástico verde que a protegia notou um resto de sangue seco ali dentro. "Eh, tá bem", disse.

"Quanto quer por ela?"

"Me dá dois pacotinhos", exigiu a sra. Chilly, franzindo o nariz de alegria.

Era um preço absurdo, mas Patrick nunca discutia preços. Atirou dois papelotes no colo dela. Se o negócio fosse minimamente bom, ele poderia comprar mais quando quisesse. Naquele exato momento, precisava era de uma picada. Pediu que Chilly emprestasse a ele uma colher e um filtro de cigarro. Como a luz do quarto estava queimada, Chilly ofereceu o banheiro, que não tinha banheira, e sim uma marca preta no chão no lugar onde talvez houvesse uma tempos atrás. Uma lâmpada nua projetava uma luz fraca e amarela na pia insanamente rachada e no vaso antigo e sem assento.

Patrick pingou um pouco de água na colher e deixou-a na parte superior da pia. Enquanto abria os três papelotes restantes, ficou se perguntando que tipo de heroína seria aquela. Ninguém podia dizer que Chilly parecia bem vivendo à base da heroína de Loretta, mas pelo menos não estava morto. Se o sr. e a sra. Chilly planejavam injetá-la, não havia motivo para ele não fazer a mesma coisa. Podia ouvi-los sussurrando no quarto ao lado. Chilly dizia alguma coisa sobre "machucar", e obviamente tentava pegar o segundo papelote da mulher. Patrick esvaziou os três pacotinhos na colher e aqueceu a solução, a chama de seu isqueiro lambendo o fundo já escurecido da colher. Assim que o líquido começou a borbulhar, ele apagou a chama e pousou a colher de novo na pia. Rasgou uma tira fina do filtro do cigarro, colocou-a na colher, destampou a seringa e aspirou o líquido pelo filtro. O tambor era tão grosso que a solução não encheu nem um centímetro.

Deixando cair no chão o sobretudo e o paletó, Patrick arregaçou a manga e tentou encontrar suas veias sob a luz fraca, que dava um brilho hepático aos objetos que ainda não estavam pretos. Por sorte, suas marcas de agulha formavam linhas marrons e roxas, como se suas veias fossem trilhas de pólvora queimada ao longo de seu braço.

Patrick arregaçou a manga da camisa, deixando-a apertada em volta do bíceps, e ergueu e abaixou o antebraço várias vezes, fechando e abrindo o punho ao mesmo tempo. Ele tinha veias boas e, apesar de uma certa timidez que resultava do selvagem tratamento dado a elas, estava numa posição melhor que a de muita gente cuja busca diária por uma veia às vezes chegava a uma hora de escavação exploratória.

Pegou a seringa e apoiou a ponta na região com mais marcas de agulha, quase ao lado da cicatriz. Com uma agulha tão comprida, havia sempre o risco de ela atravessar a veia e pegar o músculo do outro lado, uma experiência dolorosa, portanto se preparou para injetar de um ângulo relativamente baixo. Neste momento crucial, a seringa escapou de sua mão e foi parar numa mancha úmida do chão, ao lado do vaso sanitário. Mal podia acreditar no que havia acontecido. Sentia-se tonto de tão horrorizado e decepcionado. Havia uma conspiração para que ele não se divertisse hoje. Inclinou-se, desesperado com aquela ânsia, e pegou a seringa do chão. A ponta não tinha entortado. Graças a Deus. Estava tudo bem. Limpou rapidamente a seringa na calça.

A essa altura seu coração já estava batendo rápido e ele sentia aquela excitação visceral, a combinação de medo e desejo que sempre precedia uma picada. Enfiou a dolorosa ponta rombuda da agulha sob a pele e achou ter visto, milagre dos milagres, um glóbulo de sangue jorrar para dentro do cilindro. Sem querer perder tempo com um instrumento tão precário, pôs o polegar no êmbolo e apertou até o fim.

Sentiu um inchaço violento e alarmante no braço e imediatamente se deu conta de que a agulha tinha escapado da veia e que ele havia injetado a solução sob a pele.

"Merda", gritou.

Chilly veio se arrastando. "O que tá acontecendo, cara?"

"Errei a veia", disse Patrick com os dentes cerrados, apertando a mão do braço ferido contra o ombro.

"Putz, cara", disse Chilly, solidário.

"Posso sugerir que você invista numa lâmpada mais forte?", disse Patrick pomposamente, segurando o braço como se ele estivesse quebrado.

"Cê devia ter usado a lanterna", disse Chilly, se coçando.

"Ah, obrigado por me avisar", disparou Patrick.

"Quer voltar lá e comprar mais um pouco?", ofereceu Chilly.

"Não", disse Patrick secamente, vestindo de novo o casaco. "Estou indo."

Quando chegou à rua, Patrick já estava se perguntando por que não havia aceitado a sugestão de Chilly. "Calma, calma", resmungou com sarcasmo. Estava cansado, mas frustrado demais para ir dormir. Eram onze e meia da noite; talvez Pierre já tivesse acordado. Melhor voltar para o hotel.

Patrick chamou um táxi.

"Você mora por aqui?", perguntou o motorista.

"Não, eu só estava tentando comprar droga", disse Patrick com um suspiro, atirando os papelotes de Vim e barbitúricos pela janela.

"Você quer comprar droga?"

"Exato", suspirou Patrick.

"Poorra, conheço um lugar melhor que esse."

"Sério?", disse Patrick, todo ouvidos.

"Ahã, em South Bronx."

"Bem, vamos lá."

"Tá bem", disse o taxista, rindo.

Enfim um taxista prestativo. Uma experiência como essa poderia deixá-lo de bom humor. Talvez devesse escrever uma carta à Companhia Táxi Amarelo. "Prezados", murmurou Patrick, "gostaria de elogiar grandemente a iniciativa e a gentileza do esplêndido jovem taxista de vocês, Jefferson E. Parker. Depois de uma expedição improdutiva e, sendo bem sincero, exasperante por Alphabet City, esse cavaleiro errante, esse, se me permitem dizer, Jefferson Nightingale, me resgatou de uma situação desagradável e bastante cansativa e me levou até South Bronx para eu comprar drogas. Como seria bom se outros taxistas de vocês demonstrassem o mesmo desejo fora de moda de servir. Atenciosamente, et cetera, coronel Melrose."

Patrick sorriu. Estava tudo sob controle. Sentia-se exultante, quase ridículo. O Bronx era motivo de uma leve preocupação para alguém que já tivesse assistido *Os guerreiros do Bronx* — filme de uma sordidez sem fim, que não devia ser confundida com a violência belamente coreografada da película mais simples e mais genericamente intitulada *Os guerreiros pilantras* —, porém ele se sentia invulnerável. As pessoas lhe apontavam facas, mas elas não conseguiam atingi-lo; se conseguissem, ele não estaria lá.

Enquanto o táxi passava a toda por uma ponte que Patrick nunca havia atravessado, Jefferson virou ligeiramente a cabeça e disse: "Estamos quase chegando no Bronx".

"Eu espero no carro, pode ser?", disse Patrick.

"Você devia é deitar no chão", disse Jefferson, rindo. "Eles não gostam de branco aqui."

"No chão?"

"É, fora de vista. Se eles botarem o olho em você, vão quebrar os vidros. Po-orra, eu não quero que quebrem meus vidros."

Jefferson parou o táxi a poucas quadras da ponte e Patrick se sentou no tapetinho de borracha do carro, de costas para a porta.

"Quanto você quer?", perguntou Jefferson, inclinando-se sobre o banco do motorista.

"Ah, cinco papelotes. E compre uns dois pra você", disse Patrick, estendendo-lhe setenta dólares.

"Valeu", disse Jefferson. "Vou trancar as portas. Fique fora de vista, certo?"

"Certo", disse Patrick, abaixando-se mais e esticando-se no chão. Todas as portas travaram. Patrick remexeu-se durante algum tempo até adotar uma posição fetal, com a cabeça sobre a saliência central do chão. Passados alguns momentos, o osso do quadril começou a perseguir seu fígado e Patrick se sentiu preso nas dobras do sobretudo. Virou-se de bruços, apoiou a cabeça nas mãos e ficou olhando para os sulcos do tapete de borracha. Havia um cheiro bem forte de óleo naquela superfície. "Te dá uma perspectiva toda nova da vida", disse Patrick com a voz de uma dona de casa na televisão.

Era insuportável. Tudo era insuportável. Ele vivia se metendo nestas *situações*, sempre indo acabar com os fracassados, com a escória, com os Chilly Willy da vida. Até na escola fora mandado, todas as terças e quintas à tarde, quando os outros garotos se reuniam com seus times e jogavam suas partidas, para campos distantes com tudo que era tipo de desajustado esportivo: músicos pálidos e sensíveis, garotos gregos irremediavelmente gordos e fumantes revoltados, que viam o exercício físico como algo irremediavelmente chato. Como punição pela natureza não esportiva deles, esses garotos eram obrigados a enfrentar uma maratona de exercícios militares. O sr. Pitch, o pederasta exaltado

216

no comando desse esquadrão imperfeito, tremia de excitação e malícia enquanto cada garoto estatelava-se todo míope, arrastava-se debilmente ou tentava burlar o sistema dando a volta nas barreiras da corrida com obstáculos. Enquanto os gregos escorregavam na lama, os estudiosos de música perdiam seus óculos e os objetores de consciência faziam seus comentários cínicos, o sr. Pitch ficava correndo em volta falando aos gritos sobre a vida "privilegiada" deles e, se surgisse a oportunidade, chutava a bunda de todos.

Mas que porra estava acontecendo? Será que Jefferson tinha ido buscar uns amigos para eles darem uma surra nele juntos ou Patrick estava simplesmente sendo abandonado enquanto Jefferson ia se drogar?

Sim, pensou Patrick, mudando de posição, inquieto, ele só tinha se dado com fracassados. Morando em Paris com dezenove anos, acabou se metendo com Jim, um traficante de heroína em fuga, e com Simon, um negro americano ladrão de banco e recém-saído da prisão. Lembrava de Jim dizendo, enquanto procurava uma veia em meio aos pelos grossos e alaranjados de seu antebraço: "A Austrália é tão linda na primavera, cara. Cordeirinhos saltitando pra lá e pra cá. Dá pra ver que eles são felizes simplesmente por estar vivos". Em seguida ele empurrou o êmbolo com uma expressão sonhadora no rosto.

Simon havia tentado roubar um banco enquanto passava por uma crise de abstinência, mas foi obrigado a se entregar à polícia depois de terem disparado várias vezes contra ele. "Eu que não queria virar um queijo suíço", explicou.

Patrick ouviu o som piedoso das travas se abrindo.

"Consegui", disse Jefferson com a voz rouca. "Maravilha", disse Patrick, sentando-se.

Jefferson estava alegre e relaxado enquanto dirigia para o hotel. Depois de ter cheirado três papelotes, Patrick entendeu por quê. Ali finalmente estava um pó que continha um pouco de heroína.

Jefferson e Patrick se despediram com a simpatia genuína de pessoas que tinham se explorado mutuamente com sucesso. De volta ao hotel, deitado na cama com os braços estendidos, Patrick se deu conta de que se usasse os outros dois papelotes e ligasse a televisão provavelmente conseguiria pegar no sono. Quando usava heroína, ele conseguia se imaginar sem ela; quando estava sem, só conseguia pensar em arranjar mais. Mas só para ver se toda a trabalheira da noite tinha sido completamente desnecessária, decidiu ligar para o número de Pierre.

Enquanto o telefone tocava, ele se perguntou mais uma vez o que o impedia de se suicidar. Será que era uma coisa tão desprezível quanto o sentimentalismo ou a esperança ou o narcisismo? Não. Na verdade era o desejo de saber o que aconteceria em seguida, apesar da convicção de que certamente seria algo horrível: o suspense narrativo daquilo tudo.

"Aló?"

"Pierre!"

"Quem istá falando?"

"Patrick."

"O que você quer?"

"Posso passar aí?"

"Tá. Quanto tempo?"

"Vinte minutos."

"O.k."

Patrick ergueu o punho em triunfo e saiu correndo do quarto.

6.

"Pierre!"

"*Ça va?*", disse Pierre, erguendo-se de sua cadeira de escritório, de couro. A pele amarelada e ressecada de seu rosto estava mais esticada que nunca sobre o nariz fino, as maçãs salientes e a mandíbula proeminente. Apertou a mão de Patrick, fixando nele olhos de lanterna.

A atmosfera fétida do apartamento atingiu Patrick como o perfume de uma amante há muito ausente. As manchas de xícaras de café derramadas ainda tatuavam o carpete cor de tabaco nos mesmos lugares, e as figuras familiares de cabeças decepadas flutuando em peças de quebra-cabeça, amorosamente desenhadas por Pierre com uma caneta-tinteiro de ponta fina, fizeram Patrick sorrir.

"Que alívio ver você de novo!", exclamou. "Nem te conto o pesadelo que foi comprar lá fora, nas ruas."

"Você comprou na rua!", bradou Pierre em tom de reprovação. "Você é completamente maluco!"

"Mas você estava dormindo."

"Você injetou com água da torneira?"

"Sim", admitiu Patrick com ar de culpa.

"Seu maluco", disse Pierre, lançando-lhe um olhar feroz. "Vem aqui, vou te mostrar."

Foi até sua cozinha estreita e encardida. Abrindo a porta de uma geladeira grandalhona e antiquada, tirou dali uma jarra bojuda de água.

"Isto é água da torneira", disse Pierre com um tom agourento, erguendo a jarra. "Deixo aqui um mês e olha como ela fica…" Apontou para um sedimento marrom difuso no fundo da jarra. "Ferrugem", disse, "mata sem dó! Tenho um amigo que injetou com água da torneira e a ferrugem entrou na corrente sanguínea, e o coração dele…" Pierre golpeou o ar com a mão e disse: "*Pá! Parou*".

"Que coisa horrível", murmurou Patrick, perguntando-se quando eles iam tratar de negócios.

"A água vem das montanhas", disse Pierre, sentando na cadeira giratória e aspirando água de um copo com uma seringa invejavelmente fina, "mas os canos estão cheios de ferrugem."

"Tenho sorte de estar vivo", disse Patrick sem convicção. "De agora em diante só vou usar água mineral, prometo."

"É a Cidade", disse Pierre de um jeito sombrio; "eles ficam com o dinheiro dos canos novos. Eles matam meu amigo. O que você quer?", acrescentou, abrindo um pacote e fazendo um montinho de pó branco numa colher com a ponta de uma lâmina de barbear.

"Hum… um grama de heroína", disse Patrick em tom casual, "e sete gramas de coca."

"A heroína está seiscentos. Na coca eu te dou um desconto: faço cem o grama, em vez de cento e vinte. Total: mil e trezentos dólares."

Patrick tirou o envelope laranja do bolso, enquanto Pierre fazia outra pilha de pó branco na colher e misturava, franzindo o cenho como uma criança fingindo fazer cimento.

Ele estava no nove ou no dez? Patrick recomeçou a contagem. Quando chegou ao treze, juntou as notas como um baralho de cartas embaralhadas e atirou-as para o lado do espelho de Pierre, onde elas se espalharam de modo extravagante. Pierre passou um pedaço de borracha em volta do bíceps e o segurou com os dentes. Patrick ficou contente ao ver que ele ainda fazia uso do cone vulcânico na cavidade do braço.

As pupilas de Pierre se dilataram por um momento e depois se contraíram de novo, como a boca de uma anêmona-do-mar se alimentando.

"Certo", disse com a voz rouca, tentando dar a impressão de que nada havia acontecido, mas soando como se estivesse dominado pelo prazer. "Vou dar o que você deseja." Encheu a seringa de novo e despejou o conteúdo num segundo copo rosado de água.

Patrick secou as mãos úmidas na calça. Somente a necessidade de fazer mais uma negociação delicada continha sua angustiante impaciência.

"Você tem alguma seringa extra?", perguntou. Pierre podia ser bem difícil quando se tratava de seringas. Seu valor variava consideravelmente, dependendo de quantas ele tinha sobrando, e, embora costumasse ser prestativo com Patrick quando ele gastava mais de mil dólares, sempre havia o risco de recair num discurso indignado sobre essa sua presunção.

"Te dou duas", disse Pierre com uma generosidade delinquente.

"Duas!", exclamou Patrick, como se tivesse acabado de ver uma relíquia medieval acenando por trás de sua redoma de vidro. Pierre pegou dois medidores verde-claros e mediu as quantidades que Patrick havia pedido, dando-lhe pacotinhos individuais de um grama, para ele poder controlar seu consumo de coca.

"Sempre atencioso, sempre amável", murmurou Patrick. As duas seringas preciosas vieram em seguida, deslizando pelo espelho empoeirado.

"Vou pegar um pouco de água pra você", disse Pierre.

Talvez ele tivesse colocado mais heroína do que o normal no *speedball*. De que outra forma explicar essa benevolência incomum?

"Valeu", disse Patrick, se livrando depressa do casaco e do paletó e arregaçando a manga da camisa. Meu Deus! Havia uma protuberância preta em sua pele no ponto onde ele tinha errado a veia lá na casa de Chilly. Melhor não deixar Pierre ver esse sinal de sua incompetência e desespero. Pierre era muito moralista. Patrick deixou a manga cair, soltou a abotoadura de ouro da manga direita e a arregaçou no lugar da outra. Injetar era a única atividade na qual ele tinha se tornado realmente ambidestro. Pierre voltou com um copo cheio, outro vazio e uma colher.

Patrick abriu um dos pacotinhos de coca. O papel branco e brilhante trazia impresso um urso-polar azul-claro. Ao contrário de Pierre, ele preferia usar a coca sozinha até que a tensão e o medo se tornassem insuportáveis; só então ele enviaria a Guarda Pretoriana da heroína para salvar o dia da insanidade e da derrota. Segurou o pacote como se fosse um funil e bateu de leve nele. Pequenos grãos de pó deslizaram pelo estreito vale de papel e caíram na colher. Não muito para a primeira picada. Nem pouco também. Nada mais insuportável do que um barato aguado, dissipado. Continuou dando batidinhas.

"Como você está?", perguntou Pierre tão rápido que a pergunta pareceu ser uma só palavra.

"Bem, meu pai morreu esses dias, então…" Patrick não sabia bem o que dizer. Olhou para o pacote, deu mais uma batidinha decisiva, e outra porção de pó se juntou ao pequeno montinho já na colher. "Daí estou meio confuso no momento", concluiu.

"Como ele era, o seu pai?"

"Era uma graça", entoou Patrick como que declamando. "E tinha umas mãos tão artísticas..." Por um momento a água ficou parecendo melado, depois se dissolveu numa solução clara. "Ele poderia ter sido primeiro-ministro", acrescentou.

"Ele era da política?", perguntou Pierre, comprimindo os olhos.

"Não, não", respondeu Patrick, "isso era uma espécie de piada. No mundo dele — um mundo de pura imaginação — era melhor que o sujeito 'pudesse ter sido' primeiro-ministro do que se *fosse* primeiro-ministro, pois isso teria demonstrado uma ambição vulgar." Houve um som metálico fraco enquanto ele direcionava o jato de água da seringa para o lado da colher.

"*Tu regrettes qu'il est mort?*", perguntou Pierre astutamente.

"*Non, absolument pas, je regrette qu'il ait vécu.*"

"*Mais sans lui*, você não existiria."

"Não se deve ser egoísta nessas coisas", disse Patrick com um sorriso.

Seu braço direito estava relativamente ileso. Alguns hematomas da cor de manchas de tabaco amarelavam a parte inferior do antebraço, e marcas rosadas fracas de perfuração amontoavam-se em volta do alvo de sua veia principal. Ergueu a agulha e deixou cair umas duas gotas da ponta. Seu estômago fez um som de ronco e ele se sentiu nervoso e excitado como um garoto de doze anos nos fundos de um cinema escuro passando o braço pelos ombros de uma garota pela primeira vez.

Mirou a agulha no centro das marcas de perfuração já existentes e empurrou-a sob a pele quase sem nenhuma dor. Um fio de sangue jorrou no cilindro e se espiralou em redor, uma nuvem de cogumelo particular, luminosamente vermelha na límpida água amarga. Graças a Deus ele tinha encontrado uma veia. Seu batimento cardíaco se acelerou, como o rufar de tambores de uma galera remando para a batalha. Segurando o cilindro da seringa com firmeza entre os dedos, apertou o êmbolo devagar. Como um filme passado de trás para a frente, o sangue disparou de volta pela agulha em direção à sua fonte.

Antes de sentir os efeitos, aspirou a fragrância pungente da cocaína; depois, passados alguns segundos, num frenesi de lapso de tempo, as frias flores geométricas dela irromperam por toda a parte e acarpetaram a superfície de sua visão interior. Nada era tão prazeroso quanto isso, nada. Atrapalhado, recolheu o êmbolo, encheu o cilindro de sangue e injetou uma segunda vez. Bêbado de prazer, sufocando de amor, se inclinou numa guinada e depositou a seringa pesadamente sobre o espelho. Precisava esvaziá-la antes que o sangue coagulasse, mas não podia fazer isso naquele momento. A sensação era forte demais. O som estava distorcido e amplificado, até que zuniu como o motor de um jato pousando.

Patrick se recostou e fechou os olhos, os lábios projetados para a frente como uma criança à espera de um beijo. O suor já havia brotado no alto de sua testa e as axilas pingavam a cada poucos segundos como torneiras defeituosas.

Pierre sabia muito bem em que estado Patrick se encontrava e desaprovava fortemente sua investida desequilibrada e a forma irresponsável como havia deixado a seringa de lado sem lavá-la. Ele a pegou e a encheu de água, para que o mecanismo não ficasse bloqueado. Sentindo um movimento, Patrick abriu os olhos e sussurrou: "Obrigado".

"Você devia usar heroína junto", censurou Pierre; "é remédio, cara, remédio."

"Eu gosto do barato."

"Mas você usa demais, perde o controle."

Patrick endireitou-se e olhou atentamente para Pierre. "Eu nunca perco o controle", disse, "apenas testo os limites dele."

"Uma ova", disse Pierre, nem um pouco impressionado.

"Claro que você tem razão", respondeu Patrick, sorrindo. "Mas você sabe como é tentar ficar na beirada sem cair", disse, apelando para a tradicional solidariedade deles.

"Eu sei como é", disse Pierre com uma voz estridente, os olhos incandescentes de paixão. "Por oito anos pensei que eu fosse um ovo, mas eu tinha pleno controle, *contrôle total*."

"Eu lembro", disse Patrick baixinho.

O barato havia acabado e, como um surfista que se atira para fora de um tubo crespo e cintilante de mar apenas para cair nas ondas que se quebram, seus pensamentos começaram a se dispersar antes do início da inquietação sem limites. Só depois de alguns minutos da picada é que ele sentia a nostalgia angustiante pela perigosa euforia que já se desvanecia. Como se suas asas tivessem derretido naquela explosão de luz, ele se sentia caindo na direção de um mar de decepção insuportável, e foi isso que o fez pegar a seringa, terminar de lavá-la e, apesar das mãos trêmulas, começar a preparar outra dose.

"Você acha que a medida de uma perversão é sua necessidade de ser repetida, sua incapacidade de ser satisfeita?", perguntou a Pierre. "Eu queria que meu pai estivesse por aqui para responder essa pergunta", acrescentou piamente.

"Por quê? Ele era viciado?"

"Não, não...", disse Patrick. Ele quis dizer de novo "era uma espécie de piada", mas resistiu. "Que tipo de homem era o *seu* pai?", perguntou depressa, para que Pierre não tentasse explorar seu comentário.

"Ele era um *fonctionnaire*", disse Pierre com desdém, "*Métro, boulot, dodo*. Seus dias mais felizes foram no *service mili-*

taire, e o momento de mais orgulho da sua vida foi quando o ministro o parabenizou por não dizer nada. Dá pra imaginar? Toda vez que alguém ia à nossa casa, o que não acontecia com muita frequência, meu pai contava a mesma história." Pierre se endireitou, sorriu complacente e abanou o dedo. "'*Et Monsieur le Ministre m'a dit: Vous avez eu raison de ne rien dire.*' Quando ele contava essa história, eu saía correndo da sala. Ela me enoja demais, *j'avais un dégoût total.*"

"E a sua mãe?", perguntou Patrick, contente por ter feito Pierre deixar para lá o caso de seu pai.

"O que é uma mulher não maternal?", disparou Pierre. "Um móvel com peitos!"

"Totalmente", disse Patrick, aspirando uma solução nova na seringa. Fazendo uma concessão ao conselho médico de Pierre, tinha decidido usar um pouco de heroína antes de adiar ainda mais o início da serenidade com outra picada aterrorizante de cocaína.

"Você precisa deixar tudo isso pra trás", disse Pierre. "Pais, toda essa merda. Você tem que se inventar de novo para se tornar um indivíduo com personalidade própria."

"Verdade", disse Patrick, sabendo que era melhor não discutir as teorias de Pierre.

"Os americanos falam o tempo todo sobre individualidade, mas eles não têm uma ideia a não ser que todo mundo esteja tendo a mesma ideia ao mesmo tempo. Meus clientes americanos sempre ficam me enchendo o saco querendo mostrar que têm personalidade, mas sempre fazem isso exatamente do mesmo jeito. Agora eu não tenho mais clientes americanos."

"As pessoas acham que têm personalidade só porque usam a palavra 'eu' com frequência", comentou Patrick.

"Quando eu morri no hospital", disse Pierre, "*j'avais une conscience sans limites.* Eu sabia de tudo, cara, literalmente *tudo.* Depois disso eu não consigo levar a sério os *sociologues et psychologues* que dizem que você é 'esquizoide' ou 'paranoico' ou 'classe social dois' ou 'classe social três'. Essa gente não sabe de nada. Eles acham que entendem a mente humana, mas eles não sabem de nada, *absolument rien.*" Pierre olhou fixamente nos olhos de Patrick. "É como se eles pusessem toupeiras no comando do programa espacial", zombou.

Patrick riu secamente. Tinha parado de escutar Pierre e começado a procurar uma veia. Quando viu uma papoula de sangue iluminar o cilindro, administrou a injeção e retirou a seringa, lavando-a direito dessa vez.

Ficou impressionado com a força e a suavidade da heroína. Seu sangue ficou tão pesado quanto um saco de moedas e ele afundou com prazer em seu corpo, decomposto de novo numa única substância depois do exílio catapultante da cocaína.

"Exato", sussurrou, "como toupeiras... Meu Deus, essa heroína é das boas." Fechou os olhos devagar.

"É pura", disse Pierre. *"Faîtes attention, c'est très fort."*

"Hum, dá pra ver."

"É remédio, cara, remédio", reiterou Pierre.

"Bom, eu estou completamente curado", sussurrou Patrick, sorrindo por dentro. Tudo ia ficar bem. Uma lareira de carvão numa noite de tempestade, chuva que não podia tocá-lo batendo contra a vidraça. Córregos feitos de fumaça, e fumaça que formava poças reluzentes. Pensamentos tremeluzindo nas bordas de uma lânguida alucinação.

Coçou o nariz e reabriu os olhos. Sim, com a base sólida que a heroína fornecia, ele podia tocar notas altas de cocaína a noite toda sem se acabar por completo.

Mas para isso precisaria estar sozinho. Com drogas boas, a solidão não só era suportável como indispensável. "É muito mais sutil que a heroína persa", rouquejou. "Uma curva suave e firme… tipo um, tipo um casco de tartaruga polido." Fechou os olhos de novo.

"É a heroína mais forte do mundo", Pierre declarou apenas.

"Ahãããã", concordou Patrick com a voz arrastada, "é um tédio, dificilmente se consegue desta na Inglaterra."

"Você devia vir morar aqui."

"Boa ideia", disse Patrick em tom amigável. "Aliás, que horas são?"

"Uma e quarenta e sete da manhã."

"Meu Deus, é melhor eu ir dormir", disse Patrick, guardando cuidadosamente as seringas no bolso interno do casaco. "Foi ótimo rever você. Logo, logo volto a entrar em contato."

"Tá", disse Pierre. "Estarei acordado esta noite, amanhã e amanhã à noite."

"Perfeito", disse Patrick, assentindo com a cabeça.

Vestiu o paletó e o sobretudo. Pierre se levantou, destrancou as quatro fechaduras, abriu a porta e deixou-o sair.

7.

Patrick afundou outra vez na cadeira. A tensão se apagou de seu peito. Por um momento ficou em silêncio. Mas logo um novo personagem instalou-se em seu corpo, forçando seus ombros para trás e a barriga para a frente, lançando-o em outro surto de mimetismo compulsivo.

O Gordo (empurrando-se para trás na cadeira a fim de acomodar sua grande barriga): "Sinto-me impelido a falar, senhor, realmente sinto. Impelido, senhor, é uma descrição amena da obrigação de que me vejo imbuído nessa questão. Minha história é simples, é a história de um homem que amou com pouca sabedoria, mas de coração". (Enxuga uma lágrima no canto do olho.) "Um homem que comia não por gula, mas por paixão. Comer, senhor — não pretendo disfarçar —, tem sido a minha vida. Em meio às ruínas deste velho corpo, estão as sobras de alguns dos pratos mais refinados já feitos. Quando cavalos desabaram sob meu peso, com suas pernas quebradas ou os pulmões tomados pelo próprio sangue, ou quando fui obrigado a renunciar ao esforço inútil de tentar me enfiar entre o assento e o volante de um carro, me consolei pensando que tinha ganhado meu peso e não apenas 'engordado'. Naturalmente, já jantei em Les Bains e Les Baux, mas também já jantei em Quito e Cartum. Quando os ferozes ianomâmis me ofereceram um prato de carne humana, não deixei que o pudor me impedisse de repetir pela terceira vez. Realmente não deixei, senhor." (Sorri, saudoso.)

Babá (bufando): "Carne humana, pois sim! E o que mais? Você sempre foi um garoto estranho".

"Ah, cala a boca", gritou Patrick em silêncio, enquanto dava voltas pelo desbotado carpete verde, virando-se bruscamente.

Gary (erguendo os olhos aos céus com um leve suspiro charmoso): "Meu nome é Gary. Serei seu garçom esta noite. O especial do dia inclui um Prato de Carne Humana e um Calafrio sem sódio de Cocaína Colombiana servida sobre uma cama de Heroína Branca Chinesa tipo 'Wild Baby'".

Pete Bloke: "Vocês não têm Hovis, então?".

Sra. Bloke: "É, a gente quer Hovis".

Voz em off de Hovis (tema musical de *Coronation Street*): "Era maravilhoso quando eu era jovem. Eu passava pela casa do traficante, comprava quinze gramas de coca e quatro de heroína, pedia uma caixa de champanhe da Berry Bros., levava a madame ao Mirabelle e ainda sobravam uns trocados. Naquele tempo é que era bom".

Ele estava perigosamente fora de controle. Cada pensamento ou princípio de pensamento assumia uma personalidade mais forte que a sua. "Por favor, por favor, faça isso parar", murmurou Patrick, erguendo-se e andando em círculos no quarto.

Eco Zombeteiro: "Por favor, por favor, por favor, faça isso parar".

Babá: "Eu conheço bem a aristocracia e suas práticas obscenas".

Ranzinza Lânguido (rindo apaziguadoramente): "Que práticas obscenas, Babá?".

Babá: "Ah, não, você não vai pegar a Babá fofocando por aí. Meus lábios são um túmulo. O que a Sra. Presta-Pra-Nada iria pensar? Pedra que rola não cria limo. Guarde minhas palavras. Você sempre foi um garoto estranho".

Sra. Garsington: "Quem é o encarregado aqui? Quero falar com o gerente imediatamente".

Dr. McCoy: "É a vida, Jim, mas não como a conhecemos".

Capitão Kirk (abrindo seu comunicador): "Tire-nos daqui, Scotty".

Patrick abriu o pacote de heroína e, apressado demais para preparar outra seringa, simplesmente despejou um pouquinho sobre o vidro que protegia a superfície da mesa.

Eric Indignado (tom de sabichão): "Ah, típico, diante de um problema, usa mais heroína. Basicamente, o sistema definitivo de autoperpetuação".

Tirando uma nota do bolso, Patrick sentou-se e curvou-se sobre a mesa.

Capitão Lânguido: "Então, sargento, faça aqueles camaradas calarem a boca, sim?".

Sargento: "Não se preocupe, senhor, vamos controlá-los. Eles não passam de um bando de crioulos filhos da mãe de alma negra, senhor, nunca viram uma metralhadora Gatling em suas miseráveis vidas sem Deus, senhor".

Capitão Lânguido: "Bom trabalho, Sargento".

Patrick cheirou o pó, jogou a cabeça para trás e inalou profundamente pelo nariz.

Sargento: "Permita que eu receba o primeiro impacto, senhor". (Gemidos, uma lança alojada em seu peito.)

Capitão Lânguido: "Ah, obrigado... eh...".

Sargento: "Wilson, senhor."

Capitão Lânguido: "Sim, claro. Bom trabalho, Wilson".

Sargento: "Gostaria muito de poder fazer isso de novo, senhor. Mas sinto informar que fui mortalmente ferido, senhor".

Capitão Lânguido: "Ah, nossa. Bem, vá tratar dessa ferida, Sargento".

Sargento: "Obrigado, senhor, muito gentil da sua parte. Que cavalheiro maravilhoso!".

Capitão Lânguido: "E, se o pior acontecer, estou certo de que poderemos arranjar algum tipo de medalha póstuma para você. Meu tio é o cara responsável por esse tipo de coisa".

Sargento (endireitando-se e fazendo continência, grita): "Senhor!". (Afundando de volta.) "Significaria muito para a sra. Wilson e os pequenos, as pobres criancinhas sem pai." (Geme.) "Que… cavalheiro… maravilhoso."

George, o Barman (polindo pensativamente um copo): "Ah, sim, o Capitão Lânguido, lembro bem dele. Costumava vir aqui e sempre pedia nove ostras. Nem meia dúzia nem uma dúzia, mas nove. Que cavalheiro! Não se fazem mais homens como ele. Lembro do Gordo também. Ah, sim, é difícil esquecê-lo. Não conseguíamos fazê-lo caber no bar mais para o final, ele literalmente não entrava. Mas que cavalheiro! Era da velha guarda, não caiu nessa onda toda de dieta, santo Deus, não".

O Gordo (sentado num banco de réus especialmente ampliado no Old Bailey): "De fato, senhor, a minha desgraça foi viver numa época de dietas e regimes". (Enxuga uma lágrima no canto do olho.) "Me chamam de Gordo, e sou gordo o bastante para me vangloriar de que tal epíteto não requer explicação. Sou acusado de apetites anormais e de um grau anormal de apetite. Que culpa tenho, senhor, se enchi meu copo até em cima, se abarrotei o prato da minha vida com os *Moules au Menthe Fraîches* da experiência (um prato para despertar os mortos, senhor, um prato para agradar um rei!)? Não fui um desses vagabundos tímidos da vida moderna, não fui um convidado pobre do Banquete. Os mortos, senhor, não aceitam o desafio do Menu Gastronomique no Lapin Vert mal tendo engolido a última bocada do Petit Déjeuner Médiéval no Château de l'Enterrement. E depois não são levados de ambulância (o transporte natural do bon vivant, senhor, a carruagem de um rei!) para o Sac d'Argent para se lançar com um abandono sombrio pelo Cresta Run de sua Carte Royale." (O violinista do Café Florian toca nos fundos.) "Meus últimos dias, últimos dias, senhor, porque temo que meu fígado — ah, ele me serviu com valentia, porém agora se cansou, e eu também me cansei; mas, enfim, chega disso — meus últimos dias têm sido turvados por calúnias." (Som de choro abafado na corte.) "Mas não me arrependo da escolha, ou melhor, das escolhas" (risadinha triste) "que fiz na vida, de fato não me arrependo." (Junta toda a sua dignidade.) "Eu comi, e comi corajosamente."

Juiz (com estrondosa indignação): "Caso encerrado! Foi um erro grave da Justiça ter sido trazido a julgamento, e, em reconhecimento a isso, o tribunal concede ao Gordo um jantar para um no Pig and Whistle".

Populacho Contente: "Viva! Viva!".

Patrick sentia um pavor sem limites. As tábuas podres de seus pensamentos cediam uma após a outra até o próprio chão parecer tão incapaz de impedir sua queda quanto um papel ensopado. Talvez aquilo jamais fosse parar. "Estou muito cansado, muito cansado", disse, sentando na beira da cama e imediatamente se erguendo de novo.

Eco Zombeteiro: "Estou muito cansado, muito cansado".

Greta Garbo (gritando histérica): "Eu não quero ficar sozinha. Estou cansada de ficar sozinha".

Patrick deslizou pela parede até o chão. "Estou cansado pra caralho", gemeu.

Sra. Mop: "Tome uma boa picada de coca, querido, anime-se um pouco".

Sra. Morte (pegando uma seringa): "Tenho exatamente o que você precisa. Sempre a usamos em casos de luto".

Cleópatra: "Ah, sim." (Fazendo um beicinho infantil.) "Minhas veias mais azuis para você beijar".

Sra. Mop: "Vá em frente, querido, faça um favor a si mesmo".

Cleópatra (voz rouca): "Vá em frente, filho da mãe, me fode".

Dessa vez Patrick teve de usar a gravata. Ele a passou várias vezes em volta do bíceps e a segurou com os dentes, mostrando as gengivas como um cachorro rosnando.

Eloquente O'Connor (entornando um copo de Jameson): "Ela aceitou a sanguessuga com um brutal abandono saxão, gritando: 'Eu sempre quis estar em dois lugares ao mesmo tempo'.".

Cortesão (animado): "Tocou. Um toque bem visível".

Capitão Kirk: "Dobra espacial fator dez, sr. Sulu".

Átila, o Huno (baixo profundo): "Eu jogo futebol com a cabeça dos meus inimigos. Eu cavalgo sob arcos do triunfo, os cascos do meu cavalo soltando faíscas nas pedras, os escravos de Roma atirando flores no meu caminho".

Patrick caiu da cadeira e ficou encolhido no chão. A brutalidade do efeito da droga o deixou sem ar e atônito. Estremeceu diante da violência de seus batimentos cardíacos, como um homem se retraindo sob as pás em movimento de um helicóptero. Seus membros estavam paralisados de tensão e ele imaginava suas veias, tão finas e frágeis quanto a haste de taças de champanhe, se partindo se tentasse descruzar os braços. Sem heroína ele iria morrer de um ataque cardíaco. "Vão à merda, todos vocês", murmurou.

John Honesto (balançando a cabeça): "Que canalha cruel, hein, aquele Átila, meu Deus. 'Tá olhando o quê?', ele perguntou. 'Nada', eu respondi. 'Bem, então não olhe, cacete, tá entendendo?', ele disse." (Balança a cabeça.) "Cruel!".

Babá: "Escute o que a Babá está dizendo, se você não parar com essas vozes bobas, o vento vai mudar e você não vai mais conseguir parar".

Garoto (desesperado): "Mas eu quero parar, Babá".

Babá: "Dizer 'eu quero' não leva a lugar nenhum".

Sargento: "Controle-se, senhora". (Gritando): "Marchando! Esquerda, direita. Esquerda, direita".

As pernas de Patrick deslizaram de um lado para o outro no carpete, como uma boneca de corda caída.

Breve nota na Seção de Falecimentos do *Times*: "MELROSE. No dia 25 de maio, em paz, depois de um dia feliz no Pierre Hotel. Patrick, de 22 anos, filho amado de David e Eleanor, deixará muitas saudades nos corações de Átila, o Huno, da sra. Mop, de Eric Indignado e de seus muitos amigos, numerosos demais para serem enumerados".

Eloquente O'Connor: "Uma pobre alma infeliz. Se não se contorcia como a perna cortada de uma rã eletrocutada, era só porque o mau humor caía pesadamente sobre ele como moedas nas pálpebras dos mortos". (Bebe de um só gole um copo de Jameson.)

Babá (mais velha agora, a memória já não mais a mesma): "Não consigo me acostumar com isso, ele era um garotinho tão adorável. Eu sempre o chamava de 'meu bichinho precioso', eu lembro. Eu sempre dizia: 'Não esqueça que a Babá ama você'.".

Eloquente O'Connor (lágrimas rolando pelo rosto): "E os pobres braços infelizes dele, capazes de fazer um homem forte gemer. Cobertos de feridas, eles estavam, como a boca de peixinhos dourados famintos implorando pela única coisa que poderia trazer um pouquinho de paz a seu pobre coração atribulado". (Bebe de um só gole um copo de Jameson.)

Capitão Lânguido: "Ele era o tipo de cara que ficava um bocado no quarto. Nada de errado nisso, claro, só que ele ficava andando de um lado para o outro o tempo todo. É como eu gosto de dizer: se é pra ficar à toa, que se fique à toa de verdade". (Dá um sorrisinho charmoso.)

Eloquente O'Connor (agora bebendo direto da garrafa, até o joelho em lágrimas, a voz mais engrolada): "E ele também tinha a mente perturbada. Terá sido a preocupação com a liberdade que o matou? Em cada situação — e ele vivia se metendo em muitas situações — ele via as escolhas se estendendo loucamente, como vasos sanguíneos rompidos de olhos cansados. E a cada ação ouvia o grito de morte de todas as coisas que ele não tinha feito. E via a oportunidade de cair numa vertigem mesmo numa poça refletindo o céu ou num bueiro reluzindo na esquina da Little Britain Street. Ele estava enlouquecido pelo pavor de esquecer e de perder o rastro de quem era, e de correr em círculos como um maldito cão de caça raposino no meio do maldito bosque".

John Honesto: "Que imbecil, hein? Nunca teve um dia de trabalho honesto na vida. Quando foi que você o viu ajudar uma velhinha a atravessar a rua ou comprar um pacote de doces para criancinhas carentes? Nunca. Sejamos honestos".

O Gordo: "Ele era um homem, senhor, que não comia o suficiente, um homem que só beliscava a comida, que deixou a cornucópia para ficar com a farmacopeia da vida. Em resumo, a pior espécie de canalha".

Eloquente O'Connor (de vez em quando vindo à tona de um mar de lágrimas): "E a visão dele…" (glub, glub, glub) "… aqueles lábios rasgados que nunca aprenderam a amar…" (glub, glub, glub) "… Aqueles lábios que soltaram palavras fortes e amargas…" (glub, glub, glub) "… rasgados por aquela fúria e pelo conhecimento da morte próxima".

Debbie (gaguejando): "O que será que eu devo dizer?".

Kay: "Eu o vi no dia que aconteceu".

"Não me deixem enlouquecer", gritou Patrick numa voz que começou como a sua, mas que nas duas últimas palavras ficou mais parecida com a de John Gielgud.

O Reverendo (olhando complacente de cima do púlpito): "Alguns de nós se lembram de David Melrose como um pedófilo, um alcoólatra, um mentiroso, um estuprador, um sádico e um 'perfeito canalha'. Mas, sabem, numa situação como esta, o que Cristo nos pede para dizer, e o que ele mesmo teria dito com suas próprias palavras é:" (fazendo uma pausa) "'Mas esta não é a história toda, não é mesmo?'".

John Honesto: "É, é sim".

O Reverendo: "Essa ideia de 'história toda' é uma das coisas mais empolgantes do cristianismo. Quando lemos um livro de um dos nossos autores favoritos, seja Richard Bach ou Peter Mayle, não queremos apenas saber se é sobre uma gaivota muito especial ou se é ambientada na adorável *campagne*, para usar um termo francês, de Provença; queremos ter o prazer de ler a história toda até o final".

John Honesto: "Fale por você".

O Reverendo: "E é com esse mesmo espírito, quando julgamos outras pessoas (e quem de nós não faz isso?), que devemos ter certeza de que temos a 'história toda' diante de nós".

Átila, o Huno (baixo profundo): "Morra, seu cachorro cristão!". (Decapita o Reverendo.)

Cabeça Decepada do Reverendo (fazendo uma pausa, pensativa): "Sabem, outro dia, minha netinha veio até mim e disse: 'Vovô, eu *gosto* do cristianismo'. E eu disse a ela (totalmente perplexo): 'Por quê?'. E sabem o que ela me respondeu?".

John Honesto: "Mas é claro que a gente não sabe, imbecil".

Cabeça Decepada do Reverendo: "Ela disse: 'Porque é um consolo muito grande'.". (Pausa, depois repete mais devagar e enfático): "Porque é um consolo muito grande".

Patrick abriu os olhos e se endireitou lentamente no chão. A televisão o encarava com um olhar acusador. Talvez ela pudesse salvá-lo ou distraí-lo de sua performance involuntária.

Televisão (choramingando e tremendo): "Me liga, cara. Me liga lá embaixo".

Sr. Presidente: "Não pergunte o que a sua televisão pode fazer por você, mas o que você pode fazer por ela".

Populacho Extasiado: "Viva! Viva!".

Sr. Presidente: "Iremos pagar qualquer preço, suportar cada provação, encarar cada dificuldade...".

Cantores da Família Von Trapp (em êxtase): "Subir cada montanha!".

Sr. Presidente: "... apoiar cada amigo, enfrentar cada inimigo, para garantir a sobrevivência e o sucesso da televisão".

Populacho Extasiado: "Viva! Viva!".

Sr. Presidente: "Que a mensagem ultrapasse este tempo e este espaço, que a tocha seja passada para uma nova geração de americanos — nascidos neste século, endurecidos pela guerra, disciplinados por uma paz dura e amarga, orgulhosos de nossa herança ancestral e dispostos a não fazer nada além de assistir televisão".

"Sim, sim, sim", pensou Patrick, arrastando-se pelo chão, "televisão."

Televisão (transferindo seu peso de uma rodinha para a outra, inquieta): "Me liga pra valer, cara, estou precisando".

Telespectador (com frieza): "O que você tem para me oferecer?".

Televisão (voz insinuante): "Tenho *O filme de um milhão de dólares. O homem de um bilhão de dólares. O concurso de perguntas de um trilhão de dólares*".

Telespectador: "Tá-tá-tá, mas o que você tem *agora*?".

Televisão (com tom de culpa): "Uma tomada da bandeira americana e um esquisitão qualquer num terno de náilon azul-

-claro falando sobre o fim do mundo. O *Noticiário Rural* deve começar logo, logo".

Telespectador: "Tá, acho que vou ficar com a bandeira. Mas não me pressione (sacando um revólver), senão estouro a porra da sua tela".

Televisão: "Tá bom, cara, fica frio, tá? O sinal não é lá essas coisas, mas é uma tomada *realmente* boa da bandeira. Eu garanto".

Patrick desligou a televisão. Quando esta noite horrorosa ia acabar? Subindo com dificuldade na cama, ele desabou, fechou os olhos e ficou escutando atentamente o silêncio.

Ron Zak (os olhos fechados, sorrindo benevolente): "Quero que vocês escutem esse silêncio. Conseguem ouvi-lo?". (Pausa.) "Tornem-se parte do silêncio. Esse silêncio é a sua voz interior".

John Honesto: "Ah, meu Deus, ainda não acabou, hein? Quem é esse Ron Zak? Parece um cara meio imbecil, pra ser bem honesto."

Ron Zak: "Vocês todos já são um com o silêncio?".

Alunos: "Somos um com o silêncio, Ron".

Ron Zak: "Muito bem". (Longa pausa.) "Agora eu quero que vocês usem a técnica de visualização aprendida na semana passada, para mentalizar um pagode — é um tipo de casa de praia chinesa, só que nas montanhas". (Pausa.) "Muito bem. É bem bonito, não é?".

Alunos: "Nossa, Ron, é muito agradável".

Ron Zak: "Ele tem um lindo telhado dourado e uma série de piscinas redondas e borbulhantes no jardim. Subam numa dessas piscinas — humm, que delícia — e deixem que os guardiões lavem o corpo de vocês e tragam novos robes limpos de seda e outros tecidos magníficos. É bom, não é?".

Alunos: "Ah, sim, é ótimo".

Ron Zak: "Muito bem. Agora eu quero que vocês entrem no pagode". (Pausa.) "Tem alguém ali dentro, não tem?"

Alunos: "Sim, é o Guia sobre o qual aprendemos na semana retrasada".

Ron Zak (um pouco irritado): "Não, o Guia está em outro cômodo". (Pausa.) "É o pai e a mãe de vocês".

Alunos (reconhecendo, espantados): "Mãe? Pai?".

Ron Zak: "Agora eu quero que vocês vão até a sua mãe e digam: 'Mãe, eu realmente te amo'.".

Alunos: "Mãe, eu realmente te amo".

Ron Zak: "Agora eu quero que vocês a abracem". (Pausa.) "É uma sensação boa, não é?"

Alunos (eles gritam, desmaiam, assinam cheques, abraçam-se, caem no choro e dão socos em travesseiros): "É uma sensação muito boa!".

Ron Zak: "Agora eu quero que vocês vão até o seu pai e digam: 'Já você, eu não posso perdoar'.".

Alunos: "Já você, eu não posso perdoar".

Ron Zak: "Peguem um revólver e explodam os miolos desse canalha. Bam. Bam. Bam. Bam".

Alunos: "Bam. Bam. Bam. Bam".

Fantasma Koenig (rangido terrível de armadura): "Omlet! Ich bin thine Papafantasma!".

"Ah, chega, caralho!", gritou Patrick sentando e dando tapas no próprio rosto, "para de pensar nisso."

Eco Zombeteiro: "Para de pensar nisso".

Patrick sentou à mesa e pegou o pacote de café. Deu uma batidinha no pacote e uma pedra excepcionalmente grande caiu na colher. Lançando um jato de água sobre a cocaína, ele ouviu um delicado ruído metálico no ponto onde a água atingiu a colher. O pó ficou submerso e se dissolveu.

Suas veias estavam começando a se retrair diante da investida brutal da noite, mas uma veia, mais na parte de baixo do antebraço, ainda não tinha sido incomodada. Grossa e azul, ela ia serpenteando até o pulso. A pele estava mais firme ali, e doeu quando ele a furou.

Babá (cantando sonhadora para as veias dela): "Saiam, saiam, de onde quer que estejam!".

Um fio de sangue apareceu no cilindro.

Cleópatra (arfando): "Ah, isso, isso, isso, isso, isso".

Átila, o Huno (tom cruel, entredentes): "Nenhum prisioneiro!".

Patrick desmaiou e caiu de novo no chão, sentindo como se seu corpo tivesse se enchido subitamente de cimento fresco. Houve silêncio enquanto ele olhava de cima para o seu corpo, do teto.

Pierre: "Olha só o seu corpo, cara, é um lixo de merda. *Tu as une conscience totale*. Sem *limites*". (O corpo de Patrick acelera muito rápido. O espaço muda de azul para azul-escuro e de azul-escuro para preto. As nuvens são como peças de um quebra-cabeça. Patrick olha para baixo e vê, ao longe, as janelas do seu quarto no hotel. Dentro do quarto há uma estreita praia branca cercada por um mar de um azul intenso. Na praia, crianças enterram o corpo de Patrick na areia. Só a cabeça está para fora. Ele acha que pode romper a cobertura de areia com um simples movimento, mas percebe que se enganou quando uma das crianças esvazia um balde de cimento úmido em seu rosto. Ele tenta tirar o cimento da boca e dos olhos, mas seus braços estão presos numa tumba de cimento.)

"Jennifer's Diary": "Parecia que ninguém tinha ido se despedir de Patrick Melrose enquanto ele era baixado, de maneira um tanto rude, à terra. Entretanto, nem tudo estava perdido e, no último instante, o popular e sempre afável casal, encantador e incansável, o sr. e a sra. Chilly Willy, os viciados de Alphabet City, numa rara ida a Uptown, entraram se arrastando em cena, cheios de carisma. 'Não afunde ele, não afunde ele, ele é dos meus', gritou o inconsolável Chilly Willy. 'Onde é que vou arranjar um papelote de droga agora?', choramingou. 'Ele deixou alguma coisa pra mim no testamento?', perguntou a esposa, abalada pelo luto, usando um vestido barato, popular, de preço acessível e de um tecido floral soberbamente colorido. Entre os que não compareceram, alegando jamais terem ouvido falar no falecido, estavam Sir Veridian Gravalaux-Gravalax, marechal da Ilha Kennels, e sua prima, a muito atraente srta. Rowena Keats-Shelley".

John Honesto: "Não acho que ele vai sobreviver a esta, pra ser bem honesto".

Eric Indignado (balançando a cabeça, incrédulo): "O que me espanta é que as pessoas acham que podem vir e, bem, como quem não quer nada, eh, enterrar gente viva".

Sra. Cronos (carregando uma enorme ampulheta e usando um velho vestido de baile esfarrapado): "Bem, devo admitir que é bom ser requisitada! Nem um só papel desde o quarto ato de *O conto de inverno*" (tom carinhoso). "Uma peça do Bill Shakespeare, claro — um homem encantador, por sinal, e um amigo muito próximo. Enquanto os séculos passavam voando, eu pensava: 'Isso mesmo, simplesmente me ignorem, eu sei quando não sou querida'.". (Cruza os braços e assente.) "As pessoas acham que eu sou uma típica atriz secundária, mas se há uma coisa que eu não suporto é ser estereotipada. Em todo caso" (leve suspiro), "acho que está na hora de eu dizer a minha fala". (Fazendo uma careta.) "Francamente, acho-a um pouco antiquada. As pessoas parecem não apreciar o fato de eu ser uma garota moderna". (Risadinha tímida.) "Só quero dizer mais uma coisa" (séria agora), "e é um 'muito obrigada' a todos os meus fãs. Foram vocês que me deram força durante todos esses anos solitários. Obrigada pelos sonetos, pelas cartas, pelas conversas, eles significam muito para mim, realmente significam. Pensem em mim de vez em quando, meus queridos, quando ficarem com a gengiva preta e não conseguirem se lembrar do nome de alguém". (Atira beijos para a plateia. Depois se recompõe, alisa as dobras do vestido e vai até a frente do palco.)

Estando sua morte anunciada,
Nossa peça está também encerrada.
Não pensem mal da nossa folia
E voltem de novo outro dia.

Átila, o Huno (empurra a tampa de seu caixão com um soco, fazendo um som furioso de rosnado, grunhindo e sibilando, como um leopardo sendo provocado com comida pelas barras de uma jaula): "Rooooooaaaarrrrrhh!".

Patrick sentou-se de supetão e bateu a cabeça na perna da cadeira. "Merda, porra, caralho, bosta", disse por fim com sua própria voz.

8.

Patrick jazia na cama como uma coisa morta. Tinha aberto as cortinas por um momento e visto o sol nascendo sobre o East River, e aquilo o enchera de asco e autocensura.

O sol brilhava, sem alternativa, sobre o nada novo. Essa era mais uma primeira frase.

Palavras de outras pessoas atravessavam sua mente. Mato seco rolando por um deserto. Será que ele já tinha pensado nisso? Já tinha dito isso? Sentia-se ao mesmo tempo inchado e vazio.

Vestígios da possessão da noite vinham à tona aqui e ali na espuma suja de seus pensamentos que ferviam em fogo lento, e a experiência de se ver tão completo e frequentemente deslocado o machucava e o fazia se sentir solitário. Além disso, quase tinha se matado.

"Não vamos entrar nessa de novo", murmurou, como um amante importunado a quem nunca se permite esquecer uma indiscrição.

Fez uma careta enquanto esticava o braço dolorido e pegajoso para ver que horas eram no relógio de cabeceira. Cinco e quarenta e cinco da manhã. Podia pedir um prato de frios ou de salmão defumado agora mesmo, mas seriam necessários outros quarenta e cinco minutos para ele conseguir organizar esse breve momento de afirmação em que um carrinho retinindo com um café da manhã saudável seria levado até o quarto.

O suco de fruta iria esquentar e decantar sob sua tampa de papelão; o bacon e o ovo, no final das contas intimidadoramente carnais demais, iriam esfriar e começar a feder, e a única rosa, em seu estreito vaso de vidro, iria deixar cair uma pétala sobre a toalha branca enquanto ele bebia um pouco de chá açucarado e continuava a ingerir o alimento etéreo de sua seringa.

Depois de uma noite insone, ele sempre passava o período entre cinco e meia e oito da manhã encolhido diante do rugido cada vez mais alto da vida. Em Londres, quando a luz pálida da alvorada manchava o teto acima do varão da cortina, ele escutava com um pânico vampiresco o guinchar e o estrondear de carretas distantes, depois o lamento próximo de um carrinho de leite e, por vezes, as batidas de portas de carros que levavam crianças para a escola ou homens de verdade para irem trabalhar em fábricas e bancos.

Já eram quase onze horas na Inglaterra. Ele podia matar o tempo até o café da manhã com alguns telefonemas. Iria ligar para Johnny Hall, que certamente simpatizaria com seu estado de espírito.

Mas antes precisava de uma leve picada para poder aguentar firme. Assim como só conseguia considerar a possibilidade de desistir da heroína depois de já ter usado um pouco, também só conseguia se recuperar dos estragos da cocaína usando mais.

Depois de injetar com uma moderação que o deixou tão impressionado quanto entediado, Patrick escorou-se em alguns travesseiros e se instalou confortavelmente ao lado do telefone.

"Johnny?"

"Ahã." Houve um sussurro tenso do outro lado da linha.

"É Patrick."

"Que horas são?"

"Onze."

"Nesse caso só dormi três horas."

"Quer que eu ligue depois?"

"Não, o estrago já está feito. Como vai?"

"Ah, bem. Tive uma noite bastante intensa."

"Quase morreu et cetera?", disse Johnny, a voz entrecortada.

"Ahã."

"Eu também. Ando injetando um *speed* realmente infame, feito por um estudante de química reprovado com uma mão trêmula e um frasco de ácido clorídrico. É do tipo que fede a tubos de ensaio queimados quando você aperta o êmbolo, e depois te deixa espirrando compulsivamente, fazendo seu coração bater frenético com marteladas arrítmicas que lembram as piores passagens dos *Cantos* de Pound."

"Se o seu chinês for bom, você não deve ter problema."

"Não tenho nada."

"Eu tenho. É remédio, cara, remédio."

"Estou indo praí."

"Pra Nova York?"

"Nova York! Achei que o tom hesitante de sussurro da sua voz fosse uma combinação das minhas alucinações auditivas e da sua notória indolência. É muito decepcionante saber que isso tem uma causa *real*. Por que você está aí?"

"Meu pai morreu aqui, então vim recolher seus restos mortais."

"Meus parabéns. Você alcançou o status de semiórfão. Eles estão se recusando a entregar o corpo dele? Estão fazendo você pôr no outro prato da balança um peso equivalente em ouro para te liberar a preciosa carga?"

"Não me cobraram nada ainda, mas se houver um indício que seja de exagero, vou simplesmente deixar o troço apodrecendo aqui."

"Boa ideia. Você está minimamente triste?"

"Estou me sentindo bem angustiado."

"É. Lembro de descobrir que o chão sob os meus pés parecia, se é que isto é possível, ainda menos confiável do que o normal e que o meu desejo de morrer ficou, se é que isto é possível, maior que antes."

"É, também estou sentindo muito isso. Além de uma dor bem chata no fígado, como se um coveiro tivesse enfiado uma pá sob as minhas costelas e pisado com força nela."

"É pra isso que o seu fígado serve, não sabia?"

"Como você pode me perguntar isso?"

"É verdade. Desculpe. Mas e aí, quando é que nós, titãs, vamos nos ver?"

"Bem, devo voltar amanhã à noite. Você poderia arranjar um pouco de farinha, daí vou direto do aeroporto pra sua casa, sem ter que ver o desagradável do Brian."

"Claro. Por falar em gente desagradável, outra noite fui parar no apartamento de uns italianos bem idiotas, mas eles tinham uma coca em cristal rosa que fazia um som de xilofone quando caía na colher. Acabei roubando o negócio todo e me tranquei no banheiro. Como você sabe, não é qualquer coisa que afeta a tranquilidade imbecil desses viciados com olhos de cordeirinho, mas eles pareciam estar realmente putos, batendo na porta e gritando: 'Sai daí, seu filho da mãe, senão te mato. Alessandro, faz o cara sair daí!'."

"Meu Deus, que hilário."

"Infelizmente, acho que dissemos 'Ciao' pela última vez, senão eu arranjaria um pouco pra você. Era realmente o tipo de coisa pra se usar antes de lançar pela última vez o barco viking em chamas nas águas cinzentas."

"Estou ficando com inveja."

"Bom, talvez a gente finalmente se mate amanhã à noite."

"Com certeza. Trate de arranjar bastante."

"Beleza."

"Tá, nos vemos amanhã à noite."

"Tchau."

"Até."

Patrick desligou o telefone com um leve sorriso. Conversar com Johnny sempre o animava. Discou imediatamente um novo número e se recostou outra vez nos travesseiros.

"Alô?"

"Kay?"

"Fofinho! Como você está? Espera um pouco, vou só desligar a música."

O som de um violoncelo exasperado e solitário foi diminuindo até se apagar e Kay voltou ao telefone. "E aí, como você está?", ela perguntou de novo.

"Não consegui dormir muito."

"Não me surpreende."

"Nem a mim, eu usei uns quatro gramas de coca."

"Ah, meu Deus, que horror. Você não andou usando heroína também, né?"

"Não, não, não. Abandonei isso. Só alguns tranquilizantes."

"Bom, já é alguma coisa. Mas por que coca? Pense no seu pobre nariz. Você não pode simplesmente deixá-lo cair."

"Meu nariz vai ficar bem. É que eu estava muito deprimido."

"Pobrezinho, tenho certeza que sim. A morte de seu pai é a pior coisa que podia ter acontecido com você. Você nunca teve a chance de se acertar com ele."

"Isso nunca ia acontecer."

"É o que todos os filhos pensam."

"Humm…"

"Não gosto da ideia de você sozinho aí. Vai se encontrar com alguém agradável hoje ou só com o pessoal da funerária?"

"Você está insinuando que agentes funerários não podem ser agradáveis?", perguntou Patrick em tom lúgubre.

"Não, meu senhor, acho o trabalho deles maravilhoso."

"Realmente não sei. Só preciso pegar as cinzas, no mais estou livre como o vento. Queria que você estivesse aqui."

"Eu também, mas eu irei… eu te vejo amanhã, não é?"

"Com certeza. Do aeroporto vou direto pra sua casa." Patrick acendeu um cigarro. "Fiquei pensando a noite toda", continuou depressa, "— se é que dá pra chamar isto de pensar — se as ideias surgem da necessidade contínua de falar, liberadas de vez em quando pela presença paralisante de outras pessoas, ou se é simplesmente no discurso que concebemos o que já tínhamos pensado." Ele torcia para que esse tipo de pergunta distraísse Kay de todos os detalhes da volta dele.

"Isso não deveria ter te mantido acordado", disse ela, rindo. "Te respondo amanhã à noite. A que horas você chega?"

"Lá pelas dez", disse Patrick, acrescentando algumas horas ao horário de chegada.

"Então te vejo lá por volta das onze?"

"Perfeito."

"Tchau, fofinho. Beijão."

"Outro. Até."

Patrick desligou e preparou outra pequena dose de coca para poder aguentar firme. A última picada ainda era recente demais e ele precisava ficar deitado na cama por um tempo, suando, antes de conseguir fazer a próxima ligação.

"Alô? Debbie?"

"Querido. Não tive coragem de te ligar, caso você estivesse dormindo."

"Esse não tem sido o meu problema."

"Bem, sinto muito, eu não sabia."

"Não estou te acusando de nada. Não tem por que ficar tão na defensiva."

"Não estou na defensiva", disse Debbie, rindo. "Só estava preocupada com você. Isso é ridículo. Só quis dizer que fiquei a noite toda preocupada com você, pensando em como você estaria."

"Ridículo, imagino."

"Ah, por favor, não vamos discutir. Eu não disse que *você* era ridículo. Quis dizer que discutir é ridículo."

"Bem, eu estava discutindo e se discutir é ridículo então eu estava sendo ridículo. Caso encerrado."

"Que caso? Você sempre acha que eu estou te atacando. Não estamos num tribunal. Não sou sua oponente ou sua inimiga."

Silêncio. A cabeça de Patrick latejava pelo esforço de não contradizê-la. "Então, o que você fez ontem à noite?", perguntou ele por fim.

"Bem, fiquei um tempão tentando falar com você, depois fui àquele jantar na casa do Gregory e da Rebecca."

"O sofrimento tem lugar enquanto alguém come. Quem disse isso?"

"Poderia ter sido qualquer um", disse Debbie, rindo.

"Simplesmente veio à cabeça."

"Humm. Você deveria tentar editar algumas dessas coisas que surgem na sua cabeça."

"Bom, vamos deixar a noite passada pra lá; o que você vai fazer amanhã à noite?"

"Fomos convidados para ir na casa de China, mas imagino que você não vá querer comer e sofrer ao mesmo tempo." Debbie riu da própria piada, como de costume, enquanto Patrick se manteve firme em sua política implacável de nunca rir de nada que ela dissesse, dessa vez sem sentir o menor traço de maldade.

"Que comentário brilhante", disse ele secamente. "Eu não vou, mas nada me convenceria a impedi-la de ir."

"Não seja ridículo, eu vou cancelar."

"Parece que é melhor eu continuar sendo ridículo, senão você não vai me reconhecer. Eu ia até aí ver você, direto do aeroporto, mas vou assim que você voltar da casa de China. Lá pela meia-noite ou uma."

"Bom, tá certo, mas eu cancelo se você quiser."

"Não, não, eu jamais sonharia com isso."

"É melhor eu não ir, ou depois você vai usar isso contra mim."

"Não estamos num tribunal. Não sou seu oponente ou seu inimigo", repetiu Patrick ironicamente.

Silêncio. Debbie esperou até conseguir recomeçar do zero, tentando ignorar as demandas inacreditavelmente contraditórias de Patrick.

"Você está no Pierre?", ela perguntou, animada.

"Se você não sabe em que hotel estou, como poderia ter me ligado?"

"Eu imaginei que você estivesse no Pierre, mas não tinha certeza, já que você não parecia em condições de me dizer", respondeu Debbie com um suspiro. "O quarto é agradável?"

"Acho que você iria gostar. Tem um monte de sachês no banheiro e um telefone ao lado da privada, assim você não corre o risco de perder nenhuma ligação importante — um convite para jantar na casa de China, por exemplo."

"Por que você está sendo tão antipático?"

"Eu estou?"

"Vou cancelar amanhã."

"Não, não, *por favor*, não cancele. Foi só uma piada. Estou me sentindo bem irritado no momento."

"Você sempre está se sentindo bem irritado", disse Debbie, rindo.

"Bom, acontece que meu pai acabou de morrer, o que me deixa especialmente irritado."

"Eu sei, querido, sinto muito."

"Além do mais, usei uma quantidade enorme de drogas."

"Será que foi uma boa ideia?"

"É claro que não foi uma boa ideia", disse Patrick, bufando indignado.

"Acha que a morte do seu pai vai te deixar menos parecido com ele?", perguntou Debbie, suspirando de novo.

"Vou ter que trabalhar por dois agora."

"Meu Deus, tem certeza de que não prefere esquecer a coisa toda?"

"É claro que eu preferiria esquecer a coisa toda", retrucou Patrick, "mas essa não é uma opção."

"Bem, todos têm a sua cruz pra carregar."

"Ah é? Qual é a sua?"

"Você", disse Debbie, rindo.

"Bom, tome cuidado, porque alguém pode roubá-la de você."

"Vão ter que lutar por ela primeiro", disse Debbie, afetuosa.

"Que fofa", balbuciou Patrick, apoiando o telefone no ombro e sentando na beira da cama.

"Ah, querido, por que a gente sempre discute?", perguntou Debbie.

"Porque estamos apaixonados demais", disse Patrick sem pensar, abrindo o pacote de heroína na mesa de cabeceira. Mergulhou o dedo mínimo no pó, levou-o até uma das narinas e inalou em silêncio.

"Essa explicação pareceria estranha se viesse de qualquer outra pessoa."

"Bem, espero que você não a esteja recebendo de nenhuma outra pessoa", disse Patrick num tom infantil, mergulhando o dedo e inalando várias vezes.

"Nenhuma outra pessoa teria coragem de dá-la, se se comportasse como você", disse Debbie, rindo.

"É que eu preciso tanto de você", sussurrou Patrick, recostando-se de novo nos travesseiros. "É assustador para um viciado em independência como eu."

"Ah, então é nisso que você é viciado?"

"Sim. Todas as outras coisas são ilusões."

"Eu sou uma ilusão?"

"Não! É por isso que a gente discute tanto. Percebe?" Soou bom aos olhos dele.

"Porque eu sou um obstáculo *real* para a sua independência?"

"Para o meu desejo tolo e equivocado de independência", corrigiu Patrick em tom galante.

"Bem, você sabe mesmo elogiar uma garota", disse Debbie, rindo.

"Queria que você estivesse aqui", disse Patrick com a voz rouca, mergulhando o dedo no pó branco de novo.

"Eu também. Deve estar sendo horrível pra você aí. Por que não vai ver a Marianne? Ela cuida de você."

"Que boa ideia. Vou ligar para ela depois."

"É melhor eu desligar agora", disse Debbie, suspirando. "Vou ser entrevistada por alguma revista boba."

"Do que se trata?"

"Ah, é sobre pessoas que vão a muitas festas. Não sei por que aceitei."

"Porque você é toda gentil e prestativa", disse Patrick.

"Humm… te ligo mais tarde. Acho que você está sendo muito corajoso, e eu te amo."

"Também te amo."

"Tchau, querido."

"Até."

Patrick desligou o telefone e olhou para o relógio. Seis e trinta e cinco da manhã. Pediu bacon canadense, ovos fritos, torrada, mingau, compota de fruta, suco de laranja, café e chá.

"É café da manhã para dois?", perguntou com voz animada a mulher que anotava o pedido.

"Não, só para um."

"Nossa, você realmente vai tomar um café da manhã reforçado, meu bem", disse ela com uma risadinha.

"É a melhor forma de começar o dia, não acha?"

"Com certeza!", concordou.

9.

O cheiro de comida estragando tinha dominado o quarto surpreendentemente rápido. O café da manhã de Patrick estava arruinado sem nem ter sido consumido. A massa cinzenta do mingau achava-se maculada por uma pera cozida comida pela metade; fatias de bacon pendiam da beira de um prato melecado com gema de ovo, e no pires alagado duas bitucas de cigarros jaziam encharcadas de café. Um triângulo de torrada abandonada exibia a marca semicircular dos dentes dele, e o açúcar derramado reluzia por toda a toalha da mesa. Apenas o suco de laranja e o chá tinham sido tomados até o fim.

Na televisão, o Coiote, montado num foguete voando em disparada, chocou-se explosivamente contra a encosta de uma montanha, enquanto o Papa-Léguas desaparecia num túnel, saía do outro lado e se afastava numa nuvem de poeira. Vendo o Papa-Léguas e a esfericidade estilizada da poeira levantada atrás dele, Patrick se lembrou dos primeiros e inocentes dias de seu uso de drogas, quando ele achou que o LSD iria lhe revelar alguma outra coisa além da tirania de seus efeitos sobre sua consciência.

Graças à sua aversão a ar-condicionado, o quarto estava ficando cada vez mais abafado. Patrick ansiava empurrar o carrinho para fora, mas o perigo de encontrar alguém no corredor o fez se resignar ao crescente fedor. Ele já tinha ouvido duas camareiras conversarem sobre ele, e, embora tivesse aceitado teoricamente que se tratava de uma alucinação, sua força de vontade não lhe permitiria testar essa veia de indiferença a ponto de abrir a porta. Afinal, uma das camareiras não havia dito à outra: "Eu disse para ele: 'Você vai morrer, garoto, se continuar usando essa merda'.". E a outra não tinha respondido: "Você tem que chamar a polícia, para a sua própria proteção; não dá pra continuar vivendo assim".

Caminhando distraído para o banheiro, ele girou o ombro direito para aliviar a dor que havia se instalado sob a omoplata. Cético, mas sem conseguir se conter, foi até o espelho e percebeu que uma das pálpebras estava bem mais caída que a outra, pendendo sobre um olho inflamado e lacrimejante. Puxando a pele para baixo, viu o tom amarelo-escuro familiar de seus globos oculares. A língua também estava amarela e saburrenta. Só as valas roxas sob os olhos amenizavam a palidez mortal de suas feições.

Graças a Deus seu pai havia morrido. Sem um pai morto realmente não haveria desculpa para aquela aparência tão horrível. Lembrou de um dos lemas que guiavam a vida de seu pai: "Nunca se desculpar, nunca se explicar".

"E que outra porra é possível fazer?", resmungou Patrick, abrindo as torneiras da banheira e rasgando um dos sachês com os dentes. Enquanto derramava o líquido verde e viscoso na água, ouviu, ou achou que tivesse ouvido, o telefone tocar. Seria o gerente avisando-o de que a polícia estava a caminho? Quem quer que fosse, o mundo externo estava se intrometendo com força em sua atmosfera, e isso o enchia de medo. Fechou as torneiras e escutou o toque puro do telefone. Por que atender? No entanto era insuportável a ele não fazê-lo; talvez ele fosse ser salvo.

Sentando no vaso, sem confiar na própria voz, Patrick pegou o telefone e disse: "Alô?".

"Patrick, querido", disse uma voz arrastada do outro lado.

"George!"

"É uma hora ruim pra ligar?"

"De modo algum."

"Eu estava pensando se você gostaria de almoçar comigo. Talvez seja a última coisa que você queira fazer, claro. Você deve estar se sentindo muitíssimo arrasado. É um choque terrível, sabe, Patrick; todos nós sentimos isso."

"Eu de fato estou um pouco instável, mas adoraria almoçar."

"Devo preveni-lo de que convidei algumas pessoas. Cavalheiros adoráveis, naturalmente, o melhor tipo de americano. Um ou dois chegaram a conhecer seu pai e gostaram muito dele."

"Parece perfeito", disse Patrick, erguendo os olhos para o teto e fazendo uma careta.

"Vou encontrá-los no Key Club. Conhece?"

"Não."

"Creio que você o achará divertido à sua maneira. A pessoa deixa o barulho e a poluição de Nova York e de repente é como se estivesse numa espécie de casa de campo inglesa. Sabe Deus a que família pertencem — suponho que alguns membros os tenham emprestado —, mas as paredes estão forradas de retratos, e o efeito é mesmo muito charmoso. Há as coisas usuais que alguém espera encontrar, como o Gentleman's Relish, e curiosamente outras que hoje em dia são bem difíceis de encontrar na Inglaterra, como um bom Bullshot. Seu pai e eu concordamos que fazia anos não tomávamos um Bullshot tão bom."

"Parece o paraíso."

"Convidei Ballantine Morgan. Não sei se você já o conhece. Infelizmente não estou seguro de que ele não seja um tédio absoluto, mas Sarah o tem em tão alta conta, e a gente se acostuma em vê-lo por toda a parte, que o convidei para almoçar. Por mais estranho que pareça, conheci uma vez um homem chamado Morgan Ballantine, sujeito muito encantador; eles devem estar relacionados de alguma forma, mas nunca consegui realmente ir a fundo nessa questão", disse George em tom melancólico.

"Talvez hoje a gente descubra", disse Patrick.

"Bem, não tenho certeza se posso perguntar a Ballantine de novo. Tenho a impressão de já ter feito isso, mas é difícil ter certeza, porque escutar as respostas dele exige muito esforço."

"A que horas devemos nos encontrar?"

"Por volta de quinze para a uma no bar."

"Perfeito."

"Bem, tchau, meu querido."

"Até. Nos vemos às quinze para a uma." A voz de Patrick foi se apagando.

Ele abriu as torneiras outra vez e voltou ao quarto para se servir de um copo de uísque. Um banho sem um drinque era como... era como um banho sem um drinque. Havia alguma necessidade de elaborar ou comparar?

Uma voz na televisão anunciava animadamente um jogo completo de extraordinárias facas trinchantes, acompanhadas de uma incrível frigideira chinesa, um lindo jogo de saladeiras, um livro de receitas de dar água na boca e, como se não bastasse, uma máquina de cortar legumes em diferentes formatos. Patrick ficou vendo de olhos vidrados as cenouras serem fatiadas, raladas, cortadas em cubos e em tiras.

O montinho de gelo picado no qual o suco de laranja tinha vindo acabou derretendo, e Patrick, subitamente frustrado, deu um chute no carrinho do café da manhã, lançando-o com estardalhaço contra a parede. Ele ficou desesperado diante da perspectiva de não haver nenhum gelo em sua bebida. De que adiantava continuar? Tudo estava errado, tudo estava irremediavelmente fodido. Sentou-se, indefeso e derrotado, na beira da cama, a garrafa de uísque pendendo frouxa em uma mão. Ele havia imaginado um copo gelado de uísque assomando sensualmente na lateral da banheira, tinha depositado todas as suas esperanças nisso, mas, ao descobrir que o plano todo estava comprometido, nada mais se colocava entre ele e a bancarrota total. Tomou um gole direto da garrafa e a colocou na mesa de cabeceira. Sentiu o uísque arder na garganta e estremeceu.

O relógio marcava onze e vinte. Ele devia entrar em ação e se preparar para as atividades do dia. Agora era hora de *speed* e álcool. Devia deixar a coca para trás, senão iria passar o almoço inteiro se picando no banheiro, como sempre.

Ergueu-se da cama e deu um soco súbito no abajur, derrubando e quebrando a lâmpada no carpete. Com a garrafa de uísque na mão, voltou ao banheiro, onde encontrou a água transbordando suavemente pela lateral da banheira, alagando o chão. Recusando-se a entrar em pânico ou a demonstrar surpresa, fechou devagar as torneiras e esfregou o tapete do banheiro em volta, com o pé, espalhando água para os cantos que ela ainda não tinha alcançado. Despiu-se, molhando a calça, e atirou as roupas pela porta aberta.

A água estava absurdamente quente e Patrick precisou puxar o tampão da banheira e deixar a água fria correr antes de poder entrar. Uma vez deitado, a água pareceu fria demais. Esticou-se para pegar a garrafa de uísque que tinha deixado no piso ao lado da banheira, e, por nenhum motivo que pudesse explicar, jogou uísque no ar e sorveu-o enquanto ele espirrava e escorria por seu rosto.

A garrafa logo ficou vazia e ele a segurou debaixo d'água, vendo as bolhas saírem pelo pescoço e depois girando-a no fundo da banheira como um submarino perseguindo navios inimigos.

Olhando para baixo, teve um vislumbre de seus braços e prendeu a respiração brusca e involuntariamente. Entre os hematomas amarelos que iam desaparecendo e as linhas rosadas de antigas cicatrizes, uma série de novos ferimentos roxos se amontoava em torno de suas veias principais e em pontos estranhos ao longo do braço. No centro dessa tela mórbida, estava a protuberância preta produzida pela picada errada da noite anterior. A ideia de que aquele era seu braço assaltou Patrick de repente e o fez ter vontade de chorar. Fechou os olhos e afundou na água, respirando violentamente pelo nariz. Não suportava pensar nisso.

Quando emergiu da água, sacudindo a cabeça de um lado para o outro, Patrick ficou surpreso ao ouvir o telefone tocando de novo.

Saiu da banheira e pegou o fone ao lado do vaso. Esses telefones de banheiro eram realmente bem úteis — talvez fosse China convidando-o para jantar, implorando-lhe que reconsiderasse.

"Pois não?", ele disse, arrastando as palavras.

"Oi… Patrick?", disse uma voz inconfundível do outro lado.

"Marianne! Que gentil da sua parte me ligar."

"Sinto *muito* pelo seu pai", disse Marianne com uma voz hesitante mas profundamente autoconfiante, num sussurro rouco. Não parecia uma voz projetada de seu corpo para o mundo, mas que atraía o mundo para dentro de seu corpo; ela mais absorvia articuladamente do que falava. Qualquer um que a ouvisse era levado a imaginar sua garganta lisa e comprida e o S elegante do corpo dela, exagerado pela curva extraordinária da espinha, que lançava seus peitos mais para a frente e a bunda mais para trás.

Por que ele nunca tinha ido para a cama com ela? O fato de ela nunca ter demonstrado nenhum sinal de desejo por ele desempenhara um papel desfavorável nisso, mas talvez se devesse à amizade dela com Debbie. Afinal, como ela poderia resistir a ele, pensou Patrick, olhando-se no espelho.

Puta que pariu. Ele ia ter que contar com a piedade dela.

"Bem, sabe como é", disse ele, arrastando as palavras sarcasticamente. "Onde está, ó morte, o teu aguilhão?"

"Entre todos os males do mundo que são imputados de um caráter maléfico, a morte é a mais inocente de sua acusação."

"Acertou em cheio nesse caso", disse Patrick. "Aliás, quem disse isso?"

"Bispo Taylor em *As regras corretas para morrer santo*", revelou Marianne.

"Seu livro favorito?"

"É *muito* bom", disse ela ofegante e rouca; "juro por Deus, é a prosa mais linda que eu já li."

Ela também era inteligente. De fato era insuportável; ele precisava tê-la.

"Você jantaria comigo hoje?", perguntou Patrick.

"Ah, meu Deus, quem me dera…", exclamou Marianne, "mas tenho que jantar com meus pais. Gostaria de vir também?"

"Seria maravilhoso", respondeu Patrick, irritado por não tê-la para si.

"Legal. Vou avisar meus pais", ronronou ela. "Passa no apartamento deles por volta das sete."

"Perfeito", disse Patrick, e então, sem pensar: "Adoro você".

"Ei!", disse Marianne num tom ambíguo. "Te vejo mais tarde."

Patrick desligou o telefone. Precisava tê-la, definitivamente precisava tê-la. Ela não era apenas o último objeto no qual seu desejo voraz de ser salvo tinha se fixado; não, ela era a mulher que iria salvá-lo. A mulher cuja fina inteligência, profunda simpatia e corpo divino, sim, cujo corpo divino iria desviar com sucesso sua atenção do poço sombrio de seus sentimentos e da contemplação de seu passado.

Se a conquistasse, iria abandonar as drogas para sempre, ou pelo menos teria alguém realmente atraente com quem usá-las. Riu descontrolado, enrolando uma toalha em volta do corpo e marchando de volta para o quarto com um vigor renovado.

Ele estava um bagaço, era verdade, mas todo mundo sabia que o que as mulheres realmente valorizavam, além de uma grande quantidade de dinheiro, era gentileza e bom humor. Gentileza não era a sua especialidade, e ele não estava se sentindo particularmente engraçado, mas esse era um caso do destino: precisava tê-la ou então morreria.

Era hora de ser prático, de tomar uma Black Beauty e trancar a coca a sete chaves na mala. Pescou uma cápsula do paletó e a engoliu com uma eficiência impressionante. Enquanto guardava a coca, achou que não havia por que não injetar uma última vez. Afinal, ele não se picava havia quase quarenta minutos, e não poderia fazer isso nas próximas duas horas. Com preguiça de passar por todo o ritual, enfiou a agulha numa veia de acesso fácil no dorso da mão e administrou a injeção.

Os efeitos com certeza estavam perdendo força, ele percebeu, ainda capaz de ficar andando, no máximo um pouco trêmulo, com os ombros bem erguidos ao lado dos ouvidos e a mandíbula fortemente cerrada.

De fato era insuportável a perspectiva de ficar longe da coca por tanto tempo, mas ele não conseguiria se controlar se levasse suprimentos consigo. O mais sensato era preparar umas duas injeções, uma na seringa velha e bastante gasta que ele tinha usado a noite toda, o êmbolo de borracha agora tendendo a emperrar nas paredes do cilindro, e a outra na preciosa seringa intocada.

Assim como alguns homens levam um lenço no bolso do peito para lidar com a emergência das lágrimas de uma mulher, ou de um espirro, ele com frequência escondia umas duas seringas no mesmo bolso para lidar com o vazio infinitamente renovado que o invadia. Avante, cavalheiro! Esteja preparado!

Sofrendo de mais uma alucinação auditiva, Patrick ouviu uma conversa entre um policial e um funcionário do hotel.

"Esse cara era um hóspede regular?"

"Nah, ele era do tipo as férias-da-minha-vida."

"Ahã, ahã", resmungou Patrick, impaciente. Ele não era tão fácil de intimidar.

Pôs uma camisa branca e limpa, vestiu seu segundo terno, uma espinha de peixe cinza-escuro, enfiando o sapato nos pés enquanto fechava as abotoaduras de ouro. A gravata preta e prateada, infelizmente a única que ele tinha, estava respingada de sangue, mas ele conseguiu disfarçar deixando-a bem curta, embora tivesse de enfiar a parte mais comprida dentro da camisa, uma prática que ele detestava.

Menos fácil de resolver era o problema de seu olho esquerdo, que agora estava completamente fechado, a não ser por uma intermitente vibração nervosa. Com muito esforço ele conseguia abri-lo, mas só se levantasse as sobrancelhas numa posição de grande indignação. No caminho para o Key Club ia ter de passar numa farmácia para comprar um tapa-olho.

O bolso do peito era profundo o bastante para esconder os êmbolos levantados das duas seringas, e o pacotinho de heroína cabia perfeitamente no bolsinho do paletó para trocados. Estava tudo sob controle, exceto por ele estar suando como um porco ferido e não conseguir se livrar da sensação de que tinha esquecido algo fundamental.

Patrick tirou a corrente da porta e deu uma última olhada nostálgica no quarto, no caos escuro e fétido que estava deixando para trás. As cortinas continuavam fechadas, a cama desfeita, travesseiros e roupas no chão, o abajur caído, o carrinho de comida apodrecendo na atmosfera quente, o banheiro alagado e a televisão, onde um homem gritava "Venha para o Crazy Eddie! Os preços enlouqueceram", ainda piscava.

Ao sair para o corredor, Patrick notou um policial parado diante do quarto ao lado.

O sobretudo! Era isso que ele tinha esquecido. Mas se desse meia-volta não ia parecer culpado?

Hesitou na soleira da porta e depois resmungou alto: "Ah, sim, tenho…", chamando a atenção do policial enquanto voltava consternado para o quarto. O que o policial estava fazendo ali? Será que eles tinham como saber o que ele andara fazendo?

O sobretudo parecia pesado e menos reconfortante que de costume. Ele não devia demorar demais, senão eles iriam se perguntar o que ele estava aprontado.

"Você vai morrer de calor nesse casaco", disse o policial com um sorriso.

"Não é um crime, é?", perguntou Patrick, mais agressivo do que pretendia.

"Normalmente", disse o policial, fingindo seriedade, "teríamos que prender você, mas estamos com as mãos ocupadas", acrescentou com um dar de ombros resignado.

"O que aconteceu aqui?", perguntou Patrick com seu tom de parlamentar falando com eleitor.

"Um sujeito morreu de ataque cardíaco."

"Acabou a festa", disse Patrick com uma sensação íntima de prazer.

"Houve uma festa aqui ontem à noite?" O policial ficou subitamente curioso.

"Não, não, eu só quis dizer…" Patrick sentiu que estava confuso, os pensamentos vindo de muitas direções ao mesmo tempo.

"Você não ouviu nenhum barulho, gritos, nada incomum?"

"Não, não ouvi nada."

O policial relaxou, passando a mão pela cabeça, em grande parte calva. "Você é inglês, certo?"

"Isso mesmo."

"Percebi pelo sotaque."

"Desse jeito logo vão te promover a detetive", disse Patrick, impetuoso. Ele acenou enquanto se afastava pelo longo carpete piegas rosa e verde e com um padrão de urnas carregadas de flores, sentindo os raios imaginários dos olhos do policial atravessarem suas costas.

10.

Patrick galgou os degraus do Key Club com uma ânsia incomum, seus nervos se contorciam como um ninho de vermes cuja pedra protetora tinha sido retirada, expondo-os ao ataque do céu aberto. Usando um tapa-olho, correu aliviado para dentro do saguão escuro do clube, a camisa grudando nas costas suadas.

O recepcionista pegou seu sobretudo com uma surpresa silenciosa e o conduziu por um estreito corredor; as paredes estavam forradas de memoriais a cachorros, cavalos e empregados memoráveis, além de uma ou duas charges testemunhando as pequenas excentricidades há muito esquecidas de certos membros falecidos. Aquele era realmente um templo de virtudes inglesas, conforme George prometera.

Introduzido numa grande sala apainelada cheia de poltronas de couro verde e marrom de estilo vitoriano e enormes pinturas brilhantes de cachorros com aves em suas obedientes bocas, Patrick avistou George no canto, já conversando com outro homem.

"Patrick, querido, como vai?"

"Olá, George."

"Está com algum problema no olho?"

"Só uma pequena inflamação."

"Ah, querido, bem, espero que você melhore", disse George com sinceridade. "Conhece Ballantine Morgan?", perguntou, virando-se para um homem pequenino de frágeis olhos azuis, cabelo branco impecável e um bigode bem aparado.

"Olá, Patrick", disse Ballantine, dando-lhe um firme aperto de mão. Patrick reparou que ele usava uma gravata preta de seda e se perguntou se ele estaria de luto por algum motivo.

"Fiquei muito triste quando soube de seu pai", disse Ballantine. "Não cheguei a conhecê-lo, mas, com base em tudo o que George me contou, parece que ele era um grande cavalheiro inglês."

Santo Deus, pensou Patrick.

"O que você andou dizendo a ele?", Patrick perguntou a George em tom de censura.

"Apenas que seu pai era um homem excepcional."

"Sim, tenho o prazer de dizer que ele era excepcional", respondeu Patrick. "Jamais conheci alguém como ele."

"Ele se recusava a se comprometer", disse George, arrastando as palavras. "Como era mesmo que ele costumava dizer? 'Nada mais que o melhor, ou então nada.'."

"Eu mesmo sempre me senti assim", se gabou Ballantine tolamente.

"Gostaria de uma bebida?", perguntou George.

"Aceito um daqueles Bullshots de que você falou tão apaixonadamente esta manhã."

"Apaixonadamente", repetiu Ballantine, gargalhando.

"Bem, há coisas que despertam paixão na pessoa", disse George sorrindo, olhando na direção do barman e erguendo brevemente o indicador. "Vou ficar bem desolado sem seu pai", continuou. "Curiosamente, era aqui que deveríamos ter almoçado no dia em que ele morreu. Na última vez em que o vi, fomos a um lugar de fato extraordinário que tem algum tipo de acordo — não posso acreditar que seja recíproco — com os Travellers de Paris. Os retratos eram no mínimo quatro vezes maiores que o tamanho natural — nós rimos um bocado disso —, ele estava em ótima forma, embora, é claro, em seu pai sempre transparecia um fundo de decepção. Acho que ele realmente se divertiu nessa última visita. Você jamais deve esquecer, Patrick, que ele tinha muito orgulho de você. Tenho certeza de que você sabe disso. Tinha realmente muito orgulho."

Patrick sentiu vontade de vomitar.

Ballantine parecia entediado, como as pessoas costumam ficar quando se está falando de alguém que elas não conhecem. Ele tinha o desejo muito natural de falar de si próprio, mas sentia que uma pequena pausa era apropriada.

"Sim", disse George ao garçom. "Gostaríamos de dois Bullshots e..." Inclinou-se interrogativamente na direção de Ballantine.

"Vou querer outro martíni", disse Ballantine. Houve um breve silêncio.

"Quantos cães de caça fiéis por aqui", disse Patrick com ar cansado, olhando a sala em volta.

"Suponho que muitos membros sejam apaixonados por caça", disse George. "Ballantine é um dos melhores atiradores do mundo."

"Epa, epa, epa", protestou Ballantine, "eu *fui* o melhor atirador do mundo." Estendeu a mão para deter o fluxo de autocongratulação, mas não teve mais sucesso do que o rei Canuto diante de outra grande força da natureza. "O que eu não perdi", não pôde deixar de destacar, "foi uma coleção de armas que provavelmente é a maior do mundo."

O garçom voltou com as bebidas.

"Você poderia me trazer o livro chamado *A coleção de armas de Morgan?*", pediu-lhe Ballantine.

"Sim, sr. Morgan", disse o garçom com uma voz que sugeria que ele já tinha ouvido esse pedido antes.

Patrick provou o Bullshot e pegou-se sorrindo irresistivelmente. Tomou metade do copo num gole, deixou-o na mesa por um momento, pegou-o de novo e disse a George: "Você tinha razão sobre esses Bullshots", tomando o resto.

"Gostaria de outro?", perguntou George.

"Acho que sim, são deliciosos."

O garçom voltou ziguezagueando até a mesa com um enorme volume branco. Na capa, visível de alguma distância, havia uma fotografia de duas pistolas incrustadas com prata.

"Aqui está, sr. Morgan", disse o garçom.

"Ahá!", disse Ballantine, pegando o livro.

"E outro Bullshot, por favor", disse George.

"Sim, senhor."

Ballantine tentou reprimir um sorriso de orgulho. "Estas armas aqui", disse, dando uma batidinha na capa do livro, "são duas pistolas de duelo espanholas do século XVII, e são as armas mais valiosas do mundo. Se eu disser que me custou mais de um milhão substituir os gatilhos, vocês vão ter uma ideia do que estou falando."

"É o suficiente para fazer você se perguntar se vale a pena lutar num duelo", disse Patrick.

"Só as escovas de limpeza originais custam mais de duzentos e cinquenta mil dólares", disse Ballantine, rindo, "então você não vai querer disparar as pistolas com muita frequência."

George parecia aflito e distante, mas não havia como deter Ballantine em seu papel de O Triunfo da Vida, incumbindo-se da importante tarefa de distrair Patrick de seu terrível luto. Ele pôs uns óculos meia-lua estilo casco de tartaruga, atirou a cabeça para trás e olhou de modo condescendente para seu livro, enquanto se permitia folhear as páginas rapidamente.

"Este aqui", disse, interrompendo o deslizar de páginas e segurando o livro aberto na direção de Patrick, "este é o primeiro rifle de repetição Winchester feito no mundo."

"Incrível", suspirou Patrick.

"Quando estava caçando na África, derrubei um leão com esta arma", admitiu Ballantine. "Foram necessários vários tiros — ela não tem o calibre de uma arma moderna."

"Você deve ter se sentido ainda mais grato pelo mecanismo de repetição", sugeriu Patrick.

"Ah, havia dois caçadores confiáveis me cobrindo", disse Ballantine em tom complacente. "Eu descrevo o incidente no livro que escrevi sobre minhas viagens de caça na África."

O garçom voltou com o segundo Bullshot de Patrick e com outro livro enorme debaixo do braço.

"Harry achou que o senhor poderia querer este também, sr. Morgan."

"Bem, que surpresa", disse Ballantine, num tom coloquial nasalizado, esticando-se para trás na cadeira e sorrindo radiante para o barman. "É só eu falar no livro que ele cai no meu colo. Isso é o que eu chamo de um bom serviço!"

Ele abriu o novo volume com um prazer familiar. "Alguns amigos meus tiveram a bondade de dizer que eu tenho um excelente estilo de escrita", explicou numa voz que não soava tão surpresa quanto pretendia. "Eu mesmo não vejo assim, eu simplesmente descrevo como foi. O modo como cacei na África é um modo de vida que não existe mais, e eu apenas disse a verdade sobre isso, nada mais."

"Sim", disse George com a fala arrastada. "Jornalistas e gente desse tipo escrevem um monte de besteiras sobre o que chamam de o 'Grupo do Happy Valley'. Bem, eu estive lá por um bom tempo na época e posso dizer que não havia mais infelicidade que de costume, nenhuma bebedeira maior que o normal, as pessoas se comportavam como se estivessem em Londres ou em Nova York."

George se inclinou e pegou uma azeitona. "Nós de fato jantávamos de pijama", acrescentou pensativamente, "o que, imagino, *era* um pouco incomum. Mas não porque quiséssemos nos jogar na cama uns com os outros, embora obviamente muita coisa assim tenha acontecido, como sempre acontece; apenas a questão era que precisávamos acordar de madrugada no dia seguinte para caçar. Quando voltávamos à tarde, tínhamos um 'brinde', que seria de uísque com soda, ou o que quiséssemos. E então eles diziam: 'Banho, *bwana*, hora do banho' e nos preparavam um banho. Depois havia mais 'brinde', e então jantávamos de pijama. As pessoas se comportavam como em qualquer outro lugar, embora eu deva dizer, bebíamos pra caramba, pra caramba mesmo."

"Parece o paraíso", disse Patrick.

"Bem, sabe, George, a bebedeira tinha a ver com o estilo de vida. Você simplesmente suava tudo", disse Ballantine.

"Sim, é verdade", disse George.

Você não precisa ir pra África pra suar muito, pensou Patrick.

"Esta é uma foto minha com um bode montês Tanganica", disse Ballantine, passando o segundo livro para Patrick. "Me disseram que era o último macho potente da espécie, então não tenho como não me sentir dividido em relação a isso."

Meu Deus, ele também é sensível, pensou Patrick, olhando para a foto de um Ballantine mais novo, com um chapéu cáqui, ajoelhado junto ao corpo de um bode.

"Eu mesmo tirava as fotos", disse Ballantine em um tom despretensioso. "Vários fotógrafos profissionais já imploraram para que eu revelasse meu 'segredo', mas tive de desapontá-los — o único segredo é conseguir um tema fascinante e fotografá-lo da melhor forma possível."

"Incrível", murmurou Patrick.

"Algumas vezes, num impulso tolo de orgulho", continuou Ballantine, "eu me incluí no cenário e deixei que um dos rapazes tirasse a foto — eles conseguiam fazer isso suficientemente bem."

"Ah", disse George, com um entusiasmo atípico, "aí está o Tom."

Um homem excepcionalmente alto com um terno azul de anarruga veio contornando as mesas. Tinha um cabelo fino mas bastante caótico e olhos caídos de cão-de-santo-humberto.

Ballantine fechou os dois livros e deixou-os no colo. O ciclo de sua monstruosa vaidade havia se completado. Ele falara de um livro no qual escreveu sobre suas fotografias de animais que ele tinha abatido com as armas de sua coleção magnífica, uma coleção fotografada (não por ele, infelizmente) no segundo livro.

"Tom Charles", disse George, "Patrick Melrose."

"Vejo que você esteve conversando com o Homem da Renascença", disse Tom numa voz seca e grave. "Como vai, Ballantine? Já pôs o sr. Melrose a par de suas realizações?"

"Bem, achei que ele poderia se interessar por armas", disse Ballantine, irritado.

"O que nunca lhe ocorre é que pode haver alguém que *não* esteja interessado em armas", rouquejou Tom. "Sinto muito pelo seu pai, imagino que você esteja arrasado."

"Acho que estou", disse Patrick, pego de surpresa. "É um momento terrível para qualquer um. O que quer que você sinta é sentido com muita força, e você sente praticamente tudo."

"Quer uma bebida ou prefere ir direto para o almoço?", perguntou George.

"Vamos comer", disse Tom.

Os quatro homens se ergueram. Patrick percebeu que os dois Bullshots o tinham feito se sentir muito mais sólido. Também detectava o pulsar constante e lúcido do *speed*. Talvez pudesse se conceder uma rápida picada antes do almoço.

"Onde ficam os banheiros, George?"

"Ah, logo depois daquela porta no canto", disse George. "Estaremos na sala de jantar, subindo a escada à direita."

"Encontro vocês lá."

Patrick se separou do grupo e foi em direção à porta que George havia indicado. Do lado de lá, encontrou um recinto grande e frio de mármore preto e branco, com acessórios cromados brilhantes e portas de mogno. Numa das extremidades de uma série de pias, havia uma pilha de toalhas engomadas com a inscrição "Key Club" costurada no canto com linha verde e, ao lado, uma grande cesta de vime para descartar as toalhas usadas.

Com uma súbita eficiência e discrição, ele pegou uma toalha, encheu um copo d'água e se esgueirou para dentro de um dos boxes de mogno.

Não havia tempo a perder, e, como que num só gesto, Patrick pôs o copo de lado, abriu a toalha e tirou o paletó.

Sentou-se no vaso sanitário e cuidadosamente pôs a seringa sobre a toalha em seu colo. Arregaçou a manga, deixando-a bem apertada no bíceps para que ela funcionasse como um torniquete improvisado, e, enquanto abria e fechava o punho freneticamente, retirou a tampa da seringa com o polegar da outra mão.

Suas veias estavam ficando bastante tímidas, mas uma estocada sortuda no bíceps, logo abaixo da manga arregaçada, desencadeou o espetáculo gratificante de uma nuvem de cogumelo vermelha espiralando no cilindro da seringa.

Ele apertou o êmbolo com força e desenrolou a manga da camisa o mais rápido que pôde, para deixar a solução correr livremente por sua corrente sanguínea.

Patrick limpou o filete de sangue do braço e lavou a seringa, esguichando também a água rosada na toalha.

O barato foi decepcionante. Embora suas mãos tremessem e seu coração batesse forte, ele tinha perdido aquela sensação extasiante de desmaio, aquele momento pungente, tão contido quanto a autobiografia de um homem se afogando, mas tão fugidio e íntimo quanto o aroma de uma flor.

De que servia a porra de uma picada de coca se ele não alcançava um barato decente? Era insuportável. Indignado, mas também preocupado com as consequências, Patrick pegou a segunda seringa, sentou de novo no vaso e arregaçou a manga. O estranho era que o efeito da droga parecia estar se intensificando, como se tivesse ficado retido na manga da camisa e levado um tempo anormalmente longo para alcançar seu cérebro. De qualquer forma, ele já estava decidido a se picar uma segunda vez e, com um misto de medo e de empolgação por um intestino preso soltando, tentou enfiar a agulha no mesmo ponto de antes.

Enquanto desenrolava a manga, percebeu que dessa vez havia cometido um erro grave. Aquilo era demais. Só uma dose muito exagerada teria bastado. Mas aquela já era mais do que o suficiente.

Extasiado demais para lavá-la, ele conseguiu apenas pôr a tampa de volta na preciosa seringa nova e largá-la no chão. Deixou-se escorregar contra a parede de trás do banheiro, a cabeça pendendo para um lado, arfando e estremecendo como um atleta que acabou de cruzar a linha de chegada depois de perder uma corrida, o arrepio do suor fresco brotando por toda a superfície de sua pele e os olhos bem fechados, enquanto uma rápida sucessão de imagens passava por sua visão interior: uma abelha caindo bêbada nos pistilos carregados de pólen de uma flor; fissuras se estendendo pelo concreto de uma barragem se desintegrando; uma lâmina comprida cortando tiras de carne do corpo de uma baleia morta; um barril de olhos arrancados caindo pegajosos entre os cilindros de um lagar.

Forçou-se a abrir os olhos. Sua vida interior estava definitivamente *em declínio*, e seria mais prudente subir e enfrentar os efeitos confusos das outras pessoas, em vez de afundar ainda mais nesse tanque de imagens descontínuas e violentas.

As alucinações auditivas que afligiam Patrick enquanto ele ia tateando pela parede na direção da fileira de pias ainda não tinham se organizado em palavras, mas consistiam de fios retorcidos de som e de uma sensação sinistra de espaço, como uma respiração amplificada.

Enxugou o rosto e esvaziou o copo de água com sangue pelo ralo. Lembrando-se da segunda seringa, tentou lavá-la às presas, prestando atenção no reflexo da porta no espelho, para o caso de alguém entrar. Suas mãos tremiam tanto que era difícil manter a agulha sob a torneira.

Devia fazer uma eternidade desde que ele havia deixado os outros. Provavelmente eles já estavam pedindo a conta a essa altura. Sem fôlego, mas com uma urgência insana, enfiou a seringa molhada no bolso do peito e voltou apressado pelo bar, entrou no saguão e subiu a escadaria principal.

Na sala de jantar, viu George, Tom e Ballantine ainda olhando o cardápio. Por quanto tempo ele os fez esperar, educadamente postergando o almoço? Caminhou desajeitado em direção à mesa, os fios de som retorcidos e curvados dobrando o espaço à sua volta.

George ergueu os olhos.

"Ceeeza… Ceeeza… Ceeeza…", perguntou ele. "Chok--chok-chok-chok", disse Ballantine, feito um helicóptero.

"Cetem. Cetem", sugeriu Tom.

Mas que porra eles estavam tentando lhe dizer? Patrick sentou e secou o rosto com o guardanapo rosa-claro.

"Beb", disse ele com um longo sussurro elástico. "Chok-chok-chok", respondeu Ballantine.

George estava sorrindo, mas Patrick escutou impotente enquanto os sons passavam por ele como uma foto de luzes de freio numa rua molhada.

"Ceza... Ceza... Ceza... Cete. Cete. Chok-chok-chok."

Ele ficou sentado atônito diante do cardápio, como se jamais tivesse visto um antes. Havia páginas de coisas mortas — vacas, camarões, porcos, ostras, cordeiros — estendendo-se como uma lista de baixas, acompanhada de uma breve descrição de como cada uma havia sido tratada antes de morrer — assada, grelhada, defumada e cozida. Santo Deus, se achavam que ele ia comer estas coisas só podiam estar loucos.

Ele tinha visto o sangue escuro do pescoço de uma ovelha jorrando no capim seco. Moscas trabalhando. Odor de vísceras. Tinha ouvido raízes se partindo enquanto arrancava uma cenoura do chão. Todo homem vivo estava assentado sobre um monte de corrupção, crueldade, sujeira e sangue.

Se ao menos seu corpo se transformasse numa lâmina de vidro, o intervalo sem carne entre dois espaços, ciente dos dois, mas não pertencendo a nenhum, então ele iria se libertar da dívida repulsiva e brutal que tinha para com o resto da natureza.

"Ceza... Ceza... quan?", perguntou George.

"Eh... eu... hum, eh, só", Patrick sentia-se distante de sua voz, como se ela estivesse saindo de seus pés. "Eu... hum... eh, quero... outro... Bullshot... café tarde... eh... sem fome realmente."

O esforço de dizer essas poucas palavras deixou-o sem ar.

"Chok-chok-chok-chok", objetou Ballantine. "Cetem certeza. Cetem ceza?", perguntou Tom.

Por que ele ficava dizendo "Ceza"? A alucinação estava ficando cada vez mais complicada. Não ia demorar muito para

George ficar dizendo "Chok" ou "Cetem", e aí com que cara ele ia ficar? Com que cara todos iam ficar?

"Sóoutrabebida", soltou Patrick, ofegante, "sério." Secando o rosto de novo, ficou olhando fixamente para a haste de sua taça de vinho, que, atingida pelo sol, projetava um osso fraturado de luz sobre a toalha branca da mesa, como o raio X de um dedo quebrado. Os sons retorcidos que ecoavam à sua volta tinham começado a esmorecer diante do chiado fraco de uma televisão não sintonizada. Não se tratava mais de incompreensão, mas de uma espécie de tristeza, como uma melancolia pós-coito grandemente amplificada que o separava do que acontecia ao seu redor. "Martha Boeing", Ballantine estava dizendo, "me contou que andava sentindo tonturas quando ia de carro para Newport e que o médico lhe disse para levar uns queijinhos franceses para comer na viagem — evidentemente era alguma falta de proteína."

"Não acredito que a desnutrição de Martha seja muito grave", disse Tom.

"Bem", comentou George em tom diplomático, "nem todo mundo precisa ir a Newport com tanta frequência como ela."

"Digo isso porque eu", continuou Ballantine com certo orgulho, "estava tendo os mesmos sintomas."

"No mesmo trajeto?", perguntou Tom.

"Exatamente no mesmo trajeto", confirmou Ballantine.

"Bem, Newport só podia ser assim pra você", disse Tom; "suga a proteína direto do seu corpo. Apenas tipos esportivos conseguem sobreviver lá sem assistência médica."

"Mas o *meu* médico", retrucou Ballantine pacientemente, "recomendou pasta de amendoim. Martha ficou meio na dúvida e disse que esses queijos franceses eram muito bons, porque você podia simplesmente descascá-los e já colocá-los na boca. Ela quis saber como é que se devia comer a pasta de amendoim. 'Com uma colher', eu disse, 'tipo caviar'." Ballantine riu. "Bem, diante disso ela ficou sem resposta", concluiu ele com ar triunfante, "e acredito que adote a pasta de amendoim."

"Alguém tem que avisar a Sun-Pat", disse Tom.

"Sim, é preciso ter muito cuidado", disse George, arrastando as palavras, "senão depois vai ser um parto pra você conseguir essa sua pasta aí. Depois que essa gente de Newport se apega a alguma coisa, realmente não há como detê-los. Lembro que Brooke Rivers me perguntou onde eu mandava fazer minhas camisas, e na próxima vez que eu fui encomendar algumas, eles me disseram que havia uma lista de espera de dois anos. Disseram que tinha havido um aumento realmente extraordinário dos pedidos americanos. Bem, é claro que eu sabia de quem era."

Um garçom veio anotar os pedidos e George perguntou a Patrick se ele tinha certeza absoluta de que não queria "algo sólido".

"Certeza absoluta. Nada sólido", respondeu Patrick.

"Nunca vi seu pai perder o apetite", disse George.

"Não, essa era a única coisa na qual ele era confiável."

"Ah, eu não iria tão longe", protestou George. "Ele era um pianista absurdamente bom. Costumava te manter acordado a noite toda", explicou aos outros, "tocando a música mais fascinante de todas."

Pastiche, paródia e mãos retorcidas como tocos velhos de videira, pensou Patrick.

"Sim, ele sabia como impressionar no piano."

"E nas conversas", acrescentou George.

"Hum…", disse Patrick. "Depende do que você considera impressionante. Algumas pessoas não gostam de grosseria o tempo todo, pelo menos foi o que me disseram."

"*Que* pessoas são estas?", perguntou Tom, olhando em volta do salão com um espanto fingido.

"É verdade", disse George, "que uma ou duas vezes tive de lhe dizer para deixar de ser tão argumentativo."

"E o que ele fez?", perguntou Ballantine, projetando o queixo para a frente, a fim de tirar um pouco mais o pescoço do colarinho apertado.

"Disse para eu ir me catar", respondeu George secamente.

"Minha nossa", disse Ballantine, vendo uma oportunidade para a sabedoria e a diplomacia. "Sabe, as pessoas discutem por causa das coisas mais estúpidas. Pois eu passei um fim de semana inteiro tentando convencer minha esposa a jantar no Mortimer's na noite em que voltássemos para Nova York. 'Já estou mortimerada', ela não parava de dizer, 'não podemos ir a outro lugar? É claro que ela não soube dizer que lugar seria esse."

"Claro que não", disse Tom, "ela não vê o interior de outro restaurante há quinze anos."

"Completamente mortimerada", repetiu Ballantine, sua indignação tingida de certo orgulho, por ter se casado com uma mulher tão original.

Uma lagosta, salmão defumado, uma salada de caranguejo e um Bullshot chegaram. Patrick levou a bebida avidamente aos lábios e então parou de repente, ouvindo os urros histéricos de uma vaca, altos como um matadouro no líquido turvo de seu copo.

"Foda-se", murmurou, tomando um gole grande.

Sua atitude de desafio foi logo recompensada pela vívida fantasia de um casco chutando dentro de seu estômago, tentando sair. Lembrou-se de quando, com dezoito anos, escreveu ao pai de uma clínica psiquiátrica, tentando explicar as razões de estar ali, e recebendo um bilhete em resposta. Escrito em italiano, língua que o pai sabia que ele não entendia, o texto acabou se revelando, depois de alguma pesquisa, uma citação do *Inferno*, de Dante: "Considerai a vossa procedência:/ não fostes feitos para viver quais brutos,/ mas pra buscar virtude e sapiência". O que parecera uma resposta frustrantemente sublime na época surgia com um novo senso de relevância agora que ele ouvia o som de gado urrando e bufando e sentia, ou achava que sentia, outro golpe na parede interna do seu estômago.

Conforme seu batimento cardíaco voltou a se acelerar e uma nova onda de suor arrepiava sua pele, Patrick se deu conta de que ia vomitar.

"Com licença", disse, erguendo-se abruptamente.

"Você está bem, meu querido?", perguntou George.

"Estou muito enjoado."

"Talvez devêssemos lhe arranjar um médico."

"Eu tenho o melhor médico de Nova York", disse Ballantine. "É só falar o meu nome que…"

Patrick sentiu um gosto amargo de bile vindo do estômago. Engoliu obstinadamente e, sem tempo de agradecer a Ballantine por seu gentil oferecimento, saiu às pressas da sala de jantar.

Na escadaria Patrick reprimiu uma segunda golfada de vômito, mais sólida do que a primeira. O tempo estava se esgotando. Onda após onda de náusea arrastava para a sua boca o que havia no estômago com uma velocidade cada vez maior. Sentindo-se tonto, com a visão turva dos olhos lacrimejantes, atravessou o corredor aos tropeções, batendo com o ombro e entortando uma das gravuras de caça. Quando finalmente chegou ao frio santuário de mármore dos banheiros, suas bochechas estavam tão inchadas quanto as de um trompetista. Um membro do clube, admirando a si mesmo com a seriedade reservada aos espelhos, viu seu aborrecimento vulgar de ser interrompido logo ser substituído pelo alarme de estar tão perto de um homem obviamente prestes a vomitar.

Patrick, desesperado para chegar ao vaso sanitário, vomitou na pia ao lado do sujeito, abrindo as torneiras ao mesmo tempo.

"Jesus", disse o membro, "você podia ter feito isso na latrina."

"Muito longe", disse Patrick, vomitando uma segunda vez.

"Jesus", repetiu o homem, partindo apressado.

Patrick reconheceu restos do jantar da noite anterior e, com o estômago já vazio, soube que logo viria à tona aquela bile amarela e azeda que dá ao vômito sua má fama.

Para fazer o vômito desaparecer mais depressa, girou o dedo no ralo e aumentou o fluxo da água com a outra mão. Queria alcançar a privacidade de um dos boxes antes de vomitar de novo. Sentindo-se enjoado e quente, abandonou a pia ainda não limpa de todo e cambaleou até um dos compartimentos de mogno. Mal teve tempo de fechar a trava de metal, curvou-se sobre o vaso e se convulsionou em vão. Incapaz de respirar ou de engolir, viu-se tentando vomitar com ainda mais convicção do que quando tentara impedir o vômito minutos antes.

Só quando estava prestes a desfalecer por falta de ar ele conseguiu expelir um glóbulo daquela bile amarela que ele vinha antecipando com tanto temor.

"Puta que pariu", praguejou, deslizando parede abaixo. Por mais frequente que fosse, vomitar nunca perdia a capacidade de surpreendê-lo.

Abalado por ter estado tão perto de sufocar, acendeu um cigarro e fumou-o através do muco amargo que cobria sua boca. A pergunta agora era, claro, se ele devia usar um pouco de heroína para ajudá-lo a se acalmar.

O risco era ela deixá-lo ainda mais enjoado.

Secando o suor das mãos, abriu cuidadosamente o pacote de heroína sobre o colo, mergulhou o mindinho e inalou pelas duas narinas. Sem sentir de imediato nenhum efeito nocivo, repetiu a dose.

Paz enfim. Fechou os olhos e suspirou. Os outros que fossem à merda. Ele não ia voltar. Ia fechar suas asas e (deu outra cheirada) relaxar. O lugar onde usava heroína se tornava a sua casa, e não raro isso acontecia no banheiro de algum estranho.

Estava cansado demais; realmente devia dormir um pouco. Dormir um pouco. Fechar suas asas. Mas e se George e os outros mandassem alguém atrás dele e encontrassem a pia melecada de vômito e forçassem a porta do boxe? Não havia paz, nenhum lugar para descansar? Mas é claro que não havia. Que pergunta absurda.

11.

"Vim recolher os restos de David Melrose", disse Patrick ao rapaz sorridente de mandíbula grande e tufo de cabelos castanhos e brilhantes.

"Senhor... David... Melrose", repetiu ele, pensativo, enquanto virava as páginas de um livro de registros enorme, de couro.

Patrick se inclinou sobre o balcão, que estava mais para um púlpito do que para uma mesa, e viu, ao lado do livro de registros, um caderno barato intitulado "Quase Mortos". Era ali que ele devia estar; poderia inscrever-se agora mesmo.

A fuga do Key Club o deixara estranhamente eufórico. Depois de ficar desmaiado por uma hora no banheiro, tinha acordado renovado, mas incapaz de encarar os outros. Passando depressa pelo porteiro feito um criminoso, havia dobrado a esquina em disparada, entrado num bar e depois caminhado até a funerária. Mais tarde ia ter que se desculpar com George. Mentir e pedir desculpas como sempre fazia, ou queria fazer, depois de qualquer contato com outro ser humano.

"Sim, senhor", disse alegremente o recepcionista, encontrando a página. "Senhor David Melrose."

"Eu não vim prestar homenagens a ele, mas enterrá-lo", declarou Patrick, batendo na mesa de modo teatral.

"Ente-rrá-lo?", gaguejou o recepcionista. "Nós entendemos que ele devia ser cre-mado."

"Eu falei metaforicamente."

"Metaforicamente", repetiu o rapaz, não muito seguro. Significava que o cliente ia ou não processar?

"Onde estão as cinzas?", perguntou Patrick.

"Vou lá buscá-las para o senhor", disse o recepcionista. "Também consta que o senhor quer uma caixa", acrescentou, já não tão confiante como no início.

"Exato", disse Patrick. "Não faz sentido desperdiçar dinheiro numa urna. De qualquer modo as cinzas vão ser espalhadas."

"Certo", disse o recepcionista com uma animação um tanto insegura.

Olhando de lado, ele corrigiu rapidamente seu tom. "Vou providenciar isso agora mesmo, senhor", disse num cantarolar monótono, pegajoso e artificialmente alto, partindo de imediato em direção a uma porta oculta pelos painéis de madeira.

Patrick olhou sobre o ombro para ver o que havia provocado toda essa presteza. Ele viu um sujeito alto que reconheceu, mas que não foi capaz de identificar de imediato.

"Estamos num setor em que a oferta e a procura são *obrigadas* a se equiparar", gracejou o homem semifamiliar.

Atrás dele estava o diretor careca e bigodudo que tinha levado Patrick até o corpo de seu pai na tarde anterior. Ele parecia fazer careta e sorrir ao mesmo tempo.

"Temos a única fonte de recursos que nunca vai acabar", disse o homem alto, claramente se divertindo.

O diretor ergueu uma sobrancelha e fixou Patrick com os olhos.

Mas é claro, pensou Patrick, era aquele sujeito medonho que ele tinha conhecido no avião.

"Merda", sussurrou Earl Hammer, "acho que ainda tenho alguma coisa para aprender sobre relações públicas." Reconhecendo Patrick, ele gritou "Bobby!" pela recepção de mármore axadrezado.

"Patrick", corrigiu Patrick.

"Paddy! Mas é claro. Não o reconheci com esse tapa-olho. O que aconteceu com você, afinal? Alguma garota te deixou de olho roxo?", disse Earl, gargalhando e indo em direção a Patrick.

"Só uma pequena inflamação", disse Patrick. "Não estou conseguindo enxergar direito com este olho."

"Que pena", disse Earl. "E o que você está fazendo aqui no final das contas? Quando eu te disse no avião que andava diversificando meus negócios, aposto que você não imaginou que eu estava para adquirir a principal agência funerária de Nova York."

"Não, não imaginei", admitiu Patrick. "E acho que você não imaginou que eu estava vindo pegar os restos do meu pai na principal agência funerária de Nova York."

"Poxa", disse Earl, "sinto muito. Aposto que ele era um bom homem."

"Ele era perfeito à sua maneira", disse Patrick.

"Meus pêsames", disse Earl com aquela repentina solenidade que Patrick reconheceu da discussão sobre o futuro da srta. Hammer no vôlei.

O recepcionista voltou com uma caixinha de madeira simples com cerca de trinta centímetros de comprimento e vinte de altura.

"É bem mais compacto que um caixão, não acha?", comentou Patrick.

"Realmente não dá pra negar", respondeu Earl.

"Você tem uma sacola?", Patrick perguntou ao recepcionista.

"Uma sacola?"

"É, uma sacola de plástico, um saco de papel, algo assim."

"Vou verificar, senhor."

"Paddy", disse Earl, como se tivesse ponderado a questão, "quero que você receba dez por cento de desconto."

"Obrigado", disse Patrick com uma satisfação genuína.

"Não tem de quê", disse Earl.

O recepcionista voltou com um saco de papel marrom já um pouco amassado, e Patrick imaginou que o rapaz teve de tirar suas compras às pressas dele para não falhar na frente do chefe.

"Perfeito", disse Patrick.

"Nós cobramos por essas sacolas?", perguntou Earl, e então, antes de o recepcionista responder, ele acrescentou: "Pois esta é por minha conta".

"Earl, não sei o que dizer."

"Não é nada", disse Earl. "Tenho uma reunião agora, mas me sentiria honrado se você tomasse uma bebida comigo depois."

"Posso levar meu pai?", perguntou Patrick, erguendo o saco de papel.

"Bem, pode", disse Earl, rindo.

"Mas, falando sério, infelizmente não vou poder. Tenho um jantar esta noite e amanhã preciso pegar meu voo para a Inglaterra."

"Que pena."

"Bem, eu lamento demais", disse Patrick com um sorriso fraco enquanto seguia apressado em direção à porta.

"Tchau, amigão", disse Earl com um aceno expansivo.

"Até mais", disse Patrick, erguendo a gola do sobretudo antes de se aventurar na rua em plena hora do rush.

No hall de entrada laqueado de preto, diante das portas do elevador que se abriam, uma máscara africana o encarava de uma mesa de canto com tampo de mármore. O viveiro dourado de um espelho chippendale deu a Patrick uma última chance de olhar horrorizado para seu rosto incrivelmente doentio antes de se voltar para a sra. Banks, a esquelética mãe de Marianne, vampirescamente à espera na elegante penumbra.

Abrindo os braços para que o seu vestido de seda preto se estendesse dos pulsos até os joelhos como asas de morcego, ela inclinou a cabeça um pouco para o lado e exclamou, com uma compaixão aflita: "Oh, Patrick, sentimos muito pelo que aconteceu".

"Bem", disse Patrick, dando uma batidinha na caixa que levava debaixo do braço, "sabe como é: das cinzas às cinzas, do pó ao pó. O que o Senhor dá o Senhor tira. Depois do que considero, nesse caso, um atraso anormalmente longo."

"Isto é...?", perguntou a sra. Banks, arregalando os olhos para o saco de papel.

"Meu pai", confirmou Patrick.

"Preciso avisar Ogilvy que teremos outro convidado para o jantar", disse ela com uma série de gargalhadas chiques. Esta era Nancy Banks sem tirar nem pôr, como as revistas frequentemente ressaltavam depois de fotografar sua sala de estar, tão ousada mas tão *correta*.

"Banquo não come carne", disse Patrick, depositando a caixa com firmeza na mesinha do hall.

Por que Banquo?, Nancy se perguntou com sua voz rouca interior, que, mesmo na mais profunda intimidade de seus pensamentos, era como que dirigida a um público grande e fascinado. Será que ele, de alguma forma maluca, se sentia responsável pela morte do pai? Por tê-la desejado tanto em suas fantasias? Nossa, ela tinha ficado boa nisso depois de dezessete anos de análise. Afinal, como havia dito o dr. Morris quando eles discutiam o caso que tinham tido, o que era um analista senão um ex-paciente que não conseguia pensar em nada melhor para fazer? Às vezes ela sentia saudade de Jeffrey. Ele a deixara chamá-lo de Jeffrey durante o "processo de desprendimento", que tinha tido um fim tão abrupto com o suicídio dele. Sem deixar nem um bilhete! Será que de fato ela estava encarando bem os desafios da vida, como Jeffrey havia prometido? Talvez ela não estivesse "totalmente analisada". Era horrível demais pensar nisso.

"Marianne está morrendo de vontade de te ver", murmurou ela em tom de consolo enquanto conduzia Patrick para a sala de estar vazia. Ele olhou para uma escrivaninha barroca lotada de putti embriagados.

"Ela recebeu uma ligação na hora em que você chegou e precisou atender", acrescentou.

"Temos o jantar todo...", disse Patrick. E a noite toda, pensou, otimista. A sala de estar era um mar de lírios cor-de-rosa, seus pistilos brilhantes acusando-o de luxúria. Ele estava perigosamente obcecado, perigosamente obcecado. E seus pensamentos, como um trenó ladeado por muros de gelo, não iriam mudar de rumo até que ele se acidentasse ou alcançasse o seu fim. Secou as mãos suadas na calça, espantado por ter encontrado uma preocupação mais forte que as drogas. "Ah, aí está Eddy", exclamou Nancy.

O sr. Banks entrou marchando na sala com uma camisa xadrez de lenhador e uma calça larga. "Olá", disse ele com sua voz rápida e ligeiramente confusa. "Tsinto muito pelo tseu pai. Marianne disse que ele era um homem memorável."

"Você devia ter ouvido seus comentários memoráveis", disse Patrick.

"Seu relacionamento com ele era muito difícil?", perguntou Nancy de modo encorajador.

"Ahã", respondeu Patrick.

"Quando foi que oss problemass começaram?", perguntou Eddy, instalando-se no veludo laranja-desbotado de uma poltrona marquesa de pernas curvas.

"Ah, em nove de junho de mil novecentos e seis, no dia em que ele nasceu."

"Tão cedo assim?", comentou Nancy, sorrindo.

"Bem, nós não vamos conseguir resolver a questão sobre os problemas dele serem ou não congênitos, pelo menos não antes do jantar; mas, mesmo que não fossem, ele não demorou muito para adquiri-los. Pelo que todo mundo diz, no momento em que aprendeu a falar, dedicou sua nova habilidade a ferir as pessoas. Já com dez anos, foi proibido de voltar à casa do avô porque costumava indispor todos contra todos, causar acidentes, forçar as pessoas a fazerem coisas que elas não queriam."

"Você o pinta de um jeito demoníaco bastante antiquado. A criança satânica", disse Nancy, cética.

"É um ponto de vista", disse Patrick. "Quando ele estava por perto, as pessoas viviam caindo de pedras, ou quase se afogando, ou desatando a chorar. Sua vida consistiu em atrair mais e mais vítimas para a sua malevolência, para depois perdê-las de novo."

"Ele também deve ter sido encantador", disse Nancy.

"Ele era uma graça", disse Patrick.

"Mass não tseria o caso agora de dizer que tsimplesmente ele era muito perturbado?", perguntou Eddy.

"E se disséssemos? Quando o efeito que alguém provoca é suficientemente destrutivo, a causa se torna uma curiosidade teórica. Há pessoas muito perversas no mundo, e é uma lástima se uma delas for seu pai."

"Acho que ass pessoass não tsabem mais criar filhos hoje em dia. Muitos paiss da geração do seu simplesmente não tsabiam expressar amor."

"Crueldade é o oposto de amor", disse Patrick, "e não apenas uma versão inarticulada dele."

"Faz sentido", disse uma voz rouca vindo da soleira da porta.

"Ah, oi", disse Patrick, girando o tronco na cadeira, subitamente autoconsciente na presença de Marianne.

Marianne foi deslizando em sua direção pela escura sala de estar, as tábuas do assoalho rangendo sob seus pés, seu corpo inclinado para a frente num ângulo perigoso, como a figura de proa de um navio.

Patrick levantou e abraçou-a com avidez e desespero.

"Ei, Patrick", disse ela, devolvendo o abraço com ternura. "Ei", repetiu ela em tom de consolo quando ele parecia relutante em soltá-la. "Sinto muito. Sinto muito mesmo."

Ah, meu Deus, pensou Patrick, é aqui que eu quero ser enterrado.

"Estávamoss agora mesmo falando tsobre como os pais às vezes não tsabem expressar amor", ceceou Eddy.

"Bem, acho que eu não saberia dizer nada sobre isso", respondeu Marianne com um sorriso meigo.

Com as costas tão encurvadas quanto as de uma negra, ela foi em direção à bandeja de bebidas com uma graça embaraçosa e hesitante, como uma sereia que só ganhara pernas havia pouco tempo, e se serviu de uma taça de champanhe.

"Alguém quer uma taça disto?", gaguejou ela, esticando o pescoço para a frente e franzindo o cenho ligeiramente, como se a pergunta pudesse conter profundezas ocultas.

Nancy recusou. Ela preferia cocaína. Podiam dizer o que fosse, mas cocaína não engordava. Eddy aceitou e Patrick disse que queria uísque.

"Eddy ainda não superou realmente a morte do pai *dele*", disse Nancy para desviar um pouco o rumo da conversa.

"Eu nunca disse realmente ao meu pai como me tsentia", explicou Eddy, sorrindo para Marianne enquanto ela lhe estendia uma taça de champanhe.

"Nem eu", disse Patrick. "Talvez desse no mesmo, no meu caso."

"O que você teria dito?", perguntou Marianne, fixando nele com toda a atenção seus olhos azul-escuros.

"Eu teria dito... não sei..." Patrick estava perplexo e irritado por ter levado a pergunta a sério. "Não importa", murmurou, servindo-se de um pouco de uísque.

Nancy ponderou que Patrick não estava se envolvendo de fato na conversa.

"Eles fodem com você. Não é a intenção deles, mas eles fodem", suspirou ela.

"Quem disse que eles não têm essa intenção?", resmungou Patrick.

"Philip Larkin", respondeu Nancy com uma risadinha apática.

"Mas qual era a questão com seu pai que você não consegue superar?", Patrick perguntou educadamente a Eddy.

"Ele era uma espécie de herói para mim. Ele tsempre tsabia o que fazer em qualquer tsituação, ou pelo menos o que queria fazer. Ele tsabia como lidar com dinheiro e com mulheres; e quando fisgava um marlim de mais de cento e trinta quilos, o peixe sempre perdia. E quando disputava um quadro num leilão, ele sempre ganhava."

"E quando *você* queria vendê-lo de novo, você sempre conseguia", brincou Nancy.

"Bem, você é o *meu* herói", gaguejou Marianne ao pai, "e eu não quero solucionar isso."

Puta que pariu, pensou Patrick, o que essas pessoas fazem o dia todo? Escrevem roteiros para A *família Sol-Lá-Si-Dó*? Ele odiava famílias felizes com seu encorajamento mútuo, suas demonstrações de afeto e a impressão que davam de valorizarem uns aos outros mais do que a outras pessoas. Era absolutamente repugnante.

"Vamos sair para jantar juntos?", Patrick perguntou de repente a Marianne.

"Poderíamos jantar aqui." Ela engoliu em seco, uma leve carranca anuviando seu rosto.

"Seria grosseiro demais se saíssemos?", insistiu ele. "Gostaria de conversar."

A resposta, até onde dizia respeito a Nancy, era claramente sim, seria grosseiro demais. Consuela estava preparando as vieiras naquele exato momento. Mas na vida, como na arte de receber visitas, era necessário ser flexível e elegante e, nesse caso, era preciso fazer algumas concessões diante da perda de Patrick. Era difícil não se sentir ofendida com a insinuação de que ela não estava lidando bem com a situação, mas havia que considerar que o estado mental dele se assemelhava ao de insanidade temporária.

"De forma alguma", ronronou ela.

"Aonde podemos ir?", perguntou Patrick.

"Ah… há um pequeno restaurante armênio que eu gosto muito mesmo", sugeriu Marianne.

"Um pequeno restaurante armênio", repetiu Patrick categoricamente.

"É ótimo", disse Marianne, engolindo em seco.

12.

Sob uma cúpula cerúlea pontilhada de estrelas douradas e apagadas, Marianne e Patrick, num reservado de veludo azul só para eles, leram os cardápios plastificados do Byzantium Grill. O barulho abafado de um trem de metrô sacudia o chão sob seus pés, e a água gelada, sempre tão redundante e rápida de ser trazida, balançava nos grossos copos estriados. Tudo estava tremendo, pensou Patrick, moléculas dançando na toalha de mesa, elétrons girando, sinais e ondas sonoras ondulando pelas células dele, células tremulando com música country e transmissões de rádio da polícia, com o estrondo de caminhões de lixo e de garrafas se estilhaçando; seu crânio tremia como uma parede perfurada, e cada sensação respingava Tabasco em sua tenra carne cinza.

Um garçom que passava chutou a caixa de cinzas de Patrick, olhou em volta e se desculpou. Patrick recusou o oferecimento dele de "dar um jeito nisso pra você" e com os pés empurrou a caixa mais para baixo da mesa.

A morte deveria expressar o ser mais profundo em vez de servir de ocasião para se representar um novo papel. Quem tinha dito isso? O pavor de esquecer. No entanto ali estava seu pai sendo chutado por um garçom. Um novo papel, definitivamente um novo papel.

Talvez o corpo de Marianne lhe permitisse esquecer do cadáver de seu pai, talvez ele contivesse um cruzamento onde a obsessão pela morte do pai e pela própria morte pudesse mudar de rumo e lançar-se na direção desse novo destino erótico, com todo aquele seu velho ardor mórbido. O que ele deveria dizer? O que poderia dizer?

Anjos, é claro, faziam amor sem a obstrução de membros ou articulações, mas na frustração soluçante do sexo humano, na exasperante substituição de cócegas por fusão e no desejo sempre renovado de ultrapassar a foz do rio para alcançar o lago calmo onde fomos concebidos, haveria, pensava Patrick, enquanto fingia que lia o cardápio, mas na verdade olhava fixamente para o veludo verde que mal continha os seios de Marianne, uma expressão adequada do fracasso das palavras em transmitir a confusão e intensidade que ele sentia com a morte do pai.

Além do mais, não ter ido para a cama com Marianne era como não ter lido a *Ilíada*, outra coisa que ele queria fazer há tempos.

Como uma manga presa em alguma máquina implacável e insensível, sua necessidade de ser compreendido tinha se alojado no corpo extasiante mas perigosamente indiferente dela. Ele ia ser tragado por uma obsessão esmagadora e cuspido do outro lado sem que a pulsação dela se abalasse ou que seus pensamentos se desviassem de seus caminhos já escolhidos.

Em vez de o corpo dela salvá-lo do cadáver do pai, os segredos dos dois ficariam entrelaçados; metade do horizonte formado pelo lábio partido dele, metade pelos lábios perfeitos dela. E esse horizonte vertiginoso, como uma cascata rodeando-o, iria tragá-lo para longe da segurança, como se ele estivesse sobre uma estreita coluna rochosa observando a água turbulenta se acalmar à sua volta, parecendo imóvel enquanto continuava a cair, caindo por toda a parte.

Meu Deus, pensou Marianne, por que ela havia concordado em jantar com esse cara? Ele olhava o cardápio como se estivesse contemplando um desfiladeiro de uma ponte alta. Ela não ia suportar lhe fazer outra pergunta sobre o pai, mas parecia errado fazê-lo falar sobre qualquer outra coisa.

A noite podia acabar se transformando numa chatice colossal. Ele como que salivava entre o ódio e o desejo. Era o suficiente para fazer uma garota se sentir culpada por ser tão atraente. Ela tentava evitar isso, mas já havia passado muito tempo de sua vida sentada diante de homens abatidos com quem ela não tinha nada em comum, os olhos deles ardendo de reprovação e a conversa havia muito congelada e mofando como uma coisa deixada por muito, mas muito tempo *mesmo* na geladeira, algo que, para começo de conversa, você só podia estar maluca para ter comprado.

Folhas de videira e homus, carneiro grelhado, arroz e vinho tinto. Pelo menos ela podia comer. A comida aqui era realmente boa. Simon a levara ali pela primeira vez. Ele tinha o dom de encontrar os melhores restaurantes armênios em qualquer cidade do mundo. Simon era tão, tão inteligente. Ele escrevia poemas sobre cisnes, gelo e estrelas, e era difícil saber o que ele estava tentando dizer, porque eles eram muito indiretos e nada sugestivos, de fato. Mas ele era um gênio do savoir-faire, especialmente no quesito restaurantes armênios. Certa vez Simon lhe havia dito com aquele seu sotaque do Brooklyn ligeiramente gaguejante: "Algumas pessoas têm certas emoções. Eu não". Sem mais nem menos. Sem cisnes, gelo, estrelas, nada.

Eles tinham feito amor uma vez e ela tentara absorver a essência do gênio impudente e esquivo dele, mas quando acabou ele foi ao banheiro para escrever um poema, e ela ficou deitada na cama se sentindo um ex-cisne. Claro que era errado querer mudar as pessoas, mas que outra coisa você realmente poderia querer fazer com elas?

Patrick despertava um zelo reformista semelhante ao bombardeio de saturação. Aqueles olhos semicerrados e o trejeito de reprovação dos lábios, aquela forma arrogante com que ele arqueava uma sobrancelha, a postura curvada quase fetal, o estúpido melodrama autodestrutivo de sua vida — qual desses poderia não ser alegremente descartado? Mas daí, também, sobraria o que, se você jogasse fora tudo o que havia de podre? Era como tentar imaginar um pão sem massa.

Lá estava ele babando por ela de novo. O vestido de veludo verde sem dúvida era um atrativo e tanto. Sentia raiva de pensar em Debbie, perdida e loucamente apaixonada por esse sem-vergonha (Marianne tinha cometido o erro de chamá-lo de "aberração temporária" no início, mas Debbie a perdoara, agora que desejava que fosse verdade), pensar em Debbie sendo recompensada com esta pretensão de infidelidade, sem dúvida tão generalizada quanto seu apetite insaciável por drogas.

O problema de fazer uma coisa que você não gostava era que isso te deixava consciente de todas as coisas que você deveria estar fazendo no lugar. Nem ir ao cinema na primeira sessão da tarde despertava essa sensação ardente de urgência que ela sentia no momento. As fotos não tiradas, o chamado do quarto escuro, a ferroada das cartas de agradecimento não escritas que até então não a haviam incomodado, tudo se juntava e dava um ar ainda mais desesperado à conversa que ela estava tendo com Patrick.

Condenada à rotina de dar foras em homens, ela às vezes desejava (nesta noite em especial) não despertar emoções que ela não tinha como satisfazer. Naturalmente uma *minúscula* parte dela desejava salvá-los, ou pelo menos fazer com que eles parassem de se esforçar tanto.

Patrick era obrigado a reconhecer que a conversa ia bem mal. Cada frase que ele atirava para o cais voltava pesadamente ao porto imundo. Ela poderia muito bem estar de costas para ele, mas daí também nada o excitava mais do que umas costas viradas. Cada apelo mudo, disfarçado pela linguagem mais banal que se poderia imaginar, o deixava mais consciente de como ele tinha pouca experiência em dizer o que queria. Se pudesse falar com ela em outro tom ou com outra intenção — enganando ou ridicularizando, por exemplo —, aí, sim, ele poderia despertar desse pesadelo de língua presa.

O café chegou forte, preto e doce. O tempo se esgotava. Será que ela não podia ver o que estava acontecendo? Será que não podia ler nas entrelinhas? E se pudesse? Talvez ela quisesse vê-lo sofrer. Talvez nem isso quisesse dele.

Marianne bocejou e reclamou de cansaço. Todos os sinais são bons a essa altura, pensou Patrick com sarcasmo. Ela está morrendo de tesão, *morrendo* de tesão. Sim significa sim, talvez significa sim, quem sabe significa sim, e não, claro, também significa sim. Ele sabia ler as mulheres como um livro aberto.

Na rua, Marianne deu-lhe um beijo de despedida, mandou lembranças a Debbie e pegou um táxi.

Patrick seguiu furioso pela Madison Avenue carregando seu pai. O saco de papel às vezes batia num transeunte insensato o bastante para não sair do caminho.

Quando por fim chegou à rua 61, Patrick se deu conta de que era a primeira vez que ficava sozinho com o pai por mais de dez minutos sem ser enrabado, surrado ou insultado. O pobre homem tivera de se limitar a pancadas e insultos nos últimos catorze anos e apenas a insultos nos últimos seis.

A tragédia da velhice, quando um homem está fraco demais para bater no próprio filho. Não admira que tivesse morrido. Até a grosseria decaíra mais para o fim, e ele tinha sido obrigado a assumir um tom de autopiedade repulsivo para repelir qualquer contra-ataque.

"O seu problema", grunhiu Patrick enquanto passava a toda pelo porteiro do hotel em que estava hospedado, "é que você está doente da cabeça."

"Você não deve dizer essas coisas para o seu pobre pai", murmurou ele, chacoalhando pílulas imaginárias para o coração numa palma enrugada e retorcida.

Filho da puta. Ninguém deveria fazer isso com ninguém.

Não importa, jamais conte.

Pare de pensar nisso já.

"Já", disse Patrick em voz alta.

Morte e destruição. Prédios sendo engolidos por chamas quando ele passava. Janelas se estilhaçando só com uma olhada. Um grito inaudível de fazer explodir a jugular. Nenhum prisioneiro.

"Morte e destruição", murmurou. Santo Deus, ele realmente estava muito inquieto, inquieto *pra caralho*.

Patrick se imaginou passando uma motosserra no pescoço do ascensorista. Onda após onda de vergonha e violência, vergonha e violência ingovernáveis.

Se a tua cabeça te ofende, corte-a. Incinere-a e reduza-a a cinzas. Nenhum prisioneiro, nenhuma misericórdia. A tenda preta de Tamerlão. Minha cor preferida! É tão chique.

"Qual o andar, senhor?"

Tá olhando o que, seu merda?

"Trinta e nove."

Passos. Associativo demais. Acelerado demais. Sedação. Bisturi. Patrick estendeu a mão com um movimento súbito. Obviamente, a anestesia primeiro, não é, doutor?

Obviamente: o advérbio de um homem sem argumentos. O bisturi primeiro, a anestesia depois. O Método do dr. Morte. Você sabe que faz sentido.

De quem tinha sido a ideia de colocá-lo no trigésimo nono andar? O que eles estavam tentando fazer? Enlouquecê-lo? Se esconder embaixo do sofá. Precisava se esconder embaixo do sofá.

Ninguém pode me encontrar aqui. E se ninguém me encontrar aqui? E se me encontrarem?

Patrick irrompeu quarto adentro, deixou cair o saco de papel e se jogou no chão. Rolou na direção do sofá, deitou de costas e tentou se enfiar sob a saia do sofá.

O que ele estava fazendo? Ele estava ficando louco. Não dava mais para entrar embaixo do sofá. Era grande demais agora. Um metro e oitenta e oito. Não era mais uma criança.

Foda-se. Ele ergueu o sofá no ar e enfiou o corpo debaixo dele, baixando-o sobre o peito.

Ficou deitado ali de sobretudo e tapa-olho, o sofá cobrindo-o até o pescoço, como um caixão construído para um homem menor.

Sr. Morte: "Este é bem o tipo de episódio que esperávamos evitar. Bisturi. Anestesia". Patrick estendeu a mão bruscamente.

De novo não. Rápido, rápido, uma picada de heroína. Outras cápsulas de *speed* deviam estar se dissolvendo em seu estômago. Havia uma explicação para tudo.

"Não existe uma só lixeira no mundo que te aceitaria de graça", suspirou na voz de uma enfermeira-chefe carinhosa mas desonesta, enquanto se desvencilhava do sofá e lentamente se punha de joelhos.

Livrou-se do sobretudo, já bastante amassado e coberto de felpa, e foi gatinhando na direção da caixa de cinzas, observando-a atentamente, como se ela pudesse atacar.

Como ele poderia entrar na caixa? Entrar na caixa, tirar as cinzas e jogá-las na privada. Que lugar de repouso melhor para seu pai do que um cano de esgoto de Nova York, junto com a fauna albina e montes de merda?

Examinou a madeira de cedro chanfrada, procurando um vão ou um parafuso que lhe permitisse abrir a caixa, mas encontrou apenas uma fina plaqueta dourada colada com um minúsculo plástico adesivo na base sem emendas.

Furioso e frustrado, Patrick levantou-se de um salto e pulou repetidas vezes em cima da caixa. Ela era feita de uma madeira mais sólida do que a que ele tinha imaginado e resistiu ao ataque sem um estalo. Será que ele podia pedir uma motosserra pelo serviço de quarto? Não lembrava de nenhuma menção a isso no cardápio.

Jogá-la pela janela e vê-la se espatifar na calçada? Ele provavelmente ia matar alguém sem nem amassar a caixa.

Numa última tentativa, Patrick chutou a caixa impenetrável pelo chão, onde ela bateu na lixeira de metal com um tinido surdo, parando por fim.

Com uma rapidez e eficiência admiráveis, Patrick preparou e administrou uma injeção de heroína. Suas pálpebras se fecharam na hora. E entreabriram-se de novo, frias e inertes.

Se ao menos pudesse ser sempre assim, a calmaria do efeito inicial. Mesmo nessa tranquilidade caribenha voluptuosa, havia árvores partidas e telhados arrancados demais para que ele relaxasse. Havia sempre uma discussão a ganhar ou um sentimento contra o qual lutar. Olhou de relance para a caixa. Observe Tudo. Pense sempre por conta própria. Nunca deixe que outras pessoas tomem decisões importantes por você.

Patrick se coçou com preguiça. Bem, pelo menos ele não se importava tanto.

13.

Patrick tinha tentado dormir, mas restos esfarrapados de *speed* ainda atravessavam sua consciência e o mantinham alerta. Ele esfregava o olho compulsivamente, obcecado pelo terçol que irritava seu globo ocular a cada piscada. A pomada que lhe haviam dado na farmácia era, claro, completamente inútil. Mesmo assim, passou uma quantidade enorme no olho e sua visão ficou embaçada como uma câmera engordurada. O tapa-olho deixara uma marca diagonal em sua testa, e ele só parou de coçar o olho para esfregar a marca com a mesma irritação desesperada. Queria arrancar o olho e pelar o rosto para pôr fim à terrível coceira que sobreviera de sua tentativa frustrada de dormir, mas sabia que aquela era só uma manifestação superficial de um mal-estar mais profundo: pó de mico na primeira fralda, rostos disfarçando o riso ao redor da cama de hospital.

Rolou para fora da cama, afrouxando a gravata. No quarto fazia um calor sufocante, mas ele odiava o frio de açougue do ar-condicionado. Ele era o quê? Uma carcaça num gancho? Um cadáver num necrotério? Melhor não perguntar.

Estava na hora de verificar suas drogas, de passar a tropa em revista e ver quais chances tinha de aguentar mais uma noite e embarcar no avião na manhã seguinte às nove e meia.

Sentou-se à escrivaninha, tirando a heroína e as pílulas dos bolsos do casaco e a coca do envelope guardado na mala. Tinha cerca de um grama e meio de coca dos sete que havia comprado, uns duzentos miligramas de heroína, um Mandrix e uma Black Beauty. Se em vez de dormir ele se entregasse à cocaína, só haveria o bastante para duas ou três horas. Eram onze da noite e, mesmo com um autodomínio exemplar, seja lá o que fosse isso, ele ia acabar sofrendo a agonia do fim dos efeitos na parte mais sombria da noite. Havia heroína suficiente, e só. Ele ainda estava bem da picada que tomara depois do jantar. Se administrasse uma às três da manhã e outra pouco antes de embarcar no avião, conseguiria aguentar até a casa de Johnny Hall. Graças a Deus iria pelo Concorde. Por outro lado, mais coca significava mais heroína para controlar o risco de um ataque cardíaco e de insanidade, então ele deveria fazer força para não se picar de novo, senão estaria chapado demais para passar pela alfândega.

O mais sensato a fazer era tentar dividir a coca em duas porções, usando a primeira agora e a segunda depois de ter ido a um clube ou a um bar. Ele iria tentar ficar fora até umas três da manhã e tomar as anfetaminas um pouco antes de voltar, para que o gás do *speed* amortecesse a ressaca de coca depois do segundo surto de picadas. A Black Beauty durava mais ou menos quinze horas, ou talvez doze horas no segundo dia, o que significava que o efeito iria passar por volta das três da tarde no horário de Nova York — oito da noite no horário de Londres: bem quando ele previa chegar à casa de Johnny e conseguir mais heroína.

Brilhante! Ele realmente deveria estar à frente de uma multinacional ou de um exército em tempos de guerra, para fazer uso dessas suas habilidades de planejamento. O Mandrix era uma unidade independente. Podia usá-lo para enfrentar o tédio do voo ou dá-lo a alguma garota no Mudd Club, para ver se a levava para a cama. O incidente com Marianne o deixara moído, como um dry martíni ruim. Queria dar o troco no sexo feminino e também satisfazer os desejos que Marianne excitara.

Sendo assim, podia tomar uma picada de coca agora. Sim, sim, sim. Secou as mãos úmidas na calça e começou a preparar a solução. Sentiu o intestino soltar só de pensar nisso, e todo o desejo que um homem direciona à mulher que o está traindo, e cuja traição faz aumentar seu desejo e o escraviza de um jeito que sua fidelidade jamais faria, toda a impaciência e desespero de esperar enquanto as flores murcham em suas mãos, o dominou. Era amor, não havia outra palavra para isso.

Como um toureiro incompetente que não consegue encontrar o ângulo certo para matar, Patrick golpeou suas veias sem conseguir puxar nada de sangue para o cilindro. Tentando se acalmar, respirou fundo e reintroduziu a agulha no braço, movendo-a devagar no sentido horário para encontrar um ângulo que rompesse a parede da veia sem atravessá-la. Enquanto fazia esse arco, ficou empurrando o êmbolo para cima com o polegar.

Por fim um filete de sangue irrompeu no cilindro e se espalhou em volta. Patrick segurou a seringa o mais firme possível e apertou o êmbolo. O mecanismo estava duro e ele imediatamente puxou o êmbolo de volta. Sentiu uma dor aguda no braço. Ele tinha perdido a veia! Tinha perdido a maldita veia. Estava no músculo. Só lhe restava uns vinte segundos até o sangue coagular, e com isso ele iria injetar um grumo na corrente sanguínea de fazer o coração parar. Mas se ele não injetasse agora, perderia a solução. O calor podia liquefazer milagrosamente o sangue numa solução de heroína, mas isso estragaria a coca. Quase chorando de frustração, Patrick não sabia se apertava ainda mais o êmbolo ou se retirava a agulha. Dando um tiro no escuro, recuou ligeiramente a seringa e ao mesmo tempo a abaixou. Mais sangue se espiralou dentro do cilindro e, com uma gratidão histérica, ele apertou o êmbolo até o fim o mais forte que pôde. Era loucura se picar assim tão rápido, mas não podia correr o risco de deixar o sangue coagular. Quando tentou recolher o êmbolo uma segunda vez, para se certificar de que injetava toda a coca que ainda se escondia no cilindro, descobriu que o mecanismo estava emperrado e percebeu que tinha perdido a veia de novo.

Ele arrancou a agulha do braço e, lutando contra uma onda de lucidez desordenada, tentou encher o cilindro de água antes que o sangue secasse. Suas mãos tremiam tanto que a seringa batia nas paredes internas do copo. Santo Deus, era forte. Uma vez tendo-a enchido de água, deixou a seringa de lado, chapado demais para esvaziá-la.

Agarrando o braço e comprimindo o punho contra o queixo, ele se balançou para a frente e para trás na ponta da cadeira, tentando afastar a dor. Mas não conseguia se livrar da sensação de violação íntima que cada picada fracassada desencadeava. As paredes de suas veias eram perfuradas de novo e de novo pelo aço fino que ele enfiava nelas, torturando seu corpo para agradar sua mente.

A coca avançava devastadoramente por seu organismo como uma matilha de lobos brancos espalhando terror e destruição. Até a breve euforia do barato tinha sido ofuscada pelo medo de que ele tivesse injetado um coágulo de sangue. Na próxima vez iria injetar no dorso da mão, onde ainda podia ver claramente suas veias. A boa e velha dor de perfurar aquela pele dura e explorar os ossos minúsculos e delicados era menos assustadora do que o pavor de perder veias invisíveis. Pelo menos não estava injetando na virilha. Ficar furando sem sucesso aquelas veias esquivas podia fazer a pessoa questionar todo o método intravenoso de absorção de drogas.

De fato, era em situações como essa, na sucessão de veias perdidas, overdoses, enfartos leves e desmaios, que seu vício poderoso por agulhas, algo para além das drogas, lhe deixava com ganas de entortar agulhas e atirar seringas pela privada. Apenas a certeza de que essas disputas eram causas perdidas e apenas o condenariam à tediosa busca por novos instrumentos, ou à humilhação de retirar os velhos de debaixo dos lenços úmidos, dos potes de iogurte melecados e das cascas moles de batata do saco de lixo, é que impediu Patrick de destruir suas seringas naquele momento.

Essa febre de agulha tinha uma vida psicológica própria. Que maneira melhor de ser ao mesmo tempo o que fode e o que é fodido, o sujeito e o objeto, o cientista e o experimento, tentando libertar o espírito pela escravização do corpo? Que outra forma de autodivisão era mais expressiva do que o abraço andrógino de uma picada, um braço cravando a agulha no outro, usando a dor a serviço do prazer e forçando o prazer a servir de volta a dor?

Ele já tinha injetado uísque, vendo sua veia queimada escurecer sob a pele, só para saciar sua febre de agulha. Ele já tinha dissolvido cocaína em água Perrier só porque a pia estava longe demais para o seu desejo imperioso. O cérebro igual uma tigela de flocos de arroz — tá! crack! pá! — e uma efervescência perturbadora nas válvulas do coração. Ele já tinha acordado depois de ficar desmaiado por trinta horas, a seringa pendendo de seu braço ainda cheia pela metade de heroína, e recomeçado, com aquele desejo aniquilador, o ritual que quase o matara.

Patrick não pôde deixar de se perguntar, depois do fracasso de conquistar Marianne, se uma seringa não teria sido um intermediário melhor do que a conversa. Comovia-o lembrar de Natasha dizendo com aquele seu sussurro rouco: "Gato, você é tão bom, você sempre acerta a veia", um filete de sangue escuro escorrendo pelo pálido braço dela que pendia sobre a borda da cadeira.

Ele a havia furado no dia em que se conheceram. Ela sentou no sofá com os joelhos erguidos e, confiante, estendeu o braço. Ele sentou ao lado dela no chão e, quando injetou, ela abriu as pernas, deixando a luz refletir nas pesadas dobras de sua calça de seda preta, e ele foi dominado por um sentimento de ternura enquanto ela caía para trás e suspirava, os olhos fechados e o rosto radiante: "Tanto... prazer... tanto".

O que era o sexo comparado com essa violência compassiva? Só essa violência podia transpor um mundo cercado pelas câmeras escondidas da consciência e da vaidade.

Depois disso, a relação deles havia decaído da injeção para o sexo, do reconhecimento deslumbrado para a conversa. Ainda assim, pensou Patrick, aturdido com os objetos de aparência sólida à sua volta enquanto se levantava da cadeira e saía de seu transe, ele precisava acreditar que em algum lugar por aí havia uma garota a fim de trocar seu corpo por uns dois drinques e um Mandrix. Ia começar sua busca pelo Mudd Club. Assim que tomasse outra picada rápida.

Uma hora depois, com alguma dificuldade, Patrick conseguiu sair do hotel. Ele ficou esparramado no banco de trás do táxi que rumava para Downtown. A escuridão envolvia aqueles lápis de aço, os ventiladores cromados e as torres de cristal que pareciam irromper como notas puras de soprano do hediondo rosto marcado de uma prima-dona. Palavras cruzadas de escritórios iluminados e apagados passavam sem dar a menor pista. Três

escritórios iluminados na vertical — digamos, "sem" — e cinco na horizontal. Palavra de cinco letras que começa com "o".
Orad... onça... ordem. Digamos, ordem. Sem ordem. O prédio
desapareceu no vidro traseiro. Será que todo mundo brincava
disso? A terra dos livres e o lar dos valentes, onde as pessoas só
faziam alguma coisa se todo mundo também estivesse fazendo.
Será que ele já tinha pensado nisso? Será que já tinha dito isso?

Como de costume, havia uma multidão do lado de fora do
Mudd Club. Patrick se esgueirou à frente, onde dois homens
negros e um sujeito branco, gordo e barbudo estavam postados
atrás de um cordão vermelho trançado, decidindo quem entrava.
Cumprimentou os seguranças com uma fala arrastada, cansada.
Eles sempre o deixavam entrar. Talvez porque ele dava como
certo que deixariam; ou porque ele realmente não se importava
se não deixassem; ou, é claro, porque ele parecia rico e propenso
a pedir muitas bebidas.

Patrick foi direto ao primeiro andar, onde, no lugar da música ao vivo que estrondeava de um pequeno palco no térreo, fitas
tocavam continuamente enquanto vídeos de acontecimentos es-
petaculares mas conhecidos — um *time-lapse* de flores desabro-
chando, Hitler esmurrando o púlpito em Nuremberg e depois
se deixando levar por um êxtase de aprovação, as primeiras en-
genhocas voadoras colidindo, se despedaçando e despencando
de pontes — irradiavam de uma dúzia de telas de televisão em
cada ângulo do salão escuro. Quando estava prestes a entrar,
uma garota esguia e carrancuda de cabelo branco curto e lentes
de contato violeta passou por ele, descendo a escada. Vestida
toda de preto, sua maquiagem branca e feições descontentes
mas simétricas a faziam parecer uma boneca viciada. Tinha até
um torniquete preto de seda em torno do bíceps fino. Que gra-
cinha! Ficou observando-a. Ela não estava indo embora, apenas
mudando de ambiente. Depois iria atrás dela.

Os Talking Heads pulsavam em cada alto-falante. "Está faltando o centro", declarou David Byrne com voz abafada, e Patrick não pôde deixar de concordar com ele. Como eles podiam saber exatamente o que ele estava sentindo? Era assustador.

A tomada de um guepardo perseguindo um antílope pela selva africana surgiu em todas as telas ao mesmo tempo. Patrick comprimiu-se contra a parede como se tivesse sido atirado para trás pela força centrífuga de um salão girando. Sentiu ondas de fraqueza e exaustão quando o estado real de seu corpo rompeu a guarda das drogas. A última picada de coca tinha se dissolvido no trajeto para lá e ele talvez precisasse tomar aquela Black Beauty antes do planejado.

O antílope foi derrubado numa nuvem de poeira. Suas pernas se contorceram por um tempo enquanto o guepardo devorava a carne de seu pescoço. A princípio o acontecimento pareceu se estilhaçar e se dissipar por todas as telas, depois, quando a tomada estava quase se fechando, a matança se multiplicou e ganhou força. Patrick tinha a sensação de que o salão continuava atirando-o para trás, como se a rejeição e a exclusão, as companhias de qualquer contato social, tivessem se transformado numa força física. Às vezes o contentamento surpreendente provocado pela heroína o fazia acreditar que o universo era indiferente e não hostil, mas uma tal fé comovente estava fadada a ser traída e parecia especialmente remota agora, enquanto ele se apoiava com mãos espalmadas contra a parede do salão.

Naturalmente, ele ainda pensava em si próprio na terceira pessoa, como o personagem de um livro ou de um filme, mas pelo menos ainda era na terceira pessoa do singular. "Elas" ainda não tinham vindo pegá-lo esta noite, as bactérias de vozes que haviam assumido o controle na noite anterior. Na presença da ausência, na ausência da presença, Tweedledee e Tweedledum. A vida imitando a crítica literária ruim. Des/inte/gração. Exausto e febril. Negócios como sempre. Negócios escusos como sempre.

Como um homem num brinquedo giratório de um parque de diversões, Patrick desgrudou-se penosamente da parede. Sob a luz azul bruxuleante das televisões, clientes frios se esparramavam confortavelmente no banco de almofadas cinza e macias que contornava o salão. Patrick foi em direção ao bar com a cautela de um motorista tentando convencer um policial de que está sóbrio.

"O médico disse que o fígado dele parecia um mapa em relevo das Montanhas Rochosas", disse um homem brincalhão de pescoço grosso encostado no bar.

Patrick estremeceu e na hora sentiu uma pontada de agulha afiada no lado. Absurdamente sugestionável, devia tentar se acalmar. Numa paródia de alheamento, passou os olhos pelo ambiente ao redor com os pequenos movimentos em staccato de um lagarto predador.

Esparramado na almofada mais próxima do bar, havia um sujeito de kilt vermelho e amarelo, cinto de rebites, bota militar, jaqueta de couro preta e brincos de trovão. Ele estava com cara de quem havia exagerado nos Tuinals. Patrick pensou no flash preto do barato do Tuinal, fazendo o braço arder como sapólio em pó; medida estritamente emergencial. O estilo lhe pareceu antiquado; afinal, já tinham se passado seis anos desde o verão punk de 1976, quando ele ficou sentado na escada de incêndio da escola no calor sufocante, fumando baseados, escutando "White Riot" e gritando "destruição" de cima dos telhados. Ao lado do punk de kilt, havia duas secretárias agitadas de Nova Jersey, empoleiradas na ponta de seus assentos, vestindo calças coladas que entravam na barriga macia delas. Elas transferiam batom vermelho para a bituca toda branca de seus cigarros com um entusiasmo promissor, mas eram horrorosas demais para se candidatar à tarefa de consolá-lo da indiferença de Marianne. Com as costas ligeiramente viradas para elas, um corretor de commodities de terno escuro (ou será que ele era antiquário?) conversava com um homem que compensava sua quase calvície com uma longa e rala cortina de cabelo grisalho brotando dos últimos folículos produtivos da base do crânio. Eles pareciam querer se manter atualizados sobre o estado desesperado da juventude, dando uma conferida na garotada da *new wave*, observando as últimas tendências da moda rebelde.

No outro lado do salão, uma garota bonita com o sempre popular visual pobre, suéter preto sobre uma saia simples de segunda mão, estava de mãos dadas com um homem de camiseta e jeans. Eles olhavam obedientemente para uma das telas de TV, dois copos de cerveja a seus pés. Atrás deles, um grupo de três pessoas conversava animadamente. Um homem de terno azul-cobalto e gravata fina e outro de terno vermelho e gravata fina cercavam uma garota de nariz adunco e cabelo preto comprido com uma calça de montaria de couro. Nas profundezas do local, Patrick entrevia o brilho de correntes.

Inútil, completamente inútil. A única garota minimamente bonita do salão estava ligada em termos físicos a outro homem. Eles não estavam nem mesmo discutindo. Era repugnante.

Ele deu uma olhada nos bolsos de novo, fazendo devotamente o sinal da cruz. A heroína, o *speed*, o dinheiro e o Mandrix. Uma paranoia nunca era demais — ou será que era? A coca estava guardada no hotel junto com os cartões de crédito. Ele pediu um uísque com gelo, pescou a Black Beauty e engoliu-a no primeiro gole. Duas horas antes do previsto, mas não importa. Regras foram feitas para serem quebradas. O que significava que, se aquela era uma regra, ela deveria às vezes ser cumprida. Mente divagando atabalhoadamente. Pensamento circular. Muito cansado.

Uma tomada de David Bowie sentado bêbado diante de um painel de televisões coladas umas às outras surgiu nas telas de televisão do clube, apenas para ser substituída pela famosa tomada de Orson Welles caminhando pelo corredor de espelhos do castelo de Charles Foster Kane na Flórida. Imagens da multiplicação se multiplicando.

"Você deve achar isso inteligente", disse Patrick, suspirando, como um professor de escola decepcionado.

"Como é?"

Patrick se virou. Era o homem da cortina de cabelo grisalho comprido.

"Estou falando sozinho", murmurou Patrick. "Eu estava aqui pensando que as imagens na tela eram vazias e descontroladas."

"Talvez elas pretendam ser imagens sobre o vazio", disse o homem de um jeito solene. "Acho que isso é algo no qual a garotada está muito ligada agora."

"Como é que se pode estar ligado no vazio?", perguntou Patrick.

"A propósito, meu nome é Alan. Dois Beck's", disse ele ao garçom. "E o seu?"

"Uísque."

"Quis dizer: o seu nome."

"Ah, eh, Patrick."

"Oi." Alan estendeu a mão. Patrick apertou-a relutante. "O que são faróis iluminando na estrada?", perguntou Alan como se fosse uma charada.

Patrick deu de ombros.

"Faróis iluminando na estrada", respondeu Alan com uma calma admirável.

"São um alívio", disse Patrick.

"Tudo na vida é um símbolo de si mesmo."

"Era o que eu temia", disse Patrick, "mas felizmente as palavras são fugidias demais para expressar isso."

"Elas precisam expressar isso", afirmou Alan. "É como quando você está fodendo; você tem que pensar na pessoa que está com você."

"Imagino que sim", disse Patrick em tom cético, "desde que você a coloque numa situação diferente."

"Se as telas aqui mostram outras formas de fazer imagens, outras telas, espelhos, câmeras, você pode chamar isso de vazio autorreflexivo, ou pode chamar de honestidade. Está anunciando que só pode anunciar a si mesmo."

"Mas e quanto ao Batman?", disse Patrick. "Não tem nada a ver com a natureza do meio televisivo."

"Em algum nível tem."

"Em algum lugar abaixo da Batcaverna."

"Exatamente", disse Alan em tom encorajador, "em algum lugar abaixo da Batcaverna. É o que muitos garotos sentem: o vazio cultural."

"Se você está dizendo", respondeu Patrick.

"Acontece que *eu* acho que ainda há novidades do Ser que merecem ser contadas", disse Alan, pegando as garrafas de Beck's. "O amor de Whitman vale mais do que o dinheiro", disse com um sorriso largo.

Puta que pariu, pensou Patrick.

"Quer se juntar a nós?"

"Não, na verdade eu já estava de saída. Jet lag terrível."

"Tá bem", disse Alan, imperturbável.

"Valeu."

"Até mais."

Patrick entornou seu copo de uísque para convencer Alan de que ia mesmo embora e dirigiu-se ao salão do térreo.

Ele realmente não estava indo muito bem. Não apenas tinha falhado em pegar uma garota, mas teve de fugir daquele veado lunático. Que cantada: "O amor de Whitman vale mais do que o dinheiro". Patrick teve um breve ataque de riso nas escadas. Pelo menos ali embaixo ele podia procurar aquela punk de olhos violeta. Ele precisava tê-la. Definitivamente, ela era a sortuda destinada a dividir a cama com ele nas últimas horas de Patrick no país.

O clima ali embaixo era bem diferente da atmosfera do bar acarpetado lá em cima. No palco, músicos de camiseta preta e jeans rasgado construíam, dedilhando, uma pesada parede de som de guitarra que a voz do vocalista tentava alcançar sem sucesso. O salão comprido e não mobiliado, outrora um armazém, não tinha decoração nem luzes extravagantes, apenas o ar heroico de sua crueza. Nessa escuridão barulhenta, Patrick entreviu cabelos azuis e rosa espetados, estampas de zebra, leopardo e tigre, calças pretas justas e sapatos bicudos, tipos exóticos e vagabundos recostados nas paredes cheirando pó, dançarinos solitários com os olhos fechados e a cabeça balançando, casais robóticos e pequenos grupos de corpos pulando e se chocando mais perto do palco.

Patrick ficou na ponta dos pés tentando encontrar a boneca viciada de olhos violeta. Ela não estava em lugar nenhum, mas logo ele se distraiu com as costas de uma garota loira com um vestido de chiffon feito em casa e uma jaqueta de couro preta. Passou por ela como quem não quer nada e deu uma olhada em volta. "Puta merda, só pode ser brincadeira", murmurou com veemência. Ele se sentiu irritado e traído, como se o rosto dela fosse uma promessa quebrada.

Como ele pôde ser tão desleal? Estava atrás da boneca viciada de olhos violeta. Uma vez Debbie tinha gritado para ele no meio de uma discussão: "Você sabe o que é amor, Patrick? Faz alguma ideia?". E ele tinha respondido, enfadado: "Quantas tentativas eu tenho pra acertar?".

Patrick deu meia-volta e, verificando de um lado e do outro, foi ziguezagueando pelo salão até se postar contra uma parede.

Lá estava ela! De costas para uma coluna e com as mãos para trás, como se estivesse presa a uma estaca, ela olhava os músicos com uma curiosidade reverente. Patrick se concentrou loucamente e a imaginou deslizando pelo chão na direção do campo magnético do peito e estômago dele. Franzindo o cenho com ferocidade, lançou uma rede neuronal na direção do corpo dela e a puxou como uma presa pesada. Atirou laços mentais em volta da coluna ao lado dela e a trouxe cambaleando pelo chão como um escravo amarrado. Finalmente, fechou os olhos, alçou voo e projetou seu desejo pelo salão, cobrindo de beijos o pescoço e os seios dela.

Quando abriu os olhos, ela tinha sumido. Talvez devesse ter tentado conversar. Olhou em volta indignado. Onde diabos ela tinha se metido? Seus poderes psíquicos estavam falhando, embora a ressurgência do *speed* estivesse dando à sua incompetência uma intensidade renovada.

Ele precisava tê-la. Ele precisava tê-la, ou a alguma outra. Precisava de contato, de pele com pele, músculo com músculo. Acima de tudo, precisava do momento alheado da penetração, quando, por um segundo, ele conseguia parar de pensar em si mesmo. A não ser que, como acontecia com demasiada frequência, a aparência de intimidade desencadeasse outra descorporificação e uma privacidade mais profunda. Não importa. Ainda que o sexo o sentenciasse a um exílio que, para além da melancolia habitual, contivesse a irritação adicional da muda reprovação de outra pessoa, a conquista certamente seria estimulante. Ou não? Quem lhe restava? Mulheres bonitas estavam sempre com alguém, a não ser que você as pegasse naquela fração de segundo entre a perda inconsolável e o consolo, ou no táxi que as levava de seu amante principal a um dos secundários. E se você tivesse uma mulher bonita, elas sempre iriam te deixar esperando, na dúvida, porque esse era o único momento em que podiam ter certeza de que você pensava nelas.

Tendo jogado a si mesmo num certo estado de amargura, Patrick foi andando com passos largos em direção ao bar.

"Jack Daniel's com gelo", ele disse ao barman. Enquanto se endireitava, Patrick deu uma olhada na garota à sua esquerda. Ela era um pouco gordinha, de cabelo escuro e marginalmente bonita. Ela devolveu o olhar com firmeza, um bom sinal.

"Você não está sentindo calor com esse casaco?", perguntou ela. "Estamos em maio, sabe."

"Muito calor", admitiu Patrick com um sorrisinho, "mas eu me sentiria exposto sem ele."

"É tipo um mecanismo de defesa", disse a garota.

"Isso", respondeu Patrick com voz arrastada, sentindo que ela não tinha captado toda a sutileza e pungência de seu casaco. "Qual é o seu nome?", perguntou no tom mais desinteressado possível.

"Rachel."

"O meu é Patrick. Posso te pagar uma bebida?" Santo Deus, ele parecia uma paródia de uma pessoa puxando conversa. Tudo tinha assumido um aspecto ameaçador ou burlesco que fazia com que fosse mais difícil do que nunca descer da posição de observador. Talvez ela visse sua apatia esmagadora como um ritual de autotranquilização.

"Claro. Aceito uma cerveja. Uma Dos Equis."

"Certo", disse Patrick, chamando o barman. "E aí, em que tipo de coisa você trabalha?", continuou ele, praticamente vomitando pelo esforço de entabular uma conversa comum e de fingir um interesse por outra pessoa.

"Trabalho numa galeria."

"Mesmo?", disse Patrick, torcendo para que soasse impressionado. Ele parecia ter perdido todo o controle sobre sua voz.

"É, mas eu quero mesmo abrir minha própria galeria."

Lá vamos nós de novo, pensou Patrick. O garçom que acha que é ator, o ator que acha que é diretor, o taxista que acha que é filósofo. Todos os sinais são bons neste momento, o negócio está prestes a dar certo, há um grande interesse das gravadoras... uma cidade cheia de fantasistas agressivos e falsos e, claro, umas poucas pessoas verdadeiramente desagradáveis com poder.

"Só que eu preciso de apoio financeiro", disse ela, soltando um suspiro.

"Por que você quer ter seu próprio negócio?", perguntou ele, preocupado e ao mesmo tempo encorajador.

"Não sei se você está familiarizado com a arte neo-objetiva, mas acho que vai ser uma coisa realmente grande", disse Rachel. "Conheço muitos desses artistas e gostaria de lançar a carreira deles enquanto todo mundo ainda os ignora."

"Tenho certeza de que não será por muito tempo."

"Por isso preciso ser rápida."

"Eu adoraria ver algo dessa arte neo-objetiva", disse Patrick, sério.

"Posso providenciar isso", disse Rachel, vendo-o sob uma nova luz. Será que esse era o apoio financeiro que ela andava esperando? O sobretudo dele podia até ser esquisito, mas parecia caro. Talvez fosse legal ter um patrocinador inglês excêntrico que não fosse ficar toda hora em cima dela.

"Eu coleciono alguma coisa", mentiu Patrick. "A propósito, gostaria de um Mandrix?"

"Eu não uso drogas, pra falar a verdade", disse Rachel, torcendo o nariz.

"Nem eu", disse Patrick. "Só estou com um aqui, perdido, que me deram faz uma eternidade."

"Não preciso ficar alta para me divertir", disse Rachel com frieza.

Ela está a fim, ela definitivamente está a fim, pensou Patrick. "Você tem toda a razão", disse ele, "estraga a mágica — torna as pessoas irreais." Seu batimento cardíaco se acelerou; era melhor fechar logo o negócio. "Quer voltar comigo para o meu hotel? Estou hospedado no Pierre."

O Pierre, pensou Rachel; todos os sinais eram bons. "Claro", disse ela, sorrindo.

14.

Duas e meia da manhã, de acordo com o relógio ao lado da medalha de são Cristóvão. Ele dispunha de cerca de cinco horas. Mais que suficiente, dava para mais que uma vida toda de conversa com Rachel. Sorriu distraído para ela. O que ele poderia lhe dizer? Que seu pai tinha acabado de morrer? Que era um viciado? Que ia para o aeroporto dali a cinco horas? Que sua namorada realmente não se importaria? Ele com certeza não queria fazer mais nenhuma pergunta sobre ela. Nem queria saber sua opinião sobre a Nicarágua.

"Estou com um pouco de fome", disse Rachel, inquieta.

"Fome?"

"É, estou morrendo de vontade de comer um chili."

"Bem, tenho certeza de que você pode pedir uma porção pelo serviço de quarto", disse Patrick, que sabia perfeitamente bem que não havia chili no cardápio da noite do Pierre, e que teria desaprovado se houvesse.

"Mas conheço uma lanchonete onde eles fazem tipo o melhor chili do mundo", disse Rachel, endireitando-se, ansiosa. "Eu *realmente* queria ir lá."

"Certo", disse Patrick com paciência. "Onde fica?"

"Na 11ª Avenida com a 38ª."

"Desculpe", disse Patrick ao taxista, "mas mudamos de ideia. Você poderia nos levar para a 11ª Avenida com a 38ª?"

"Décima Primeira Avenida com a 38ª?", repetiu o taxista.

"É."

A lanchonete era um trailer prateado e estriado com um neon vermelho na frente dizendo: EXPERIMENTE NOSSOS FAMOSOS CHILI E TACOS. Um convite ao qual Rachel não conseguia resistir. Uma pimenta verde de neon piscava graciosamente ao lado de um sombrero amarelo.

Quando o gigantesco prato oval chegou cheio de carne moída regada a chili, feijões refritos, guacamole e sour cream, coberto por um cheddar alaranjado, reluzente e acompanhado de tortilhas ocres pintalgadas, Patrick acendeu um cigarro na esperança de que um véu de fina fumaça azul descesse sobre o desagradável monte de comida apimentada. Tomou outro gole de café insípido e recostou-se o máximo possível para trás no canto do banco de plástico vermelho. Rachel era claramente uma comilona ansiosa, metendo comida para dentro antes que ele metesse nela, ou talvez, de forma muito persuasiva, tentando fazê-lo tirar totalmente a ideia de sexo da cabeça ao provocar estragos em seu sistema digestivo e saturando seu hálito com o fedor tórrido de queijo e chili.

"Huumm", disse Rachel com gosto, "adoro esta comida."

Patrick ergueu ligeiramente uma sobrancelha, mas não disse nada.

Ela fez uma pilha de chili na tortilha, besuntou com um pouco de guacamole e empurrou um pouco de sour cream com a parte de trás do garfo. Por último, pegou um pouco de cheddar com os dedos e jogou por cima.

A tortilha caiu aberta e o queixo dela ficou todo melecado de chili. Rindo, ela a ergueu com o dedo indicador e forçou-a de volta para dentro da boca.

"Delicioso", comentou.

"Parece nojento", disse Patrick, mal-humorado.

"Você devia experimentar."

Ela se debruçou sobre o prato e descobriu ângulos engenhosos com que ficar tentando abocanhar a tortilha em colapso. Patrick esfregou o olho. Estava coçando violentamente de novo. Olhou pela janela, mas foi atraído de volta para a arena de suas reflexões. Os banquinhos vermelhos-tulipa do bar com suas hastes cromadas, a abertura para a cozinha, o velho curvado sobre uma xícara de café e, é claro, Rachel como um porco numa travessa. Isso o lembrou da famosa pintura de não sei quem. A memória sendo destruída. O pavor de esquecer tudo. Hooper… Hopper. Isso. Ele ainda não estava totalmente acabado.

"Terminou?", perguntou Patrick.

"Eles fazem uma ótima banana split aqui", disse Rachel, insolente, ainda mastigando sua última bocada de chili.

"Bem, não se contenha", disse Patrick. "Uma vai ser suficiente?"

"Você não quer uma também?"

"Não, não vou querer", disse Patrick pomposamente.

Logo uma tigela comprida de vidro foi trazida, na qual chocolate, baunilha e bolas de sorvete de morango recheavam duas metades de uma banana, enterradas sob ondas encrespadas de chantilly e decorada com balinhas rosa e verdes. Cerejas vermelhas ao marrasquino atravessavam o centro como uma fileira de botões de palhaço.

A perna de Patrick pulava em contrações involuntárias enquanto ele assistia Rachel desenterrar pedacinhos de banana do monte de cremes brilhantemente coloridos.

"Parei de consumir produtos lácteos", disse ela, "mas às vezes me permito esses excessos."

"Percebe-se", disse Patrick com frieza.

Ele se sentia dominado por repugnância e desprezo. A garota estava completamente fora de controle. Pelo menos as drogas eram passíveis de publicidade: viver no limite, explorar o Congo interior, o coração das trevas, desafiar a morte, regressar com as cicatrizes e as medalhas de um conhecimento assombroso, Coleridge, Baudelaire, Leary...; e mesmo que essa propaganda soasse terrivelmente falsa para qualquer um que já tivesse usado drogas de verdade, era inconcebível até mesmo fingir que havia alguma coisa de heroico num problema alimentar. No entanto havia algo perturbadoramente familiar na obsessiva voracidade e na fraude ridícula que era Rachel.

"Podemos ir agora?", disparou Patrick.

"Tá, pode ser", disse Rachel timidamente.

Ele pediu a conta, largou uma nota de vinte dólares antes de ela chegar e se contorceu para fora do banco. Outra maldita corrida de táxi, pensou.

"Estou me sentindo meio enjoada", reclamou Rachel enquanto eles subiam pelo elevador do hotel.

"Não é de estranhar", disse Patrick severamente. "Eu estou me sentindo enjoado, e estava só olhando."

"Ei, você é muito hostil."

"Desculpe", disse Patrick. "Estou terrivelmente cansado." Melhor não perdê-la agora.

"Eu também", disse Rachel.

Patrick destrancou a porta e acendeu as luzes.

"Desculpe a bagunça."

"Você devia ver o meu apartamento."

"Talvez eu veja", disse Patrick, "e toda essa arte neo-objetiva."

"Sem dúvida", disse Rachel. "Posso ir ao banheiro?"

"Claro."

Hora de preparar uma picada rápida, pensou Patrick, enquanto ouvia a porta do banheiro sendo trancada. Pescou a coca em sua mala e a heroína no bolso interno do sobretudo, pegou a colher no fundo da última gaveta e resgatou a meia garrafa de Evian que havia escondido, com uma cautela desnecessária, atrás da cortina. Talvez não surgissem muitas outras oportunidades, então era melhor fazer um *speedball* forte para reduzir o número de picadas ao mínimo. Misturou a heroína com a coca, dissolveu-as e aspirou a solução na seringa.

Ele estava pronto, mas quanto tempo teria até Rachel voltar do banheiro? Com o ouvido atento, como um homem escutando seus passos numa escada a ranger, ele se concentrou nos sons vindos do banheiro. O barulho abafado de vômito, seguido por uma curta tosse áspera, assegurou-o de que haveria tempo para uma picada.

Sem correr riscos, enfiou a agulha numa veia grossa do dorso da mão. O cheiro de cocaína o atingiu e ele sentiu os nervos se estendendo como cordas de piano. A heroína seguiu numa chuva suave de martelos de feltro espinha acima e ressoando para dentro do crânio.

Ele gemeu satisfeito e coçou o nariz. Era prazeroso demais, prazeroso pra caralho. Como poderia abandonar isso algum dia? Era amor. Era voltar para casa. Era Ítaca, o final de todas as suas peregrinações tempestuosas. Deixou a seringa na gaveta de cima, cambaleou pelo quarto e se esparramou na cama.

Paz finalmente. Os cílios entrelaçados de olhos semicerrados, o adejar lento e relutante de asas se fechando; seu corpo sendo martelado por martelos de feltro, pulsações dançando como areia num tambor; amor e veneno soltando seu fôlego numa longa e lenta exalação, desaparecendo numa privacidade da qual ele nunca conseguia se lembrar direito, nem esquecer por um só momento. Seus pensamentos tremeluziram como um córrego hesitante, juntando-se em poças de imagens discretas e vívidas.

Imaginou seus pés atravessando uma praça londrina úmida, seu sapato deixando folhas molhadas sombriamente coladas na calçada. Na praça, o calor de um monte de folhas ardendo melava o ar, e nuvens de fumaça amarela desequilibravam a luz do sol como uma roda quebrada, seus raios dispersos entre os plátanos desfolhando. O gramado estava cheio de galhos mortos, e das grades ele assistiu à triste e amarga cerimônia, os olhos irritados pela fumaça.

Patrick piscou de volta para o presente, coçando o olho. Ele se concentrou no quadro de uma praia normanda pendurado acima da escrivaninha. Por que as mulheres de vestido longo e os homens de chapéu de palha não entravam no mar? Será que era a alegria exuberante dos guarda-sóis que os retinha na praia, ou uma frase que eles precisavam terminar antes de despir os corpos na água indiferente?

Tudo estava morrendo, cada pedra erguida revelava seu ninho de vermes brancos e cegos. Ele precisava abandonar a terra úmida apodrecendo e o mar que tudo consome e dirigir-se às montanhas. "Saúdo vocês, grandes montanhas", entoou baixinho. "Elevadas! Sós! Serenas! Boas para se jogar!"

Patrick riu debilmente. A coca já tinha se dissipado. Ele começava a se sentir bem mal de fato. Havia só o bastante para mais duas boas picadas de coca e depois estaria condenado a uma acelerada agonia de decepção. O *speed* talvez estivesse apenas temporariamente ofuscado pela heroína, mesmo assim sua performance estava fadada a ser drasticamente reduzida depois de ele ter ficado tanto tempo acordado. O mais sensato a fazer numa situação dessas, quando o corpo era um campo de batalha coberto pelos cadáveres de guerras internarcóticas, era tomar o último Mandrix que Rachel tinha tão nobremente recusado e tentar tirar um cochilo no avião. Sem dúvida havia um argumento a favor de dormir: quando ele acordasse o impacto das drogas estaria mais forte.

Como de costume, seu fígado doía como se tivessem chutado uma bola de rúgbi em suas costelas. Seu desejo por drogas, como a raposa escondida sob a túnica do espartano, corroía suas entranhas. A visão dupla que o afligia se ele não piscasse constantemente tinha piorado, e as duas imagens de cada objeto se afastavam cada vez mais.

Esses transtornos e a sensação generalizada de que seu corpo estava preso por clipes e alfinetes de segurança e iria desmontar à menor tensão enchiam-no de remorso e medo. Era sempre no alvorecer do terceiro dia que ele se via tomado por um desejo enojado de parar com as drogas, mas ele sabia que os primeiros sinais de lucidez e do efeito passando traziam um medo ainda maior da ausência delas.

Patrick ficou surpreso ao ver Rachel postada com um ar miserável aos pés da cama. Ela tinha desaparecido depressa da lembrança dele enquanto vomitava no banheiro, perdendo sua individualidade e se tornando simplesmente Outras Pessoas, alguém que poderia interromper sua picada ou sua contemplação do barato. "Me sinto tão inchada", ela reclamou, apertando o estômago.

"Por que você não deita?", rouquejou Patrick.

Rachel afundou na cama e se arrastou até a outra ponta, gemendo enquanto caía sobre os travesseiros.

"Vem aqui", disse Patrick, com o que esperava ser um tom carinhoso.

Rachel rolou ligeiramente e se deitou de lado. Ele se inclinou sobre ela, torcendo para que ela tivesse escovado os dentes e se perguntando quando ele próprio escovara os dele pela última vez, e a beijou. O ângulo difícil fez com que o nariz dos dois se chocasse e, na pressa de superarem esse constrangimento, seus dentes também.

"Meu Deus, é como ter doze anos de idade", disse Patrick.

"Desculpe", disse Rachel.

Ele sentou com a cabeça apoiada em uma mão e passou a outra pelo vestido branco de malha de Rachel. Ela parecia esgotada e nervosa. Havia uma saliência no abdome inferior dela que não se via quando ela estava de pé. Patrick contornou a saliência e esfregou delicadamente o dorso dos dedos no quadril e na coxa dela.

"Desculpe", repetiu Rachel, "não posso continuar com isso, estou nervosa demais. Talvez a gente possa ficar algum tempo juntos, nos conhecermos."

Patrick soltou a mão e afundou de volta na cama.

"Claro", disse ele sem emoção, dando uma olhada no relógio de cabeceira. Quatro e cinquenta. Eles tinham cerca de duas horas e quarenta minutos para "se conhecerem".

"Quando eu era mais nova, eu ia pra cama com qualquer um", choramingou Rachel, "mas eu sempre ficava me sentindo vazia."

"Mesmo depois de um prato de chili e de uma banana split?", disse Patrick. Se ele não ia transar com ela, pelo menos poderia atormentá-la.

"Você é mesmo uma pessoa hostil", disse Rachel, "sabia disso? Você tem problema com mulheres?"

"Mulheres, homens, cachorros: eu não discrimino", disse Patrick, "todos me deixam puto da vida."

Ele rolou para fora da cama e foi até a escrivaninha. Por que tinha trazido esse monte de banha para o seu quarto? Era insuportável, tudo era insuportável.

"Olha, eu não quero discutir com você", disse Rachel. "Eu sei que você está decepcionado, só preciso que você me ajude a relaxar."

"Relaxar não é a minha especialidade", disse Patrick, pondo a coca e a colher no bolso da calça e enfiando a mão no fundo da gaveta para pegar a segunda seringa.

Rachel levantou da cama e foi para o lado de Patrick.

"Na real, nós dois estamos bem cansados", disse ela; "vamos deitar e dormir um pouco. Talvez de manhã as coisas pareçam diferentes", disse, tímida.

"Será?", perguntou Patrick. A mão dela queimava em suas costas. Ele não queria ser tocado por ela nem por qualquer outra pessoa. Ele se esquivou, esperando a oportunidade de deixá-la.

"O que tem nesta caixinha?", perguntou Rachel, com um esforço renovado para ser agradável, tocando a caixa em cima da televisão.

"As cinzas do meu pai."

"As cinzas do seu pai." Ela engoliu em seco, retirando a mão. "Que sensação estranha."

"Eu não me preocuparia com isso", disse Patrick. "Acho que conta como bagagem de mão, não acha?"

"É, talvez", disse Rachel, desconcertada com essa linha de argumentação. "Quero dizer, meu Deus, eu realmente me sinto estranha com isso. Seu pai está no quarto com a gente. Talvez eu tenha captado isso antes."

"Vai saber? Em todo caso, ele pode te fazer companhia enquanto eu vou ao banheiro. Posso demorar."

"Isso é chocante", disse Rachel, de olhos arregalados.

"Não fique assustada. Ele era um homem adorável, todos diziam isso."

Patrick deixou Rachel no quarto e trancou a porta do banheiro atrás de si. Ela sentou na beira da cama, olhando ansiosa para a caixa, como se esperasse que ela se movesse. Aproveitou essa oportunidade de ouro para recorrer a seus exercícios de respiração, que lembrava vagamente de suas duas aulas de ioga, mas passados uns dois minutos ficou entediada e continuou querendo ir embora. O problema era que ela morava bem longe, no Brooklyn. A corrida de táxi ia custar uns dez, doze dólares, e ela só chegaria umas duas horas antes de ter de encarar o metrô para ir à galeria. Se ficasse ali talvez conseguisse dormir um pouco e tomar café da manhã. Aconchegou-se com o cardápio de café da manhã e, depois da empolgação e culpa iniciais de ver quantas coisas maravilhosas havia para comer, foi dominada pelo cansaço.

Patrick estava deitado na banheira, uma perna pendurada na borda, sangue escorrendo de seu braço. Ele tinha colocado toda a coca numa última injeção e, derrubado pelo barato, havia caído da beirada da banheira. Agora olhava fixamente para o varão cromado do chuveiro e para o teto branco brilhoso, puxando o ar ofegante pelos dentes cerrados, como se uma viga tivesse caído sobre seu peito. Marcas escuras de suor manchavam sua camisa, e suas narinas estavam sujas de heroína. Ele tinha enfiado o pacote direto no nariz e ele agora estava amassado e vazio, tombado em seu pescoço.

Com a mão esquerda ele enterrou a ponta da seringa na lateral da banheira. Precisava parar de se picar — especialmente agora que as drogas haviam acabado.

Todo o estrago que ele havia causado acumulou-se à sua volta de uma só vez, como uma trupe de anjos caídos numa pintura medieval, empurrando-o para o inferno com tridentes em brasa, seus rostos zombeteiros e maliciosos cercando-o de feiura e desespero. Ele sentia o desejo irresistível de tomar uma resolução eterna, de fazer a promessa devota e impossível de jamais usar drogas de novo. Se sobrevivesse agora, se lhe permitissem sobreviver, nunca mais ia se picar de novo.

Nesse sério apuro, seu fervor suplantou a consciência de sua desonestidade, ainda que ele já detectasse, como disparos ao longe, a sensação perturbadora de que faltava alguma coisa. Tinha ficado sem drogas. Uma seringa estava destruída e a outra entupida de sangue. Era melhor assim, mas infinitamente triste. Logo, logo suas sinapses estariam gritando feito crianças famintas e cada célula de seu corpo puxando pateticamente a manga de sua camisa.

Patrick puxou, hesitante, a perna para baixo e se endireitou num impulso. Quase morreu de novo. Sempre um choque para o sistema. Melhor tomar aquele Mandrix. Ergueu-se com esforço, quase desmaiou e, apoiando-se pesadamente na parede como um homem velho, saiu da banheira com todo o cuidado. Seu sobretudo estava jogado no chão (ele já tinha pensado várias vezes em pedir que seu alfaiate colocasse abas nas aberturas dos bolsos) e ele o pegou bem devagar, tirou o Mandrix bem devagar, meteu-o na boca e o engoliu com um pouco de água.

Atordoado, Patrick sentou no vaso sanitário e pegou o telefone. 555-1726.

"Não posso atender no momento, mas se você deixar…" Caralho, ele não estava.

"Pierre, é o Patrick. Só liguei para dar tchau", mentiu. "Entro em contato *assim* que eu voltar a Nova York. Até mais."

Em seguida, telefonou para Johnny Hall, em Londres, querendo se certificar de que haveria pelo menos alguma coisa à espera dele quando chegasse. O telefone chamou algumas vezes. Talvez Johnny pudesse encontrá-lo no aeroporto. Chamou mais algumas vezes. Meu Deus, ele também não estava. Era insuportável.

Patrick tentou pôr o telefone de volta no gancho, errando várias vezes antes de acertar. Estava fraco como uma criança. Percebendo que a seringa continuava na banheira, ele pegou-a aborrecido, enrolou-a num papel higiênico e jogou-a na lixeira debaixo da pia.

No quarto, Patrick encontrou Rachel estirada na cama, roncando de forma irregular. Se estivesse apaixonado, pensou. Mas não conseguiu terminar. O jogo de luzes da água revolta sob o arco de uma ponte, um eco abafado, um beijo. A neve de sua bota derretendo diante de um forno, o sangue voltando para a ponta de seus dedos. Se ele estivesse apaixonado.

Da forma como eram as coisas, de barriga branca e respirando pesadamente, aos olhos de Patrick ela parecia uma baleia encalhada.

Fazer a mala era fácil se você enrolava tudo numa bola, enfiava na mala, sentava em cima e fechava o zíper. Ele precisou abrir o zíper de novo para meter o livro de Victor. "Eu acho que sou um ovo, portanto sou um ovo", guinchou no sotaque francês de Pierre. Vestindo sua última camisa limpa, voltou ao banheiro para ligar para a recepção.

"Alô?", disse com a voz arrastada.

"Pois não, senhor, em que posso ajudar?"

"Gostaria de uma limusine para as sete e meia, por favor. Uma grande com vidros pretos", acrescentou infantilmente.

"Vou providenciar para o senhor."

"E feche minha conta, sim?"

"Pois não, senhor. Quer que eu mande um carregador pegar sua bagagem?"

"Daqui a quinze minutos. Obrigado." Estava tudo sob controle. Ele terminou de se vestir, pôs seu tapa-olho e sentou na poltrona, esperando o homem vir buscar sua bagagem. Será que deveria deixar um bilhete para Rachel? "Acho que jamais vou esquecer nossa noite juntos" ou "Vamos fazer isso de novo uma hora dessas." Às vezes o silêncio era mais eloquente.

Houve uma batida fraca na porta. O carregador tinha seus sessenta anos, era pequeno e careca e estava vestido com o uniforme cinza mais simples do hotel.

"É só uma mala."

"Certo, senhor", disse com sotaque irlandês.

Eles seguiram pelo corredor, Patrick um pouco inclinado para proteger seu fígado e meio torto da dor nas costas.

"A vida é não só um saco de merda", disse Patrick, conversador, "mas um saco de merda vazando. Não tem como não ser atingido, não acha?"

"Acredito que é o que muitas pessoas sentem", respondeu o homem num tom melodioso e simpático. Em seguida ele parou de repente e largou a mala de Patrick no chão.

"E haverá rios de sangue. E os ímpios se afogarão", entoou. "E nem os lugares altos serão poupados."

"Uma de suas próprias profecias?", perguntou Patrick educadamente.

"Está na Bíblia", disse o carregador. "E as pontes serão tragadas", prometeu, apontando para o teto e acertando uma mosca invisível. "E os homens dirão que o fim do mundo veio sobre eles."

"E eles terão razão", disse Patrick, "mas eu realmente preciso ir."

"Verdade, verdade", disse o carregador, ainda empolgado. "Encontro o senhor na recepção." Ele deu uma corridinha até o elevador de serviço. Fizesse o que fosse para viver no limite, pensou Patrick enquanto entrava no outro elevador, não havia por que competir com pessoas que acreditavam em tudo o que viam na televisão.

A conta de dois mil cento e cinquenta e três dólares era maior até do que Patrick havia imaginado. Ele estava intimamente satisfeito. A erosão de capital era outra forma de desperdiçar seus recursos, de se tornar tão apagado e vazio quanto ele se sentia, de aliviar o peso de uma sorte imerecida e cometer um suicídio simbólico enquanto ainda hesitava em relação ao verdadeiro. Também nutria a fantasia oposta de que quando ficasse sem um tostão iria descobrir algum propósito brilhante nascido da necessidade de ganhar dinheiro. Junto com a conta de hotel, ele devia ter gastado outros dois ou dois e quinhentos em táxis, drogas e restaurantes, além dos seis mil das passagens de avião. Isso dava um total de mais de dez mil dólares, e ainda haveria as despesas funerárias. Ele se sentia como um vencedor de concurso de televisão. Como teria sido irritante se tivesse dado oito e meio ou nove. Dez mil em dois dias. Ninguém poderia dizer que ele não sabia como se divertir.

Patrick atirou seu cartão American Express no balcão, sem se dar ao trabalho de verificar a conta.

"Ah, a propósito", ele disse, bocejando, "eu assino a fatura, mas você poderia deixar o total em aberto? Uma amiga minha ainda está no quarto. Talvez ela queira tomar café da manhã; na verdade, tenho certeza de que vai querer. Ela pode pedir o que quiser", acrescentou, generoso.

"Ta-á bem." O recepcionista hesitou, se perguntando se deveria criar um problema pela ocupação dupla do quarto. "Ela vai sair até o meio-dia, não vai?"

"Acredito que sim. Ela trabalha, sabe", disse Patrick, como se fosse algo bastante excepcional. Assinou a fatura do cartão de crédito.

"Enviaremos uma cópia do total para o seu endereço."

"Ah, não se incomode", disse Patrick, bocejando de novo. Ele reparou no carregador parado ali perto com sua mala. "Olá", disse, sorrindo. "Rios de sangue, hein?"

O carregador olhou para ele com uma incompreensão servil. Talvez ele tivesse imaginado a coisa toda. Poderia ser uma boa ideia dormir um pouco.

"Espero que tenha gostado da sua estadia conosco", disse o recepcionista, estendendo uma cópia da conta num envelope para Patrick.

"Gostar foi pouco", disse Patrick com seu sorriso mais encantador, "eu adorei." Ele recusou o envelope com um leve franzir de cenho. "Ah, meu Deus", exclamou de repente, "esqueci uma coisa no quarto." Ele se voltou para o carregador. "Deixei uma caixinha de madeira em cima da televisão; você poderia ir buscá-la para mim? E o saco de papel pardo também seria muito útil."

Como ele pôde esquecer a caixa? Nenhuma necessidade de ligar para Viena pedindo uma interpretação. O que eles teriam feito no sombrio estuário de Cornwell, onde seu pai tinha pedido que jogassem suas cinzas? Ele teria de subornar um crematório local para que lhe dessem algumas das sobras varridas deles.

O carregador voltou dez minutos depois. Patrick apagou o cigarro e pegou o saco de papel pardo dele. Os dois seguiram juntos na direção das portas giratórias.

"A moça queria saber aonde você ia", disse o carregador.

"O que você disse?"

"Eu disse que achava que era pro aeroporto."

"E o que foi que ela disse?"

"Prefiro não repetir, senhor", disse o carregador, respeitoso.

Quanta perda de tempo, pensou Patrick, passando pelas portas giratórias. Cortar. Queimar. Seguir em frente. Saindo para a luz cintilante, sob um céu mais claro e mais vasto, os olhos perfurados como uma estátua romana.

Do outro lado da rua, viu um homem, o braço esquerdo cortado na altura do pulso, a pele levemente esfolada no ponto onde o osso era mais proeminente, uma barba de quatro dias, rosto amargo, lentes amarelas, trejeito de escárnio nos lábios, cabelo escorrido, capa de chuva manchada. O coto se contorcia para cima em contrações bruscas e involuntárias. Fumante inveterado. Ódio arraigado do mundo. *Mon semblable*. Palavras de outras pessoas.

Ainda assim, havia algumas diferenças importantes. Patrick distribuiu notas para o porteiro e o carregador. O motorista abriu a porta e ele entrou no banco de trás com seu saco de papel pardo. Esparramou-se no assento de couro preto, fechou os olhos e fingiu que dormia.

ALGUMA ESPERANÇA

1.

Patrick acordou ciente de que tinha sonhado, mas incapaz de lembrar o conteúdo do sonho. Sentiu a dor familiar de tentar rastrear alguma coisa que tinha acabado de desaparecer dos limites de sua consciência, mas que ainda podia ser inferida por sua ausência, como um redemoinho de papel velho deixado pela passagem rápida de um carro.

Os fragmentos obscuros do sonho, que parecia ter ocorrido junto a um lago, se confundiam com a produção de *Medida por medida*, que ele havia visto na noite anterior com Johnny Hall. Apesar de o diretor ter escolhido como cenário da peça um terminal de ônibus, nada amenizou o choque de ficar ouvindo a palavra "clemência" tantas vezes numa mesma noite.

Talvez todos os seus problemas resultassem do fato de ele ter empregado o vocabulário errado, pensou, com uma breve animação que lhe permitiu atirar as cobertas para o lado e cogitar levantar. Ele se movia num mundo no qual a palavra "caridade", como uma linda mulher vivendo na sombra de seu marido ciumento, era invariavelmente precedida pelos termos "almoço de", "comitê de" ou "baile de". "Compaixão" era algo para o qual ninguém tinha tempo, enquanto "indulgência" aparecia com frequência na forma de queixas por curtas sentenças de prisão. Ainda assim, ele sabia que suas dificuldades eram mais primordiais que isso.

Sentia-se esgotado por sua eterna necessidade de estar em dois lugares ao mesmo tempo: dentro de seu corpo e fora dele, na cama e no varão da cortina, na veia e no cilindro, um olho atrás do tapa-olho e outro contemplando o tapa-olho, tentando parar de observar tornando-se inconsciente, e então sendo forçado a observar os limites da inconsciência e a deixar a escuridão visível; eliminando cada esforço, mas destruindo a apatia com a inquietude; atraído para trocadilhos, mas repelido pelo vírus da ambiguidade; inclinado a dividir frases ao meio, invertendo-as com a qualificação de um "mas", mas ansioso por soltar sua língua enrolada como a de um lagarto e capturar uma mosca distante com uma habilidade inquebrantável; desesperado para escapar da autossubversão da ironia e dizer o que realmente queria dizer, mas querendo pronunciar na verdade só o que a ironia era capaz de transmitir.

Sem falar, pensou Patrick, enquanto punha os pés para fora da cama, nos dois lugares em que ele queria estar à noite: na festa de Bridget e *longe* da festa de Bridget. Não estava no clima para jantar com pessoas chamadas Bossington-Lane. Ia telefonar para Johnny, a fim de jantar só com ele. Discou o número, mas em seguida desligou, decidindo telefonar depois de fazer o chá. Mal tinha recolocado o fone no gancho, quando o aparelho tocou. Nicholas Pratt estava ligando para censurá-lo por não ter respondido ao convite para Cheatley.

"Não precisa me agradecer", disse Nicholas Pratt, "por eu ter conseguido que você fosse convidado para o ilustre evento desta noite. Devo ao seu querido pai tentar te jogar na onda da sociedade inglesa."

"Já estou praticamente me afogando", disse Patrick. "Em todo caso, você preparou o caminho para o meu convite a Cheatley ao levar Bridget para Lacoste quando eu tinha cinco anos. Já naquela época dava para ver que ela estava destinada a dominar as alturas da sociedade."

"Você era malcriado demais para perceber uma coisa tão importante quanto *essa*", disse Nicholas. "Lembro de uma vez que você me deu um chute bem forte na canela em Victoria Road. Saí mancando pelo corredor, tentando disfarçar minha agonia para não aborrecer sua santa mãe. Como ela está, aliás? Ela anda tão sumida."

"É incrível, não é? Ela parece achar que há coisas melhores a fazer do que ir a festas."

"Sempre a achei um pouco peculiar", disse Nicholas de um jeito crítico.

"Até onde eu sei, ela está levando um lote de dez mil se-ringas para a Polônia. As pessoas dizem que é uma coisa maravi-lhosa da parte dela, mas ainda acho que a caridade começa em casa. Ela podia ter se poupado da viagem, trazendo-as direto para o meu apartamento", disse Patrick.

"Achei que você já tivesse deixado tudo isso para trás", disse Nicholas.

"Para trás, na frente. É difícil saber, vivendo na Zona Cinza."

"É uma forma bem melodramática de se expressar aos trin-ta anos."

"Bem, sabe como é", disse Patrick, suspirando, "eu desisti de tudo, mas não me comprometi com nada no lugar."

"Você poderia começar se comprometendo em levar minha filha para Cheatley."

"Infelizmente não posso", mentiu Patrick, que não supor-tava Amanda Pratt. "Vou pegar uma carona com outra pessoa."

"Eh, bem, você a encontrará na casa dos Bossington-Lane", disse Nicholas. "E nós nos veremos na festa."

Patrick relutara em aceitar esse convite para Cheatley por várias razões. Uma delas é que Debbie estaria lá. Depois de anos tentando se livrar dela, ficou perplexo com seu súbito sucesso. Ela, por outro lado, parecia apreciar seu rompimento com ele mais do que qualquer outra coisa no longo caso que tiveram. Como poderia culpá-la? Ele sofria com pedidos de desculpa não enunciados.

Nos oitos anos desde a morte de seu pai, a juventude de Patrick se esvaíra, sem ser substituída por nenhum sinal de maturidade, a menos que a tendência à tristeza e ao cansaço para ofuscar o ódio e a insanidade pudesse ser chamada de "maturidade". A sensação de múltiplas alternativas e caminhos bifurcados tinha sido substituída por uma destruição de cais, contemplando a longa lista de barcos perdidos. Ele havia se curado do seu vício de drogas em várias clínicas, deixando a promiscuidade e o espírito festeiro vagando inseguros, como tropas que perderam seu comandante. Seu dinheiro, erodido por extravagâncias e contas médicas, livrava-o da pobreza sem lhe permitir comprar sua fuga do tédio. Há pouco tempo, para seu horror, tinha percebido que ia ter de arranjar um emprego. Estava, portanto, estudando para se tornar advogado, na esperança de que fosse encontrar algum prazer em manter solto o maior número possível de criminosos.

Sua decisão de estudar direito até o fez alugar numa locadora *Doze homens e uma sentença*. Ele passou vários dias andando de um lado para o outro, arrasando testemunhas imaginárias com comentários mordazes ou apoiando-se de repente num móvel e dizendo, com um desprezo cada vez maior: "Tenha em mente que na noite do…", até que recuava e, se transformava na vítima de seu próprio interrogatório, sofria um acesso dramático de choro. Também tinha comprado alguns livros, como *O con-*

ceito de direito, Street on Tort e Charlesworth sobre a negligência, e essa pilha de livros de direito agora disputava sua atenção com velhos favoritos como *Crepúsculo dos ídolos* e *O mito de Sísifo.*

À medida que as drogas foram se desvanecendo, cerca de dois anos antes, ele tinha começado a perceber como era estar lúcido o tempo todo, um período ininterrupto de consciência sem pontuação, um túnel branco, oco e sombrio, como um osso sem medula. "Quero morrer, quero morrer, quero morrer", ele se pegava murmurando no meio da tarefa mais banal, tragado por um desabamento de remorso enquanto a chaleira fervia ou a torrada surgia pronta.

Ao mesmo tempo, seu passado jazia à sua frente como um cadáver à espera de ser embalsamado. Acordava toda noite com pesadelos terríveis; assustado demais para dormir, deixava seus lençóis encharcados de suor e fumava cigarros até que o amanhecer se precipitasse no céu, claro e sujo como as lamelas de um cogumelo venenoso. Seu apartamento em Ennismore Gardens estava repleto de vídeos violentos que eram uma vaga expressão do filme de violência interminável que passava em sua mente. Vivendo à beira da alucinação, caminhava sobre um terreno suavemente ondulante, como uma garganta no ato de engolir.

O pior de tudo foi que, à medida que ia tendo mais sucesso em sua luta contra as drogas, ele viu o quanto aquilo havia mascarado uma luta para não se tornar como seu pai. A alegação de que todo homem mata aquilo que ama parecia-lhe um mero palpite comparada à quase certeza de que um homem se transforma naquilo que odeia. Havia, é claro, gente que não odiava nada, mas essas pessoas estavam distantes demais de Patrick para que ele pudesse imaginar seu destino. A lembrança do pai ainda o hipnotizava e o atraía como um sonâmbulo na direção de um precipício de emulação indesejável. Sarcasmo, esnobismo, crueldade e traição pareciam menos nauseantes do que os horrores que os haviam provocado. O que ele podia fazer além de se tornar uma máquina de transformar medo em desprezo? Como poderia baixar a guarda quando raios de energia neurótica, como holofotes iluminando um complexo penitenciário, não permitiam que nenhum pensamento escapasse, que nenhuma observação passasse despercebida?

A busca por sexo, a fascinação por um corpo ou outro, o breve prazer de um orgasmo, tão mais tênue e trabalhoso do que o prazer das drogas, mas repetido com frequência como uma injeção, pois seu papel era basicamente paliativo — tudo isso era compulsivo, mas suas complicações sociais eram mais importantes: a traição, o risco de gravidez, de infecção, da descoberta, os prazeres do roubo, as tensões surgidas em circunstâncias que do contrário teriam sido bem tediosas; e o modo com que o sexo se fundia com a inserção em círculos sociais cada vez mais seguros de si, onde, talvez, ele pudesse encontrar um lugar de descanso, um equivalente vivo da intimidade e da segurança oferecidas pelo abraço de polvo dos narcóticos.

Enquanto Patrick estendia a mão para pegar seus cigarros, o telefone tocou de novo.

"E aí, como vai?", disse Johnny.

"Estou no meio de um daqueles devaneios argumentativos", disse Patrick. "Não sei por que acho que a inteligência consiste em provar que posso ter uma discussão totalmente sozinho, mas seria legal entender alguma coisa pra variar."

"*Medida por medida* é uma peça bem argumentativa", disse Johnny.

"Eu sei", disse Patrick. "Acabei aceitando teoricamente que as pessoas têm de perdoar com base no princípio 'não julgueis para não serdes julgados', mas não há nenhuma autoridade emocional nisso, pelo menos não na peça."

"Exato", disse Johnny. "Se se comportar mal fosse um motivo bom o bastante para perdoar um mau comportamento, estaríamos todos transbordando magnanimidade."

"Mas qual motivo é bom o bastante?", perguntou Patrick.

"Vai saber. Estou cada vez mais convencido de que as coisas simplesmente acontecem, ou não acontecem, e não há muito o que você possa fazer para apressá-las." Johnny tinha acabado de ter essa ideia e não estava nem um pouco convencido dela.

"Maturidade é tudo", grunhiu Patrick.

"Sim, justamente, já é outra peça", disse Johnny.

"É importante decidir em que peça você está antes de levantar da cama", disse Patrick.

"Não acho que alguém já tenha ouvido falar dessa em que estaremos esta noite. Quem são os Bossington-Lane?"

"Você também foi convidado para jantar lá?", perguntou Patrick. "Acho que vamos ter que quebrar o carro no caminho, não acha? Jantar no hotel. É muito difícil encarar estranhos sem drogas."

Embora vivessem agora à base de comida grelhada e água mineral, Patrick e Johnny tinham uma nostalgia bem estabelecida de sua antiga vida.

"Mas quando a gente se drogava nas festas, tudo que víamos era o interior dos banheiros", argumentou Johnny.

"Eu sei", disse Patrick. "Hoje em dia quando vou ao banheiro digo a mim mesmo: 'O que você está fazendo aqui? Você não usa mais drogas!'. Só depois que eu saio é que me dou conta de que eu queria era mijar. Mas e aí, vamos juntos para Cheatley?"

"Claro, mas preciso ir a uma reunião dos NA às três."

"Não sei como você aguenta essas reuniões", disse Patrick. "Não são cheias de pessoas medonhas?"

"É claro que são, mas qualquer outra sala cheia também é", disse Johnny.

"Pelo menos não sou obrigado a acreditar em Deus para ir à festa de hoje à noite."

"Tenho certeza de que se fosse o caso você daria um jeito", disse Johnny, rindo. "Tenso é ser forçado a entrar na armadilha de lagosta do bom comportamento ao mesmo tempo que se é forçado a louvar suas virtudes."

"A hipocrisia não te deprime?"

"Felizmente, eles têm um slogan para isso: 'Finja até que atinja'."

Patrick fez um som de vômito. "Não acho que vestir o Velho Marinheiro como convidado de casamento seja a solução para o problema, você acha?"

"Não é bem assim, é mais como se fosse uma sala cheia de Velhos Marinheiros que decidem ter sua própria festa."

"Meu Deus!", disse Patrick. "É pior do que eu pensava."

"Você é que quer se vestir de convidado de casamento", disse Johnny. "Você não me falou que da última vez em que estava batendo a cabeça na parede, implorando para ser solto do tormento do seu vício, você não conseguia tirar aquela frase de Henry James da cabeça? 'Ele era um festeiro inveterado e admitiu ter aceitado cento e cinquenta convites no inverno de 1878.' Ou algo do tipo."

"Humm", disse Patrick.

"Em todo caso, você não acha que é difícil não usar drogas?", perguntou Johnny.

"É claro que é difícil, é um pesadelo do caramba", disse Patrick. Já que estava fazendo o papel do estoico diante da terapia, ele não perderia a oportunidade de exagerar a tensão que suportava.

"Ou então eu acordo na Zona Cinza", murmurou ele, "e esqueci de como respirar e meus pés estão tão distantes que não sei nem se posso arcar com a tarifa aérea; ou é a película interminável de lentas decapitações, patelas roubadas pelo tráfico de órgãos e cachorros disputando o fígado que eu queria muito de volta. Se fizessem um filme da minha vida interior, seria forte demais para o público. As mães gritariam: 'Reprisem *O massacre da serra elétrica*, para que a gente possa ter algum entretenimento familiar decente!'. E todas essas alegrias vêm acompanhadas do medo de que vou esquecer tudo que já aconteceu comigo, e de que todas as coisas que eu vi estarão perdidas, como diz o Replicante no final de *Blade Runner*, 'como lágrimas na chuva'."

"Ahã, é", disse Johnny, que já tinha ouvido muitas vezes Patrick repetir trechos desse discurso. "Então por que você simplesmente não vai em frente?"

"Uma combinação de orgulho e medo", disse Patrick. Então, mudando de assunto rapidamente, ele perguntou que horas acabava a reunião de Johnny. Eles marcaram de sair do apartamento de Patrick às cinco da tarde.

Patrick acendeu outro cigarro. A conversa com Johnny o deixara nervoso. Por que ele havia dito "Uma combinação de orgulho e medo"? Ele ainda achava careta admitir qualquer entusiasmo até para o seu melhor amigo? Por que ele amordaçava novos sentimentos com velhos hábitos de linguagem? Poderia até não ser óbvio para mais ninguém, mas ele ansiava parar de pensar em si mesmo, parar de minerar suas lembranças, pôr um fim no vaguear introspectivo e retrospectivo de seus pensamentos. Ele queria adentrar num mundo mais vasto, aprender alguma coisa, fazer diferença. Acima de tudo, queria deixar de ser uma criança sem ter de vestir o disfarce barato de se tornar um pai.

"Não que eu corra grandes riscos disso", resmungou Patrick, finalmente saindo da cama e vestindo uma calça. Os dias em que ele era atraído pelo tipo de garota que sussurrava "Tome cuidado, não estou tomando anticoncepcional" enquanto ele entrava nela tinham quase que acabado totalmente. Lembrava de uma delas falando animada sobre clínicas de aborto. "É um luxo só enquanto você está lá dentro. Cama confortável, comida boa, e você pode contar todos os seus segredos para as outras garotas, porque sabe que não vai encontrá-las de novo. Até a cirurgia é bem excitante. Só depois é que você fica realmente deprimida."

Patrick meteu o cigarro no cinzeiro e foi em direção à cozinha.

Por que ele precisava criticar as reuniões de Johnny? Eram simplesmente lugares para se confessar. Por que ele precisava tornar tudo tão desagradável e difícil? Por outro lado, de que adiantava ir a um lugar se confessar se você não diria a única coisa que de fato importava? Havia coisas que ele nunca havia dito a ninguém e que jamais diria.

2.

Nicholas Pratt, ainda de pijama, bamboleou de volta para a cama de sua casa em Clabon Mews, segurando com força as cartas que tinha acabado de pegar no capacho e examinando a letra nos envelopes, para ver quantos convites "sérios" eles poderiam conter. Com sessenta e sete anos, seu corpo estava tão "bem conservado" quanto suas memórias eram "ansiosamente esperadas". Ele conhecera "todo mundo" e tinha um "fundo de histórias maravilhosas", mas a discrição havia colocado seu dedo galante em seus lábios semiabertos e ele jamais começara o livro no qual era amplamente sabido que estaria trabalhando. Não era incomum no que ele chamava de "grande mundo", isto é, entre as duas ou três mil pessoas ricas que conheciam seu nome, ouvir homens e mulheres ansiosos com receio "só de pensar" em como haviam sido retratados no "livro de Nicholas".

Desabando na cama, onde atualmente dormia sozinho, estava prestes a testar sua teoria de haver recebido apenas três cartas que de fato valiam a pena abrir, quando foi interrompido pelo toque do telefone.

"Alô", bocejou ele.

"Ni-ko-la?", disse uma voz enérgica de mulher, pronunciando o nome como se fosse francês. "É Jacqueline d'Alantour."

"*Quel honneur*", exclamou Nicholas, afetado, com seu horrível sotaque francês.

"Como vai, querido? Estou ligan-do porque Jacques e eu estamos hospedados no Cheet-lai para o aniversário de Sonny, e achei que talvez você pudesse estar lá também."

"Mas é claro que eu vou", respondeu Nicholas, sério. "Na verdade, como o santo padroeiro do triunfo social de Bridget, eu já deveria estar lá. Fui eu, afinal, quem introduziu a pequena srta. Watson-Scott, como então era chamada, no *beau monde*, como *então* se dizia, e ela não esqueceu sua dívida para com o tio Nicholas."

"Me lem-bre", disse Jacqueline, "ela foi uma das mulheres com quem você se casou?"

"Não seja ridícula", disse Nicholas, fingindo-se ofendido. "Só porque tive seis casamentos fracassados não há necessidade de inventar mais."

"Mas, Ni-ko-la, falando sério, estou ligan-do caso você queira ir com a gente no carro. Temos um motorista da embaixada. Vai ser mais divertido — não? — descermos juntos ou subirmos juntos de carro — este 'subir' e 'descer' inglês *c'est vraiment* complicado."

Nicholas era um homem vivido o bastante para saber que a esposa do embaixador francês não estava sendo totalmente altruísta. Ela lhe oferecia uma carona para poder chegar a Cheatley com um amigo íntimo de Bridget. Nicholas, por sua vez, daria um novo glamour a essa intimidade ao chegar com os Alantour. Eles realçariam a glória um do outro.

"Subindo ou descendo", disse Nicholas, "vou adorar ir com vocês."

Sonny Gravesend estava sentado na biblioteca de Cheatley discando o número familiar de Peter Porlock em seu radiotelefone. A mística equação entre propriedade e pessoa que por tanto tempo tinha servido de suporte para a apagada personalidade de Sonny em nenhum outro lugar era adorada com mais paixão do que em Cheatley. Peter, o filho mais velho de George Watford, era o melhor amigo de Sonny e a única pessoa em quem ele realmente confiava quando precisava de um conselho sensato sobre agricultura e sexo. Sonny se recostou na cadeira e esperou Peter percorrer os quartos amplos de Richfield até o telefone mais próximo. Ele olhou para a lareira, acima da qual pendia a pintura que Robin Parker estava demorando tanto tempo para atribuir a Poussin. Era um Poussin quando o quarto conde a comprou e, até onde Sonny sabia, continuava sendo. Entretanto, era necessária a "opinião de um especialista".

"Sonny?", berrou Peter.

"Peter!", gritou Sonny de volta. "Desculpe te interromper de novo."

"Pelo contrário, meu velho, você me salvou de ter de acompanhar os Motoqueiros Gays de Londres que meu antigo diretor me mandou para que se maravilhassem com os tetos."

"Trabalhando como um escravo, como sempre", disse Sonny. "Faz com que seja ainda mais irritante quando se lê o tipo de lixo que eles publicaram nos jornais hoje de manhã: 'dez mil acres... quinhentos convidados... princesa Margaret... festa do ano.' Soa como se fôssemos feitos de dinheiro, enquanto a realidade, como você sabe melhor do que ninguém, com os seus Motoqueiros Gays de Londres, é que nunca paramos de trabalhar feito escravos para tapar as goteiras."

"Sabe o que um dos meus arrendatários me disse outro dia depois da minha famosa aparição na telinha?" Peter adotou seu sotaque caipira padrão. "Te vi na televisão, meu lorde, alegando pobreza, como sempre.' Que audácia!"

"É muito engraçado, na verdade."

"Bem, ele é um sujeito realmente esplêndido", disse Peter. "Sua família tem sido arrendatária nossa há trezentos anos."

"Temos alguns assim. Alguns estão conosco há vinte gerações."

"Demonstra uma incrível falta de iniciativa, se formos pensar nas condições que os mantemos", disse Peter com malícia.

Os dois gargalharam, concordando que esse era bem o tipo de coisa que não se devia dizer nas famosas aparições na televisão.

"Mas na verdade eu te liguei", disse Sonny num tom mais sério, "para falar desse negócio com a Cindy. Bridget, é claro, se recusou a recebê-la, alegando que não a conhecemos, mas falei com David Windfall esta manhã e, já que a esposa dele está doente, ele concordou em trazer Cindy. Espero que ele seja discreto."

"David Windfall? Você só pode estar brincando!", disse Peter.

"Bem, eu sei, mas eu disse que estava ansioso para conhecê-la, e não a verdade, isto é, que todas as minhas reuniões da Associação de Casas Históricas e de Preservação da Inglaterra Rural há muito têm sido uma boa fodida com a Cindy."

"Fico feliz que você não lhe disse isso", respondeu Peter em tom sensato.

"A questão é, e eu nem preciso te dizer que isto deve ficar entre nós: a Cindy está grávida."

"Você tem certeza que é seu?"

"Aparentemente não há dúvida", disse Sonny.

"Suponho que ela esteja te chantageando", disse Peter, leal.

"Não, não, não, de forma alguma", disse Sonny, bastante alterado. "A questão é que eu não tenho 'relações conjugais' com

Bridget já faz algum tempo, e em todo caso não tenho certeza, considerando a idade dela, se seria uma boa ideia tentar ter outro filho. Mas, como você sabe, eu gostaria muito de ter um filho, e pensei que se Cindy tivesse um menino...", Sonny hesitou, inseguro quanto à reação de Peter.

"Meu Deus", disse Peter, "mas você teria que casar com ela se for para ele ser seu herdeiro. É uma das penalidades de ser da nobreza", acrescentou com um quê de nobre estoicismo.

"Bem, eu sei que soa terrivelmente mercenário eu me livrar de Bridget a essa altura do campeonato", admitiu Sonny, "e é claro que vão distorcer como sendo uma paixão sexual, mas não tem como não sentir certa responsabilidade com Cheatley."

"Mas pense nos gastos", disse Peter, que tinha sérias dúvidas de que o divórcio poderia ser conseguido a tempo. "E, além do mais, será que Cindy é a garota certa para Cheatley?"

"Ela será um sopro de ar fresco", disse Sonny jovialmente, "e, como você sabe, está tudo em fideicomisso."

"Eu acho", disse Peter com a autoridade calculada de um especialista aconselhando seu paciente a fazer uma cirurgia, "que devemos almoçar no Buck semana que vem."

"Boa ideia", disse Sonny. "Nos vemos hoje à noite."

"Não vejo a hora", disse Peter. "Ah, e a propósito, feliz aniversário."

Kitty Harrow, em sua casa de campo, estava na cama escorada em uma multidão de travesseiros, seus king charles spaniels escondidos nas ondas de sua colcha ondulante e uma bandeja com os restos do café da manhã abandonada ao seu lado como um amante exausto. Sob um abajur de cetim rosa, frascos de remédios contraditórios se amontoavam na superfície marchetada de sua mesa de cabeceira. Sua mão repousava sobre o telefone que ela usava sem parar todas as manhãs entre as onze e a hora do almoço, ou, como nessa ocasião, até que o cabeleireiro chegasse meio-dia e meia para reconstruir aqueles penhascos de cabelo grisalho contra os quais tantos novos-ricos tinham se lançado em vão. Quando encontrou o nome de Robin Parker na grande agenda telefônica de couro vermelho aberta sobre seu colo, ela discou o número e esperou impaciente.

"Alô", disse uma voz bastante rabugenta.

"Robin, querido", cantarolou Kitty, "por que você não está aqui ainda? Bridget empurrou umas pessoas absolutamente medonhas para cima de mim e você, meu único aliado, ainda está em Londres."

"Tive de ir a um coquetel ontem à noite", disse Robin com voz afetada.

"Uma festa em Londres numa sexta-feira à noite!", protestou Kitty. "É a coisa mais antissocial que eu já ouvi na vida. Eu realmente acho que as pessoas são insensíveis, para não dizer cruéis. Eu quase nunca vou a Londres hoje em dia", acrescentou com um genuíno tom de páthos, "por isso dependo terrivelmente dos meus fins de semana."

"Bem, estou indo salvá-la", disse Robin. "Daqui a cinco minutos devo sair para Paddington."

"Graças a Deus", continuou ela, "você vai estar aqui para me proteger. Recebi um telefonema obsceno ontem à noite."

"De novo?", disse Robin com um suspiro.

"Ele fez as insinuações mais revoltantes", confidenciou Kitty. "Então, antes de desligar na cara dele, eu disse: 'Meu jovem, eu teria que ver a sua cara antes de permitir que você faça qualquer uma dessas coisas!'. Ele pareceu achar que eu o estava encorajando então ligou de novo no minuto seguinte. Faço questão de atender eu mesma ao telefone à noite: não é justo com os empregados."

"Não é justo com você também", alertou-a Robin.

"Ando atormentada", resmungou Kitty, "com o que você me contou daqueles pintos que os papas pudicos arrancavam das estátuas clássicas e guardavam nos porões do Vaticano. Não sei, não, se *essa* não foi uma ligação obscena."

"Aquilo foi história da arte", disse Robin, rindo.

"Você sabe como eu sou fascinada pelas famílias das pessoas", disse Kitty. "Bem, agora, toda vez que penso nelas, e nos segredos obscuros que todas têm à espreita sob a superfície, não consigo deixar de imaginar aqueles caixotes escondidos nos porões do Vaticano. Você corrompeu minha imaginação", declarou ela. "Você sabia que exerce um efeito terrível sobre as pessoas?"

"Minha conversa será totalmente casta esta noite", ameaçou Robin. "Mas agora eu tenho mesmo que ir para a estação."

"Tchauzinho", disse Kitty, afetuosa, mas sua necessidade de conversar era tão imperiosa que acrescentou em tom conspiratório: "Sabe o que George Watford me disse ontem à noite? — ele pelo menos era um rosto conhecido. Disse que três quartos das pessoas da agenda telefônica dele estão mortas. Eu lhe falei para não ser tão mórbido. Em todo caso, o que poderia ser mais natural na idade dele? Ele já passou bem dos oitenta."

"Minha querida, vou acabar perdendo o trem", disse Robin.

"Eu costumava ficar terrivelmente doente só de pensar em viajar de trem", disse Kitty, compreensiva, "até que o meu maravilhoso médico me deu uma pílula mágica, e agora eu simplesmente flutuo a bordo."

"Bem, e eu vou ter que correr a bordo", grunhiu Robin.

"Tchau, meu querido", disse Kitty, "não vou te atrasar nem mais um segundo. Vá, vá, vá."

Laura Broghlie sentia sua existência ameaçada pela solidão. Sua cabeça ficava "totalmente em branco", como ela tinha dito a Patrick Melrose durante o caso de uma semana deles. Cinco minutos sozinha ou longe do telefone, a não ser que fossem gastos na companhia de um espelho e de um bom tanto de maquiagem, era mais brancura literal do que ela podia suportar.

Ela tinha levado uma eternidade para superar a deserção de Patrick. Não que tivesse gostado particularmente dele — nunca lhe ocorria gostar das pessoas enquanto as usava; e depois que já as tinha usado parecia mesmo absurdo começar a gostar —, mas é que era *tedioso* demais arranjar um novo amante. Ser casada afastava algumas pessoas, até ela deixar claro que, do seu ponto de vista, não era nenhum impedimento. Laura era casada com Angus Broghlie, que, pelo antigo costume escocês, tinha o direito de se chamar "O Broghlie". Laura, pelo mesmo motivo, podia se chamar "Madame Broghlie", um direito que ela quase nunca exercia.

Por fim, depois de quinze dias sem um amante, ela tinha conseguido seduzir Johnny Hall, o melhor amigo de Patrick. Johnny não era tão bom quanto Patrick, porque trabalhava durante o dia. Ainda assim, como jornalista, ele com frequência podia "trabalhar numa matéria em casa", que era quando eles podiam passar o dia todo na cama.

Alguns interrogatórios sutis haviam determinado que Johnny ainda não sabia sobre o caso dela com Patrick, e ela tinha feito Johnny jurar segredo sobre o caso deles também. Ela não sabia se devia ou não se sentir insultada com o silêncio de Patrick, mas pretendia fazer com que Patrick ficasse sabendo sobre Johnny bem quando isso causasse o máximo de confusão possível. Ela sabia que Patrick ainda a achava sexy, mesmo tendo reservas à sua personalidade. Até ela tinha reservas à sua personalidade.

Quando o telefone tocou, Laura levantou a cabeça e se contorceu para sair da cama.

"Não atenda", reclamou Johnny, mas ele sabia que estava sem moral, pois antes tinha deixado o quarto para falar com Patrick. Ele acendeu um cigarro.

Laura se voltou para ele e mostrou a língua, prendendo o cabelo atrás da orelha enquanto atendia ao telefone. "Alô", disse, subitamente séria.

"Oi."

"China! Meu Deus, sua festa foi *tão* boa", exclamou Laura, apertando o nariz entre o dedão e o indicador e levantando os olhos para o teto. Ela já tinha analisado com Johnny o fracasso que fora a festa.

"Você acha mesmo que foi um sucesso?", perguntou China, cética.

"Claro que foi, querida, todo mundo adorou", disse Laura, sorrindo para Johnny.

"Mas todo mundo ficou preso na sala de baixo", lamentou China. "Eu realmente odiei isso."

"A gente sempre odeia as próprias festas", disse Laura, solidária, rolando de costas na cama e reprimindo um bocejo.

"Então você realmente gostou", afirmou China. "Jure."

"Eu juro", disse Laura, cruzando os dedos e as pernas e revirando os olhos. Com uma súbita convulsão de risadinhas silenciosas, ela ergueu os pés no ar e se balançou na cama.

Johnny observava, assombrado com a infantilidade dela, vagamente desdenhoso da conspiração zombeteira na qual estava sendo incluído, mas encantado com as contorções do corpo nu dela. Ele afundou de volta nos travesseiros, examinando os detalhes que poderiam explicar, mas que apenas confirmavam o mistério da obsessão dele: a pequena pinta preta na inclinação interna do osso do quadril dela, o pelo dourado surpreendentemente grosso do antebraço, o arco elevado de seus pálidos pés.

"Angus está com você?", perguntou China, soltando um suspiro.

"Não, ele vai da Escócia direto para a festa. Tenho de pegá-lo em Cheltenham. É tão tedioso, não entendo por que ele não pode pegar um táxi."

"Economizar, economizar, economizar", disse China.

"Ele parecia tão bom no papel", disse Laura, "mas quando se vai ver, mesmo, ele é completamente obcecado por saber se uma passagem econômica é reembolsável se você não usa a volta no mesmo dia e em outros problemas fascinantes desse tipo. É de fazer a pessoa implorar por um amante extravagante." Ela deixou um dos joelhos cair de lado na cama.

Johnny deu uma tragada longa e sorriu para ela.

China hesitou e, instigada pelo pensamento de que o elogio de Laura a sua festa poderia não ter sido totalmente sincero, disse: "Sabe, está correndo um boato de que você está tendo um caso com Patrick Melrose".

"Patrick Melrose", disse Laura, como se estivesse repetindo o nome de uma doença fatal, "você só pode estar de brincadeira." Ela ergueu as sobrancelhas para Johnny e, pondo a mão no bocal, sussurrou: "Parece que estou tendo um caso com Patrick".

Ele arqueou uma sobrancelha e apagou o cigarro.

"Quem diabos te disse isso?", ela perguntou a China.

"Eu realmente não deveria te contar, mas foi Alexander Politsky."

"Ele, mas eu nem o conheço."

"Bem, ele acha que te conhece."

"Que patético", disse Laura. "Ele só quer se aproximar de você fingindo que sabe tudo dos seus amigos." Johnny ajoelhou-se diante de Laura e, segurando os pés dela, abriu suas pernas devagar.

"Ele disse que ficou sabendo por Ali Montague", insistiu China.

Laura prendeu a respiração com força. "Bem, isso só prova que é mentira", ela disse, suspirando. "Além disso, Patrick Melrose nem me atrai", acrescentou, cravando as unhas nos braços de Johnny.

"Eh, bem, você sabe melhor do que eu se está ou não tendo um caso com ele", concluiu China. "Fico feliz que não esteja, porque eu o acho bem problemático…"

Laura ergueu o fone no ar para que Johnny pudesse ouvir. "E", continuou China, "não suporto a forma como ele tratou Debbie."

Laura pôs o fone de volta no ouvido. "Foi revoltante, não foi?", disse, sorrindo para Johnny, que se inclinou para morder o pescoço dela. "Mas com quem você vai à festa?", perguntou, sabendo que China ia sozinha.

"Não vou com ninguém, mas tem um cara chamado Morgan Ballantine", China fez um sotaque americano pouco convincente para pronunciar o nome, "que estará lá, e estou bem interessada nele. Dizem que ele acabou de herdar duzentos e quarenta milhões de dólares e uma coleção incrível de armas", acrescentou como que por acaso, "mas a questão, na verdade, não é essa; tipo, ele é *realmente* um amor."

"Ele pode até valer duzentos e quarenta milhões de dólares, mas será que vai gastá-los?", questionou Laura, que tinha uma amarga experiência sobre quão enganadoras essas figuras podiam ser. "Essa é a questão", disse, apoiando-se sobre um cotovelo e ignorando sem o menor esforço as carícias que fazia poucos instantes tinha achado tão avassaladoras. Johnny parou e se inclinou mais para perto, em parte por curiosidade, mas também para disfarçar o fato de que seus esforços sexuais não podiam competir com a menção de uma soma tão grande de dinheiro.

"Ele realmente disse uma coisa bem sinistra outro dia", admitiu China.

"O quê?", perguntou Laura, curiosa.

"Bem, ele disse: 'Sou rico demais para emprestar dinheiro'. Um amigo dele tinha falido ou algo assim."

"Fique longe dele", disse Laura, com sua voz especialmente séria. "Esse é o tipo de coisa que Angus diz. Você acha que vão ser só aviões particulares, e no instante seguinte ele está pedindo para embrulhar as sobras de comida pro cachorro no restaurante ou insinuando que você deveria cozinhar em casa. É um verdadeiro pesadelo."

"O que me faz lembrar...", disse China, bastante irritada por ter revelado tanto. "Brincamos de um jogo maravilhoso ontem à noite depois que você foi embora. Todo mundo tinha que pensar nas coisas que as pessoas eram menos propensas a dizer, e alguém pensou numa para Angus: 'Tem certeza de que você não vai querer a lagosta?'."

"Muito engraçado", disse Laura secamente.

"A propósito, onde você vai ficar?", perguntou China.

"Com umas pessoas chamadas Bossington-Lane."

"Eu também", exclamou China. "Posso pegar uma carona?"

"Claro. Esteja aqui por volta de meio-dia e meia, e podemos sair para almoçar."

"Perfeito", disse China. "Até mais tarde."

"Tchau, querida", disse Laura, vibrante. "Vaca idiota", murmurou, desligando o telefone.

Durante toda a vida de Cindy, os homens tinham corrido à sua volta, como os liliputianos com seus rolos de barbante, tentando amarrá-la para que ela não arruinasse suas vidinhas, mas agora ela estava pensando em se amarrar voluntariamente.

"Alô?", ronronou ela com seu doce sotaque californiano. "Eu poderia falar com David Windfall, por favor?"

"Ele mesmo", disse David.

"Olá, sou Cindy Smith. Acho que Sonny já falou com você sobre hoje à noite."

"Claro", disse David, corando num tom mais escuro de framboesa do que o de costume.

"Espero que você esteja com o seu convite de Sonny e Bridget, porque eu com certeza não tenho um", disse Cindy com uma candura desarmadora.

"Deixei o meu no banco", disse David. "Cautela nunca é demais."

"Eu sei", disse Cindy, "é um item valioso."

"Você percebe que terá de fingir que é minha esposa?", disse David.

"Até onde eu devo ir?"

David, tremendo, suando e corando ao mesmo tempo, refugiou-se no excesso de franqueza pelo qual era bem conhecido. "Só até passarmos pelos seguranças", disse.

"Como quiser", respondeu Cindy meigamente. "Você é quem manda."

"Onde podemos nos encontrar?", perguntou David.

"Tenho uma suíte reservada no Little Soddington House Hotel. Fica em Gloucestershire, certo?"

"Eu realmente espero que sim, a não ser que tenha mudado", disse David, mais afetado do que pretendia.

Cindy riu. "Sonny não me falou que você era tão engraçado", disse ela. "Poderíamos jantar juntos no meu hotel, se você quiser."

"Esplêndido", disse David, já planejando como escapar do jantar no qual Bridget o colocara. "Lá pelas oito?"

Tom Charles tinha alugado um carro para levá-lo ao interior. Era uma extravagância, mas estava velho demais para se desgastar com trens e malas. Havia se hospedado no Claridge's, como de costume, e uma das coisas mais agradáveis ali era a lenha que queimava brilhante na lareira enquanto ele terminava seu frugal café da manhã de chá e suco de toranja.

Iria ficar com Harold Greene, um velho amigo dos tempos de FMI. Harold lhe dissera para trazer um smoking porque eles iriam à festa de aniversário de um vizinho. Tinham-no posto a par sobre quem era o vizinho, mas tudo que Tom conseguia lembrar é que era um desses ingleses de grandiosa "estirpe" e nem um pingo de presença atual. Se você não ficasse extremamente impressionado com esses tipos de "estirpe", era chamado de "ranzinza", mas na verdade nada poderia deixar alguém mais "ranzinza" do que imaginar uma vida desperdiçada em fofocas, álcool e intrigas sexuais.

Harold não era nada disso; era um homem influente e visionário. Estava na lista de cartões de Natal de presidentes agradecidos e senadores amistosos — assim como Tom —, mas como toda a gente desta ilha chuvosa, ele gostava bastante desses tipos de "estirpe".

Tom pegou o telefone para ligar para Anne Eisen. Anne era uma velha amiga e ele estava ansioso para viajar com ela até a casa de Harold, mas precisava saber que horas deveria mandar o carro ir buscá-la. O telefone dela estava ocupado, então Tom desligou e continuou lendo a pilha de jornais ingleses e americanos que havia pedido junto com seu café da manhã.

3.

Tony Fowles era o que Bridget chamava de "absolutamente genial" quando se tratava de cores e tecidos. Ele confessou estar "com uma queda por cores cinza no momento", e ela tinha concordado em decorar o interior da tenda com cinza. Suas apreensões iniciais diante dessa corajosa ideia foram vencidas pelo comentário de Tony de que Jacqueline d'Alantour, a esposa do embaixador francês, era "tão correta que nunca estava realmente *certa*".

Bridget ficou se perguntando até onde se poderia ser incorreto sem estar errado, e foi nessa área cinzenta que Tony tinha se tornado seu guia, fazendo aumentar sua dependência dele até o ponto de ela mal conseguir acender um cigarro sem sua assistência, e ela já tivera uma briga com Sonny por querer que ele ficasse ao lado dela no jantar.

"Aquele homenzinho horroroso não deveria nem vir", disse Sonny, "quanto mais sentar perto de você. Não preciso nem lembrá-la que vamos receber a princesa Margaret no jantar e que cada um dos homens que vier tem um motivo melhor para sentar ao seu lado do que aquele...", balbuciou Sonny, "... aquele janota."

O que, aliás, era um janota? O que quer que fosse, era muito injusto, pois Tony era seu guru e seu bobo da corte. As pessoas que sabiam como ele era engraçado — bastava ouvir sua história sobre ter saído correndo pelas ruas de Lima agarrado a rolos de tecido durante uma revolta de pão para praticamente morrer de rir — talvez não percebessem como ele também era sábio.

Mas onde estava Tony? Era para ele encontrá-la às onze da manhã. Podia-se louvá-lo por todo tipo de coisas, mas pontualidade não era uma delas. Bridget olhou em volta para a imensidão de veludo cinza que forrava o interior da tenda; sem Tony, sua confiança vacilava. Uma das extremidades da tenda estava dominada por um palco branco horroroso sobre o qual uma banda de quarenta integrantes, vindos dos Estados Unidos, iria tocar mais tarde o "tradicional jazz de New Orleans" favorito de Sonny. Para completar, os aquecedores industriais que rugiam em cada canto deixavam a atmosfera tediosamente fria.

"Claro que eu preferiria que meu aniversário fosse em junho e não no sombrio e velho mês de fevereiro", Sonny gostava de dizer, "mas não dá para escolher quando se vai nascer."

O choque de não haver planejado seu nascimento provocara em Sonny o desejo fanático de planejar todo o resto. Bridget tinha tentado mantê-lo fora da tenda, alegando que deveria ser uma "surpresa", mas como para ele essa palavra era praticamente o equivalente a um "ataque terrorista", ela tinha falhado. Por outro lado, conseguira manter em segredo o valor assombroso do veludo, comunicado a ela por uma patricinha tagarela com uma risada parecida com um estertor de morte, que havia dito que estava na casa dos "quarenta mil mais o temido". Bridget achou que "o temido" era um termo técnico de decoração, mas Tony explicou que se tratava de imposto.

Ele também havia dito que os lírios laranja formariam uma "explosão de cores" contra o fundo cinza macio, mas agora que eles estavam sendo colocados por uma equipe de mulheres atarefadas de macacão azul quadriculado, Bridget não podia deixar de pensar que eles mais pareciam brasas se apagando num enorme monte de cinzas.

Bem quando esse pensamento herético estava se insinuando em sua mente, Tony entrou na tenda usando um suéter folgado cor de terra, cinza e uva, uma calça jeans bem passada, meia branca e mocassim marrom com uma sola surpreendentemente grossa. Ele havia enrolado uma echarpe branca de seda no pescoço depois de sentir, ou achar que tinha sentido, a garganta irritada. "Tony! Finalmente", Bridget ousou dizer.

"Me desculpe", rouquejou Tony, pousando a mão no peito e franzindo o cenho pateticamente. "Acho que peguei alguma coisa."

"Ah, querido", disse Bridget, "espero que você não fique muito mal para hoje à noite."

"Nem que tivessem de me trazer entubado numa máquina", retrucou ele, "eu não perderia isto por nada no mundo. Sei que o artista deveria ficar do lado de fora da sua criação, lixando as unhas", disse, olhando com uma indiferença afetada para as suas unhas, "mas não vou sentir minha criação terminada até vê-la cheia de tecido vivo."

Fez uma pausa e olhou para Bridget com uma intensidade hipnótica, como Rasputin prestes a informar a tzarina de sua última inspiração. "Bem, eu sei o que você está pensando", garantiu. "Não há cor suficiente!"

Bridget sentiu um farol brilhar nos recessos de sua alma. "As flores não fizeram tanta diferença quanto achei que fariam", confessou ela.

"E é por isso que eu trouxe isto", disse Tony apontando para um grupo de assistentes timidamente esperando ser chamados. Eles estavam cercados por grandes caixas de papelão.

"O que é isso aí?", perguntou Bridget, apreensiva.

Os assistentes começaram a abrir as caixas. "Eu pensei em tendas, pensei em mastros, pensei em fitas", disse Tony, sempre pronto a explicar seus processos criativos. "Então mandei fazer isto especialmente para a ocasião. É uma espécie de tema mastro regimental", explicou, incapaz agora de continuar contendo sua empolgação. "Vai ficar deslumbrante contra a textura perolada do cinza."

Bridget sabia que "feito especialmente para a ocasião" significava extremamente caro. "Parecem gravatas", disse ela, espiando dentro de uma caixa.

"Exato", disse Tony com ar triunfante. "Vi Sonny usando uma gravata verde e laranja sensacional. Ele me disse que era uma gravata regimental e eu pensei, é isso: o laranja vai acentuar os lírios e animar todo o ambiente." As mãos de Tony voavam para cima e para os lados. "Vamos amarrar as fitas no topo do mastro e puxá-las até as laterais da tenda." Dessa vez suas mãos voaram para os lados e para baixo.

Esses gestos graciosos de balé foram suficientes para convencer Bridget de que ela não tinha opção.

"Parece maravilhoso", disse. "Mas seja rápido, não temos muito tempo."

"Deixe comigo", disse Tony serenamente.

Uma empregada veio dizer a Bridget que havia uma ligação para ela. Bridget acenou para Tony e saiu apressada da tenda, passando pelo túnel acarpetado de vermelho que levava à casa. Floristas sorridentes arrumavam coroas de hera em torno dos arcos verdes de metal que sustentavam a lona.

Era estranho, em fevereiro, não dar a festa dentro de casa, mas Sonny estava convencido de que suas "coisas" estariam ameaçadas pelo que ele chamava de "os amigos de Londres de Bridget". Ele era assombrado pela reclamação de seu avô de que sua avó tinha enchido a casa de "parasitas, sodomitas e judeus", e, embora reconhecesse a impossibilidade de dar uma festa divertida sem amostras de todas essas categorias, ele não estava disposto a confiar suas "coisas" a elas.

Bridget atravessou a sala de estar esvaziada e atendeu ao telefone.

"Alô?"

"Querida, como vai?"

"Aurora! Graças a Deus é você. Estava com medo que fosse outro estranho implorando para trazer a família toda para a festa."

"As pessoas não são mesmo *horríveis*?", disse Aurora Donne no tom condescendente pelo qual era famosa. Seus grandes olhos lacrimosos e sua tez cremosa lhe conferiam a beleza suave de uma vaca charolesa, mas sua risadinha baixa, reservada para os comentários que ela mesma fazia, mais lembrava uma hiena. Ela tinha se tornado a melhor amiga de Bridget, instilando nela uma confiança sombria e precária em troca da pródiga hospitalidade de Bridget.

"Tem sido um pesadelo", disse Bridget, acomodando-se na cadeira bamba alugada que tinha substituído uma das coisas de Sonny. "Fico abismada com a audácia de algumas pessoas."

"Sei bem como é", disse Aurora. "Espero que vocês tenham uma boa segurança."

"Sim", disse Bridget. "Sonny conseguiu que a polícia, que deveria estar num jogo de futebol hoje à tarde, viesse aqui cuidar de tudo. É uma boa troca para eles. Eles vão formar um círculo em torno da casa. Além disso, temos o pessoal de sempre na porta; na verdade, alguém chamado 'Segurança Gresham' deixou seu walkie-talkie ao lado do telefone."

"Eles fazem tanto alarde com a realeza", disse Aurora.

"*Nem* me fale", gemeu Bridget. "Tivemos de ceder dois dos nossos preciosos quartos para o detetive particular e a dama de companhia. É um desperdício enorme de espaço."

Bridget foi interrompida pelo som de gritos no hall.

"Você é uma garotinha imunda! E não passa de um estorvo para os seus pais!", gritou uma mulher com forte sotaque escocês. "O que a princesa diria se soubesse que você sujou seu vestido? Sua criança imunda!"

"Ah, meu Deus", disse Bridget para Aurora, "eu realmente queria que a babá não fosse tão grossa com Belinda. É horrível isso, mas eu nunca tenho coragem de dizer nada a ela."

"Eu sei", disse Aurora num tom compreensivo, "eu tenho o maior pavor da babá de Lucy. Acho que elas nos fazem lembrar das nossas próprias babás."

Bridget, que não tinha tido uma babá "apropriada", não iria revelar esse fato discordando. Como forma de compensação, havia feito um esforço especial para conseguir uma babá à moda antiga apropriada para Belinda, com seus sete anos. A agência ficara encantada quando encontrou uma colocação tão boa para a velhaca cruel que estava havia anos na lista deles.

"Outra coisa que eu temo é a vinda da minha mãe hoje à noite", disse Bridget.

"Mães podem ser tão críticas, não é?", disse Aurora.

"Isso mesmo", disse Bridget, que na verdade achava sua mãe irritantemente desejosa de agradar. "Acho que preciso ir dar uma atenção a Belinda", acrescentou com um suspiro zeloso.

"Que amor!", murmurou Aurora, afetuosa.

"Te vejo hoje à noite, querida." Bridget estava aliviada por se livrar de Aurora. Ela tinha um milhão de coisas para fazer e, além do mais, em vez de dar uma daquelas transfusões de autoconfiança para as quais ela era, bem, praticamente contratada (ela não tinha um tostão), nos últimos tempos Aurora vinha insinuando que teria lidado melhor do que Bridget com os preparativos para a festa.

Considerando que ela não tinha a menor intenção de subir para ver Belinda, fora bem perverso tê-la usado como desculpa para terminar a conversa. Bridget mal encontrava tempo de ver a filha. Não conseguia perdoá-la por ser uma menina e angustiar Sonny por não ter um herdeiro. Depois de passar seus primeiros vinte anos abortando, Bridget passara os dez anos seguintes sofrendo abortos espontâneos. Conseguir dar à luz já tinha sido complicado o bastante, para que ainda tivesse vindo um filho do sexo errado. O médico havia lhe dito que seria perigoso tentar de novo, e com quarenta e dois anos ela estava se conformando em ter apenas uma filha, especialmente diante da relutância de Sonny em ir para a cama com ela.

Sua aparência sem dúvida havia piorado ao longo dos últimos dezesseis anos de casamento. Os olhos azul-claros tinham se anuviado, o brilho de luz de velas de sua pele se apagara e só podia ser parcialmente reacendido com cremes tonalizantes, e as curvas de seu corpo, que outrora tinham dado forma a tantas obsessões, estavam agora deformadas por acúmulos de gordura teimosa. Relutante em trair Sonny e incapaz de atraí-lo, Bridget havia se permitido entrar num declínio físico piegas, passando cada vez mais tempo pensando em outras formas de agradar o marido — ou melhor, de não desagradá-lo, já que ele não dava o menor valor aos seus esforços, mas esbanjava atenção diante da menor falha.

Ela tinha que dar sequência aos preparativos, o que, no caso dela, significava se preocupar, já que todo o trabalho havia sido delegado a alguma outra pessoa. A primeira coisa com a qual decidiu se preocupar foi com o walkie-talkie na mesa ao lado. Ele tinha claramente sido esquecido por algum segurança incompetente. Bridget pegou o aparelho e, curiosa, ligou-o. Houve um som alto de assobio e em seguida os resmungos de um rádio não sintonizado.

Interessada em descobrir se conseguiria fazer com que alguma coisa inteligível saísse daquela confusão de sons, Bridget levantou e começou a andar pela sala. Os ruídos ficavam mais altos e mais fracos, e às vezes se intensificavam em chiados, mas à medida que ela foi se aproximando das janelas, escurecidas pela tenda que se erguia úmida e branca sob o céu nublado de inverno, ela ouviu, ou achou que tinha ouvido, uma voz. Pressionando o ouvido contra o walkie-talkie, conseguiu captar uma conversa sussurrada entre ruídos de estática.

"A questão é que eu não tenho relações conjugais com Bridget já faz algum tempo…", disse a voz do outro lado, sumindo de novo. Bridget sacudiu o walkie-talkie desesperada e aproximou-se mais da janela. Não entendia o que estava acontecendo. Como poderia ser Sonny falando aquilo? Mas quem mais poderia alegar que não tinha "relações conjugais" com ela fazia algum tempo?

Ela conseguiu distinguir palavras de novo e pressionou o walkie-talkie contra o ouvido com uma curiosidade e um temor renovados.

"Me livrar de Bridget a esta… é claro que vão… mas não tem como não sentir certa responsabilidade com…" Interferência abafou a conversa de novo. Uma onda excruciante de calor invadiu seu corpo. Tinha que ouvir o que eles diziam, o plano monstruoso que estavam tramando. Com quem Sonny estava falando? Só podia ser com Peter. Mas e se não fosse? E se ele falasse assim com todo mundo, exceto com ela?

"Está tudo em fideicomisso", ela ouviu, e em seguida outra voz dizendo: "Almoçar… semana que vem." Sim, era Peter. Houve mais estática, e depois: "Feliz aniversário".

368

Bridget afundou no assento da janela. Ergueu o braço e quase atirou o walkie-talkie contra a parede, mas depois o baixou devagar e o deixou pendendo solto ao seu lado.

4.

Johnny Hall vinha participando das reuniões dos Narcóticos Anônimos havia mais de um ano. Num acesso de entusiasmo e humildade que ele achava difícil de explicar, ele tinha se apresentado como voluntário para fazer o chá e o café da reunião das três da tarde no sábado. Reconhecia muitas pessoas que pegavam um dos copos brancos de plástico no qual ele colocava um saquinho de chá ou alguns grãos de café instantâneo e se esforçava para lembrar seus nomes, constrangido por tantas delas lembrarem o dele.

Depois de fazer o chá, Johnny sentou num banco da última fileira, como sempre, embora soubesse que assim seria mais difícil para ele falar, ou "compartilhar", como era instado a dizer nas reuniões. Gostava da obscuridade de sentar o mais longe possível do viciado que estava "com a palavra". O "preâmbulo" — um ritual de leitura de trechos selecionados da "literatura", explicando a natureza do vício e dos NA — passava quase despercebido por Johnny. Ele tentou ver se a garota sentada na primeira fila era bonita, mas não conseguiu entrever o suficiente do perfil dela para chegar a uma conclusão.

Uma mulher chamada Angie tinha sido convidada pelo secretário para ser a oradora. Ela vestia uma calça preta de Lycra em suas pernas atarracadas e seu cabelo escondia dois terços de um rosto gasto e exausto. Tinha vindo de Kilburn para dar um toque de determinação à reunião de Chelsea, que com demasiada frequência descambava para relatos sobre a vergonha de roubar a casa dos pais ou a dificuldade de encontrar uma vaga para estacionar.

Angie disse que tinha começado a "usar", com o que ela queria dizer usar drogas, nos anos 1960, porque era "hilário". Ela não queria se demorar nos "velhos e maus tempos", mas precisava contar ao grupo um pouco do seu uso para dar uma ideia geral da situação. Meia hora depois, ela ainda estava descrevendo seus loucos vinte anos, e claramente ainda ia demorar um pouco até seus ouvintes conseguirem desfrutar da iluminação que ela tinha tido ao frequentar regularmente as reuniões ao longo dos últimos dois anos. Ela se remexia na cadeira com alguns comentários autodepreciativos sobre ainda ser "cheia de defeitos". Graças às reuniões, ela tinha descoberto que era totalmente maluca e completamente viciada em tudo. Também era "absurdamente codependente" e precisava com urgência de aconselhamento individual para lidar com um monte de "coisas da infância"; seu "relacionamento", com o que ela queria dizer seu namorado, que tinha descoberto que viver com uma viciada podia trazer uma série de dificuldades extras, então os dois tinham decidido fazer um "aconselhamento de casais". Essa era a última emoção numa vida já repleta de dramas terapêuticos, e ela estava muito esperançosa nos benefícios.

O secretário estava muito agradecido a Angie. Muitas das coisas que ela havia compartilhado, ele disse, também eram relevantes para ele. Ele havia se identificado "cem por cento" não com o uso dela, porque o dele tinha sido bem diferente — ele nunca usara agulhas ou fora viciado em heroína ou cocaína —, mas com "os sentimentos". Johnny não conseguia se lembrar de Angie descrevendo nenhum sentimento, mas tentou silenciar o ceticismo que tornava tão difícil para ele participar das reuniões, mesmo depois do grande avanço de ter se oferecido para fazer o chá. O secretário continuou dizendo que ele também andava lidando com muitas coisas da infância, e que fazia pouco tempo tinha descoberto que, embora nada de desagradável tivesse acontecido com ele na infância, ele se via sufocado pelo amor de seus pais e que romper com a compreensão e a generosidade deles tinha se tornado uma verdadeira questão para ele.

Com essas palavras ressoantes, o secretário abriu a reunião, um momento que Johnny sempre achava perturbador, porque se sentia pressionado a "compartilhar". O problema, além de sua aguda autoconsciência e sua resistência à linguagem da "recuperação", era que o ato de compartilhar devia se basear numa "identificação" com algo que a pessoa que estava com a palavra havia dito, e era bem raro Johnny recordar qualquer coisa do que fora dito. Decidiu esperar até que a identificação de alguém mostrasse a ele os detalhes do que Angie compartilhara. Era uma tática arriscada, porque na maior parte das vezes as pessoas se identificavam com alguma coisa que na verdade não tinha sido dita.

A primeira pessoa do grupo a falar disse que precisava se cuidar "tomando conta da sua criança interior". Ele esperava que, com a ajuda de Deus — uma referência que sempre fazia Johnny estremecer — e a ajuda da Irmandade, sua criança interior iria crescer num "ambiente seguro". Disse que também estava tendo problemas com seu relacionamento, com o que ele queria dizer sua namorada, mas que esperava que, se trabalhasse no seu Passo Três e "entregasse a Deus", tudo no final daria certo. Ele não estava no comando dos resultados, apenas do "passo a passo".

O segundo a falar identificou-se cem por cento com o que Angie tinha dito sobre suas veias serem a "inveja de Kilburn", pois suas veias tinham sido a inveja de Wimbledon. Houve um riso geral. No entanto, ele continuou dizendo, quando precisava ir ao médico hoje em dia por qualquer motivo, eles não conseguiam encontrar uma veia em lugar algum do seu corpo. Ele estava no Passo Quatro, "um profundo e destemido inventário moral", e isso tinha feito surgir várias coisas que precisavam ser trabalhadas. Ele havia ouvido uma mulher dizer numa reunião que tinha medo do sucesso, e ele achou que talvez esse também fosse o seu problema. Estava sofrendo muito no momento porque andava percebendo que muitos dos seus "problemas de relacionamento" eram resultado da sua "família disfuncional". Ele não se sentia merecedor de amor e consequentemente não era capaz de dar amor, concluiu, e seu vizinho, percebendo-se na presença de sentimentos, esfregou as costas dele em consolo.

Johnny olhou para as lâmpadas fluorescentes e para o teto branco de poliestireno do lúgubre porão da igreja. Ansiava ouvir alguém falar sobre suas experiências numa linguagem comum, e não naquela gíria obscura e tola. Ele estava entrando no estágio da reunião em que desistia de seus devaneios e ia ficando cada vez mais ansioso sobre se deveria falar. Elaborou algumas frases de introdução, imaginou formas elegantes de ligar o que havia sido dito com o que ele queria dizer, e então, com o coração acelerado, não conseguiu ser rápido o bastante para anunciar seu nome e ganhar o direito de falar. Estava particularmente inquieto depois do espetáculo de frieza que ele sempre se sentia obrigado a interpretar diante de Patrick. A conversa com Patrick tinha agravado sua rebelião contra o vocabulário ridículo dos NA e ao mesmo tempo aumentado sua necessidade de paz de espírito que os outros pareciam alcançar ao usá-lo. Ele se arrependia de ter concordado em jantar sozinho com Patrick, que, com seu criticismo corrosivo, sua nostalgia das drogas e seu desespero artificial, com frequência fazia Johnny se sentir agitado e confuso.

A pessoa que estava com a palavra dizia que havia lido em algum lugar na literatura que a diferença entre "estar disposto" e "estar pronto" era que sentado numa poltrona você podia estar disposto a sair de casa, mas que você não estava totalmente pronto até ter colocado o chapéu e vestido o sobretudo. Johnny sabia que a pessoa logo iria terminar, pois estava usando platitudes da Irmandade, tentando encerrar com um tom "positivo", conforme faz o viciado em recuperação obediente, que alega ter sempre em mente "recém-chegados" e a necessidade deles de ouvirem tons positivos.

Ele tinha que fazê-lo, tinha que entrar agora e dizer sua fala.

"Meu nome é Johnny", disparou quase antes de a outra pessoa ter terminado de falar. "Sou um viciado."

"Oi, Johnny", respondeu em coro o resto do grupo.

"Eu preciso falar", disse corajosamente, "porque vou a uma festa hoje à noite e sei que haverá muitas drogas por lá. É uma grande festa e eu simplesmente me sinto ameaçado, acho. Só queria vir a esta reunião para reafirmar meu desejo de ficar limpo hoje. Obrigado."

"Obrigado, Johnny", ecoou o grupo.

Ele tinha feito, ele tinha dito o que realmente o incomodava. Não havia dito nada engraçado, inteligente ou interessante, mas sabia que de alguma forma, por mais ridículas e entediantes que fossem essas reuniões, ter participado de uma lhe daria forças para não usar drogas na festa desta noite, e assim ele seria capaz de se divertir um pouco mais.

374

Irradiando boa vontade depois de ter falado, Johnny escutou Pete, a pessoa seguinte, com mais empatia do que tinha sido capaz de reunir no início da reunião.

Alguém havia descrito a recuperação para Pete como "pôr a gravata em volta do seu pescoço em vez do seu braço". Houve risadas abafadas. Quando estava usando, Pete tinha descoberto que era fácil atravessar a rua, porque ele não se importava se fosse ou não atropelado, mas no início da recuperação tinha ficado com um medo do caralho do trânsito (risadas abafadas) e andava quilômetros e mais quilômetros até encontrar uma faixa de pedestres. Ele também havia passado o início da recuperação fazendo carreiras com mostarda em pó da Coleman e se perguntando se tinha colocado demais na colher (uma gargalhada isolada). No momento ele estava "na fossa" porque tinha terminado um relacionamento. Ela havia desejado que ele fosse uma espécie de pescador de truta, e ele que ela fosse uma enfermeira psiquiátrica. Quando o deixou, ela disse que ainda achava que ele era a "melhor coisa que havia sobre duas pernas". Ele ficou preocupado que ela tivesse se apaixonado por um porco (risadas). Ou por uma centopeia (mais risadas). Por falar em situações constrangedoras! Dia desses ele tinha participado de uma "Missão Passo Doze", com o que ele queria dizer uma visita a um viciado ativo que havia ligado para o escritório dos NA, e o cara estava péssimo, mas para falar a verdade, Pete admitiu, ele queria que o outro cara tivesse pior do que o cara queria que ele tivesse. Essa era a loucura da doença! "Cheguei a este programa de joelhos", concluiu Pete num tom mais virtuoso, "e me foi sugerido que eu permanecesse nele" (grunhidos de concordância e um apreciativo "Obrigado, Pete").

A garota americana que falou depois de Pete se chamava Sally. "Dormir à noite e ficar acordada durante o dia" tinha sido "uma verdadeira descoberta" para ela na primeira vez em que voltou a si. O que ela queria do programa era uma "liberdade total", e sabia que poderia alcançar isso com a ajuda de um "Poder Superior Amoroso". No Natal, tinha ido assistir a uma pantomima para "celebrar sua criança interior". Desde então estava viajando com outro membro da Irmandade, pois, como dizem nos Estados Unidos, "companheiros de doença, companheiros de vida".

Depois de o grupo ter agradecido Sally, o secretário disse que agora era o "Momento dos Recém-Chegados" e que ele agradeceria se as pessoas respeitassem isso. Esse anúncio quase sempre era seguido por um breve silêncio dedicado ao Recém-Chegado, que ou não existia ou estava apavorado demais para falar. Os últimos cinco minutos seriam então monopolizados por algum veterano "na fossa" ou "simplesmente que queria se sentir parte da reunião". Dessa vez, porém, havia um Recém-Chegado genuíno na sala, e ele ousou abriu a boca.

Dave, como foi chamado, estava em sua primeira reunião e não via como ela poderia fazê-lo parar com as drogas. Na verdade estivera prestes a ir embora, mas aí alguém falou sobre mostarda, colher e as carreiras, e como ele pensava que era a única pessoa que já havia feito tal coisa, achou engraçado ouvir outra pessoa falando disso. Ele estava sem dinheiro e não podia sair, porque devia para todo mundo: o único motivo de ele não estar chapado era ele não ter mais forças para roubar. Ainda tinha sua televisão, mas como acreditava que podia controlá-la agora estava com medo de assistir programas nela, porque na noite anterior ele ficou distraindo o cara da televisão só de olhar para ele. Ele não conseguia pensar em mais nada para dizer.

O secretário agradeceu com a voz especialmente persuasiva que usava com Recém-Chegados, cujo sofrimento era seu próprio alimento espiritual, uma oportunidade valiosa de "se doar" e "transmitir a mensagem". Aconselhou Dave a ficar depois da reunião e pegar alguns números de telefone. Dave disse que sua linha havia sido cortada. O secretário, receoso de que o mágico "compartilhar" pudesse decair para mera conversação, sorriu com firmeza para Dave e perguntou se havia outro Recém-Chegado.

Johnny, um tanto surpreso consigo mesmo, se deu conta de que se importava com o que ia acontecer com Dave. Na verdade, de fato ele esperava que essas pessoas, pessoas como ele que viveram perdidamente dependentes das drogas, obcecadas por elas e incapazes de pensar em qualquer outra coisa durante anos, se recuperassem. Se para tanto tivessem de usar essa gíria obscura, era pena, mas não um motivo para esperar que elas falhassem.

O secretário disse que, a não ser que houvesse alguém que precisasse urgentemente compartilhar, não havia mais tempo. Ninguém falou, portanto ele se ergueu e pediu que Angie o ajudasse a encerrar a reunião. Todo mundo se levantou também e se deu as mãos.

"Repitam comigo a Oração da Serenidade", convidou Angie, "usando a palavra 'Deus' conforme vocês o entendem ou a entendem. Deus", disse ela, dando o pontapé inicial, e então, quando todos estavam prontos para acompanhá-la, repetiu: "Deus, dê-me Serenidade para aceitar as coisas que não posso modificar, Coragem para modificar aquelas que posso e Sabedoria para reconhecer a diferença entre elas".

Como sempre, Johnny se perguntou a quem ele estava dirigindo esta oração. Às vezes, quando chegava a conversar com seus "companheiros viciados", admitia estar "preso no Passo Três". O Passo Três sugeria ousadamente que ele entregasse sua vontade e sua vida aos cuidados de Deus "da maneira como ele o entendia".

Ao final da reunião, Amanda Pratt, cuja presença ele não tinha notado, veio falar com ele. Amanda era a filha de vinte e dois anos de Nicholas Pratt com sua mulher mais ajuizada, a filha do general de pulôver de lã azul e simples colar de pérolas com quem Nicholas costumava melancolicamente sonhar em se casar na época em que estava saindo com Bridget.

Johnny não conhecia Amanda muito bem, mas de alguma forma ficara sabendo de sua história pelos pais dela. Ela era oito anos mais nova que ele, e para Johnny definitivamente ela não era uma viciada em drogas, só uma dessas garotas neuróticas que havia usado um pouco de coca ou *speed* para ajudar na dieta e alguns comprimidos para ajudar no sono; o pior de tudo é que quando esses patéticos abusos começaram a se tornar desagradáveis, ela abandonara todos. Johnny, que havia desperdiçado toda a sua fase dos vinte cometendo os mesmos erros, tinha uma visão bastante condescendente de qualquer um que pendurasse as chuteiras antes dele, ou por motivos não tão bons.

"Foi muito engraçado", Amanda estava dizendo um pouco mais alto do que Johnny gostaria. "Quando você compartilhou sobre ir a uma grande festa esta noite, eu sabia que era Cheatley."

"Você vai?", perguntou Johnny, já sabendo a resposta.

"Ah, vou", respondeu Amanda. "Bridget é praticamente uma madrasta, pois estava saindo com meu pai pouco antes de ele se casar com a minha mãe."

Johnny olhou para Amanda e maravilhou-se de novo com o fenômeno de garotas bonitas que não eram nem um pouco sexy. Algo vazio e pegajoso nela, a ausência de um centro, impedia-a de ser atraente.

"Bem, nos vemos hoje à noite", disse Johnny, esperando terminar a conversa.

"Você é amigo de Patrick Melrose, não é?", perguntou Amanda, imune ao tom de encerramento dele.

"Sou", disse Johnny.

"Bem, imagino que ele fica o tempo todo falando mal da Irmandade", disse Amanda, indignada.

"E dá para julgá-lo?", suspirou Johnny, olhando por cima do ombro de Amanda para ver se Dave ainda estava na sala.

"Sim, eu o julgo, sim", disse Amanda. "Acho bem patético, na verdade, e só prova o quanto ele é doente: se não fosse doente, ele não ia precisar ficar falando mal da Irmandade."

"Talvez você tenha razão", disse Johnny, resignado às familiares tautologias da "recuperação". "Mas, escuta, preciso ir agora, senão vou perder minha carona para o interior."

"Até hoje à noite", disse Amanda alegremente. "Posso precisar de você para uma reunião de emergência!"

"Humm", disse Johnny. "Bom saber que você vai estar lá."

5.

Robin Parker ficou horrorizado ao ver, pelas lentes grossas dos óculos que o ajudavam a distinguir falsos Poussin de outros autênticos, mas que infelizmente não podiam torná-lo um motorista prudente, que uma senhora tinha se mudado para o "seu" compartimento durante o calvário que ele havia acabado de passar para conseguir um míni gim-tônica no miserável vagão-restaurante. Tudo no trem o ofendia: o "copo" de plástico, o estofamento roxo e azul-turquesa, o cheiro de diesel e de pele morta, e agora seu compartimento invadido por uma figura sem o menor glamour vestindo um sobretudo com que só a rainha poderia esperar se safar. Ele franziu os lábios enquanto passava raspando por uma mala de babá azul-clara absurda que a mulher tinha deixado jogada no chão. Pegando seu exemplar do *Spectator*, um escudo de Perseu contra a Medusa da modernidade, como ele havia dito mais de uma vez, ele se perdeu num devaneio no qual era levado num avião *particular* para Gloucestershire de Zurique, ou possivelmente Deauville, com alguém bem glamoroso de verdade. Enquanto fingia ler, passando por Charlbury e Moreton-in-Marsh, imaginou as coisas inteligentes e sutis que teria dito sobre os Ben Nicholson entre as paredes da cabine.

Virginia Watson-Scott olhou nervosa para sua mala, sabendo que ela estava no caminho de todo mundo. A última vez que estivera num trem, um rapaz amável a tinha guardado no compartimento de bagagem sem nem pensar em como ela iria tirá-la de lá depois. Ela fora educada demais para falar alguma coisa, mas ainda se lembrava de cambalear sob o próprio peso enquanto o trem chegava a Paddington. Ainda assim, o cavalheiro de aspecto engraçado sentado à sua frente poderia pelo menos ter se oferecido.

No final das contas, ela decidira não trazer o vestido de veludo bordô que havia comprado para a festa. Tinha entrado em pânico, coisa que jamais teria acontecido quando Roddy estava vivo, e recorrido a um velho favorito que Sonny e Bridget já tinham visto umas cem vezes, ou teriam visto cem vezes se a convidassem para ir a Cheatley com mais frequência.

Ela sabia do que se tratava, claro: Bridget tinha vergonha dela. Sonny era de alguma forma galante e grosseiro ao mesmo tempo, cheio de cortesias antiquadas que não conseguiam disfarçar seu desprezo subjacente. Ela não ligava para ele, mas ficava magoada ao pensar que sua filha não a queria por perto. Os idosos vivem dizendo que não querem ser um fardo. Bem, ela queria, *sim*, ser um fardo. Não era como se ela fosse usar o último quarto de visitas, mas só uma das casinhas de campo de Sonny. Ele vivia se gabando das muitas que possuía e da terrível responsabilidade que eram.

Bridget fora uma garotinha tão boa! Aquele horrível Nicholas Pratt é quem a tinha mudado. Era difícil explicar, mas ela havia começado a criticar tudo em casa e a olhar de cima pessoas que conhecia a vida toda. Virginia só havia encontrado Nicholas uma vez, graças a Deus, quando ele levara Roddy e ela à ópera. Ela tinha dito a Roddy, depois, que Nicholas definitivamente não a agradava, mas Roddy respondera que Bridget era uma garota sensata e que já tinha idade suficiente para tomar suas próprias decisões.

"Ah, por favor, vamos", disse Caroline Porlock. "Prometemos chegar cedo para dar apoio moral."

Apoio moral, pensou Peter Porlock, ainda atordoado com a conversa que tivera com Sonny naquela manhã, era certamente o que Cheatley precisava.

Eles desceram pela entrada da casa, passando por veados tranquilos e velhos carvalhos. Peter pensou que ele era um desses ingleses que verdadeiramente podiam afirmar que a sua casa era seu castelo, e se perguntou se esse era o tipo de coisa a dizer numa das famosas aparições na televisão. Pensando bem, decidiu, enquanto Caroline passava a toda pelas colunas cor de mel dos portões, provavelmente não.

Nicholas Pratt estava recostado no banco de trás do carro dos Alantour. Era assim que o mundo deveria ser visto, pensou: através da divisória de vidro de uma limusine.

O carneiro estava excelente, os queijos vindos da França naquela manhã, deliciosos e o Haut-Brion de 1970, *très buvable*, como tinha observado modestamente o embaixador.

"Et la comtesse, est-elle bien née?", perguntou Jacqueline, voltando ao tema Bridget, para que seu marido saboreasse os detalhes da origem dela.

"Pas du tout", respondeu Nicholas com forte sotaque inglês.

"Então ela não veio da nata da sociedade!", exclamou Jacques d'Alantour, que se orgulhava do seu domínio do inglês coloquial.

Jacqueline mesmo não tinha vindo exatamente da nata da sociedade, pensou Nicholas, e era isso que dava esse caráter voraz ao seu fascínio por posição social. Sua mãe fora filha de um traficante de armas libanês e tinha se casado com Phillipe du Tant, um barão obscuro e sem um tostão que não se mostrara capaz de mimá-la como o pai nem de impedi-la de ser mimada. Mais do que propriamente nascido, Jacqueline tinha sido numerada em algum lugar da Union des Banques Suisses. Com o aspecto algo amarelado e a boca caída que herdara da mãe, ela bem que poderia passar sem o nariz assustadoramente proeminente que recebera do pai; mas sendo já famosa como herdeira desde pequena, para a maioria das pessoas ela parecia como uma foto que ganhou vida, um nome ganhando corpo, uma conta bancária personificada.

"Foi por isso que você não casou com ela?", provocou Jacqueline.

"Eu já sou *bien né* o bastante para dois", respondeu Nicholas, pomposo. "Mas sabe, eu não sou mais o esnobe que costumava ser."

O embaixador ergueu um dedo em protesto. "Você é um esnobe melhor!", declarou, com uma expressão brincalhona no rosto.

"Há tantas variações de esnobismo", disse Jacqueline, "que não dá para admirar todas."

"O esnobismo é uma das coisas que mais se deve discriminar", disse Nicholas.

"Algumas coisas, como não tolerar pessoas idiotas ou não receber porcos em sua mesa, não têm nada de esnobe, são apenas simples senso comum", disse Jacqueline.

"E mesmo assim", disse o astuto embaixador, "às vezes é preciso receber porcos em sua mesa."

Diplomatas, pensou Nicholas, há muito tornados supérfluos pelos aparelhos telefônicos, ainda preservavam os maneirismos de homens que lidavam com grandes questões de Estado. Certa vez ele havia visto Jacques d'Alantour deixar o sobretudo dobrado em um corrimão e declarar, com toda a ênfase de um homem se recusando a se comprometer com a questão da Sucessão Espanhola: "Vou colocar meu casaco *aqui*". Em seguida deixou o chapéu numa cadeira ali perto e acrescentou, com ar de infinita sutileza: "Mas o meu chapéu vou colocar *aqui*. Do contrário ele poderá cair!", como se estivesse insinuando que, por outro lado, algum acordo poderia ser alcançado sobre os termos exatos do casamento.

"Se são recebidos em sua mesa", concluiu Jacqueline, com ar tolerante, "eles não são mais porcos."

Obedecendo à lei de que as pessoas sempre abominam aquelas a quem fizeram mal, Sonny se sentiu particularmente alérgico a Bridget depois de sua conversa com Peter Porlock e, para evitá-la, foi até o distante quarto da filha.

"Papai! O que você está fazendo aqui?", perguntou Belinda.

"Vim ver minha garota favorita", estrondeou Sonny.

"Que garota sortuda você é", disse a babá, manhosa, "um homem ocupado como o seu pai vindo te ver num dia como este!"

"Pode deixar, babá", disse Sonny. "Eu assumo aqui."

"Sim, senhor", respondeu a babá melosamente.

"Bem", disse Sonny, esfregando as mãos, "o que vocês estavam fazendo?"

"A gente estava lendo um livro!"

"Qual é a história?", perguntou Sonny.

"É sobre uma viagem escolar", respondeu Belinda, bastante tímida.

"E para onde eles vão?"

"Para o museu de cera."

"O Madame Tussauds?"

"Isso, e Tim e Jane são bem danados, ficam para trás e se escondem, e quando chega de noite todas as pessoas de cera ganham vida, e então elas começam a dançar umas com as outras como pessoas de verdade, e elas fazem amizade com as crianças. Você poderia ler para mim, papai, por favor?"

"Mas você acabou de ler", disse Sonny, desconcertado.

"É a minha história favorita, e é melhor se você lesse. *Por favor*", implorou Belinda.

"Certamente vou ler. Ficarei encantado", disse Sonny com uma pequena reverência, como se tivesse sido convidado para fazer um discurso numa feira agrícola. Já que estava no quarto de Belinda, ele poderia muito bem causar uma boa impressão. Além disso, gostava muito de Belinda e não havia mal algum em reforçar isso. Era horrível pensar dessa forma, mas era preciso ser prático, se precaver para o futuro e pensar em Cheatley. A babá seria uma testemunha fidedigna, útil se houvesse barulho sobre a custódia. Certamente essa visita inesperada ao quarto da criança ficaria gravada em sua memória. Sonny se instalou numa poltrona velha e surrada, e Belinda, mal acreditando em sua sorte, sentou no colo dele e repousou a cabeça contra a caxemira macia do suéter brilhante e vermelho do pai.

"Todas as crianças da turma de Tim e Jane estavam muito animadas", trovejou Sonny. "Elas iam fazer uma viagem a Londres…"

"É uma pena que você não possa vir", disse David Windfall para a esposa, enfiando umas duas camisinhas no bolso interno do paletó, só para garantir.

"Divirta-se, querido", disse Jane com a voz entrecortada, torcendo para que ele fosse embora logo.

"Não vai ter graça sem você", disse David, se perguntando se duas camisinhas seriam suficientes.

"Não seja bobo, querido, no caminho você já vai ter me esquecido."

David não se deu ao trabalho de contradizer a verdade dessa afirmação.

Em vez disso falou: "Espero que você se sinta melhor amanhã". "Te ligo logo cedo."

"Você é um anjo", disse sua esposa. "Dirija com cuidado."

Johnny havia ligado para dizer que no final das contas iria com o próprio carro, portanto Patrick partiu de Londres sozinho, aliviado por sair antes de escurecer. Ele se maravilhava com a animação febril que outrora sentia diante da perspectiva de ir a uma festa. Ela se baseara na esperança, nunca satisfeita, de que ele iria parar de se preocupar e parar de se sentir inútil uma vez que o filme de sua vida assumisse um aspecto de glamour impecável. Porém, para que isso funcionasse ele precisaria aceitar a possibilidade de um estranho se infiltrar nas páginas já preenchidas de seu diário para ofuscar seu próprio ponto de vista, e precisaria acreditar, o que estava longe de ser o caso, que se conseguisse uma boa porção de glória refletida ele seria poupado do trabalho de correr atrás de qualquer glória para si mesmo. Sem essa febre esnobe, ele se via encurralado sob o ventilador de teto a girar de sua própria consciência, inspirando pouco ar para levar o mínimo de oxigênio possível a um cérebro aparentemente incapaz de produzir qualquer coisa além de medo e arrependimento.

Patrick rebobinou "The Passenger", de Iggy Pop, pela terceira vez. Seu carro desceu em disparada pela colina em direção ao viaduto suspenso entre as fábricas e casas de High Wycombe. Liberto do transe da música, um fragmento do sonho que ele havia esquecido naquela manhã lhe veio à mente. Conseguia visualizar um pastor-alemão obeso lançando-se contra um portão trancado com um cadeado, o portão retinindo alto. Ele estava caminhando por uma trilha junto a um jardim, e o cachorro ficara latindo para ele pela tela metálica verde que com tanta frequência marca o limite de um jardim francês do subúrbio.

Seu carro subiu a colina do outro lado do viaduto enquanto as notas introdutórias da música tocavam nos alto-falantes. Patrick contorceu o rosto, se preparando para cantar junto com Iggy, começando a gritar as palavras conhecidas meio segundo fora do ritmo. O carro cheio de fumaça acelerou desafinado rumo à escuridão crescente.

Uma das reservas de Laura à sua própria personalidade era que às vezes ela tinha essa coisa sobre sair do apartamento. Ela não conseguia passar pela porta, ou, se passasse, precisava dar meia-volta, simplesmente *precisava*. Objetos perdidos e esquecidos surgiam em sua bolsa no momento em que ela voltava para dentro. Havia piorado depois que seu gato morreu. Certificar-se de que o gato tinha água e comida antes de sair e garantir que ele não a seguia corredor adentro costumavam ajudar bastante.

Ela havia acabado de mandar China buscar o carro com a desculpa de que as bolsas estavam pesadas demais para carregar, mas na verdade foi para que China não testemunhasse o ritual que permitia a Laura sair do apartamento. Ela tinha que andar para trás — era ridículo, ela sabia que era ridículo — e tocar no topo do umbral da porta enquanto passava. Como sempre havia o risco de um dos vizinhos pegá-la saindo do apartamento de costas, na ponta dos pés e com os braços estendidos, ela antes dava uma olhada no corredor para verificar se ele estava livre.

"Podemos brincar de um jogo no carro", China havia dito. "A pessoa ao lado de quem você menos gostaria de se sentar num jantar."

"Já jogamos isso", Laura havia reclamado.

"Mas podemos jogar do ponto de vista de outras pessoas."

"Ah, não tinha pensado nisso", Laura respondera.

Em todo caso, pensou Laura enquanto trancava a porta, Johnny era ex-namorado de China, e com isso ela poderia ao menos se divertir um pouco no caminho, perguntando sobre seus hábitos e sobre o quanto China sentia falta dele.

Alexander Politsky, cuja extrema anglicidade provinha do fato de ele ser russo, era talvez o último homem na Inglaterra a usar o termo "meu amigo" com sinceridade. Ele também era bastante reconhecido como possuidor da melhor coleção de sapatos do país. Uma bota de montaria Lobb de antes da Primeira Guerra Mundial, dada a ele por "um velho e maravilhoso bon-vivant gay do tipo *escandaloso* que na verdade era amigo do meu pai" só era mencionada em ocasiões especiais, quando o tema botas e sapatos surgia espontaneamente na conversa.

Ele estava indo de carro com Ali Montague para a casa dos Bossington-Lane, onde os dois ficariam hospedados. Ali, que conhecia Bill Bossington-Lane havia quarenta anos, descrevera a ele e sua esposa como "o tipo de gente que nunca se vê em Londres. Eles simplesmente não gostam de viajar".

Certa vez alguém perguntara a Bill se ele ainda tinha seu lindo solar. "Lindo solar?", disse ele. "Ainda temos aquela velha espelunca, se é disso que você está falando." "A propósito", continuou Ali, "você viu aquilo na coluna de Dempster sobre a noite de hoje? Depois de todas as asneiras usuais sobre ser o melhor local de caça da Inglaterra, e dez mil acres, e princesa Margaret, aparece Bridget dizendo: 'Vou apenas receber algumas pessoas para comemorar o aniversário do meu marido'. Ela simplesmente não consegue acertar, não é?"

"Uh", gemeu Alexander, "não suporto essa mulher. Quero dizer, eu não me importo de ser esnobado pela princesa Margaret, e sem dúvida serei esta noite…"

"Vai sonhando", exclamou Ali. "Sabe, acho que eu *prefiro* festas dadas por pessoas de quem eu não gosto."

"Mas", continuou Alexander, imperturbável, "não serei esnobado por Bridget Gravesend, nascida Watson-Spot ou sabe-se lá o quê."

"Watson-Spot", disse Ali, rindo. "Por incrível que pareça, eu conheci *ligeiramente* o pai dela em outra existência. Ele se chamava Roddy Watson-Scott, era assustadoramente estúpido, alegre, bem estilo vendedor de carros usados, mas simpático. Como você sabe eu *não* sou esnobe, mas não era preciso ser esnobe para cortar relações com aquele homem."

"Bem, aí está", disse Politsky. "Eu não quero ser esnobado pela filha de um vendedor de carros usados. Afinal, minha família costumava andar de Moscou a Kiev sem sair de sua própria terra."

"Não adianta nada você me falar desses locais estrangeiros", disse Ali. "Infelizmente não sei onde fica Kiev apenas."

"Tudo que você precisa saber é que fica bem longe de Moscou", disse Alexander secamente. "De qualquer forma, parece que Bridget vai receber o seu castigo com esse caso com Cindy Smith."

"O que eu não entendo é por que Cindy escolheu Sonny", disse Ali.

"Ele é a chave para o mundo onde ela quer penetrar."

"Ou *ser* penetrada", disse Ali.

Os dois homens sorriram.

"A propósito, você vai de sapatilha esta noite?", perguntou Alexander com ar distraído.

Com o punho, Anne Eisen esfregou o vidro traseiro do Jaguar e continuou perdida; a neblina suja do outro lado permaneceu impassível.

O motorista olhou pelo espelho retrovisor com ar de reprovação.

"Você sabe onde estamos?", perguntou Tom.

"Claro que sei", disse Anne. "Estamos perdidos." Ela espaçou as palavras devagar e ritmadamente. "É como estamos. Estamos indo ver um monte de peças de museu, esnobes arrogantes, cabeças ocas e ermitões feudais…"

"Harold me disse que a princesa Margaret irá."

"E Fritz estúpidos." Anne acrescentou este último item à sua lista com satisfação.

O Jaguar virou à esquerda e desceu por uma entrada comprida onde as luzes de um solar elisabetano brilhavam através da neblina. Eles tinham chegado à casa de Harold Greene, seu anfitrião no fim de semana.

"Nossa!", disse Anne. "Dá só uma olhada nisso: cinquenta quartos, e aposto que são todos mal-assombrados."

Tom, pegando uma pasta de couro surrada do chão, não estava impressionado. "É uma casa estilo Harold", disse, "devo admitir. Ele tinha uma igualzinha a essa anos atrás em Arlington, quando éramos jovens e estávamos salvando o mundo."

6.

Bridget havia dito à mãe para pegar um táxi na estação e não se preocupar porque ela iria pagar a corrida, mas quando Virginia Watson-Scott chegou a Cheatley ficou envergonhada demais para pedir o dinheiro, então ela mesma pagou, embora dezessete libras mais uma libra para o motorista não fossem pouca coisa.

"Se orquídeas pudessem escrever romances", Tony Fowles dizia quando Virginia foi levada à pequena sala de estar de Bridget, "elas escreveriam romances como os de Isabel."

"Ah, oi, mamãe", disse Bridget com um suspiro, erguendo-se do sofá onde estivera bebendo as palavras de Tony. O Valium que ela havia tomado ajudou a amortecer o impacto de ter ouvido por acaso a conversa de Sonny, e Bridget estava ligeiramente chocada mas satisfeita com sua capacidade de entrar no transe do hábito e se distrair com o papo espirituoso de Tony. No entanto, a presença de sua mãe pareceu-lhe um injusto fardo adicional.

"Achei que eu tinha organizado tudo tão bem", ela explicou à mãe, "mas ainda tenho um milhão de coisas para fazer. Conhece Tony Fowles?"

Tony levantou e apertou sua mão. "Prazer em conhecê-la", disse ele.

"É bom estar no campo de verdade", disse Virginia, nervosa com o silêncio. "Tudo se tornou tão urbanizado à minha volta."

"Eu sei", disse Tony. "Eu adoro ver vacas, você também? Elas são tão naturais."

"Ah, sim", disse Virginia, "vacas são bonitas."

"Meu problema", confessou Tony, "é que eu sou estético demais. Tenho vontade de ir correndo até o campo e organizá-las. Daí eu teria que colá-las no lugar para que elas ficassem perfeitas para eu vê-las da casa."

"Pobres vacas", disse Virginia, "acho que elas não iam gostar disso. Onde está Belinda?", perguntou a Bridget.

"No quarto dela, acho", disse Bridget. "Está um pouco cedo, mas você gostaria de tomar chá?"

"Eu preferia ver Belinda antes", respondeu Virginia, lembrando que Bridget tinha lhe pedido para vir na hora do chá.

"Está bem, vamos subir e tomamos chá no quarto dela", disse Bridget. "De qualquer forma, temo que o seu quarto seja no andar do de Belinda — estamos tão cheios com a vinda da princesa Margaret e tudo o mais —, então posso aproveitar para mostrar o seu quarto também."

"Belezura", disse Virginia. Era uma palavra que Roddy sempre usava e que deixava Bridget maluca.

"Uh", ela fez, não conseguindo evitar um gemido, "por favor, não use essa palavra."

"Devo ter pegado do Roddy!"

"Eu sei", disse Bridget. Ela podia visualizar o pai com seu blazer e sua calça de sarja dizendo "belezura" enquanto vestia suas luvas de dirigir. Ele sempre fora amável com ela, mas uma vez que Bridget aprendeu a ter vergonha dele, nunca mais parou, mesmo depois de sua morte.

"Então vamos subir", disse Bridget com um suspiro. "Você vem conosco, não vem?", implorou a Tony.

"Positivo, positivo", disse Tony, batendo continência. "Ou não tenho permissão para dizer isso?"

Bridget conduziu os dois até o quarto de Belinda. A babá, que estava dando uma bronca em Belinda por ela estar "animada demais", se retirou para fazer chá na cozinha do quarto infantil, resmungando: "O pai e a mãe no mesmo dia" com uma mistura de admiração e ressentimento.

"Vovó!", disse Belinda, que gostava da avó. "Não sabia que você viria!"

"Ninguém te disse?", perguntou Virginia, feliz demais com Belinda para se deter nessa omissão.

Tony e Bridget foram até o velho sofá surrado na outra ponta do quarto.

"Rosas", disse Tony em tom de reprovação, sentando.

"Elas não são um doce juntas?", perguntou Bridget, observando Belinda no colo de Virginia, espiando dentro da bolsa da avó para ver se havia doces ali. Por um momento Bridget se lembrou de já ter estado naquela mesma posição e se sentir feliz.

"Um doce", confirmou Tony, "ou doces."

"Seu velho cínico", disse Bridget.

Tony fez uma expressão de inocência magoada. "Eu não sou cínico", reclamou. "Tenho culpa se a maioria das pessoas é motivada pela ganância e pela inveja?"

"O que te motiva?", perguntou Bridget.

"Estilo", disse Tony timidamente. "E amor aos meus amigos", acrescentou, dando uma batidinha no pulso de Bridget.

"Nem tente me bajular", disse Bridget.

"Quem está sendo cínico agora?", disse Tony, indignado.

"Olha o que a vovó me trouxe", disse Belinda, estendendo um pacote de balas de limão azedinhas, seu doce favorito.

"Quer um?", ela perguntou à mãe.

"Você não deve dar doces para a Belinda", disse Bridget a Virginia. "São péssimos para os dentes dela."

"Comprei só cem gramas", disse Virginia. "Você também gostava de doces quando era menina."

"A babá desaprova demais, não é, babá?", perguntou Bridget, aproveitando-se do reaparecimento da babá com uma bandeja de chá.

"Ah, sim", disse a babá, que na verdade não tinha ouvido o que eles estavam dizendo.

"Doces estragam os dentes das menininhas", disse Bridget.

"Doces!", gritou a babá, finalmente capaz de voltar-se para o inimigo. "Nada de doces no quarto, exceto aos domingos!", bradou.

Belinda saiu correndo do quarto e foi para o corredor. "Não estou mais no quarto", disse, brincalhona.

Virginia pôs a mão sobre a boca para mostrar que escondia o riso. "Eu não queria causar problema", disse.

"Ah, ela é espertinha", disse a babá, astuta, vendo que Bridget no fundo admirava a rebeldia de Belinda.

Virginia seguiu Belinda pelo corredor. Tony olhou com ar crítico para a velha saia de tweed que ela usava. Elegante é que não era. Sentia-se autorizado a desprezar Virginia pela atitude de Bridget, sem abrir mão do prazer de desprezar Bridget por não ser mais leal à mãe, ou elegante o bastante para superá-la.

"Você deveria levar sua mãe para comprar uma saia nova", sugeriu.

"Não seja grosseiro", disse Bridget.

Tony sentia a fraqueza da indignação de Bridget. "Aquele xadrez bordô me dá dor de cabeça", insistiu ele.

"É medonho", admitiu Bridget.

A babá trouxe duas xícaras de chá e um prato de biscoitos Jaffa Cakes.

"A vovó vai guardar os doces para mim", disse Belinda, voltando ao quarto. "E eu tenho que pedir a ela, se quiser um."

"Parece um bom acordo", explicou Virginia.

"E ela vai ler uma história para mim antes do jantar", disse Belinda.

"Ah, eu queria te dizer", disse Bridget com ar distraído, "que você foi convidada para jantar nos Bossington-Lane. Não pude recusar, eles insistiram demais que precisavam de mulheres extras. Aqui vai ficar muito entupido com a princesa Margaret, você vai se sentir mais em casa lá. Eles são nossos vizinhos, muitíssimos simpáticos."

"Ah", disse Virginia. "Bem, se precisam de mim, acredito…"

"Você não se *incomoda*, né?", perguntou Bridget.

"Ah, não", respondeu Virginia.

"Quero dizer, achei que ia ser melhor para você, mais descontraído."

"É, tenho certeza de que vou ficar mais descontraída", disse Virginia.

"Quero dizer, se você realmente não quiser ir ainda posso cancelar, acho, embora a esta altura eles vão ficar muitíssimo chateados."

"Não, não", disse Virginia. "Vou adorar ir, não precisa cancelar. Eles parecem muito simpáticos. Vocês me dão licença um momento?", acrescentou levantando e abriu a porta que dava para os outros quartos naquele andar.

"Será que eu lidei bem com isso?", Bridget perguntou a Tony.

"Você merece um Oscar."

"Será que não fui indelicada? É que eu acho que não vou conseguir lidar com P. M., Sonny *e* a minha mãe ao mesmo tempo."

"Você fez a coisa certa", garantiu Tony. "Afinal, você não podia mandar nenhum dos *outros* dois para a casa dos Bossing-ton-Lane."

"Eu sei, mas é que eu estava pensando nela também."

"Tenho certeza de que ela vai ficar mais feliz lá", disse Tony. "Ela parece ser uma mulher amável, mas não é muito…", ele procurou a palavra certa, "sociável, não é?"

"Não", disse Bridget. "Eu sei que todo o lance com P. M. a deixaria terrivelmente tensa."

"A vovó está chateada?", perguntou Belinda, indo se sentar perto da mãe.

"Por que você está perguntando isso?"

"Ela parecia triste quando saiu daqui."

"É que ela parece assim quando seu rosto fica descontraído", disse Bridget, inventiva.

Virginia voltou ao quarto de Belinda, enfiando o lenço por baixo da manga do cardigã.

"Entrei num dos quartos por um momento e vi minha mala lá", disse em tom alegre. "É onde eu vou ficar?"

"Humm", disse Bridget, pegando sua xícara de chá e bebericando devagar. "Desculpe por ser apertadinho, mas vai ser só por uma noite."

"Só por uma noite", repetiu Virginia, que estava esperando ficar duas ou três.

"A casa está incrivelmente cheia", explicou Bridget. "É tão estressante para… para todo mundo." Estratégica, ela engoliu a palavra "empregados" na presença da babá. "Em todo caso, achei que você gostaria de ficar perto de Belinda."

"Ah, claro", disse Virginia. "Poderemos assaltar a geladeira à meia-noite."

"Assaltar a geladeira à meia-noite", balbuciou a babá, sem se conter. "Não no *meu* quarto!"

"Achei que o quarto fosse de Belinda", disse Tony, insolente.

"Mas a encarregada sou eu", respondeu a babá, indignada, "e não posso aceitar assaltos à geladeira à meia-noite."

Bridget se lembrou do assalto à geladeira à meia-noite que sua mãe havia proposto para animá-la na véspera de ela ir para o internato. A mãe tinha fingido que elas precisavam se esconder de seu pai, mas depois Bridget descobriu que ele já sabia de tudo e até tinha ido comprar os bolos. Ela reprimiu essa lembrança sentimental com um suspiro e levantou quando ouviu o barulho de carros em frente à casa. Esticou-se para fora de uma das pequenas janelas no canto do quarto.

"Ah, meu Deus, são os Alantour", disse. "Acho que preciso descer para recebê-los. Tony, você faria a gentileza de me ajudar?", perguntou ela.

"Desde que você me deixe um tempinho para eu pôr meu vestido de baile para a princesa Margaret", disse Tony.

"Posso ajudar em alguma coisa?", perguntou Virginia.

"Não, obrigada. Você fica aqui e desfaz sua mala. Vou chamar um táxi para te levar até a casa dos Bossington-Lane. Por volta das sete e meia", disse Bridget, calculando que a princesa Margaret ainda não teria descido para tomar um drinque. "Eu pago, claro", acrescentou.

Ah, não, pensou Virginia, mais dinheiro pelo ralo.

7.

Patrick tinha demorado para reservar seu quarto, de modo que fora alojado no anexo do Little Soddington House Hotel. Com a carta de confirmação da sua reserva, o gerente havia fechado um folheto que mostrava um grande quarto com uma cama de dossel, uma alta lareira de mármore e um janelão que dava para amplas vistas das deslumbrantes Cotswolds. O quarto para onde Patrick foi levado, com o teto acentuadamente inclinado e vista para o pátio da cozinha, ostentava um jogo completo de utensílios para preparar chá, sachês de café instantâneo e pequenos potinhos de leite longa vida. O padrão floral minúsculo na cesta de lixo, nas cortinas, na colcha, nas almofadas e no porta-lenços, todos combinando, parecia se mover e tremular.

Patrick tirou o smoking da mala, jogou-o na cama e em seguida jogou-se ele mesmo nela. Um aviso ao lado do copo em cima da mesa de cabeceira dizia: "Para evitar decepções, aconselha-se que os hóspedes façam sua reserva com antecedência no restaurante". Patrick, que passara a vida tentando evitar decepções, amaldiçoou-se por não ter descoberto essa fórmula antes.

Será que não havia outra maneira de ele parar de se decepcionar? Como poderia encontrar um chão firme, quando sua identidade parecia ter começado com desintegração e continuado se desintegrando ainda mais? Mas talvez esse modelo de identidade fosse equivocado. Talvez a identidade não fosse uma construção para a qual se precisava encontrar fundamentos, e sim uma série de representações unidas por uma inteligência central, uma inteligência que sabia a história das representações e eliminava a distinção entre agir e fingir.

"A representação, senhor", grunhiu Patrick, projetando a barriga para a frente e bamboleando em direção ao banheiro, como se fosse o próprio Gordo, "é um hábito que eu não aprovo, foi a ruína do Monsieur Escoffier..." Ele parou.

A aversão a si mesmo que o afligia ultimamente andava estagnada feito um pântano malárico, e às vezes ele tinha saudades do elenco de personagens zombeteiros que havia acompanhado as desintegrações mais dramáticas de seus vinte e poucos anos. Embora conseguisse evocar alguns desses personagens, eles pareciam ter perdido força, assim como ele logo esquecera a agonia de ser uma marionete e a substituíra pela sensação de nostalgia de um período cuja intensidade compensava alguns de seus dissabores.

"Tenha a morte como certa", uma frase estranha de *Medida por medida* lhe veio à mente enquanto ele arreganhava a boca para rasgar um sachê de gel de banho. Talvez houvesse algo nessa ideia semióbvia e semiprofunda de que era preciso se desesperançar com a vida para apreender seu real valor. Mas talvez também não houvesse. De qualquer forma, ponderou, espremendo o gel viscoso do sachê e tentando retomar a linha anterior de pensamento, o que era essa inteligência central e quão inteligente ela era realmente? Que fio mantinha unidas as contas dispersas da experiência se não a pressão interpretativa? O sentido da vida era qualquer sentido que se conseguisse enfiar por uma goela relutante.

Onde estava Victor Eisen, o grande filósofo, quando ele mais precisava dele? Como ele pôde ter deixado o sem dúvida esplêndido *Ser, saber e julgar* (ou será que era *Pensar, saber e julgar?*) em Nova York, quando Anne Eisen tinha generosamente lhe dado um exemplar em sua viagem de busca de cadáver?

Na última vez em que fora a Nova York, ele havia voltado à agência funerária onde, anos antes, vira o corpo do pai. O prédio não era nem um pouco como ele se lembrava. Em vez da fachada cinza de pedra, viu tijolos marrons lisos. O prédio era bem menor do que ele esperava e, quando entrou, movido pela curiosidade, não viu nenhum piso de mármore xadrez preto e branco e nenhuma mesa de recepção onde ele esperava encontrar alguém. Talvez tivesse havido mudanças lá, mas ainda assim a escala não batia, como lugares lembrados da infância que se apequenam com a passagem do tempo.

O estranho foi que Patrick se recusou a alterar sua lembrança da agência funerária. Concluiu que o cenário que havia construído ao longo dos anos era mais eloquente que os fatos com que se confrontara ao voltar lá. Era um cenário mais adequado aos acontecimentos que haviam ocorrido no interior do decepcionante prédio. Ele devia se manter fiel ao esforço interpretativo, o fio no qual tentava pendurar as contas dispersas.

Mesmo a memória involuntária era apenas o voltar à tona de uma velha história, algo que sem dúvida fora uma história em outros tempos. Impressões fugidias demais para serem chamadas de histórias não produziam sentido. Nessa mesma viagem a Nova York, ele tinha passado por um duto vermelho e branco perto de umas obras de estrada, expelindo vapor no ar frio. Aquilo lhe pareceu nostálgico e significativo, mas o deixou numa efervescência nebulosa, sem saber se estava lembrando da imagem de um filme, de um livro ou de sua própria vida. Nessa mesma caminhada, tinha passado por um hotel vagabundo onde havia morado uma vez e descobriu que o lugar não era mais um hotel. A coisa que estava lembrando já não existia, mas, cego ao saguão redecorado, ele continuava a imaginar o italiano com o alfinete de gravata de cimitarra acusando-o de tentar instalar sua namorada Natasha como prostituta e a imaginar o papel de parede frenético coberto por linhas vermelhas irregulares como os vasos sanguíneos estriados de olhos cansados.

O que ele poderia fazer além de aceitar a perturbadora dimensão ficcional da memória e esperar que a ficção estivesse a serviço de uma verdade representada menos ricamente pelos fatos originais?

A casa em Lacoste, onde Patrick havia passado a maior parte da infância, estava agora separada de um subúrbio desagradável só por algumas poucas vinhas. Sua antiga mobília tinha sido vendida e o poço inútil enchido de terra e fechado. Até as rãs das árvores, de um verde brilhante e macias contra a suave casca cinza das figueiras, tinham desaparecido, envenenadas ou privadas de seu hábitat de reprodução. Parado no terraço rachado, escutando o som lamentoso de uma nova rodovia, Patrick tentava alucinar os rostos que costumavam aparecer na fluidez turva dos penhascos de calcário, porém eles permaneciam teimosamente escondidos. Por outro lado, lagartixas ainda passavam correndo pelos tetos e sob os beirais do telhado, e um tremor de violência não resolvida sempre perturbava a atmosfera tranquila dos feriados, como a agitação de um motor fazendo o gim tremer num deque distante. Algumas coisas nunca o decepcionavam.

O telefone tocou e Patrick precipitou-se para pegá-lo, grato pela interrupção. Era Johnny dizendo que havia chegado e sugerindo que se encontrassem no bar às oito e meia da noite. Patrick concordou e, livre da roda de hamster de seus pensamentos, ergueu-se para fechar a torneira da banheira.

David Windfall, corado e quente do banho, enfiou-se dentro de uma calça de smoking que parecia se esticar como tripas de salsicha com a pressão de suas coxas. O suor brotava continuamente sob seu lábio superior e na testa. Ele o secava, olhando-se no espelho; embora parecesse um hipopótamo com hipertensão, estava bastante satisfeito.

Ia jantar com Cindy Smith. Sua figura sexy e glamorosa era mundialmente famosa, mas David não estava intimidado, porque era charmoso e sofisticado e, bem, inglês. Os Windfall mantinham sua influência em Cúmbria muitos séculos antes de a srta. Smith entrar em cena, tranquilizou-se ele enquanto abotoava a camisa apertada demais no pescoço já suado. Sua mulher tinha o hábito de comprar colarinhos de quarenta e quatro centímetros na esperança de que ele emagrecesse para usá-los. Esse truque o deixou tão indignado que ele concluiu que ela merecia estar doente e ausente, e, se tudo corresse bem, ser traída.

Ele ainda não tinha dito à sra. Bossington-Lane que não iria comparecer a seu jantar. Decidiu, enquanto se estrangulava com a gravata-borboleta, que a melhor forma de lidar com isso era procurá-la na festa e dizer que seu carro havia quebrado. Ele só esperava que nenhum conhecido estivesse jantando no hotel. Poderia tentar recorrer a esse temor para convencer Cindy a jantar no quarto dele. Seus pensamentos vibraram, otimistas.

Cindy Smith era quem estava hospedada no magnífico quarto anunciado no folheto do hotel. Eles lhe disseram que se tratava de uma suíte, mas era apenas um quarto relativamente grande sem um ambiente de estar separado. Estas casas inglesas antigas eram muito desconfortáveis. Ela só tinha visto uma foto de Cheatley por fora, e parecia ser realmente grande, mas era bom que houvesse piso aquecido e um monte de banheiros privativos, senão ela não conseguiria nem mesmo cogitar seu plano de se tornar a ex-condessa rica e independente de Gravesend.

Ela adotava uma visão a longo prazo e se adiantava uns dois ou três anos. Uma aparência não durava para sempre e ela ainda não se sentia pronta para a religião. O dinheiro até que era um bom tipo de compromisso, em algum lugar entre cosméticos e eternidade. Além disso, ela gostava de Sonny, realmente gostava. Ele era fofo, não na aparência, meu Deus, não, mas um atraente aristocrático, um atraente antiquado e saído de um filme.

No ano passado, em Paris, as modelos tinham ido até sua suíte no Lotti — aquilo, sim, é que era suíte —, e cada uma, exceto duas que haviam amarelado, tinha simulado o seu orgasmo, e o de Cindy foi votado o Melhor Orgasmo Falso. Elas fingiram que a garrafa de champanhe era um Oscar, e ela discursou ao recebê-lo, agradecendo a todos os homens sem os quais aquilo não teria sido possível. Pena que ela havia mencionado Sonny, considerando que iria acabar se casando com ele. Ops!

Ela tinha bebido um pouco além da conta e também incluiu seu pai na lista, o que provavelmente foi um erro, porque as outras garotas ficaram em silêncio e depois disso as coisas não foram mais tão divertidas.

Patrick desceu antes de Johnny e pediu um copo de Perrier no bar. Dois casais de meia-idade estavam sentados juntos numa mesa próxima. A única outra pessoa no bar, um homem corado de smoking, obviamente indo à festa de Sonny, estava sentado de braços cruzados, olhando para a porta.

Patrick levou sua bebida até um pequeno nicho forrado de livros no canto do recinto. Examinando as prateleiras, seus olhos deram com um volume intitulado *Diário de um homem desapontado*, ao lado dele outro chamado *Mais diários de um homem desapontado* e, por fim, do mesmo autor, um terceiro, intitulado *Aproveitando a vida*. Como um homem com um começo tão promissor de carreira acabou escrevendo um livro chamado *Aproveitando a vida*? Patrick tirou o volume ofensivo da prateleira e leu a primeira frase que viu: "Em verdade, o voo de uma gaivota é tão magnífico quanto os Andes!".

"Em verdade", murmurou Patrick.

"Oi."

"Olá, Johnny", disse Patrick, erguendo os olhos da página. "Acabei de encontrar um livro chamado *Aproveitando a vida*".

"Curioso", disse Johnny, sentando no outro lado do nicho.

"Vou levá-lo para o meu quarto e lê-lo amanhã. Talvez salve a minha vida. Vou te falar, não sei por que as pessoas ficam tão obcecadas pela felicidade, que sempre lhes escapa, quando há tantas outras experiências revigorantes à disposição, como raiva, inveja, desprezo e assim por diante."

"Você não quer ser feliz?", perguntou Johnny.

"Bem, vendo por *esse* lado", sorriu Patrick.

"Sério, você só é igual a todo mundo."

"Não abuse da sorte", Patrick alertou-o.

"Os senhores irão comer conosco esta noite?", perguntou um garçom.

"Sim", respondeu Johnny, pegando um cardápio e passando outro a Patrick, que estava muito no fundo do nicho para o garçom alcançá-lo.

"Entendi ele dizendo: 'Os senhores irão morrer conosco?'", revelou Patrick, que se sentia cada vez mais inquieto com sua decisão de contar a Johnny os fatos que mantivera em segredo por trinta anos.

"Talvez ele tenha dito", respondeu Johnny. "Ainda não vimos o cardápio."

"Suponho que 'os jovens' irão usar drogas esta noite", suspirou Patrick, dando uma olhada no cardápio.

"Ecstasy: a viagem que não vicia", disse Johnny.

"Pode me chamar de antiquado", se gabou Patrick, "mas eu não gosto da perspectiva de uma droga que não vicia."

Johnny se sentiu frustrantemente tragado pelo seu velho hábito de caçoar com Patrick. Essas eram o tipo de "velhas associações" que ele deveria cortar, mas o que fazer? Patrick era um grande amigo e Johnny queria que ele se sentisse menos infeliz.

"Por que você acha que somos tão insatisfeitos?", perguntou Johnny, optando pelo salmão defumado.

"Não sei", mentiu Patrick. "Não consigo decidir entre a sopa de cebola e a tradicional salada inglesa de queijo de cabra. Um analista uma vez me disse que eu sofria de 'uma depressão por causa de uma depressão'."

"Bom, pelo menos você superou a primeira depressão", disse Johnny, fechando o cardápio.

"Exato", disse Patrick, sorrindo. "Não acho que alguém consiga fazer melhor que o traidor de Estrasburgo, cujo último pedido foi dar ele próprio a ordem ao pelotão de fuzilamento. Meu Deus! Olha só aquela garota!", disse, explodindo num acesso semipesaroso de entusiasmo.

"É aquela, como ela se chama mesmo, a modelo."

"Ah, é. Bom, pelo menos agora eu posso ficar obcecado por uma transa inalcançável", disse Patrick. "A obsessão afasta a depressão: a terceira lei da psicodinâmica."

"Quais são as outras?"

"Que as pessoas abominam aquelas a quem fizeram mal e que desprezam as vítimas do infortúnio e… Vou pensar em mais algumas no jantar."

"Eu não desprezo as vítimas do infortúnio", disse Johnny. "Me preocupo que o infortúnio seja contagioso, mas no fundo não estou convencido de que seja merecido."

"Olha só pra ela", disse Patrick, "andando nervosa na gaiola do seu vestido Valentino, ansiando ser solta no seu hábitat."

"Calma aí", disse Johnny, "ela provavelmente é frígida."

"E daí se for?", disse Patrick. "Não faço sexo há tanto tempo que nem lembro mais como é, a não ser que acontece naquela zona cinza pra baixo do pescoço."

"Não é cinza."

"Aí está, não consigo nem lembrar como é, mas às vezes acho que seria legal ter um relacionamento com o meu corpo que não fosse baseado em doença ou vício."

"E quanto ao trabalho e ao amor?", perguntou Johnny.

"Você sabe que não é justo me perguntar de trabalho", disse Patrick em tom de reprovação, "mas minha experiência no amor é que você fica empolgado achando que alguém pode dar um jeito no seu coração partido e depois fica com raiva quando percebe que as pessoas não podem. Uma certa economia entra em jogo, e os punhais cravados de joias que costumavam atravessar seu coração são substituídos por canivetes cada vez mais cegos."

"Você esperava que Debbie consertasse o seu coração partido?"

"Claro, mas nós éramos duas pessoas nos revezando em turnos com um curativo — sinto dizer, mas a vez dela foi ficando cada vez menor. Agora eu não culpo mais ninguém — quase sempre, e com razão, culpo a mim mesmo…" Patrick parou.

"Só que é muito triste passar tanto tempo conhecendo uma pessoa e se mostrando para ela, e depois não ter o que fazer com esse conhecimento."

"Você prefere ser triste em vez de amargo?", perguntou Johnny.

"É por aí", disse Patrick. "Demorei um pouco para ficar amargo. Eu achava que via as coisas claramente quando estávamos juntos. Eu pensava: ela é uma fodida e eu sou um fodido, mas pelo menos eu sei que tipo de fodido eu sou."

"Grande coisa", disse Johnny.

"Total", suspirou Patrick. "A pessoa mal consegue saber se a perseverança é nobre ou estúpida até ser tarde demais. A maioria das pessoas ou se arrepende de ter ficado com uma pessoa por muito tempo ou se arrepende de tê-la perdido de forma fácil demais. Eu consigo sentir as duas coisas ao mesmo tempo sobre o mesmo objeto."

"Parabéns", disse Johnny.

Patrick ergueu as mãos, como se tentando calar os aplausos.

"Mas por que o seu coração está partido?", perguntou Johnny, surpreso com a maneira aberta de Patrick.

"Algumas mulheres", disse Patrick, ignorando a pergunta, "te dão um anestésico, se você tiver sorte, ou um espelho no qual você pode se ver fazendo incisões desastrosas, mas a maioria passa o tempo abrindo suas velhas feridas." Patrick tomou um gole de Perrier. "Escuta", disse, "tem uma coisa que eu quero te contar."

"A mesa está pronta, senhores", anunciou um garçom com entusiasmo. "Se puderem me acompanhar até o salão de jantar…"

Johnny e Patrick se ergueram e seguiram-no até um salão todo acarpetado marrom e decorado com retratos cor de salmão de esposas de nobres de gorros na cabeça e iluminadas pelo sol, cada mesa tremulando com a luz única de uma vela cor-de-rosa.

Patrick afrouxou a gravata-borboleta e abriu o último botão da camisa. Como ele poderia contar a Johnny? Como poderia contar a quem quer que fosse? Mas se não contasse a ninguém, ficaria para sempre isolado e dividido contra si mesmo. Ele sabia que sob o gramado alto de um futuro aparentemente indômito já estavam instalados os trilhos de aço do medo e do hábito. O que de repente cada célula de seu corpo não conseguia mais suportar era que ele agisse de acordo com o destino que seu passado lhe preparara, e deslizasse obedientemente por esses trilhos, contemplando, com amargura, todos os outros caminhos que ele preferiria ter tomado.

Mas quais palavras poderia usar? Durante toda a sua vida havia usado palavras para desviar a atenção dessa profunda inarticulação, dessa emoção indescritível que ele agora teria de descrever com palavras. Como elas poderiam não ser ruidosas e indelicadas como um bando de crianças rindo sob a janela do quarto de um moribundo? Não seria melhor ele contar a uma mulher e ser envolvido por sua solicitude maternal ou incendiado por seu frenesi sexual? Sim, sim, sim. Ou a um psiquiatra, para quem ele era quase obrigado a levar tal oferenda, embora tivesse resistido à tentação vezes suficientes. Ou à sua mãe, aquela sra. Jellyby, cuja filantropia telescópica tinha salvado tantos órfãos etíopes enquanto o próprio filho caía no fogo. No entanto, Patrick queria contar a uma testemunha não remunerada, sem dinheiro, sem sexo e sem culpa, apenas a outro ser humano. Talvez devesse contar ao garçom: pelo menos não o veria de novo.

"Tem uma coisa que eu preciso te contar", ele repetiu depois de os dois terem sentado e feito seus pedidos. Johnny parou, expectante, deixando seu copo d'água na mesa por intuir que era melhor ele não estar engolindo nem mastigando nos minutos seguintes.

"Não é que eu esteja envergonhado", murmurou Patrick. "É mais uma questão de não querer te sobrecarregar com uma coisa sobre a qual não há nada que se possa fazer."

"Vá em frente", disse Johnny.

"Eu sei que eu já te falei sobre o divórcio dos meus pais, da bebedeira, da violência e da irresponsabilidade geral... Na verdade não se trata disso. O que eu estava contornando e não dizendo é que quando eu tinha cinco..."

"Aqui está, senhores", disse o garçom, trazendo os primeiros pratos com um floreio.

"Obrigado", disse Johnny. "Continue."

Patrick esperou o garçom se afastar. Ele deveria tentar ser o mais simples possível.

"Quando eu tinha cinco anos, eu sofri 'abuso' de meu pai; é assim que pedem que a gente diga hoje em dia..." Patrick se calou subitamente, incapaz de sustentar o tom natural que vinha se esforçando para alcançar. Navalhas de lembrança que se abriam sem aviso durante toda a sua vida reapareceram e o silenciaram.

"Como assim 'sofreu abuso'?", perguntou Johnny, inseguro. A resposta de alguma forma ficou clara no instante em que ele fez a pergunta.

"Eu..." Patrick não conseguia falar. A colcha amarrotada com as fênix azuis, a poça de gosma fria na base de sua espinha, escorrendo no piso. Essas eram lembranças sobre as quais ele não estava preparado para falar.

Pegou o garfo e espetou os dentes dele discretamente, mas com bastante força, na parte inferior de seu pulso, tentando se forçar de volta para o presente e para as responsabilidades de conversação que ele estava negligenciado.

"Foi...", suspirou, abalado pela memória.

Depois de ter assistido Patrick sair de cada crise com um discurso arrastado e fluente, Johnny ficou chocado ao vê-lo incapaz de falar, e se pegou com os olhos vidrados por uma fina camada de lágrimas. "Sinto muito", murmurou.

"Ninguém deveria fazer isso com ninguém", disse Patrick quase sussurrando.

"Está tudo a contento, senhores?", perguntou o animado garçom.

"Olha, você acha que poderia nos deixar sozinhos por cinco minutos para que a gente possa conversar?", disparou Patrick, subitamente recuperando a voz.

"Desculpe, senhor", disse o garçom com um tom malicioso.

"Não suporto essa maldita música", disse Patrick, olhando agressivo a sala em volta. Um Chopin oscilava baixinho e familiarmente, no limite da audição. "Por que eles não desligam essa merda ou ligam de uma vez?", resmungou. "O que eu quero dizer com 'sofri abuso'?", acrescentou, impaciente. "Quero dizer que ele abusou sexualmente de mim."

"Meu Deus, eu sinto muito", disse Johnny. "Sempre me perguntei por que você odiava tanto seu pai."

"Bem, agora você sabe. O primeiro incidente ficou mascarado como castigo. Teve um certo charme kafkaesco: o crime jamais foi chamado pelo nome e portanto adquiriu uma grande generalidade e intensidade."

"Isso continuou?", perguntou Johnny.

"Sim, sim", disse Patrick bruscamente.

"Que filho da puta."

"É o que eu venho dizendo há anos", retrucou Patrick. "Mas agora estou exausto de tanto odiá-lo. Não posso continuar assim. O ódio me liga a esses acontecimentos e eu não quero mais ser uma criança." Patrick tinha recuperado o fio da meada de novo, liberto do silêncio pelos hábitos de análise e especulação.

"Isso deve ter dividido o mundo ao meio para você", disse Johnny.

Patrick foi surpreendido pela precisão desse comentário.

"Sim. Sim, acho que foi exatamente isso que aconteceu. Como você sabia?"

"Parece bastante óbvio."

"É estranho ouvir alguém dizer que é óbvio. Sempre me pareceu algo tão secreto e complicado." Patrick parou de falar. Sentia que, embora o que estivesse dizendo importasse demais para ele, havia um núcleo de inarticulação que ele sem dúvida não tinha conseguido atacar. Seu intelecto podia apenas gerar mais distinções ou definir melhor as distinções.

"Sempre achei que a verdade me libertaria", disse, "mas a verdade só te faz enlouquecer."

"Dizer a verdade talvez possa te libertar."

"Talvez. Mas o autoconhecimento por si só é inútil."

"Bem, ele te permite sofrer de forma mais lúcida", argumentou Johnny.

"Ah, sim, eu não perderia isso por nada no mundo."

"No final das contas, talvez a única forma de aliviar a miséria é se tornar mais distante de si mesmo e mais apegado a alguma outra coisa", disse Johnny.

"Você está sugerindo que eu tenha um hobby?", disse Patrick, rindo. "Trançar cestos ou costurar bolsas de carteiro?"

"Bem, na verdade eu estava tentando pensar numa forma de evitar essas duas atividades específicas", disse Johnny.

"Mas se eu me libertar do meu estado de espírito amargo e desagradável", protestou Patrick, "o que restaria?"

"Pouca coisa", admitiu Johnny, "mas pense no que você poderia colocar no lugar."

"Você está me deixando zonzo… Por estranho que pareça, alguma coisa no fato de ouvir a palavra 'clemência' em *Medida por medida* ontem à noite me fez imaginar que talvez haja um caminho que não seja nem amargo nem falso, algo que está além do argumento. Mas, se for o caso, isso está fora do meu alcance; tudo que eu sei é que estou cansado de ter essas escovas de aço zumbindo dentro do meu crânio."

Os dois homens pararam de falar enquanto o garçom tirava os pratos em silêncio. Patrick estava perplexo com o quão fácil tinha sido contar a outra pessoa a verdade mais vergonhosa e secreta de sua vida. No entanto estava insatisfeito; a catarse da confissão lhe escapava. Talvez tivesse sido abstrato demais. Seu "pai" havia se transformado num codinome para uma série de dificuldades psicológicas dele próprio, e ele havia esquecido o homem real, com seus cachos grisalhos, peito ofegante e rosto orgulhoso, que em seus últimos anos tinha feito esforços tão desastrosos para conquistar aqueles que havia traído.

Quando Eleanor finalmente reuniu coragem para se divorciar de David, ele entrou em declínio. Como um torturador caído em desgraça com a morte de sua vítima, ele se amaldiçoou por não ter conduzido melhor sua crueldade, a culpa e a autopiedade competindo pelo domínio de seu humor. David teve a frustração adicional de ser desafiado por Patrick, que, com oito anos, inspirado pela separação dos pais, recusou-se um dia a ceder aos abusos sexuais do pai. A autotransformação de Patrick de um brinquedo numa pessoa destruiu seu pai, o qual se deu conta de que Patrick devia saber o que estava sendo feito a ele.

Durante essa época difícil, David foi visitar Nicholas Pratt no Sister Agnes, onde ele se recuperava de uma dolorosa cirurgia no intestino depois do fracasso de seu quarto casamento. David, sofrendo com a perspectiva de seu próprio divórcio, encontrou Nicholas deitado na cama bebendo champanhe contrabandeado por amigos leais e bastante disposto a discutir como jamais se deveria confiar numa maldita mulher.

"Quero que alguém projete uma fortaleza para mim", disse David, a quem Eleanor estava propondo construir uma pequena casa surpreendentemente perto da sua própria, em Lacoste. "Não quero olhar para esta porra de mundo de novo."

"Entendo perfeitamente", disse Nicholas com a voz engrolada, sua fala tendo se tornado ao mesmo tempo mais grossa e mais staccato naquele nevoeiro pós-operatório. "O único problema com o maldito mundo são as malditas pessoas nele", disse. "Me passe esse papel aí, sim?"

Enquanto David andava de um lado para o outro no quarto, desrespeitando as regras do hospital ao fumar um charuto, Nicholas, que gostava de surpreender os amigos com seu desenho amador, fez um esboço digno do ecstasy misantrópico de David.

"Mantenha os idiotas do lado de fora", ele disse ao terminar, jogando a folha sobre as cobertas.

David pegou-a e viu uma casa pentagonal sem nenhuma janela externa e com um pátio central no qual Nicholas tinha poeticamente plantado um cipreste, pairando sobre o teto baixo como uma chama negra.

O arquiteto que recebeu esse esboço teve pena de David e acrescentou uma janela na parede externa da sala de estar. David fechou as persianas e encheu a abertura com cópias esfareladas do *Times*, amaldiçoando-se por não ter despedido o arquiteto no primeiro encontro que tiveram em sua casa de fazenda desastrosamente reformada, perto de Aix, com sua piscina tomada por algas. Ele fechou a janela com os jornais e depois a lacrou com a grossa fita preta tão querida por aqueles que querem se asfixiar com gás de forma eficiente. Por fim uma cortina foi puxada sobre a janela, só reaberta pelas raras visitas que logo percebiam seu erro diante da fúria de David.

O cipreste nunca floresceu e seu tronco retorcido e sua superfície cinza descascando se desfiguravam, numa paródia sombria da figura nobre de Nicholas. O próprio Nicholas, depois de ter projetado a casa, estava sempre ocupado demais para aceitar um convite. "Hoje em dia ninguém mais se diverte com David Melrose", ele dizia às pessoas em Londres. Era uma forma educada de descrever o estado mental no qual David havia degenerado. Desperto todas as noites por seus pesadelos perturbadores, por sete anos ele permaneceu quase o tempo todo na cama, usando aquele pijama de flanela amarelo e branco, e já roto nos cotovelos, que era a única coisa que ele havia herdado do pai, graças à intervenção generosa de sua mãe, que se recusou a vê-lo deixar o funeral de mãos vazias. A coisa mais excitante que ele podia fazer era fumar um charuto, hábito que seu pai encorajara nele e que depois ele havia transmitido a Patrick, entre tantas outras desvantagens, como um bastão passado de uma geração ofegante a outra. Quando chegava a sair de casa, David ia vestido como um mendigo, resmungando sozinho em gigantescos supermercados da periferia de Marselha. Às vezes, no inverno, ele vagava pela casa de óculos escuros, arrastando um roupão japonês e segurando um copo de pastis, verificando de novo e de novo se o aquecimento estava desligado, para que ele não desperdiçasse dinheiro. O desprezo que o salvara da loucura total quase o fizera enlouquecer completamente. Quando saiu da depressão, ele era um fantasma, não melhorado mas diminuído, tentando induzir as pessoas a ficarem na casa que havia sido projetada para repelir a improvável invasão delas.

Patrick ficou nessa casa durante a adolescência, sentado no pátio, atirando caroços de azeitona por cima do telhado para que pelo menos eles fossem livres. Suas discussões com o pai, ou melhor, sua única discussão interminável, alcançaram um ponto crucial quando Patrick disse alguma coisa fundamentalmente mais insultante a David do que o que David tinha acabado de dizer a ele, e David, ciente de que estava cada vez mais lento e mais fraco, enquanto o filho se tornava mais rápido e mais desagradável, enfiou a mão no bolso para pegar suas pílulas para o coração e, chacoalhando-as em suas torturadas mãos reumáticas, disse com um sussurro melancólico: "Você não deve dizer essas coisas ao seu velho pai".

O triunfo de Patrick foi contaminado pela convicção culposa de que seu pai estava prestes a morrer de um ataque cardíaco. Ainda assim, as coisas não foram mais as mesmas depois disso, especialmente quando Patrick pôde auxiliar seu pai deserdado com uma pequena renda e rebaixá-lo com seu dinheiro, como Eleanor outrora o rebaixara com o dela. Durante os últimos anos, o pavor de Patrick fora grandemente ofuscado pela pena, e também pelo tédio da companhia de seu "pobre e velho pai". Algumas vezes ele tinha sonhado que os dois poderiam ter uma conversa sincera, mas um só momento na companhia do pai deixava claro que isso jamais iria acontecer. No entanto, Patrick sentia que faltava alguma coisa, algo que ele não estava admitindo a si mesmo e muito menos a Johnny.

Respeitando o silêncio de Patrick, Johnny já havia comido quase todo o seu frango criado à base de milho, quando Patrick falou de novo. "Então, o que dizer de um homem que estupra o próprio filho?"

"Suponho que talvez ajude se você puder vê-lo como alguém doente em vez de maléfico", sugeriu Johnny sem muita convicção. "Não consigo engolir isso", acrescentou, "é realmente horrível."

"Já tentei fazer o que você sugeriu", disse Patrick, "mas aí o que é o mal senão a doença celebrando a si mesma? Enquanto meu pai teve algum poder, ele nunca demonstrou nenhum remorso ou constrangimento, e quando se viu pobre e abandonado apenas demonstrou desprezo e morbidez."

"Talvez você possa ver as ações dele como maléficas, mas ver a *ele* como doente. Talvez não seja possível condenar outra pessoa, apenas suas ações…" Johnny hesitou, relutante em assumir o papel da defesa. "Talvez ele não conseguisse se conter tanto quanto você não conseguia deixar as drogas."

"Talvez, talvez, talvez", disse Patrick, "mas eu não machuquei ninguém ao usar drogas."

"Será mesmo? E a Debbie?"

"Ela era adulta, podia escolher. Certamente eu a fiz passar por maus bocados", admitiu Patrick. "Não sei, tento negociar tréguas de um tipo ou de outro, mas daí eu esbarro nessa raiva inegociável." Patrick empurrou o prato e acendeu um cigarro. "Não vou querer pudim, você vai?"

"Não, só café."

"Dois cafés, por favor", Patrick disse ao garçom, que agora se mantinha teatralmente de boca fechada. "Desculpe eu ter sido grosseiro com você, mas é que eu estava tentando dizer algo bastante complicado."

"Eu só estava tentando fazer o meu trabalho", disse o garçom.

"Claro", respondeu Patrick.

"Você acha que conseguiria perdoá-lo?", perguntou Johnny.

"Ah, claro", disse o garçom, "não foi tão grave assim."

"Não, não você", disse Johnny, rindo.

"Desculpe, eu falei", disse o garçom, indo buscar o café.

"Seu pai, quero dizer."

"Bem, se até esse garçom absurdo é capaz de me perdoar, vai saber que reação em cadeia de absolvição não pode ser desencadeada?", disse Patrick. "Mas a questão é que nem a vingança nem o perdão mudam o que aconteceu. São shows secundários, dos quais o perdão é o menos atraente, porque representa colaboração com o opressor. Não acredito que o perdão fosse uma grande preocupação das pessoas que estavam sendo pregadas na cruz até Jesus dar o ar da graça; se ele não foi o primeiro com complexo de Cristo, ainda é o mais bem-sucedido. Provavelmente aqueles que gostavam de infligir sofrimento mal acreditaram em sua sorte e se puseram a popularizar a superstição de que suas vítimas só poderiam alcançar a paz de espírito se os perdoasse."

"Você não acha que talvez seja uma profunda verdade espiritual?", perguntou Johnny.

Patrick bufou. "Acredito que possa ser, mas, até onde eu sei, o que era para mostrar as vantagens espirituais do perdão mostra, na verdade, as vantagens psicológicas de achar que você é o filho de Deus."

"Então como você vai se libertar?", perguntou Johnny.

"Vai saber", disse Patrick. "Obviamente, ou eu nem teria te contado, acho que tem alguma ligação com contar a verdade. Estou só começando, mas tudo indica que deve chegar um momento em que a pessoa cansa de falar disso, e esse momento coincide com a sua 'libertação'."

"Então, em vez de perdoar, você vai tentar esgotar o assunto."

"Sim, fadiga narrativa é o que eu busco. Se a cura pela fala é a nossa religião moderna, então a fadiga narrativa deve ser sua apoteose", disse Patrick suavemente.

"Mas a verdade inclui uma compreensão do seu pai."

"Não entendi o meu pai melhor e ainda não gosto do que ele fez."

"Claro que não. Talvez não haja nada a ser dito além de 'Que filho da puta'. Eu só estava tateando em busca de uma possibilidade, porque você disse que anda exausto de tanto odiá-lo."

"Ando mesmo, mas neste momento não consigo imaginar nenhum tipo de libertação além de uma eventual indiferença."

"Ou distância", disse Johnny. "Acho que você nunca vai ficar indiferente."

"Sim, distância", disse Patrick, que não se importou de ter seu vocabulário corrigido nesse caso. "Só que indiferença soava mais legal."

Os dois homens beberam seu café, Johnny sentindo que havia se afastado demais da revelação original de Patrick para agora perguntar: "O que aconteceu realmente?".

Patrick, por sua vez, suspeitava que havia deixado o solo de sua experiência, onde vespas ainda atacavam os figos rachados e ele olhava fixa e loucamente para a sua própria cabeça de cinco anos, a fim de evitar um mal-estar que era ainda mais profundo que o mal-estar da confissão. As raízes de sua imaginação estavam no Sul Pagão e na liberação imprópria que este havia engendrado em seu pai, mas de alguma forma a discussão tinha permanecido nas Cotswolds, sendo assoladas aqui e ali pelos fantasmas dos rudes olmos da Inglaterra. A oportunidade de fazer um gesto grandiloquente e dizer "Essa coisa da escuridão eu reconheço como minha" tinha de alguma forma se esvaído num debate ético.

"Obrigado por ter me contado o que contou", disse Johnny.

"Não precisa ser tão californiano sobre isso, tenho certeza de que não passa de um fardo."

"Não precisa também ser tão inglês", respondeu Johnny. "Me sinto honrado, *sim*. Quando quiser falar sobre isso, conte comigo."

Patrick sentiu-se desarmado e infinitamente triste por um momento. "Vamos então a esta festa infeliz?", disse.

Eles saíram juntos do salão de jantar, passando por David Windfall e Cindy Smith.

"Houve uma flutuação inesperada na taxa de câmbio", David explicava. "Todo mundo entrou em pânico e ficou maluco, exceto eu, isso porque eu estava tomando um tremendo porre num almoço com Sonny no clube dele. No fim do dia, eu tinha ganho uma quantidade enorme de dinheiro por não ter feito absolutamente nada, enquanto todos tinham sido bastante afetados. Meu chefe estava possesso."

"Você se dá bem com o seu chefe?", perguntou Cindy, que na verdade não dava a mínima para isso.

"É claro", respondeu David. "Vocês, americanos, chamam isso de 'relações internas'; nós chamamos apenas de boas maneiras."

"Que coisa", disse Cindy.

"É melhor irmos em dois carros", disse Patrick, enquanto atravessava o bar com Johnny. "Talvez eu queira sair mais cedo."

"Certo", disse Johnny, "nos vemos lá."

8.

O círculo íntimo de Sonny, os quarenta convidados que iam jantar em Cheatley antes da festa, estava matando o tempo no Salão Amarelo, incapaz de sentar antes que a princesa Margaret o fizesse.

"Você acredita em Deus, Nicholas?", perguntou Bridget, introduzindo Nicholas Pratt na conversa que estava tendo com a princesa Margaret.

Nicholas revirou os olhos fatigado, como se alguém tivesse tentado reviver um velho assunto ligeiramente escandaloso.

"O que me intriga, minha querida, é se ele ainda acredita em *nós*. Ou será que provocamos um colapso nervoso no mestre supremo? Em todo caso, acho que foi um dos Bibesco quem disse: 'Para um homem do mundo, o universo é um subúrbio'."

"Não me agrada a perspectiva desse seu amigo Bibesco", observou a princesa Margaret, torcendo o nariz. "Como o universo pode ser um subúrbio? É tolo demais."

"O que eu acho que ele quis dizer, Alteza", respondeu Nicholas, "é que às vezes as grandes questões são as mais triviais, pois não podem ser respondidas, enquanto as questões aparentemente triviais, como onde se deve sentar no jantar", ele exemplificou, enquanto erguia as sobrancelhas para Bridget, "são as mais fascinantes."

"As pessoas não são mesmo engraçadas? Eu não acho nem um pouco fascinante o local onde se deve sentar no jantar", mentiu a princesa. "Além disso, como você sabe", continuou, "minha irmã é a chefe da Igreja da Inglaterra, e eu não gosto de ouvir visões ateístas. As pessoas acham que estão sendo muito inteligentes, mas isso só mostra falta de humildade." Silenciando Nicholas e Bridget com sua reprovação, a princesa tomou um gole de seu uísque. "Aparentemente está em alta", disse ela em tom enigmático.

"O que está em alta, Alteza?", perguntou Nicholas.

"O abuso infantil", disse a princesa. "No último fim de semana eu estava num concerto beneficente da NSPCC e lá me disseram que está em alta."

"Talvez as pessoas apenas estejam mais inclinadas a lavar a roupa suja em público hoje em dia", disse Nicholas. "Para ser sincero, acho *essa* tendência muito mais preocupante do que todo esse alarido sobre abuso infantil. As crianças provavelmente não sabiam que estavam sofrendo abuso até assistirem isso na televisão todas as noites. Acredito que nos Estados Unidos as pessoas já começaram a processar os pais por as terem criado mal."

"É mesmo?", disse a princesa, rindo. "Preciso contar à mamãe, ela vai ficar fascinada."

Nicholas caiu na gargalhada. "Falando sério, Alteza, o que me preocupa mesmo não é essa coisa toda de abuso infantil, mas a forma terrível com que as pessoas mimam os filhos hoje em dia."

"Não é horrível?", disse a princesa, indignada. "Vejo cada vez mais crianças sem nenhuma disciplina. É assustador."

"Assustador", confirmou Nicholas.

"Mas eu não acho que a NSPCC estivesse se referindo ao nosso mundo", disse a princesa, generosamente estendendo até Nicholas o círculo de luz irradiado por sua presença. "O que isso mostra na realidade é o vazio do sonho socialista. Eles pensavam que todos os problemas poderiam ser resolvidos atirando-se mais dinheiro, porém isso não é verdade. As pessoas até podiam ser pobres, mas elas eram felizes, porque viviam em verdadeiras comunidades. Minha mãe disse que quando visitou o East End durante a Blitz conheceu mais gente lá com dignidade do que se esperaria encontrar em todo o corpo diplomático."

"O que eu vejo, no que diz respeito a mulheres bonitas", disse Peter Porlock a Robin Parker enquanto eles se dirigiam lentamente à sala de jantar, "é que, depois de a pessoa esperar uma eternidade, elas chegam todas ao mesmo tempo, como os ônibus fazem. Não que alguma vez eu tenha esperado por um ônibus, a não ser naquele negócio do British Heritage em Washington. Lembra?"

"Sim, claro", disse Robin Parker, seus olhos entrando e saindo de foco por trás das grossas lentes dos óculos, feito um peixinho de aquário azul-claro. "Eles contrataram um ônibus londrino de dois andares para nós."

"Algumas pessoas disseram 'que bobagem'", comentou Peter, "mas eu fiquei bem satisfeito de ver o que eu estava perdendo todos esses anos."

Tony Fowles era cheio de ideias divertidas e frívolas. Assim como na ópera havia caixas onde você podia ouvir a música mas não ver a ação, ele disse que deveria haver caixas à prova de som onde você não poderia nem ouvir a música nem ver a ação, mas apenas olhar para as outras pessoas com binóculos muito poderosos.

A princesa riu, divertida. Alguma coisa na tolice afeminada de Tony a fez relaxar, mas não demorou muito ela foi separada dele e colocada ao lado de Sonny na outra ponta da mesa.

"Idealmente, o número de convidados de um jantar privado", disse Jacques d'Alantour, erguendo um indicador sentencioso, "deve ser maior do que as graças e menor do que as musas! Mas isso", disse, abrindo os braços e fechando os olhos como se as palavras estivessem prestes a lhe faltar, "isso é algo absolutamente extraordinário."

Poucas pessoas estavam mais acostumadas que o embaixador a ver uma mesa posta para quarenta pessoas, mas Bridget sorriu radiante para ele, enquanto tentava lembrar quantas musas deveriam existir.

"Você é partidário de alguma política?", perguntou a princesa Margaret a Sonny.

"Conservadora, Alteza", disse Sonny, orgulhoso.

"Foi o que pensei. Mas você está *envolvido* com a política? Para mim não importa quem está no governo, desde que seja um bom governante. O que temos de evitar a todo custo são esses limpadores de para-brisas: esquerda, direita, esquerda, direita."

Sonny riu sem reservas da ideia de limpadores de para-brisas políticos.

"Infelizmente estou envolvido apenas num nível bastante local, Alteza", respondeu ele. "O desvio para Little Soddington, esse tipo de coisa. Tentando me certificar de que não surjam trilhas por toda a parte. As pessoas parecem pensar que o campo é só um parque enorme para operários das fábricas jogarem seus papéis de bala. Bem, nós que vivemos aqui vemos isso de forma bem diferente."

"É preciso que alguém se responsabilize em ficar de olho nas coisas em nível local", disse a princesa Margaret em tom reconfortante. "Muitos lugarejos fora do caminho são arruinados, e só se nota isso quando eles já foram arruinados. Você passa por eles de carro pensando em como eles devem ter sido agradáveis em outros tempos."

"Tem toda a razão, Alteza", concordou Sonny.

"Isto é carne de veado?", perguntou a princesa. "É difícil saber com esse molho esquisito."

"Sim, é carne de veado", disse Sonny, nervoso. "Sinto muitíssimo pelo molho. Como a senhora disse, é realmente repugnante." Ele lembrava de ter confirmado com o secretário pessoal dela que a princesa gostava de carne de veado.

Ela afastou o prato e pegou seu isqueiro. "Eu recebo gamos de Richmond Park", disse com presunção. "Você precisa estar na lista. A rainha me disse: 'Inclua-se na lista', e foi o que eu fiz."

"Muito sensato, Alteza", disse Sonny, sorrindo com afetação.

"Carne de veado é a única que eu rr-ealmente não gosto", Jacques d'Alantour admitiu a Caroline Porlock, "mas como não quero criar um incidente diplomático…" Ele jogou um pedaço de carne na boca, fazendo uma expressão teatral de martírio que mais tarde Caroline descreveu como sendo "um pouco demais".

"Você gosta? É carne de veado", disse a princesa Margaret, inclinando-se ligeiramente na direção de Monsieur d'Alantour, sentado à sua direita.

"De fato, é algo absolutamente marra-velhoso, Alteza", disse o embaixador. "Eu não sabia que se podia encontrar tal culinária em seu país. O molho é extremamente sutil." Ele estreitou os olhos para dar uma impressão de sutileza.

A princesa permitiu que suas opiniões sobre o molho fossem ofuscadas pela gratificação de ouvir a Inglaterra sendo descrita como "seu país", o que ela considerou um reconhecimento de seu próprio sentimento de que o país pertencia, se não legalmente, num nível muito mais profundo, à sua família.

Em sua avidez por mostrar seu amor pela carne de veado da alegre e velha Inglaterra, o embaixador ergueu o garfo com um gesto tão extravagante de apreciação que espirrou brilhantes glóbulos marrons na parte da frente do vestido de tule azul da princesa.

"Estou absolutamente horr-rrorizado!", exclamou ele, sentindo-se à beira de um incidente diplomático.

A princesa comprimiu os lábios e virou os cantos da boca para baixo, mas não disse nada. Deixando de lado a piteira na qual estava enroscando um cigarro, ela pescou seu guardanapo entre os dedos e estendeu-o a Monsieur d'Alantour.

"Limpe!", disse com uma simplicidade assustadora.

O embaixador empurrou sua cadeira para trás e caiu obedientemente de joelhos, molhando primeiro o canto do guardanapo num copo d'água. Enquanto esfregava as manchas de molho no vestido dela, a princesa acendeu seu cigarro e voltou-se para Sonny.

"Não pensei que o molho pudesse me desagradar mais do que no meu prato", disse, maldosa.

"O molho tem sido um desastre", disse Sonny, cujo rosto estava da cor de vinho do sangue extra. "Nem sei como me desculpar, Alteza."

"Não tem por que *você* se desculpar", disse ela.

Jacqueline d'Alantour, temendo que seu marido estivesse tomando uma atitude incompatível com a dignidade da França, tinha se levantado e dado a volta na mesa. Metade dos convidados fingia não ter percebido o que estava acontecendo e a outra metade nem se dava ao trabalho de fingir.

"O que eu admiro em P. M.", disse Nicholas Pratt, sentado à esquerda de Bridget na outra ponta da mesa, "é a forma como ela deixa todos à vontade."

George Watford, sentado do outro lado de Bridget, decidiu ignorar a interrupção de Pratt e continuar tentando explicar à sua anfitriã o propósito da Commonwealth.

"Receio que a Commonwealth seja completamente ineficaz", disse ele com tristeza. "Não temos nada em comum, além da nossa pobreza. Ainda assim, ela dá algum prazer à rainha", acrescentou, olhando por sobre a mesa para a princesa Margaret, "e essa é uma razão boa o bastante para mantê-la."

Jacqueline, ainda incerta sobre o que havia acontecido, se espantou ao descobrir que seu marido tinha se abaixado ainda mais sob a mesa, esfregando furiosamente o vestido da princesa.

"*Mais tu es complètement cinglé*", sibilou Jacqueline. Suado feito um cavalariço nos estábulos de Aúgias, o embaixador não teve tempo de erguer os olhos.

"Fiz algo imperdoável!", declarou ele. "Espirrei esse marra-velhoso molho no vestido da Sua Alteza Real."

"Ah, Alteza", Jacqueline disse à princesa, de garota para garota, "ele é tão atrapalhado! Deixe-me ajudá-la."

"Estou bastante feliz de que seu marido faça isto", disse a princesa. "Ele derramou, ele deve limpar! Na verdade, fica-se com a impressão de que ele poderia ter tido uma grande carreira na limpeza a seco se não tivesse se desviado do caminho, é claro!", disse ela, maldosa.

426

"A senhora tem que aceitar de nós um vestido novo, Alteza", ronronou Jacqueline, que podia sentir garras brotando na ponta de seus dedos. "*Allez*, Jacques, basta!" Ela riu.

"Ainda tem uma mancha aqui", disse a princesa Margaret, imperiosa, apontando para uma manchinha na borda superior de seu colo.

O embaixador hesitou.

"Vá em frente, limpe!"

Jacques molhou novamente o canto do guardanapo no copo de água dele e atacou a mancha com movimentos bruscos e rápidos.

"A*h, non, mais c'est vraiment insupportable*", disparou Jacqueline.

"O que é *'insupportable'*", disse a princesa com um sotaque francês nasalizado, "é tomar um banho deste molho revoltante. Não preciso lembrá-la de que seu marido é embaixador junto ao Tribunal de St. James", ela disse, como se isso, de alguma forma, equivalesse a ser um criado pessoal dela.

Jacqueline curvou-se brevemente e voltou a seu lugar, mas apenas para pegar sua bolsa e sair marchando da sala.

A essa altura a mesa já havia silenciado.

"Ah, o silêncio", declarou a princesa Margaret. "Não gosto de silêncios. Se Noël estivesse aqui", disse, voltando-se para Sonny, "ele já estaria nos fazendo morrer de rir."

"Nole, Alteza?", perguntou Sonny, paralisado de horror demais para pensar com clareza.

"Coward, seu bobo", respondeu a princesa. "Ele conseguia te fazer rir por horas a fio. As pessoas que nos fazem rir", disse, tragando seu cigarro, emocionada, "são aquelas que realmente nos fazem falta."

Sonny, mortificado pela presença da carne de veado em sua mesa, estava agora exasperado com a ausência de Noël. O fato de Noël estar morto há muito tempo em nada contribuiu para mitigar a sensação de derrota de Sonny, e ele teria afundado numa tristeza muda se não tivesse sido salvo pela princesa, que se viu com um incrível bom humor depois de ter feito valer sua dignidade e estabelecido de forma tão espetacular que ela era a pessoa mais importante na sala.

"Eu não me lembro, Sonny", disse ela, falante, "mas você tem filhos?"

"Sim, Alteza, tenho uma filha."

"Quantos anos ela tem?", perguntou a princesa, animada.

"É difícil acreditar", disse Sonny, "mas ela deve ter sete anos agora. Não vai demorar muito para entrar na fase do jeans azul", acrescentou, agourento.

"Ah", gemeu a princesa, fazendo uma careta desagradável, uma contração muscular que não lhe exigiu o menor esforço, "eles não são horríveis? São uma espécie de uniforme. E tão ásperos. Não consigo imaginar por que alguém iria querer parecer igual a todo mundo. Eu pelo menos não quero."

"Com certeza, Alteza", disse Sonny.

"Quando meus filhos chegaram a essa fase", confidenciou a princesa, "eu disse: 'Pelo amor de Deus, não comprem esses jeans azuis horrorosos', e eles muito sensatamente saíram e compraram calças verdes."

"Muito sensato", ecoou Sonny, que estava histericamente agradecido pela princesa ter decidido ser tão amistosa.

Jacqueline voltou cinco minutos depois, esperando passar a impressão de ter se ausentado apenas porque, como dissera uma especialista da etiqueta moderna, "certas funções corporais são mais bem executadas em particular". Na verdade ela tinha ficado andando furiosa de um lado para o outro em seu quarto até chegar à relutante conclusão de que uma demonstração de leviandade seria no final das contas menos humilhante do que uma demonstração de indignação. Sabendo também que o maior temor de seu marido era um incidente diplomático — ele havia passado a carreira habilmente evitando um —, ela aplicou às pressas um pouco de batom e voltou docemente à sala de jantar.

Ao ver Jacqueline regressar, Sonny experimentou uma nova onda de ansiedade, mas a princesa a ignorou por completo e começou a contar a ele uma de suas histórias sobre "as pessoas comuns deste país", nas quais ela tinha uma "enorme fé" baseada numa combinação de completa ignorância sobre a vida delas e de completa confiança em sua simpatia monarquista.

"Uma vez eu estava num táxi", ela começou, num tom que convidava Sonny a se maravilhar com sua audácia. Ele obedientemente ergueu as sobrancelhas com o que esperava ser uma combinação estratégica de surpresa e admiração. "Então Tony disse ao motorista: 'Leve-nos até o Royal Garden Hotel', que, como você sabe, fica no final da nossa rua. E o motorista disse..." A princesa se inclinou para a frente a fim de contar o final da história com um ligeiro e brusco movimento de cabeça, num tom que poderia ter sido confundido com o de um chinês com sotaque *cockney*: "'Eu sei onde *ela* mora.'" Ela deu um largo sorriso para Sonny. "Não são pessoas incríveis?", ela guinchou. "Não é maravilhoso esse povo?"

Sonny atirou a cabeça para trás e soltou uma gargalhada. "Que história esplêndida, Alteza", disse, quase sem fôlego. "Que povo maravilhoso."

A princesa recostou-se de novo na cadeira, bastante satisfeita; tinha divertido seu anfitrião e emprestado um toque dourado à noite. Quanto ao francês atrapalhado do seu outro lado, ela não lhe daria trégua tão facilmente. Afinal, não era pouca coisa cometer um erro na presença da irmã da rainha. A própria Constituição apoiava-se no respeito à Coroa, e era seu dever (ah, como às vezes ela desejava poder deixar tudo para lá! Como de fato ela às vezes fazia, apenas para censurar mais severamente aqueles que acharam que ela estivesse falando sério), sim, era seu *dever* cultivar esse respeito. Era o preço que ela tinha de pagar pelo que as pessoas tolamente consideravam ser os grandes privilégios dela.

A seu lado, o embaixador parecia numa espécie de transe, mas sob sua superfície aparvalhada ele estava elaborando, com a fluência de quem escreve informes regularmente, seu relatório para o Quai d'Orsay. A glória da França não tinha sido diminuída por sua pequena gafe. De fato, ele havia tornado o que poderia ter sido um incidente constrangedor numa demonstração triunfante de galanteria e presença de espírito. Foi aqui que o embaixador fez uma breve pausa para pensar em algo inteligente que ele poderia ter dito na ocasião.

Enquanto Alantour perdia-se em devaneios, a porta da sala de jantar se abriu lentamente e Belinda, descalça, vestindo uma camisola branca, espiou pelo vão da porta.

"Ah, olha, é uma pessoinha que não consegue dormir", alardeou Nicholas.

Bridget girou na cadeira e viu a filha olhando suplicante para a sala.

"Quem é?", a princesa perguntou a Sonny.

"Sinto muito, é minha filha, Alteza", respondeu Sonny, olhando fixamente para Bridget.

"Ainda acordada? Ela já devia estar na cama. Vá, meta-a na cama imediatamente!", disparou ela.

Alguma coisa na forma como ela disse "meta-a na cama" fez Sonny esquecer por alguns momentos suas maneiras corteses e querer proteger a filha. Ele tentou captar novamente o olhar de Bridget, mas Belinda já tinha entrado na sala e se aproximado da mãe.

"Por que você ainda está acordada, querida?", perguntou Bridget.

"Eu não conseguia dormir", disse Belinda. "Estava me sentindo sozinha porque todo mundo está aqui embaixo."

"Mas este é um jantar para adultos."

"Quem é a princesa Margaret?", perguntou Belinda, ignorando a explicação da mãe.

"Por que você não pede que sua mãe te apresente a ela?", sugeriu Nicholas com suavidade. "E depois você pode ir para a cama como uma boa menina."

"Tá bem", disse Belinda. "Alguém pode ler uma história para mim?"

"Hoje não, querida", disse sua mãe. "Mas vou apresentar você à princesa Margaret." Ela se ergueu e percorreu toda a extensão da mesa até o lado da princesa Margaret. Inclinando-se um pouco, perguntou se poderia apresentar a filha.

"Não, agora não, não acho certo", respondeu a princesa. "Ela devia estar na cama, e simplesmente vai ficar agitada demais."

"Tem toda a razão, claro", disse Sonny. "Sinceramente, querida, você devia dar uma bronca na babá por tê-la deixado escapar."

"Eu mesma vou levá-la para cima", disse Bridget com frieza.

"Boa menina", disse Sonny, extremamente irritado com a babá, que afinal custava uma fortuna e o fez passar vergonha diante da princesa.

"Fiquei muito contente em saber que amanhã teremos o bispo de Cheltenham conosco", disse a princesa, sorrindo para seu anfitrião assim que a porta foi firmemente fechada atrás de sua esposa e filha.

"Sim", disse Sonny. "Ele me pareceu muito simpático ao telefone."

"Quer dizer que você não o conhece?", perguntou a princesa.

"Não tão bem quanto eu gostaria", disse Sonny, estremecendo diante da perspectiva de mais reprovações reais.

"Ele é um santo", disse a princesa, afetuosa. "Eu realmente acho que ele é um santo. E um estudioso maravilhoso: me disseram que ele fica mais feliz falando grego do que inglês. Não é incrível?"

"Infelizmente meu grego anda um pouco enferrujado para esse tipo de coisa", disse Sonny.

"Não se preocupe", disse a princesa, "ele é o homem mais modesto do mundo, jamais sonharia em fazê-lo passar vergonha; ele simplesmente entra nesses transes em grego. Na mente dele, sabe, é como se ainda estivesse conversando com os apóstolos, e ele demora um pouco para se dar conta do seu entorno. Não é fascinante?"

"Extraordinário", murmurou Sonny.

"Não haverá nenhum hino, é claro", disse a princesa.

"Mas poderemos ter alguns se a senhora quiser", declarou Sonny.

"É uma Comunhão, seu bobo. Do contrário eu iria fazer vocês todos cantarem hinos para ver de qual eu gostava mais. As pessoas parecem apreciar, é uma forma de passar o tempo depois do jantar aos sábados."

"De qualquer forma não teríamos como ter feito isso esta noite", afirmou Sonny.

"Ah, não sei", disse a princesa. "Poderíamos ter ido à biblioteca num pequeno grupo." Ela sorriu exultante para Sonny, ciente da honra que estava lhe concedendo com essa sugestão mais íntima. Não havia dúvidas: quando ela se esforçava, podia ser a mulher mais encantadora do mundo.

"Era tão divertido praticar hinos com Noël", continuou ela. "Ele inventava palavras novas e te fazia morrer de rir. Sim, teria sido bem mais aconchegante na biblioteca. Eu na verdade *detesto* festas grandes."

9.

Patrick bateu a porta do carro e olhou para as estrelas cintilando por uma fresta nas nuvens feito marcas frescas de agulha nos membros azul-escuros da noite. Era uma experiência de humildade, pensou, fazer seus problemas médicos parecerem tão insignificantes.

Uma alameda de velas, plantadas em ambos os lados da entrada, marcava o caminho do estacionamento até o grande círculo de cascalho em frente à casa. Sua fachada cinza com colunas estava teatralmente achatada por holofotes e parecia papelão molhado, manchada pelo granizo que caíra à tarde.

Na sala de estar esvaziada, a lareira repleta de lenha crepitando. O champanhe servido por um barman corado subiu até a borda das taças e reduziu-se de novo a uma gota. Enquanto Patrick seguia pelo túnel de lona que levava à tenda, ouviu o som de vozes aumentar, às vezes com algumas risadas, como a crista de uma onda pega pelo vento e espirrando por todo o recinto. Um recinto, concluiu ele, cheio de idiotas inseguros à espera de uma complicação amorosa ou de um joguinho conveniente que os libertasse de suas perambulações embaraçosas. Ao chegar à tenda, ele viu George Watford sentado numa cadeira logo à direita da entrada.

"George!"

"Meu querido, que surpresa agradável", disse George, estremecendo enquanto penava para ficar de pé. "Estou sentado aqui porque hoje em dia não consigo ouvir nada quando há muito barulho em volta."

"Pensei que as pessoas deviam levar uma vida de *mudo* desespero", gritou Patrick.

"Não é mudo o bastante", gritou George de volta com um sorriso fraco.

"Ah, olha, lá está Nicholas Pratt", disse Patrick, sentando ao lado de George.

"Pois é", disse George. "Com ele as coisas têm que ser faça sol ou faça sol. Devo dizer que nunca compartilhei o entusiasmo de seu pai por ele. Sinto falta do seu pai, sabe, Patrick. Ele era um homem muito brilhante, mas não feliz, acho."

"Eu raramente penso nele hoje em dia", disse Patrick.

"Você encontrou algo que gosta de fazer?", perguntou George.

"Sim, mas nada que se possa transformar numa carreira", disse Patrick.

"É preciso realmente tentar contribuir", disse George. "Quando olho para trás, sinto uma razoável satisfação por uma ou duas leis que ajudei a passar na Câmara dos Lordes. Também ajudei a manter Richfield de pé para a próxima geração. Esses são os tipos de coisa a que você se apega quando a diversão e os jogos acabam. Nenhum homem é uma ilha — embora se conheça uma quantidade surpreendente de gente que possui uma. Uma quantidade surpreendente, de fato, e não só na Escócia. Mas é preciso realmente tentar contribuir."

"Sem dúvida você está certo", disse Patrick com um suspiro. Estava um pouco intimidado com a sinceridade de George. Lembrou-se da ocasião desconcertante em que seu pai agarrou seu braço e lhe disse, aparentemente sem nenhuma intenção hostil: "Se você tem um talento, use-o. Do contrário será infeliz a vida toda".

"Ah, olha, lá está Tom Charles, pegando uma bebida com o garçom. Ele tem uma ilha muito agradável no Maine. Tom!", chamou George. "Será que ele nos viu? Ele foi diretor do FMI uma época, fez o melhor que pôde num emprego assustadoramente difícil."

"Eu o conheci em Nova York", disse Patrick. "Você nos apresentou naquele clube em que fomos depois que meu pai morreu."

"Ah, é verdade. Ficamos todos nos perguntando o que tinha acontecido com você", disse George. "Você nos deixou na mão com aquele tédio horroroso que é o Ballantine Morgan."

"Eu estava dominado pela emoção", disse Patrick.

"Eu devia ter imaginado que estava sendo horrível para você ter que ouvir outra história de Ballantine. O filho dele veio esta noite. Infelizmente o fruto não caiu longe do pé, como dizem. Tom!", chamou George de novo.

Tom Charles olhou em volta, sem saber se tinha mesmo ouvido seu nome. George acenou de novo para ele. Tom avistou-os e os três homens se cumprimentaram. Patrick reconheceu as feições de cão-de-santo-humberto de Tom. Ele tinha um desses rostos que envelhece prematuramente, mas depois permanece com o mesmo aspecto. Talvez ele até parecesse mais jovem dali a uns vinte anos.

"Fiquei sabendo do jantar de vocês", disse Tom. "Parece que foi uma coisa e tanto."

"Sim", disse George. "Acho que isso mostra mais uma vez que os membros mais novos da família real deviam tomar jeito e que todos nós deveríamos rezar pela rainha nestes tempos difíceis."

Patrick percebeu que ele não estava brincando.

"Como foi seu jantar na casa de Harold?", perguntou George. "Harold Greene nasceu na Alemanha", acrescentou, para explicar a Patrick. "Quando garoto ele queria se juntar à Juventude Hitlerista — quebrar janelas e vestir aqueles uniformes emocionantes: o sonho de qualquer garoto —, mas seu pai lhe disse que ele não podia porque era judeu. Harold nunca superou essa decepção, e no fundo ele é um antissemita com fachada de sionista."

"Ah, não acho justo", disse Tom.

"Bem, não acho que seja", disse George, "mas de que adianta chegar nessa idade estupidamente avançada se não se pode ser injusto?"

"Falou-se muito no jantar sobre a declaração do chanceler Kohl de que ele ficou 'muito chocado' quando a guerra estourou no Golfo."

"Imagino que seja um choque para os pobres alemães não terem eles próprios começado a guerra", interpôs George.

"No jantar Harold disse", continuou Tom, "que ele fica surpreso de não haver uma Organização das Nações Unidas Eunucas, porque 'na hora H, eles não servem para porra nenhuma'."

"O que eu queria saber", disse George, projetando o queixo para a frente, "é que chance nós temos contra os japoneses, quando vivemos num país em que 'atividade industrial' significa fazer greve. Infelizmente estou vivo há tempo demais. Ainda consigo me lembrar de quando este país valia alguma coisa. Eu estava justamente dizendo a Patrick", acrescentou, educadamente puxando-o de volta para a conversa, "que é preciso contribuir na vida. Tem muita gente aqui que só está matando o tempo, esperando seus parentes morrer para que possam tirar férias mais dispendiosas. Lamentavelmente, incluo minha nora entre essas pessoas."

"Bando de abutres", grunhiu Tom. "É bom que eles tirem logo essas férias. Eu não vejo o sistema bancário se sustentando, a não ser em alguma espécie de base religiosa."

"A moeda sempre se apoiou numa fé cega."

"Mas antes não era assim", disse Tom. "Nunca tantos deveram tanto para tão poucos."

"Eu já estou velho demais para me importar com isso", disse George. "Sabe, eu estava pensando que, se eu for para o céu, e não vejo por que não deveria ir, espero que o Rei, meu velho mordomo, esteja lá."

"Para desfazer sua mala?", perguntou Patrick.

"Ah, não", disse George. "Acho que ele já fez bastante esse tipo de coisa por aqui. Em todo caso, acho que não levamos qualquer bagagem para o céu, não acha? Deve ser tipo um fim de semana perfeito, sem nenhuma bagagem."

Como uma rocha no meio de uma baía, Sonny estava postado resolutamente próximo à entrada da tenda, forçando seus convidados a cumprimentá-lo ao entrarem.

"Mas isto é algo absolutamente maravilhoso", disse Jacques d'Alantour em tom confidencial, abrindo os braços para abarcar toda a tenda. No mesmo instante, como se em resposta a esse gesto, a grande banda de jazz, na outra extremidade do salão, começou a tocar.

"Bem, tentamos dar o nosso melhor", disse Sonny, presunçoso.

"Acredito que foi Henry James", disse o embaixador, que sabia perfeitamente bem que tinha sido ele, e que havia ensaiado a citação, desenterrada para ele por sua secretária, várias vezes antes de sair de Paris, "quem disse: '... este mundo inglês ricamente complexo, onde o presente é sempre visto como se de perfil e o passado se apresenta de rosto inteiro'."

"De nada adianta citar esses autores franceses para mim", disse Sonny. "Entra tudo por um ouvido e sai pelo outro. Mas, sim, a vida inglesa é rica e complexa — embora não tão rica quanto costumava ser, com todos esses impostos roendo a estrutura da casa."

"Ah", suspirou Monsieur d'Alantour, solidário. "Você está encarando tudo 'de peito aberto' esta noite."

"Tivemos nossos momentos difíceis", confessou Sonny. "Bridget passou por uma fase maluca de achar que não conhecíamos ninguém e convidou todo tipo de gente. Veja aquele camarada indiano ali, por exemplo. Ele está escrevendo uma biografia de Jonathan Croyden. Eu nunca tinha posto os olhos nele antes de ele vir aqui dar uma olhada em algumas cartas que Croyden mandou ao meu pai, e, acredite se quiser, Bridget o convidou para a festa durante o almoço. Infelizmente perdi a calma com ela depois, mas realmente foi um pouco demais."

"Olá, meu caro", disse Nicholas para Ali Montague. "Como foi seu jantar?"

"Bem *provinciano*", disse Ali.

"Ah, meu caro. Bem, o nosso foi realmente *tous ce qu'il y a de plus chic*, exceto pelo fato de a princesa Margaret ter me dado uma bronca por eu expressar 'visões ateístas'."

"Até eu poderia ter uma conversa religiosa nessas circunstâncias", disse Ali, "mas seria algo tão hipócrita que me mandariam direto para o inferno."

"Só sei que tenho certeza que, se Deus não existisse, ninguém iria perceber a diferença", disse Nicholas brandamente.

"Ah, me lembrei de você agora há pouco", disse Ali. "Ouvi uma conversa de dois senhores que pareciam ter sofrido vários acidentes graves a cavalo. Um deles disse: 'Estou pensando em escrever um livro' e o outro respondeu: 'Que ótima ideia'. 'Dizem que todos carregam um livro dentro de si', disse o aspirante a autor. 'Humm, talvez eu também escreva um', respondeu o amigo. 'Agora você está roubando a minha ideia', disse o primeiro, de fato bastante irritado. Então, naturalmente, fiquei pensando em como estava o progresso do seu livro. Imagino que ele esteja quase terminado a esta altura."

"É muito difícil terminar uma autobiografia quando se vive uma vida tão emocionante quanto a minha", disse Nicholas, sarcástico. "Você constantemente encontra alguma nova pérola para incluir, como uma amostra da sua conversa, meu caro."

"Há sempre um elemento de cooperação no incesto", disse Kitty Harrow com ar entendido. "Eu sei que deveria ser um tabu terrível, mas é claro que sempre aconteceu, e às vezes nas melhores famílias", acrescentou, complacente, tocando o penhasco de cabelo cinza-azulado que se elevava acima de sua pequena testa. "Lembro do meu pai do lado de fora da porta do meu quarto sibilando: 'Você é um caso perdido, não tem a menor imaginação sexual'."

"Meu Deus!", disse Robin Parker.

"Meu pai era um homem maravilhoso, muito atraente." Kitty empertigou-se ao dizer isso. "Todo mundo o adorava. Então, sabe, eu *sei* do que estou falando. As crianças emanam um enorme magnetismo sexual; elas se põem a seduzir os pais. Está tudo em Freud, me disseram, embora eu mesma não tenha lido os livros dele. Lembro que meu filho sempre me mostrava sua pequena ereção. Não acho que os pais devem se aproveitar dessas situações, mas entendo como eles acabam se deixando levar, especialmente em condições de superlotação, com todo mundo vivendo um por cima do outro."

"O seu filho veio?", perguntou Robin Parker.

"Não, ele está na Austrália", respondeu Kitty com tristeza. "Eu implorei para que ele assumisse o comando da fazenda aqui, mas ele é louco pelas ovelhas australianas. Já fui vê-lo duas vezes, mas eu realmente não aguento a viagem de avião. E quando chego lá, não me agrada nem um pouco aquele estilo de vida, tudo parado numa nuvem de fumaça de churrasco e eu morrendo de tédio da conversa da mulher do tosquiador de ovelha — nem o tosquiador você consegue. Fergus me levou até a costa e me *obrigou* a fazer mergulho livre. Só o que eu posso dizer é que a Grande Barreira de Coral é a coisa mais vulgar que eu já vi. É o pior pesadelo, cheio de cores assustadoramente vivas, azuis da cor do pavão e laranjas absurdos, tudo sem pé nem cabeça enquanto a água vai entrando na sua máscara."

"Nestes dias mesmo a rainha estava dizendo que os preços dos imóveis em Londres estão tão altos que ela não saberia como iria se virar sem o Palácio de Buckingham", explicou a princesa Margaret a um compreensivo Peter Porlock.

"Como você está?", Nicholas perguntou a Patrick.

"Sedento por uma bebida", disse Patrick.

"Bem, eu te entendo perfeitamente", disse Nicholas em meio a um bocejo. "Nunca fui viciado em heroína, mas tive de parar de fumar cigarros, o que já foi bem ruim para mim. Ah, olha lá a princesa Margaret. É preciso ter cuidado para não pisar no calo dela. Imagino que você já ficou sabendo o que aconteceu no jantar."

"O incidente diplomático."

"Sim."

"Muito chocante", disse Patrick com solenidade.

"Devo dizer que admiro bastante P. M.", disse Nicholas, olhando condescendente na direção dela. "Ela usou um pequeno acidente para humilhar o máximo possível o embaixador. Alguém tem que manter nosso orgulho nacional durante seus anos de Alzheimer, e ninguém faz isso com mais convicção do que ela. E olha", disse Nicholas, baixando o tom, *"entre nous*, já que estou contando com eles para me darem uma carona de volta a Londres, não acho que a França tenha sido tão heroicamente representada desde o governo de Vichy. Você devia ter visto a forma com que Alantour caiu de joelhos. Embora eu seja um fã incondicional da esposa dele, que por trás de todo aquele falso chique é uma pessoa genuinamente maliciosa com quem você pode se divertir à beça, sempre achei que Jacques fazia um pouco o papel de bobo."

"Você pode dizer isso a ele pessoalmente", disse Patrick enquanto via o embaixador se aproximar por trás.

"Mon cher Jacques", disse Nicholas, girando devagar. "Achei que você foi absolutamente brilhante! O modo como lidou com aquela mulher cansativa foi impecável: ao ceder às ridículas exigências dela, você simplesmente mostrou o quão ridículas elas eram. Conhece meu amigo Patrick Melrose? O pai dele foi um grande amigo meu."

"Com René Bollinger era o paraíso", disse a princesa, soltando um suspiro. "Ele foi um embaixador de fato excelente, todos nós o adorávamos. O que torna muito mais difícil aguentar a mediocridade desses dois", acrescentou, brandindo a piteira na direção dos Alantour, de quem Patrick se despedia.

* * *

"Espero não termos assus-tado seu jovem amigo", disse Jacqueline. "Ele parecia bastante nervoso."

"Podemos passar sem ele, mesmo sendo eu um grande defensor da diversidade", disse Nicholas.

"Você?", riu Jacqueline.

"Certamente, minha querida", respondeu Nicholas. "Tenho plena convicção de que uma pessoa deve ter a maior variedade possível de conhecidos, desde monarcas até o baronete mais humilde da terra. Com, é claro, uma pitada de superestrelas", acrescentou, como um grande chef introduzindo uma especiaria rara mas penetrante em seu guisado, "antes de elas se transformarem, como inevitavelmente acontece, em buracos negros."

"*Mais il est vraiment* demais", disse Jacqueline, encantada com a performance de Nicholas.

"Uma pessoa está melhor com um título do que com um mero nome", continuou Nicholas. "Proust, como tenho certeza de que você sabe, escreve muito belamente sobre esse assunto, dizendo que até o homem do povo mais na moda está destinado a ser esquecido muito rápido, enquanto o detentor de um grande título pode ter a certeza da imortalidade, pelo menos aos olhos dos seus descendentes."

"Ainda assim", disse Jacqueline, um pouco hesitante, "existiram algumas pessoas muito divertidas sem um título."

"Minha querida", disse Nicholas, apertando o antebraço dela, "o que seria de nós sem elas?"

Eles riram a risada inocente de dois esnobes tirando férias daquela necessidade de parecer tolerante e mente aberta que estragava o que Nicholas ainda chamava de "vida moderna", embora jamais tivesse conhecido nenhuma outra.

"Sinto a presença real se acercando de nós", disse Jacques, desconfortável. "Acho que o caminho diplomático é explorar as profundezas da festa."

"Meu querido amigo, você é as profundezas da festa", disse Nicholas. "Mas concordo plenamente, você não deveria se expor nem mais um segundo à petulância dessa mulher absurda."

"*Au revoir*", sussurrou Jacqueline.

"À *bientôt*", disse Jacques, e os Alantour bateram em retirada e se separaram, levando o fardo do seu glamour para diferentes áreas do salão.

Nicholas mal tinha se recuperado da perda dos Alantour, quando a princesa Margaret e Kitty Harrow se aproximaram.

"Mancomunando com o inimigo", disse a princesa, zangada.

"Eles vieram atrás da minha solidariedade, Alteza", disse Nicholas, indignado, "mas eu lhes disse que tinham vindo ao lugar errado. Eu disse que ele era um tolo atrapalhado. E quanto à sua absurda esposa, eu disse que já tínhamos tido o bastante da petulância dela por uma noite."

"Ah, verdade?", disse a princesa, sorrindo amavelmente.

"Fez bem", acrescentou Kitty.

"Como vocês viram", gabou-se Nicholas, "eles saíram de fininho com o rabo entre as pernas. 'É melhor eu não dar muita bandeira', o embaixador me disse. 'Você já nem tem mais bandeira para dar', eu respondi."

"Ah, que maravilha", disse a princesa. "Fazendo um bom uso da sua língua afiada. Gosto disso."

"Imagino que isso vá direto para o seu livro", disse Kitty. "Estamos todos apavorados, Alteza, com o que Nicholas vai dizer sobre nós no livro dele."

"Eu estou nele?", perguntou a princesa.

"Jamais sonharia em colocá-la, Alteza", protestou Nicholas. "Sou discreto demais."

"Você está autorizado a me colocar nele desde que diga algo bom", respondeu a princesa.

"Lembro de você com cinco anos", disse Bridget. "Você era tão doce, mas um pouco retraído."

"Não imagino por quê", disse Patrick. "Lembro de ter visto você se ajoelhando no terraço logo depois que chegou. Eu estava vendo atrás das árvores."

"Ah, meu Deus", gemeu Bridget. "Eu tinha me esquecido disso."

"Não consegui entender o que você estava fazendo."

"Foi muito chocante."

"Nada mais me choca", disse Patrick.

"Bem, se você realmente quer saber, Nicholas tinha me dito que foi uma coisa que seus pais fizeram: seu pai forçou sua mãe a comer figos do chão, e eu fui bem travessa e estava imitando o que ele tinha me contado. Ele ficou muito bravo comigo."

"É legal pensar nos meus pais se divertindo", disse Patrick.

"Acho que era um lance de poder", disse Bridget, que raramente entrava em psicologias profundas.

"Faz sentido", disse Patrick.

"Ah, meu Deus, lá está mamãe parecendo terrivelmente perdida", disse Bridget. "Você poderia fazer a gentileza de ir lá conversar com ela um pouquinho?"

"Claro", disse Patrick.

Bridget deixou Patrick com Virginia, congratulando-se por ter resolvido o problema com sua mãe tão habilmente.

"Então, como foi o jantar aqui?", perguntou Patrick, tentando iniciar a conversa em terreno seguro. "Fiquei sabendo que a princesa Margaret tomou um banho de molho marrom. Deve ter sido um momento emocionante."

"Eu não teria achado emocionante", disse Virginia. "Eu sei como é desagradável ficar com uma mancha no vestido."

"Então na verdade a senhora não viu o que aconteceu", afirmou Patrick.

"Não, eu estava jantando com os Bossington-Lane", disse Virginia.

"É mesmo? Era para eu ter ido lá. Como foi?"

"Nos perdemos no caminho", contou Virginia, soltando um suspiro. "Todos os carros estavam ocupados buscando gente na estação, então precisei ir de táxi. Nós paramos numa casinha de campo, que depois descobrimos estar quase ao lado da entrada deles para pedir informação. Quando eu disse ao sr. Bossington-Lane: 'Tivemos de perguntar o caminho para o seu vizinho da casa de janelas azuis', ele me disse: 'Aquele não é um vizinho, é um arrendatário; além do mais é um arrendatário permanente e um incômodo dos infernos'."

"Vizinhos são pessoas que você pode convidar para jantar", disse Patrick.

"Isso me torna vizinha dele, então", riu Virginia. "E eu moro em Kent. Não sei por que minha filha me disse que eles estavam precisando de mulheres extras; não havia nada além de mulheres extras lá. A sra. Bossington-Lane acabou de me dizer que ela recebeu desculpas dos quatro cavalheiros que não apareceram, e todos disseram que o carro havia quebrado no caminho. Ela ficou passada, depois de todo o trabalho que tinha tido, mas eu disse: 'É preciso manter o senso de humor'."

"Bem que eu achei que ela não pareceu muito convencida quando eu lhe disse que o carro havia quebrado no caminho", disse Patrick.

"Oh", disse Virginia, pondo a mão sobre a boca. "Você deve ter sido um deles. Esqueci que você disse que era para ter jantado lá."

"Não se preocupe", disse Patrick com um sorriso. "Só queria que tivéssemos comparado nossas histórias antes de falarmos todos a mesma coisa."

Virginia riu. "É preciso manter o senso de humor", repetiu ela.

"O que foi, querida?", perguntou Aurora Donne. "Você parece que viu um fantasma."

"Ah, não sei", disse Bridget, soltando um suspiro. "Acabei de ver Cindy Smith com Sonny. Lembro de eu ter dito que não podíamos convidá-la porque não a conhecíamos, e, pensando bem, foi estranho Sonny ter se alterado por causa disso. Agora ela está aqui, e há algo de familiar na forma como eles ficam juntos, mas provavelmente só estou sendo paranoica."

Aurora, diante da escolha de dizer à amiga uma verdade dolorosa que não poderia lhe fazer nenhum bem ou de tranquilizá-la, não sentiu a menor hesitação em escolher a primeira opção pelo bem da "honestidade" e pelo prazer de ver a satisfação de Bridget com sua vida luxuosa, a qual Aurora sempre acreditou que teria conduzido melhor, sendo frustrada.

"Não sei se eu deveria contar", disse Aurora. "Provavelmente não." Ela franziu o cenho, olhando de soslaio para Bridget.

"O quê?", implorou Bridget. "Você tem que me contar."

"Não", disse Aurora. "Só vai te magoar. Foi burrice minha mencionar isso."

"Agora você *tem* que me contar", disse Bridget desesperada.

"Bem, é claro que você é a última a saber — sempre se é a última a saber nessas situações —, mas é praticamente de conhecimento geral…" Aurora demorou-se de maneira sugestiva na palavra "geral", da qual ela sempre gostou, "que Sonny e a srta. Smith estão tendo um caso já faz algum tempo."

"Ah, meu Deus", exclamou Bridget. "Então é ela. Eu sabia que estava acontecendo alguma coisa…" Subitamente se sentiu muito cansada e triste, como se fosse chorar.

"Ah, querida, não chore", disse Aurora. "Mantenha a cabeça erguida", acrescentou em tom de consolo.

Mas Bridget estava arrasada e subiu com Aurora até seu quarto e lhe contou tudo sobre o telefonema que por acaso ela tinha ouvido de manhã, fazendo-a prometer segredo, promessa que Aurora fez várias outras pessoas repetirem antes que a noite acabasse. A amiga de Bridget aconselhou-a a "ficar em pé de guerra", calculando que essa era a política que provavelmente iria produzir o maior número de anedotas divertidas.

"Ah, venha nos ajudar", disse China, que estava sentada com Angus Broghlie e Amanda Pratt. Não era um grupo ao qual Patrick ansiava se juntar.

"Estamos fazendo uma lista de todas as pessoas cujos pais não são realmente seus pais", explicou ela.

"Humm, faria qualquer coisa para estar nela", grunhiu Patrick. "Em todo caso, ela seria longa demais para ser feita numa noite."

David Windfall, movido por um desejo fervoroso de se isentar da culpa por ter trazido Cindy Smith e irritado sua anfitriã, apressou-se em se dirigir aos demais convidados para explicar que apenas seguia ordens e que não fora realmente ideia sua. Estava prestes a fazer o mesmo discurso a Peter Porlock, quando se deu conta de que Peter, como melhor amigo de Sonny, poderia ver isso como covardia, então se conteve e comentou sobre "aquele batismo horroroso" em que eles haviam se encontrado na última vez.

"Horroroso", confirmou Peter. "De que serve a sacristia senão para largar os bebês junto com os guarda-chuvas, e assim por diante? Mas claro que o pastor queria todas as crianças na igreja. Ele é uma espécie de hippie que acredita em cultos modernos, mas o propósito da Igreja da Inglaterra é ser a Igreja da Inglaterra. É uma força de coesão social. Se for para ela se tornar carismática, não queremos ter nada a ver com isso."

"Verdade", disse David. "Imagino que Bridget esteja bastante chateada por eu ter trazido Cindy Smith", acrescentou, incapaz de se afastar do tema.

"Absolutamente furiosa", disse Peter, rindo. "Ela teve uma briga feia com Sonny na biblioteca, pelo que me disseram: ao que parece, audível mesmo com a banda e o vozerio todo. Pobre Sonny, passou a noite trancado lá", disse Peter, sorrindo e apontando com a cabeça na direção da porta. "Primeiro escapou para ter um tête-à-tête, ou melhor, um *jambe-à-jambe*, com a srta. Smith, imagino, depois houve a briga feia e agora ele está preso com Robin Parker, tentando se animar com a autenticação do seu Poussin. A questão é você manter sua história. Você conheceu Cindy, sua esposa não pôde vir, então convidou-a no lugar, fez a besteira de não verificar antes, nada a ver com Sonny. Algo assim."

"Claro", disse David, que já tinha contado uma história diferente para uma dúzia de gente.

"Bridget na verdade não chegou a pegá-los no flagra, e você sabe como são as mulheres nessas situações: elas acreditam no que querem acreditar."

"Humm", disse David, que já tinha dito a Bridget que só estava seguindo ordens. Ele estremeceu ao ver Sonny saindo da biblioteca ali perto. Será que Sonny sabia que ele havia contado a Bridget?

"Sonny!", guinchou David, a voz falhando num falsete.

Sonny ignorou-o e trovejou para Peter: "É um Poussin!".

"Ah, muito bem", disse Peter, como se o próprio Sonny o tivesse pintado. "Melhor presente de aniversário impossível, descobrir que é o verdadeiro e não simplesmente 'da escola de'..."

"As árvores", disse Robin, enfiando a mão dentro do paletó por um instante, "são inconfundíveis."

"Você nos dá licença?", Sonny pediu a Robin, ainda ignorando David. "Preciso ter uma palavrinha em particular com Peter." Sonny e Peter entraram na biblioteca e fecharam a porta.

"Fui um maldito idiota", disse Sonny. "Principalmente por ter confiado em David Windfall. É a última vez que o recebo sob meu teto. E agora tenho nas mãos uma esposa em crise."

"Não seja tão severo consigo mesmo", disse Peter desnecessariamente.

"Bem, sabe, eu fui levado a isso", disse Sonny, aceitando de imediato a sugestão de Peter. "Quero dizer, Bridget não conseguia ter um filho, e tudo tem sido terrivelmente difícil. Mas na hora da verdade não tenho certeza se gostaria da vida aqui sem a minha velha patroa cuidando deste lugar. Cindy tem umas ideias bastante peculiares. Não sei bem quais são, mas eu sinto."

"O problema é que tudo se tornou muito complicado", disse Peter. "Nunca se sabe em que pé se está com as mulheres. Quero dizer, eu estava lendo sobre um guia russo para o casamento do século XVI, e ele aconselha a bater amorosamente na sua esposa de modo a não deixá-la permanentemente cega ou surda. Se você dissesse esse tipo de coisa hoje em dia, te enforcariam. Mas, sabe, muita coisa faz sentido, óbvio que de forma um pouquinho mais branda. É como o velho ditado sobre os carregadores nativos: 'Bata neles sem nenhum motivo e eles não lhe darão um motivo para bater neles'."

Sonny pareceu um pouco desconcertado. Conforme ele disse mais tarde para alguns amigos: "Quando a crise com Bridget estava pegando fogo e eu precisava de todos a postos, infelizmente Peter não se empenhou de fato. Só ficou tagarelando sobre panfletos russos do século XVI".

"Foi aquele juiz adorável, Melford Stevens", comentou Kitty, "que disse a um estuprador: 'Não vou mandá-lo para a prisão, mas de volta para as Midlands, o que já é punição bastante'. Eu sei que não se deve dizer esse tipo de coisa, mas não é incrível? Quero dizer, a Inglaterra sempre foi repleta de figuras maravilhosamente excêntricas, mas agora todo mundo é tão sem graça e bonzinho..."

"Eu detesto terrivelmente esta parte", disse Sonny, lutando para manter a aparência de um anfitrião jovial. "Por que o líder da banda precisa apresentar os músicos, como se alguém quisesse saber seus nomes? Quero dizer, a gente abre mão de anunciar nossos convidados, então por que esses camaradas fazem questão de se anunciar?"

"Concordo com todas as letras, meu amigo", disse Alexander Politsky. "Na Rússia, as grandes famílias tinham sua banda particular, e não entrava em questão apresentá-los, tanto quanto apresentar seu ajudante de cozinha a um grão-duque. Quando saíamos para caçar e havia um rio gelado no caminho, os batedores deitavam na água e formavam uma espécie de ponte. Ninguém sentia que devia saber seus nomes para andar sobre a cabeça deles."

"Acho isso um pouco demais", disse Sonny. "Quero dizer, andar sobre a cabeça deles. Mas, sabe, é por isso que não tivemos uma revolução."

"O motivo de vocês não terem tido uma revolução, meu amigo", disse Alexander, "é porque tiveram duas: a Guerra Civil e a Gloriosa."

* * *

"E no pistom", disse Joe Martin, o líder da banda, "'Chilly Willy' Watson!"

Patrick, que quase não estava prestando atenção nas apresentações, ficou intrigado com o som de um nome conhecido. Certamente não poderia ser o Chilly Willy que ele havia conhecido em Nova York. Ele devia estar morto a essa altura. Mesmo assim, Patrick olhou em volta para ver o homem de pé na frente da fila para tocar seu breve solo. Com aquelas bochechas salientes e o smoking, ele não poderia lembrar menos o viciado de rua de quem Patrick havia comprado droga em Alphabet City. Chilly Willy tinha sido um catador de lixo desdentado e de rosto encovado que se arrastava no limite do esquecimento, segurando uma calça larga demais para o seu físico cadavérico. Esse músico de jazz era forte e talentoso, e definitivamente negro, enquanto Chilly, com sua icterícia e palidez, embora fosse um homem negro, conseguia parecer amarelo.

Patrick foi até a beira do palco para olhar melhor. Provavelmente havia milhares de Chilly Willys, e era absurdo pensar que este era o "dele". Chilly tinha se sentado de novo depois de tocar seu solo e Patrick ficou na frente dele franzindo o cenho com curiosidade, como uma criança no zoológico, sentindo que falar era uma barreira que ele não conseguiria superar.

"Oi", disse Chilly Willy, em meio ao som de um solo de trompete.

"Ótimo solo", disse Patrick.

"Obrigado."

"Você não é... Conheci uma pessoa em Nova York que se chamava Chilly Willy!"

"Onde ele morava?"

"Na rua 8."

"Ahã", disse Chilly. "O que ele fazia?"

"Bem, ele… vendia… na verdade ele morava na rua… por isso é que eu sabia que não podia ser você. De qualquer forma, ele era mais velho."

"Eu me lembro de você!", disse Chilly, rindo. "Você é o inglês do sobretudo, não é?"

"Isso mesmo!", disse Patrick. "É você! Caramba, você parece bem. Eu praticamente não te reconheci. Você também toca muito bem."

"Obrigado. Eu sempre fui músico, mas daí eu…" Chilly fez um movimento de mergulho com a mão, olhando para os lados para os seus colegas músicos.

"O que aconteceu com sua mulher?"

"Morreu de overdose", disse Chilly com tristeza.

"Ah, sinto muito", disse Patrick, lembrando da seringa de cavalo que ela tinha cuidadosamente desembrulhado de um papel higiênico, cobrando-lhe vinte dólares por ela. "Bem, é um milagre você estar vivo", acrescentou.

"É, tudo é um milagre, cara", disse Chilly. "É uma porra de um milagre a gente não se dissolver na banheira feito sabonete."

"Os Herbert sempre tiveram uma queda para a vida degradante", disse Kitty Harrow. "Veja o caso de Shakespeare."

"Com ele certamente foi uma questão de raspa do tacho", disse Nicholas. "A sociedade costumava ser formada só por umas poucas centenas de famílias, todas conhecidas umas das outras. Atualmente ela é formada só por uma: os Guinness. Não sei por que não fazem uma agenda telefônica especial com uma seção G ampliada."

Kitty deu uma risadinha.

"Eh, bem, estou vendo que você é um empreendedor *manqué*", Ali disse para Nicholas.

* * *

"O jantar na casa dos Bossington-Lane superou qualquer expectativa", Ali Montague disse para Laura e China. "Eu soube que estávamos encrencados quando nosso anfitrião disse: 'A melhor coisa de ter filhas é que você pode colocá-las para trabalhar para você'. E quando aquela filha cavalona dele voltou, ela disse: 'Não dá para discutir com papai, ele costumava ter exatamente a mesma constituição física de Muhammad Ali, só que quarenta e cinco centímetros mais baixo'."

Laura e China riram. Ali era um ótimo imitador.

"A mãe estava absolutamente apavorada", disse Laura, "porque alguma amiga de Charlotte tinha ido para 'a Cidade' dividir um apartamento com duas outras garotas do campo, e na primeira semana ela se apaixonou por um cara chamado 'John do Mal'!"

Os três caíram na gargalhada.

"O que realmente apavora o sr. Bossington-Lane", disse Ali, "é Charlotte estudar."

"Nenhuma chance", disse Laura.

"Ele estava reclamando que a filha de um vizinho fazia uma 'quantidade absurda de cursos preparatórios'."

"Tipo o que, três?", sugeriu China.

"Acho que eram cinco e ela ia fazer uma especialização em história da arte. Eu perguntei a ele se podia se fazer algum dinheiro em arte, só para incentivá-lo."

"E o que ele respondeu?", perguntou China.

Ali projetou o queixo para a frente e enfiou a mão no bolso do paletó, deixando o dedão para fora.

"'Dinheiro?', trovejou ele. 'Não para a maioria. Mas, sabe, você está lidando com gente que está ocupada demais lutando atrás do sentido da vida para se preocupar com esse tipo de coisa.

Não que você mesmo não esteja lutando um pouquinho com isso!' Eu disse que o significado da vida incluía uma grande renda. 'E capital', disse ele."

"A filha é absurda", disse Laura sorrindo. "Ela me contou uma história muito chata que nem me dei ao trabalhar de ouvir, e depois terminou dizendo: 'Dá para imaginar algo pior do que roubarem sua linguiça grelhada?'. Eu respondi: 'Sim, facilmente'. E ela fez um som de buzina horroroso, dizendo: 'É óbvio, mas eu não quis dizer *literalmente*'."

"Ainda assim, é legal da parte deles nos receberem", disse China em tom provocativo.

"Sabe quantas daquelas bugigangas de porcelana horrorosas eu contei no meu quarto?", perguntou Ali com uma expressão desdenhosa no rosto para exagerar o choque da resposta que estava prestes a dar.

"Quantas?", perguntou Laura.

"Cento e trinta e sete."

"Cento e trinta e sete", repetiu China, pasma.

"E, aparentemente, se uma delas sair do lugar, ela sabe", disse Ali.

"Uma vez ela mandou revistar a bagagem de todo mundo porque uma das bugigangas tinha sido levada do quarto para o banheiro ou do banheiro para o quarto, e ela achou que tivessem roubado."

"É uma tentação e tanto sumir com uma", disse Laura.

"Sabem de uma coisa incrível?", disse Ali, apressando-se em sua percepção seguinte. "Aquela senhora de rosto simpático e com um vestido azul horroroso é a mãe de Bridget."

"Não!", exclamou Laura. "Por que ela não jantou aqui?"

"Vergonha", disse Ali.

"Que horrível", disse China.

"Mas, olha, eu entendo o lado dela", disse Ali. "A mãe é bem povinho."

* * *

"Vi a Debbie", disse Johnny.

"Ah, é? Como ela estava?", perguntou Patrick.

"Linda."

"Ela sempre fica linda em grandes festas", disse Patrick. "Eu devia falar com ela dia desses. É fácil esquecer que ela é apenas um ser humano, com um corpo, um rosto, e muito provavelmente um cigarro, e que pode muito bem não ser mais a mesma pessoa que eu conheci."

"Como você está se sentindo desde o jantar?", perguntou Johnny.

"Bem esquisito, pra falar a verdade, mas estou feliz por termos conversado."

"Que bom", disse Johnny. Ele se sentia constrangido por não saber o que mais poderia dizer sobre a conversa que haviam tido, mas também não queria fingir que ela não tinha acontecido. "Ah, lembrei de você na minha reunião", disse com uma vivacidade artificial. "Havia um cara lá que precisou desligar a televisão na noite passada porque achou que estava desconcentrando os apresentadores."

"Ah, eu ficava assim", disse Patrick. "Quando meu pai morreu em Nova York, uma das conversas mais longas que eu tive (se é que esse é o pronome certo nesse caso) foi com o aparelho de televisão."

"Lembro que você me contou", disse Johnny.

Os dois homens se calaram e ficaram olhando para a multidão que se contorcia sob fileiras e mais fileiras de veludo cinza com o mesmo movimento frenético mas restrito de bactérias se multiplicando sob um microscópio.

"É preciso uns cem desses fantasmas para gerar um senso de identidade vacilante e pouco confiável", disse Patrick. "As pessoas que me rodearam na infância são deste tipo: gente difícil e tediosa que parecia bastante sofisticada, mas que era na verdade tão ignorante quanto um cisne."

"São os últimos marxistas", disse Johnny inesperadamente. "As últimas pessoas a acreditarem que classe social explica tudo. Muito tempo depois dessa doutrina ter sido abandonada em Moscou e Pequim, ela vai continuar florescendo sob as tendas de alguns eventos da Inglaterra. Embora a maioria tenha a coragem de um verme comido pela metade", continuou, empolgando-se com seu tema, "e o vigor intelectual de uma ovelha morta, são elas os verdadeiros herdeiros de Marx e Lênin."

"Você devia contar isso a elas", disse Patrick. "Acho que, em vez disso, a maioria estava esperando herdar um pedaço de Gloucestershire."

"Todo homem tem seu preço", disse Sonny acidamente. "Não acha, Robin?"

"Ah, sim", disse Robin, "mas ele deve se certificar de que o preço não seja baixo demais."

"Tenho certeza de que a maioria das pessoas é bem cuidadosa quanto a isso", retrucou Sonny, perguntando-se o que aconteceria se Robin o chantageasse.

"Mas não é só o dinheiro que corrompe as pessoas", lembrou Jacqueline d'Alantour. "Tivemos um motorista absolutamente marra-velhoso chamado Albert. Era um homem muito querido e gentil que costumava contar a história mais tocante que você poderia imaginar sobre a cirurgia do seu peixinho dourado. Um dia, quando Jacques estava indo caçar, seu carregador adoeceu, então ele disse: 'Vou ter que levar o Albert'. Eu disse: 'Mas você não pode, isso vai acabar com ele, ele adora animais, ele não vai conseguir suportar a visão de todo aquele sangue'.

Mas Jacques insistiu, e ele é um homem muito teimoso, então não houve o que eu pudesse fazer. Quando as primeiras aves foram derrubadas, o pobre Albert sofreu horrores", disse Jacqueline, cobrindo os olhos teatralmente, "mas depois ele começou a se interessar." Ela abriu os dedos e espiou por eles. "Agora", prosseguiu, abaixando as mãos, "ele assina a *Shooting Times* e tem todo tipo de revista sobre armas que se possa imaginar. Ficou perigoso sair de carro com ele porque toda vez que ele vê um pombo, o que em Londres é a cada dois metros, ele diz: 'Monsieur d'Alantour acertaria esse'. Quando passamos pela Trafalgar Square, ele nem presta atenção na estrada, só fica olhando para o céu e fazendo sons de tiro."

"Não acho que dá para comer um pombo de Londres", disse Sonny com ceticismo.

"Patrick Melrose? Você por acaso não é o filho de David Melrose?", perguntou Bunny Warren, uma figura da qual Patrick mal conseguia se lembrar, mas um nome que estivera presente em sua infância numa época em que seus pais ainda tinham uma vida social, antes do divórcio.

"Sim."

O rosto enrugado de Bunny, como o de uma sultana vivaz, passou por meia dúzia de expressões de surpresa e alegria. "Lembro de você criança, você costumava me dar um chute no saco toda vez que eu passava por Victoria Road para tomar uma bebida."

"Me desculpe por isso", disse Patrick. "Curiosamente, Nicholas Pratt estava reclamando desse mesmo tipo de coisa hoje de manhã."

"Ah, bem, nesse caso...", disse Bunny com uma risada maliciosa.

"Eu pegava a velocidade certa", explicou Patrick, "saindo do patamar e descendo correndo o primeiro lance de escadas. Então, quando eu chegava ao hall, conseguia dar um chute realmente bom."

"Eu que o diga", comentou Bunny. "Sabe, é engraçado", continuou, num tom mais sério, "mas é raro passar um dia sem que eu pense no seu pai."

"É o meu caso", disse Patrick, "mas eu tenho uma boa desculpa."

"Eu também", disse Bunny. "Ele me ajudou num momento em que eu me encontrava num estado de extrema instabilidade."

"Ele me ajudou a *ficar* num estado de extrema instabilidade", disse Patrick.

"Eu sei que muita gente o achava difícil", admitiu Bunny, "e ele deve ter sido ainda mais difícil com os filhos — as pessoas geralmente são —, mas eu vi um outro lado da personalidade dele. Depois que Lucy morreu, num momento em que eu definitivamente não conseguia enfrentar nada, ele cuidou de mim e impediu que eu me matasse de tanto beber, ouviu com enorme perspicácia minhas horas de desespero sombrio e nunca usou o que eu disse a ele contra mim."

"Você mencionar que ele não usou nada do que você disse contra você já é bem sinistro."

"Diga o que quiser", respondeu Bunny, sem rodeios, "mas seu pai provavelmente salvou a minha vida." Ele deu uma desculpa inaudível e afastou-se de repente.

Sozinho sob a pressão da festa, Patrick ficou subitamente ansioso para evitar outra conversa e saiu da tenda, preocupado com o que Bunny havia dito sobre seu pai. Enquanto entrava apressado na sala de estar agora cheia, Laura o avistou. Ela estava parada com China e um homem que Patrick não reconheceu.

"Olá, querido", disse Laura.

"Oi", disse Patrick, que não queria se deter ali com eles.

"Conhece Ballantine Morgan?", perguntou China.

"Olá", disse Patrick.

"Olá", disse Ballantine, dando um aperto de mão irritantemente forte em Patrick. "Eu estava dizendo agora mesmo", continuou ele, "que tive a grande sorte de herdar o que é provavelmente a maior coleção de armas do mundo."

"Bem, e eu acho", disse Patrick, "que tive a sorte grande de ver um livro sobre ela mostrado a mim pelo seu pai."

"Ah, então você leu *A coleção de armas de Morgan*", disse Ballantine.

"Bem, não de capa a capa, mas o bastante para saber quão extraordinário foi possuir a maior coleção de armas do mundo e ser um caçador tão bom, além de escrever sobre a coisa toda em uma prosa tão bonita."

"Meu pai também foi um fotógrafo muito bom", disse Ballantine.

"Ah, sim, eu sabia que tinha esquecido alguma coisa", disse Patrick.

"Foi certamente um indivíduo multitalentoso", disse Ballantine.

"Quando ele morreu?", perguntou Patrick.

"Ele morreu de câncer no ano passado", disse Ballantine. "Quando um homem com a fortuna do meu pai morre de câncer, você sabe que eles ainda não encontraram a cura", acrescentou com justificável orgulho.

"Você tem um grande mérito por ser um curador tão bom da memória dele", disse Patrick, cansado.

"Honra teu pai e tua mãe todos os dias da sua vida", citou Ballantine.

"Tem sido a minha política, sem dúvida", afirmou Patrick.

China, que sentia que até a imensa renda de Ballantine podia ser ofuscada por seu comportamento imbecil, sugeriu que eles dançassem.

"Eu adoraria", disse Ballantine. "Com licença", ele disse para Laura e Patrick.

"Que homem desagradável", comentou Laura.

"Você devia ter conhecido o pai dele", disse Patrick.

"Se ele conseguisse sair daquele berço de ouro…"

"Ele seria ainda mais absurdo do que já é", disse Patrick.

"Mas como você está, querido?", perguntou Laura. "Estou feliz de te ver. Esta festa realmente está me dando nos nervos. Antes os homens costumavam me dizer sobre como eles usavam manteiga no sexo; agora ficam me contando sobre como a eliminaram da dieta."

Patrick sorriu. "Sem dúvida você tem que chutar um monte de corpos por aí antes de encontrar um vivo", disse. "Há uma rajada de estupidez palpável vindo do nosso anfitrião, como quando se abre a porta de uma sauna. A melhor forma de contradizê-lo é deixá-lo falar."

"Podíamos subir."

"Por que diabos a gente faria isso?", perguntou Patrick, sorrindo.

"Podíamos simplesmente transar. Sem compromisso."

"Bom, é algo a se fazer", disse Patrick.

"Muito obrigada", disse Laura.

"Não, não, eu realmente estou a fim", disse Patrick. "Embora eu ache uma péssima ideia. Não vamos ficar confusos?"

"Sem compromisso, lembra?", disse Laura, empurrando-o na direção do hall.

Havia um segurança parado ao pé da escada. "Lamento, mas ninguém pode subir", disse.

"Nós estamos hospedados aqui", informou Laura, e algo

na arrogância indefinível de seu tom fez com que o segurança abrisse passagem.

Patrick e Laura se beijaram, apoiados na parede do quarto que haviam encontrado no sótão.

"Adivinha com quem estou tendo um caso?", disse Laura enquanto se separava dele.

"Tenho medo só de pensar. De qualquer forma, por que discutir isso justo agora?", murmurou Patrick enquanto mordiscava o pescoço dela.

"É alguém que você conhece."

"Desisto", suspirou Patrick, que podia sentir sua ereção minguando.

"Johnny."

"Bom, isso acabou com o meu tesão", disse Patrick.

"Pensei que você poderia gostar de me roubar de volta."

"Prefiro não me queimar com Johnny. Não quero mais ironia e mais tensão. Você realmente nunca entendeu isso, não é?"

"Você adora ironia e tensão, do que está falando?"

"Você simplesmente acha que todo mundo é igual a você."

"Ah, vai se foder", disse Laura. "Ou, como diz Laurence Harvey em *Darling*: 'Guarda o seu Freud de bolso'."

"Olha, é melhor a gente se separar agora, não acha?", disse Patrick. "Antes que a gente brigue."

"Meu Deus, você é insuportável", disse Laura.

"Vamos descer separados", disse Patrick. A chama bruxuleante de seu isqueiro projetou uma luz fraca e instável no quarto. A chama apagou, mas Patrick encontrou a maçaneta e, abrindo a porta com cuidado, permitiu que uma fresta de luz atravessasse o assoalho empoeirado.

"Você primeiro", sussurrou ele, limpando a poeira da parte de trás do vestido dela.

"Tchau", ela disse secamente.

10.

Patrick fechou a porta, aliviado, e acendeu um cigarro. Desde sua conversa com Bunny, não tinha tido tempo de pensar, mas agora o aspecto perturbador dos comentários de Bunny o alcançara e o reteve no sótão.

Mesmo quando tinha ido a Nova York buscar as cinzas dele, Patrick não estava totalmente convencido da solução simples de odiar seu pai. A lealdade de Bunny a David fez Patrick perceber que sua verdadeira dificuldade talvez fosse reconhecer os mesmos sentimentos em si próprio.

O que havia para admirar em seu pai? A música que ele não tinha se atrevido a gravar? No entanto, Patrick se emocionara algumas vezes ao ouvi-la. A perspicácia psicológica com que ele atormentava seus amigos e sua família, mas que Bunny alegou ter salvado sua vida? Todas as virtudes e todos os talentos de David tiveram dois lados, entretanto, por mais vil que ele fosse, na maior parte do tempo não se iludira e tinha aceitado com algum estoicismo seu sofrimento bem merecido.

Não era admiração o que iria reconciliá-lo com o pai, nem o amor notoriamente teimoso dos filhos pelos pais, capaz de sobreviver a sortes piores que a de Patrick. Os rostos esverdeados daquelas figuras se afogando, agarrando-se à balsa de Medusa, assombravam sua imaginação, e nem sempre ele os via a partir da balsa, mas com frequência tão invejavelmente perto dela quanto ele estava. Quantos se afogaram amaldiçoando? Quantos foram tragados em silêncio? Quantos sobreviveram um pouquinho mais apoiando-se nos ombros dos vizinhos que se afogavam?

Algo mais prático o impelia a buscar uma razão para fazer as pazes. Grande parte da força de Patrick, ou o que ele imaginava ser sua força, provinha de sua luta contra o pai, e só quando se desvencilhasse de sua origem contaminada ele poderia fazer algum uso dela.

No entanto, não conseguia deixar de se indignar com a forma como seu pai o privara de ter alguma paz de espírito, e ele sabia que por maior que fosse o seu esforço para se consertar, como um vaso que uma vez quebrado parece inteiro em sua superfície estampada mas que em seu interior claro revela as linhas finas e escuras da restauração, ele apenas conseguiria produzir uma ilusão de completude.

Todas as tentativas de generosidade de Patrick esbarravam em sua indignação sufocante, ao mesmo tempo que, por outro lado, seu ódio esbarrava naqueles momentos desconcertantes, fugazes e sempre maculados em que seu pai parecia apaixonado pela vida e ter prazer em qualquer expressão de liberdade, ou de vivacidade, ou de inteligência. Talvez ele tivesse de se contentar com a ideia de que teria sido ainda pior ser seu pai do que alguém que seu pai tentara destruir.

A simplificação era perigosa e mais tarde iria querer se vingar. Só quando ele conseguisse manter o equilíbrio entre seu ódio e seu amor atrofiado, olhando para o seu pai não com pena nem com medo, mas vendo-o como mais um ser humano que não havia lidado particularmente bem com sua personalidade; só quando conseguisse viver com a ambivalência de nunca perdoar seu pai por seus crimes, mas de se permitir ser tocado pela infelicidade que os havia gerado, assim como pela infelicidade que eles haviam gerado, só assim ele poderia, talvez, se libertar e seguir para uma nova vida que lhe permitisse viver em vez de simplesmente sobreviver. Ele poderia até mesmo desfrutar da vida.

Patrick grunhiu, nervoso. Desfrutar da vida? Ele não devia deixar seu otimismo dominá-lo. Seus olhos tinham se acostumado à escuridão e ele distinguia os baús e as caixas que circundavam o pequeno pedaço de chão no qual ele estivera andando de um lado para o outro. Uma janelinha estreita que dava para o telhado e para a calha deixava entrar o brilho marrom e embaçado dos holofotes na frente da casa. Acendeu outro cigarro e o fumou, recostado no parapeito da janela. Sentiu o pânico usual de querer estar em outro lugar, no caso lá embaixo, onde ele não pôde deixar de imaginar os carpetes sendo aspirados e as vans dos fornecedores sendo carregadas, embora fosse apenas uma e meia da manhã quando ele subiu com Laura. Mas ele permaneceu no sótão, intrigado com a mínima chance de libertação do marasmo no qual sua alma repousara ofegante por tanto tempo.

Patrick abriu a janela para jogar seu cigarro no telhado úmido. Dando uma última tragada, sorriu diante da ideia de que David provavelmente teria concordado com seu ponto de vista sobre o relacionamento deles. Era o tipo de truque que fizera dele um inimigo sutil, mas agora talvez isso pudesse ajudar a acabar com sua batalha. Sim, seu pai teria aplaudido a atitude desafiadora de Patrick e entendido seus esforços para escapar do labirinto no qual o havia colocado. A ideia de que ele teria desejado que Patrick tivesse sucesso deixou-o à beira das lágrimas.

Para além da amargura e do desespero, havia algo pungente, algo que ele achava ainda mais difícil admitir do que os fatos sobre a crueldade de seu pai, aquilo que ele não tinha sido capaz de dizer a Johnny: que nos breves intervalos de sua depressão seu pai desejara amá-lo e que ele tinha desejado ser capaz de amar o pai, embora jamais fosse fazê-lo.

E por que, já que ele estava nisso, continuar punindo sua mãe? Ela tinha falhado mais por não fazer nada do que por ter feito alguma coisa, mas ele havia se colocado fora do alcance dela, apegando-se à bravata adolescente de fingir que ela era uma pessoa com quem ele não tinha absolutamente nada em comum e que só por acaso havia lhe dado à luz; que o relacionamento deles era um acidente geográfico, como o de ser vizinho de alguém. Ela tinha frustrado o marido recusando-se a ir para a cama com ele, mas Patrick seria a última pessoa a culpá-la por isso. Provavelmente seria melhor se mulheres estagnadas em sua própria infância não tivessem filhos com pedófilos homossexuais atormentados e misóginos, mas nada era perfeito neste mundo sublunar, pensou Patrick, erguendo os olhos devotamente para a lua, que, claro, achava-se escondida, como todo o céu durante o inverno inglês, por um chumaço baixo de nuvem suja. Sua mãe era realmente uma boa pessoa, mas como quase todo mundo havia encontrado sua bússola girando no campo magnético da intimidade.

Ele realmente devia descer agora. Obcecado pela pontualidade e atormentado por um senso de urgência excruciante, Patrick ainda não conseguia usar relógio. Um relógio poderia tê-lo acalmado, contradizendo sua histeria e seu pessimismo. Definitivamente iria comprar um na segunda-feira. Se não ia sair do sótão com uma epifania, a promessa de um relógio poderia representar pelo menos uma centelha de esperança. Será que não existia uma palavra em alemão para "centelha de esperança"? Provavelmente havia uma palavra alemã com o sentido de "Regeneração pela Pontualidade, Centelha de Esperança e Ter Prazer na Desgraça Alheia". Se ao menos ele soubesse qual era.

Podia-se ter uma epifania fora do tempo, uma epifania sem que você se desse conta de que ela havia acontecido? Ou será que elas eram sempre anunciadas por anjos com trombetas e precedidas de uma cegueira temporária, perguntou-se Patrick enquanto seguia pelo corredor na direção errada.

Ao fazer a curva, percebeu que estava numa parte da casa que ainda não tinha visto. Um carpete marrom puído se estendia por um corredor que terminava na escuridão.

"Como é que se sai desta porra de casa?", praguejou.

"Você está indo na direção errada."

Patrick olhou para a direita e viu uma menina de camisola branca sentada num lance curto de escadas.

"Eu não queria ter xingado", disse ele. "Quer dizer, eu queria, mas não sabia que você ia me ouvir."

"Tudo bem", disse ela. "Papai vive xingando."

"Você é a filha de Sonny e Bridget?"

"Sim. Sou Belinda."

"Não está conseguindo dormir?", perguntou Patrick, sentando no degrau ao lado dela. Ela fez que não com a cabeça. "Por que não?"

"Por causa da festa. A babá disse que se eu fizesse minhas orações direitinho eu ia conseguir dormir, mas não consegui."

"Você acredita em Deus?"

"Não sei", disse Belinda. "Mas se existe um Deus ele não é muito bom nisso."

Patrick riu. "E por que você não está na festa?", perguntou.

"Não posso. Tenho que ir para a cama às nove."

"Que maldade", disse Patrick. "Quer que eu te ajude a entrar escondida?"

466

"A mamãe ia me ver. E a princesa Margaret disse que eu tinha que ir pra cama."

"Nesse caso, definitivamente temos que fazer você entrar escondida. Ou eu posso ler uma história pra você."

"Ah, isso seria legal", disse Belinda, e então ela pôs os dedos nos lábios e disse: "Shh, vem vindo alguém".

Naquele momento, Bridget entrou no corredor e viu Patrick e Belinda juntos na escada.

"O que você está fazendo aqui?", ela perguntou a Patrick.

"Eu estava tentando encontrar o caminho de volta para a festa, quando topei com Belinda."

"Mas o que você estava fazendo aqui antes?"

"Oi, mamãe", interrompeu Belinda.

"Oi, querida", disse Bridget, estendendo a mão.

"Vim pra cá com uma garota", explicou Patrick.

"Ah, meu Deus, você está fazendo eu me sentir muita velha", disse Bridget. "Que grande segurança."

"Eu estava indo ler uma história para Belinda."

"Que amor", disse Bridget. "Eu devia estar fazendo isso há anos." Ela pegou Belinda no colo.

"Você está tão pesada agora", ela disse, gemendo e sorrindo para Patrick com firmeza, mas dispensando-o com o olhar.

"Bem, boa noite", disse Patrick, levantando-se do degrau da escada.

"Boa noite", disse Belinda, bocejando.

"Tem uma coisa que eu preciso te falar", disse Bridget enquanto saía carregando Belinda pelo corredor. "A mamãe vai ficar na casa da vovó esta noite, e gostaríamos que você viesse conosco. Mas não vai dar para a babá ir também."

"Que bom, eu odeio a babá."

"Eu sei, querida", disse Bridget.

"Mas por que a gente vai pra casa da vovó?"

Patrick não conseguiu mais ouvir o que elas diziam ao virar no fim do corredor.

Johnny Hall estava curioso para conhecer Peter Porlock desde que Laura tinha lhe contado que Peter pagara desnecessariamente um de seus abortos. Quando Laura os apresentou, Peter de imediato se empenhou em fazer Johnny prometer segredo sobre "essa coisa pavorosa de Cindy e Sonny".

"É claro que eu já sabia fazia tempo", começou ele.

"Enquanto eu não tinha a menor ideia", acrescentou David Windfall, "mesmo quando Sonny me pediu para trazê-la."

"Engraçado", disse Laura, "achei que todos sabiam."

"Algumas pessoas podem até ter suspeitado, mas ninguém sabia dos detalhes", disse Peter, orgulhoso.

"Nem mesmo Sonny e Cindy", zombou Laura.

David, que já estava a par do conhecimento superior de Peter, afastou-se, seguido por Laura.

A sós com Johnny, Peter tentou corrigir qualquer impressão de frivolidade, dizendo como estava preocupado com seu "debilitado pai", a quem ele não tinha se dado ao trabalho de dirigir uma palavra a noite toda. "Seus pais ainda estão vivos?", perguntou.

"E como", disse Johnny. "Minha mãe conseguiria passar a impressão de uma leve decepção se eu me tornasse o mais jovem primeiro-ministro da Inglaterra, então dá para você imaginar como ela se sente em relação a um jornalista moderadamente bem-sucedido. Ela me lembra uma história sobre Henry Miller ir visitar a mãe moribunda com um piloto amigo seu chamado Vincent. A velha senhora olhou para o filho e depois para Vincent e disse: 'Se ao menos eu tivesse um filho como você, Vincent'."

"Escuta, você não vai vazar para a imprensa nada do que eu falei, não é?", perguntou Peter.

"Lamento informar, mas os editoriais do *Times* ainda não são totalmente dedicados a escândalos de amantes", disse Johnny com desdém.

"Ah, o *Times*", murmurou Peter. "Bem, eu sei que está terrivelmente fora de moda, mas ainda acho que é preciso exercitar a lealdade filial. Tem sido absurdamente fácil para mim: minha mãe era uma santa e meu pai o camarada mais decente que você poderia conhecer."

Johnny esboçou um sorriso fraco, desejando que Laura tivesse cobrado o dobro de Peter.

"Peter!", disse uma preocupada princesa Margaret.

"Oh, Alteza, não tinha visto a senhora", disse Peter, curvando ligeiramente a cabeça.

"Acho que você deveria ir até o hall. Infelizmente seu pai não está nada bem, e uma ambulância veio buscá-lo."

"Santo Deus", exclamou Peter. "Peço licença, Alteza, irei imediatamente."

A princesa, que tinha anunciado no hall que ela mesma iria avisar Peter e forçara sua dama de companhia a impedir que outros bem-intencionados partissem para a mesma missão, estava extremamente impressionada com sua própria bondade.

"E quem seria você?", perguntou ela a Johnny da maneira mais graciosa possível.

"Johnny Hall", ele disse, estendendo a mão.

A omissão republicana de "Alteza" e o convite impulsivo e inaceitável a um aperto de mão foram suficientes para convencer a princesa de que Johnny era um homem sem nenhuma importância.

"Deve ser engraçado ter o mesmo nome de tantas outras pessoas", ela refletiu. "Imagino que haja centenas de Johnny Halls espalhados pelo país."

"Isso ensina a pessoa a procurar distinção em outros lugares e a não confiar num acidente de nascimento", disse Johnny em tom casual.

"É aí que as pessoas se enganam", retrucou a princesa, comprimindo os lábios, "não há nenhum acidente no nascimento."

Ela seguiu adiante, rápido, antes que Johnny tivesse a chance de responder.

Patrick pôs-se a descer para o primeiro andar, o burburinho da festa ficando cada vez mais alto à medida que ele ia passando por retratos pintados por Lely e Lawrence e até por dois, que dominavam o patamar do primeiro andar, feitos por Reynolds. A prodigiosa complacência que os genes Gravesend tinham transmitido de geração a geração, sem os usuais intervalos de loucura, reserva ou distinção, havia desafiado as habilidades de todos esses pintores e, apesar da celebridade deles, nenhum fora capaz de fazer qualquer coisa atraente com as pálpebras caídas e as expressões estupidamente arrogantes de seus retratados.

Pensando em Belinda, Patrick começou, semiconscientemente, a descer a escada do jeito que fazia em momentos de tensão quando tinha a idade dela, colocando primeiro um pé, depois baixando o outro com firmeza no mesmo degrau. Ao se aproximar do hall, sentiu um desejo avassalador de se atirar no piso de pedra, mas se conteve e, em vez disso, se segurou no corrimão, intrigado por esse estranho impulso, que ele não conseguiu explicar de imediato.

Yvette tinha lhe contado muitas vezes sobre o dia em que ele havia caído da escada em Lacoste e cortado a mão. A história de seus gritos, da taça quebrada e do medo de Yvette de que ele tivesse rompido um tendão se instalaram em seu cenário de infância como uma passagem encerrada, mas agora Patrick podia sentir a memória revivendo: lembrava de ter imaginado as molduras dos quadros voando pelo corredor e se cravando no peito do pai e decapitando Nicholas Pratt. Sentia o desejo desesperado de saltar escada abaixo para esconder sua culpa por ter quebrado a haste da taça ao apertá-la forte demais. Parado na escada, se lembrou de tudo.

O segurança olhava desconfiado para ele. Estava preocupado desde que permitira que Patrick e Laura subissem. Laura ter descido sozinha e dito que Patrick ainda estava no quarto deles havia aumentado suas suspeitas. Agora Patrick se comportava de forma excêntrica, arrastando uma perna enquanto descia a escada, olhando fixo para o chão. Devia estar drogado, pensou o segurança com raiva. Por ele, prenderia Patrick e todos os outros babacas ricos que se achavam acima da lei.

Patrick, percebendo a expressão de hostilidade no rosto do segurança, voltou à realidade, sorriu fracamente e desceu os últimos degraus. Do outro lado do hall, pelas janelas laterais vistas pela porta aberta, ele viu uma luz azul piscando.

"A polícia está aqui?", perguntou Patrick.

"Não, não é a polícia", disse o segurança com tristeza. "Ambulância."

"O que aconteceu?"

"Um dos convidados teve um ataque cardíaco."

"Você sabe quem foi?", perguntou Patrick.

"Não sei o nome dele, não. Um senhor de cabelo branco". Um vento frio entrou no hall pela porta aberta. Neve caía lá fora. Percebendo Tom Charles parado na soleira da porta, Patrick se aproximou dele.

"Foi George", disse Tom. "Acho que ele sofreu um derrame. Estava muito fraco, mas ainda falava, então espero que ele fique bem."

"Eu também", disse Patrick, que conhecia George desde pequeno e que de repente tinha percebido que iria sentir sua falta se ele morresse. George sempre fora amável com ele, e Patrick queria urgentemente agradecê-lo. "Sabe para que hospital vão levá-lo?"

"O Cheltenham Hospital por esta noite", respondeu Tom. "Sonny quer transferi-lo para uma clínica, mas essa ambulância é do hospital, e acho que a prioridade é mantê-lo vivo em vez de levá-lo para um quarto mais caro."

"É verdade", disse Patrick. "Bem, espero que o Rei não vá desfazer a mala dele esta noite", acrescentou.

"Não esqueça que ele está viajando com pouca coisa", disse Tom. "O céu é o fim de semana ideal no campo sem nenhuma bagagem."

Patrick sorriu. "Vamos lá vê-lo amanhã antes do almoço."

"Boa ideia", disse Tom. "Onde você está hospedado?"

"No Little Soddington House Hotel", disse Patrick. "Quer que eu anote?"

"Não", disse Tom. "Com um nome desses, é capaz de eu nunca mais conseguir tirá-lo da cabeça."

"Acho que foi Talleyrand", sugeriu Jacques d'Alantour, fazendo um pouco de beicinho antes de soltar sua citação favorita, "quem disse" — ele fez uma pausa — "'Não dizer e não fazer nada são grandes poderes, mas não se deve abusar deles'."

"Bem, ninguém pode acusar você de não ter feito ou dito nada esta noite", observou Bridget.

"Entretanto", continuou ele, "falarei com a princesa sobre essa questão, que espero que não se torne conhecida como 'l'affaire Alantour'". Ele riu. "E eu espero que consigamos acalmar os ânimos."

"Faça como bem entender", disse Bridget. "Estou pouco me importando."

Monsieur d'Alantour, satisfeito demais com seu novo plano para perceber a indiferença de sua anfitriã, curvou-se e se afastou rapidamente.

"Quando a rainha está fora, eu me torno regente e chefe do Conselho Privado", a princesa Margaret explicava, satisfeita, para Kitty Harrow.

"Alteza", disse Monsieur d'Alantour, que depois de considerável reflexão tinha encontrado a forma perfeita para seu pedido de desculpas.

"Ah, você ainda está aqui", observou a princesa.

"Como pode ver...", disse o embaixador.

"Bem, você já não deveria estar de saída? Tem uma longa viagem pela frente."

"Estou hospedado na casa", protestou ele.

"Nesse caso, já nos veremos bastante amanhã, para passarmos a noite toda tagarelando", disse a princesa, dando-lhe as costas.

"Quem é aquele homem ali?", ela perguntou a Kitty.

"Ali Montague, Alteza", respondeu Kitty.

"Ah, sim, conheço de nome. Pode apresentá-lo a mim", disse a princesa Margaret, indo na direção de Ali.

O embaixador ficou para trás, consternado e mudo, enquanto Kitty apresentava Ali Montague à princesa Margaret. Ele se perguntava se estava diante de outro incidente diplomático ou apenas da extensão do incidente diplomático anterior.

"Ah", disse Ali Montague atrevidamente, "adoro os franceses. Eles são traiçoeiros, engenhosos, duas caras — não tenho nem que me esforçar lá; eu simplesmente me adéquo. E lá para os lados da Itália eles também são covardes, então me viro ainda melhor."

A princesa olhou com ar maldoso para ele. Seu bom humor tinha voltado e ela decidiu que Ali estava sendo divertido.

Mais tarde Alexander Politsky procurou Ali para congratulá-lo por "ter se saído tão bem com P. M."

"Ah, já tive a minha cota de realeza", disse Ali, polido. "Mas, olha, nem de longe eu me saí tão bem com aquela detestável Amanda Pratt. Você sabe como essas pessoas ficam desagradáveis quando estão 'no programa' e participam de todas aquelas reuniões. Claro que elas salvam a vida das pessoas."

Alexander fungou e olhou pensativamente para longe. "Eu mesmo já fui a algumas", admitiu.

"Mas você nunca teve problema com bebida", protestou Ali.

"Eu gosto de heroína, cocaína, de belas casas, boa mobília e garotas bonitas", disse Alexander, "e já tive de tudo em grande quantidade. Mas, sabe, elas nunca me fizeram feliz."

"Caramba, você é difícil de agradar, não?"

"Sinceramente, na primeira vez em que fui, achei que eu fosse destoar como uma calça jeans num Gainsborough, mas encontrei mais amor e bondade genuínos nessas reuniões do que em todos os salões da moda de Londres."

"Bem, isso não quer dizer muita coisa", replicou Ali. "Você poderia dizer o mesmo do mercado de peixes de Billingsgate."

"Não há um deles", disse Alexander, endireitando os ombros e fechando as pálpebras, "do açougueiro tatuado para cima, que eu não levaria até Inverness às três da manhã para ajudar."

"Até Inverness? Saindo de onde?", perguntou Ali.

"De Londres."

"Meu Deus!", exclamou Ali. "Talvez eu deva ir a uma dessas reuniões, quando tiver uma noite livre. Mas a questão é: você convidaria o seu açougueiro tatuado para jantar?"

"Claro que não", disse Alexander. "Mas só porque sei que ele não ia gostar."

"Anne!", disse Patrick. "Não esperava te ver aqui."

"Eu sei", disse Anne Eisen, beijando-o com afeto. "Não é bem a minha praia. Fico nervosa quando venho para o campo na Inglaterra, com todo mundo falando sobre matar animais."

"Tenho certeza de que no mundo de Sonny não há esse tipo de coisa", disse Patrick.

"Você quer dizer que não há nada vivo por quilômetros e quilômetros, não é?", disse Anne. "Estou aqui porque o pai de Sonny era um homem *relativamente* civilizado — ele percebia que havia uma biblioteca na casa, assim como um quartinho para os calçados e um porão. Era uma espécie de amigo de Victor e às vezes nos convidava para vir nos fins de semana. Sonny era criança na época, mas já um cretino pomposo. Meu Deus", suspirou Anne, olhando em volta da sala, "que turma mais macabra. Você acha que eles ficam congelados lá no fundo do freezer da agência de atores e saem para as grandes ocasiões?"

"Antes fosse", disse Patrick. "Infelizmente acho que eles são donos da maior parte do país."

"Eles só levam vantagem sobre uma colônia de formigas", disse Anne, "a não ser pelo fato de não fazerem nada de útil. Lembra daquelas formigas de Lacoste? Elas viviam arrumando o terraço para vocês. Por falar em fazer algo de útil, o que você está pensando em fazer da sua vida?"

"Eh...", disse Patrick.

"Meu Deus!", disse Anne. "Você é culpado do pior dos pecados."

"Qual?"

"Perder tempo", respondeu ela.

"Eu sei", disse Patrick. "Foi um choque terrível para mim quando percebi que estava ficando velho demais para poder morrer jovem."

Exasperada, Anne mudou de assunto. "Você vai para Lacoste este ano?"

"Não sei. Quanto mais o tempo passa, mais aquele lugar me desagrada."

"Eu sempre quis te pedir desculpas", disse Anne, "mas você sempre estava chapado demais para apreciar meu gesto. Durante anos me senti culpada por não ter feito nada quando uma noite você ficou esperando na escada num dos jantares medonhos dos seus pais. Eu disse que ia chamar sua mãe para você, mas não consegui, e eu devia ter voltado, ou enfrentado David, ou algo assim. Sempre senti que falhei com você."

"De forma alguma", disse Patrick. "Pelo contrário, eu me lembro de você sendo amável. Quando se é jovem, faz diferença encontrar pessoas que são amáveis, por mais raro que sejam. É de imaginar que vão acabar sendo soterrados na rotina de horror, mas na verdade incidentes de gentileza sobressaem de forma significativa."

"Você perdoou seu pai?", perguntou Anne.

"Por incrível que pareça você me pegou na noite certa. Há uma semana eu teria mentido ou dito alguma coisa desdenhosa, mas no jantar eu estava justamente descrevendo pelo que, exatamente, eu preciso perdoar meu pai."

"E?"

"Bem", disse Patrick, "durante o jantar eu me pus fortemente contra o perdão, e ainda acho que a distância, em vez da conciliação, é o que vai me libertar, mas se eu pudesse imaginar uma misericórdia puramente humana, e não baseada na Maior História de Todos os Tempos, talvez eu conseguisse estendê-la ao meu pai, por sua extrema infelicidade. Eu simplesmente não consigo fazer isso por abnegação. Já tive experiências de quase morte o bastante para uma vida toda, e em *nenhuma* fui saudado no fim do túnel por uma figura vestida de branco — ou melhor, só uma vez, e no final das contas era um residente exausto na ala de emergência do Charing Cross Hospital. Talvez haja algo de verdade nessa ideia de que você tem que estar quebrado para poder se renovar, mas a renovação não precisa consistir numa série de falsas reconciliações!"

"E quanto às reconciliações genuínas?", perguntou Anne.

"O que me impressiona mais do que a superstição repulsiva de que eu deveria dar a outra face é a infelicidade enorme na qual meu pai vivia. Encontrei um diário da mãe dele escrito durante a Primeira Guerra Mundial. Depois de páginas e páginas de fofocas e de uma longa passagem sobre como eles tinham conseguido manter maravilhosamente bem os padrões em alguma casa de campo grande, desafiando o Kaiser com a perfeição de seus sanduíches de pepino, aparecem duas frases curtas: 'George ferido de novo', sobre seu marido nas trincheiras, e 'David tem raquitismo', sobre seu filho na escola preparatória. Parece que ele estava não apenas sofrendo de desnutrição mas sofrendo abuso de professores pedófilos e apanhando de garotos mais velhos. Essa combinação bastante tradicional de frieza materna e perversão oficial ajudou a fazer dele o esplêndido homem no qual se tornou, mas para perdoar alguém é preciso estar convencido de que a pessoa fez algum esforço para mudar o rumo desastroso que genética, classe ou criação lhe propôs."

"Se ele tivesse mudado o rumo, não precisaria de perdão", disse Anne. "Essa é a questão com perdoar. Em todo caso, não estou dizendo que você está errado em não perdoá-lo, mas que você não pode ficar preso a esse ódio."

"Não faz sentido ficar preso", concordou Patrick. "Mas faz menos sentido ainda fingir que se é livre. Sinto que estou à beira de uma grande transformação, que talvez seja tão simples quanto me interessar por outras coisas."

"O quê?", disse Anne. "Não atacar mais seu pai? Sem drogas? Sem esnobismo?"

"Calma lá", retrucou Patrick, exasperado. "Mas te digo uma coisa: esta noite eu tive uma breve alucinação de que o mundo era real..."

"'Uma alucinação de que o mundo era real' — você devia ser papa."

"Real", continuou Patrick, "e não apenas formado por uma série de efeitos — as luzes laranja numa calçada molhada, uma folha grudada no para-brisas, o som de sucção dos pneus de um táxi numa rua chuvosa."

"Efeitos bastante invernais", disse Anne.

"Bem, estamos em fevereiro", disse Patrick. "Em todo caso, por um momento o mundo pareceu ser sólido, maior e feito de coisas."

"É um progresso", disse Anne. "Você era da escola 'o mundo é um filme particular'."

"Você só consegue desistir das coisas depois que elas começam a te decepcionar. Eu deixei as drogas quando o prazer e a dor se tornaram simultâneos e eu poderia muito bem estar injetando minhas próprias lágrimas. Quanto à fé ingênua de que pessoas ricas são mais interessantes do que as pobres, ou de que pessoas com títulos são mais interessantes do que as sem títulos, seria impossível sustentá-la se as pessoas também não acreditassem que elas se tornam mais interessantes por associação. Sinto a agonia de morte dessa ilusão, em especial, e mais ainda quando do circulo por esta sala cheia de oportunidades para tirar umas fotos e sinto minha mente invadida pelo tédio."

"Isso já é culpa sua."

"Quanto aos 'ataques' ao meu pai", disse Patrick, ignorando o comentário de Anne, "pensei nele esta noite sem pensar na influência dele sobre mim, só como um velho cansado que tinha fodido com sua vida, vivendo seus últimos anos entre chiados com aquela velha camisa azul desbotada que ele usava no verão. Eu o imaginei sentado no pátio daquela casa horrorosa, fazendo as palavras cruzadas do *Times*, e ele me pareceu mais patético e mais *ordinário*, e no final das contas menos digno de atenção."

"É assim que eu me sinto sobre a minha velha e terrível mãe", disse Anne. "Durante a Depressão, que para alguns de nós nunca terminou, ela costumava recolher gatos de rua, alimentá-los e cuidar deles. A casa ficava cheia de gatos. Eu era só uma criança, então naturalmente me apaixonava e brincava com eles, mas daí no outono minha velha e louca mãe começava a resmungar: 'Eles jamais vão sobreviver no inverno, eles jamais vão sobreviver no inverno'. O único motivo pelo qual eles não iam sobreviver no inverno é que ela embebia uma toalha em éter e a jogava na velha máquina de lavar de latão, enfiando os gatos lá dentro depois, e quando eles 'dormiam' ela ligava a máquina e afogava os pobres coitados. O nosso jardim era um cemitério de gatos, e você não podia cavar um buraco ou brincar de alguma coisa sem que esqueletos de gato aparecessem. Eles faziam um som de arranhar horrível enquanto tentavam escapar da máquina de lavar. Lembro de ficar parada ao lado da mesa da cozinha — eu era da altura da mesa nessa época — vendo minha mãe enfiá-los na máquina. Eu dizia: 'Não faça isso, por favor não faça isso', enquanto ela resmungava: 'Eles jamais vão sobreviver no inverno'. Ela era terrível e bem louca, mas quando cresci percebi que sua pior punição foi ser ela mesma e que eu não tinha que fazer mais nada."

"Não é à toa que você fica nervosa no campo, na Inglaterra, quando as pessoas começam a falar sobre matar animais. Talvez a identidade de uma pessoa se resuma a isto: entender a lógica de sua própria experiência e ser fiel a ela. Se ao menos Victor estivesse conosco agora!"

"Ah, sim, pobre Victor", disse Anne. "Mas ele estava atrás de uma abordagem não psicológica da identidade", ela lembrou Patrick, dando um sorriso irônico.

"Isso sempre me intrigou", admitiu ele. "Era como insistir numa rota por terra da Inglaterra para a América."

"Se você é filósofo, existe uma rota por terra da Inglaterra para a América", disse Anne.

"Ah, a propósito, você ficou sabendo que George Watford sofreu um derrame?"

"Sim, fico triste por isso. Lembro de tê-lo conhecido na casa dos seus pais."

"É o fim de uma era", disse Patrick.

"E de uma festa também", disse Anne. "Olha, a banda está indo embora."

Quando Robin Parker perguntou a Sonny se eles poderiam trocar uma "palavrinha em particular" na biblioteca, Sonny não só se deu conta de que havia passado sua festa inteira de aniversário naquela sala infeliz, mas também que, conforme suspeitara (e aqui ele não podia deixar de fazer uma pausa para se parabenizar por sua perspicácia), Robin iria chantageá-lo, pedindo mais dinheiro.

"Bem, o que é?", perguntou rispidamente, mais uma vez sentando à sua escrivaninha.

"Não é um Poussin", disse Robin, "então eu realmente não quero autenticá-lo. Outras pessoas, inclusive especialistas, podem achar que é, mas eu *sei* que não é." Robin suspirou. "Gostaria de pegar minha carta de volta e, claro, vou devolver a... taxa", disse, deixando dois envelopes grossos em cima da mesa.

"Que besteira é essa agora?", exclamou Sonny, confuso.

"Não é besteira", disse Robin. "Não é justo com Poussin, só isso", acrescentou, com uma paixão inesperada.

"O que é que Poussin tem a ver com essa história?", trovejou Sonny.

"Nada, e é exatamente a isso que me oponho."

"Imagino que você queira mais dinheiro."

"Você se engana", disse Robin. "Eu só quero que alguma parte da minha vida não esteja comprometida." Estendeu a mão pedindo o certificado de autenticação.

Furioso, Sonny tirou uma chave do bolso, abriu a primeira gaveta da escrivaninha e atirou a carta na direção de Robin. Robin agradeceu e saiu da sala.

"Homenzinho irritante", resmungou Sonny. Aquele realmente não era o seu dia. Tinha perdido a esposa, a amante e seu Poussin. Anime-se, meu velho, pensou, embora fosse obrigado a admitir que definitivamente se sentia inseguro.

Virginia estava sentada numa frágil cadeira dourada junto à porta da sala, esperando ansiosa que a filha e a neta descessem e elas começassem a longa viagem de volta a Kent. Kent ficava tão longe, mas ela entendia perfeitamente que Bridget quisesse deixar aquela atmosfera ruim, e a encorajou a levar Belinda junto. Embora se sentisse um pouco culpada, não conseguia esconder de si mesma que estava gostando bastante do fato de Bridget *precisar* dela e de tê-la por perto de novo, ainda que tivesse sido necessária uma crise como essa. Já tinha pego seu sobretudo e suas coisas principais; a mala não importava, Bridget havia dito que elas poderiam mandar buscá-la depois. Ela não queria chamar a atenção: o sobretudo já era suspeito o bastante.

A festa estava esvaziando e era importante sair antes que houvesse muito pouca gente, senão Sonny poderia começar a importunar Bridget. Os nervos de Bridget nunca foram fortes, ela sempre fora um pouco assustada quando criança, nunca quis pôr a cabeça debaixo d'água, esse tipo de coisa que só uma mãe sabia. Bridget poderia se sentir intimidada e mudar de ideia se Sonny ficasse ali vociferando com ela, mas Virginia sabia que o que sua filha precisava, depois desse caso com Cindy Smith, era de um bom descanso e de uma boa reflexão. Ela já tinha perguntado a Bridget se ela queria seu antigo quarto de volta — era uma maravilha como a mente humana funcionava, como Roddy gostava de comentar —, mas isso parecia ter apenas irritado Bridget, que disse: "Sinceramente, mamãe, não sei, vemos isso depois". Pensando bem, talvez fosse melhor deixar aquele quarto para Belinda e pôr Bridget no agradável quarto de hóspedes com banheiro privativo. Havia espaço de sobra agora que ela estava sozinha.

Às vezes uma crise era boa para o casamento, não o tempo todo, claro, do contrário não seria uma crise. Ela tinha tido uma com Roddy uma vez. Ela não havia dito nada, mas Roddy soube que ela sabia, e ela soube que ele sabia que ela sabia, e isso foi o bastante para pôr um ponto final naquilo. Ele havia comprado aquele anel para ela e dito que era o segundo anel de noivado dos dois. Ele era uma velha manteiga derretida, realmente. Ah, meu Deus, um homem estava vindo na direção dela. Ela não fazia ideia de quem ele era, mas obviamente ia falar com ela. Era a última coisa de que ela precisava.

Jacques d'Alantour estava atormentado demais para ir dormir e, embora Jacqueline o tivesse avisado de que ele já tinha bebido o bastante, também estava melancólico demais para resistir a outra taça de champanhe.

Charme era a sua especialidade, todo mundo sabia disso, mas desde *"l'affaire Alantour"*, como agora o embaixador o chamava, ele tinha entrado num labirinto diplomático que parecia requerer mais charme e tato do que se poderia esperar de um único ser humano. Virginia, que afinal era a mãe de sua anfitriã, desempenhava um papel relativamente claro na campanha que ele estava lançando para reconquistar as boas graças da princesa Margaret.

"Boa noite, minha senhora", disse ele com uma profunda reverência.

Maneiras estrangeiras, pensou Virginia. O que Roddy costumava chamar de 'tipo que beija a mão que vende a própria mãe'.

"Estou correto em supor que a senhora é a mãe da nossa encantadora anfitriã?"

"Sim", disse Virginia.

"Sou Jacques d'Alantour."

"Ah, olá."

"Posso lhe trazer uma taça de champanhe?", perguntou o embaixador.

"Não, obrigada, não gosto de tomar mais que duas. De qualquer forma, estou de dieta."

"De dieta?", exclamou Monsieur d'Alantour, vendo uma oportunidade para provar ao mundo que suas habilidades diplomáticas não tinham morrido. "De dieta?", repetiu com espanto e incredulidade. "Mas por quêêê?", perguntou, demorando-se na palavra para enfatizar seu assombro.

"Pelo mesmo motivo de todo mundo, imagino", disse Virginia secamente.

Monsieur d'Alantour sentou ao lado dela, grato por aliviar o peso das pernas. Jacqueline estava certa, ele já tinha bebido champanhe demais. Mas a campanha precisava continuar!

"Quando uma senhora me diz que está de dieta", prosseguiu ele, seu galanteio um pouco arrastado, mas sua fluência, de anos fazendo o mesmo discurso (que tinha sido um grande sucesso com a esposa do embaixador alemão em Paris), inalterada, "eu sempre aperto o peito dela assim" — ele estendeu a mão em concha ameaçadoramente perto do busto alarmado de Virginia — "e digo: 'Pois eu acho que você está no seu peso ideal!'. Se eu fizesse isso com você", continuou, "você não ficaria chocada, ficaria?"

"Chocada", disse Virginia engolindo em seco, "não é a palavra certa. Eu ficaria…"

"Pois saiba", interrompeu Monsieur d'Alantour, "que é a coisa mais natural do mundo!"

"Ah, meu Deus", disse Virginia, "lá está minha filha."

"Vamos, mamãe", disse Bridget, "Belinda já está no carro e eu prefiro não esbarrar com Sonny."

"Eu sei, querida, já estou indo. Não posso dizer que foi um prazer", disse ela com frieza para o embaixador, precipitando-se atrás da filha.

Monsieur d'Alantour estava lento demais para alcançar as mulheres apressadas e ficou parado murmurando: "Mal posso expressar direito… meus mais profundos sentimentos… um encontro dos mais ilustres".

Bridget andava tão mais rápido que seus convidados que eles não tiveram tempo de elogiá-la ou detê-la. Alguns acharam que ela ia ver George Watford no hospital, e todos perceberam que o assunto era importante.

Quando chegou ao carro, um Subaru com tração nas quatro rodas que Caroline Porlock a convencera a comprar, e viu Belinda dormindo presa ao cinto de segurança no banco de trás e sua mãe sentando a seu lado com um sorriso caloroso e tranquilizador, Bridget sentiu uma onda de alívio e remorso.

"Eu te tratei de uma forma horrível às vezes", ela disse subitamente à mãe. "De forma esnobe."

"Ah, não, querida, eu entendo", disse a mãe, comovida mas prática.

"Não sei o que deu em mim para mandar você ir jantar com aquelas pessoas horrorosas. Está tudo de cabeça para baixo. Eu estava tão ansiosa para me encaixar na vida estúpida e pomposa de Sonny que todo o resto ficou de lado. Enfim, estou feliz por nós três estarmos juntas."

Virginia deu uma olhada para trás, a fim de se certificar de que Belinda estava dormindo.

"Podemos ter uma boa e longa conversa amanhã", disse, apertando a mão de Bridget, "mas a gente deveria ir agora, temos um longo caminho pela frente."

"Tem razão", disse Bridget, subitamente se sentindo à beira das lágrimas, mas tratando de dar a partida no carro e se juntar à fila de convidados que iam embora obstruindo a entrada de sua casa.

Ainda caía uma neve suave quando Patrick deixou a casa para trás, vapor de respiração girando em volta da gola erguida de seu sobretudo. Pegadas entrecruzavam seu caminho e as lascas pretas e marrons do cascalho brilhavam úmidas em meio aos fragmentos brilhantes de neve. Os ouvidos de Patrick zumbiam do barulho da festa, e seus olhos, vermelhos de fumaça e cansaço, lacrimejavam no ar frio, mas quando alcançou seu carro quis continuar caminhando um pouco mais, de modo que escalou um portão ali perto e saltou num campo de neve intacta. Ao final do campo, havia um lago ornamental cor de estanho, sua margem mais distante perdida num espesso nevoeiro.

Seu sapato fino foi ficando cada vez mais molhado à medida que ele atravessava o campo e logo sentiu frio nos pés, mas com a lógica persuasiva e nebulosa de um sonho o lago o atraiu à sua margem.

Parado diante dos juncos que penetravam nos primeiros metros de água, tremendo e se perguntando se deveria fumar um último cigarro, ouviu um som de bater de asas vindo do outro lado do lago. Um casal de cisnes surgiu na neblina, concentrando e dando forma à sua brancura, o clamor das asas abafado pela neve que caía, como luvas brancas em mãos que aplaudiam.

Criaturas cruéis, pensou Patrick.

Alheios aos pensamentos dele, os cisnes voaram sobre campos renovados e silenciados pela neve, viraram de volta na beira do lago, estenderam seus pés palmados e pousaram confiantes na água.

Parado e com o sapato encharcado, Patrick fumou seu último cigarro. Apesar do cansaço e da imobilidade absoluta do ar, sentiu sua alma, que ele só pôde definir como a parte de sua mente não dominada pela necessidade de falar, precipitando-se e contorcendo-se como uma pipa ansiando ser solta. Sem pensar, pegou o galho morto a seus pés e o lançou girando o mais longe que pôde no olho cinza e baço do lago. Uma fraca ondulação perturbou os juncos.

Depois de sua inútil jornada, os cisnes flutuaram majestosamente de volta para a neblina. Cada vez mais perto e mais ruidoso, um grupo de gaivotas voou em círculos, seus grasnados evocando águas mais selvagens e orlas mais vastas.

Patrick atirou o cigarro na neve e, sem saber muito bem o que havia acontecido, voltou para seu carro com uma estranha sensação de euforia.

ESTA OBRA FOI COMPOSTA POR ACOMTE EM ELECTRA E IMPRESSA PELA
RR DONNELLEY EM OFSETE SOBRE PAPEL PÓLEN SOFT DA SUZANO
PAPEL E CELULOSE PARA A EDITORA SCHWARCZ EM FEVEREIRO DE 2016